U0750085

新世纪东南亚华文短篇小说精选

朱文斌　[泰]曾　心　主编

浙江工商大學出版社
ZHEJIANG GONGSHANG UNIVERSITY PRESS
·杭州·

图书在版编目（CIP）数据

新世纪东南亚华文短篇小说精选 / 朱文斌，（泰）曾
心主编. —杭州：浙江工商大学出版社，2022.6(2023.9 重印)
ISBN 978-7-5178-4911-7

Ⅰ. ①新… Ⅱ. ①朱… ②曾… Ⅲ. ①短篇小说－小
说集－东南亚－现代 Ⅳ. ①I330.45

中国版本图书馆 CIP 数据核字（2022）第 062631 号

新世纪东南亚华文短篇小说精选
XIN SHIJI DONGNANYA HUAWEN DUANPIAN XIAOSHUO JINGXUAN

朱文斌　　[泰]曾　心　主编

策划编辑	任晓燕
责任编辑	张晶晶
责任校对	沈黎鹏
封面设计	包建辉
责任印制	包建辉
出版发行	浙江工商大学出版社
	（杭州市教工路 149 号　邮政编码 310012）
	（E-mail：zjgsupress@163.com）
	（网址：http://www.zjgsupress.com）
	电话：0571-88823703,88831806（传真）
排　　版	杭州朝曦图文设计有限公司
印　　刷	杭州钱江彩色印务有限公司
开　　本	710mm×1000mm　1/16
印　　张	17.25
字　　数	272 千
版 印 次	2022 年 6 月第 1 版　2023 年 9 月第 2 次印刷
书　　号	ISBN 978-7-5178-4911-7
定　　价	76.00 元

本书编委会

顾　问：饶芃子　　陈贤茂　　吴秀明　　曹惠民
　　　　古远清　　王列耀　　朱寿桐
主　编：朱文斌　　［泰］曾心
副主编：刘家思　　庄伟杰
编　委（以姓氏笔画为序）：
　　　　于　悦　　王慧开　　朱文斌　　任茹文
　　　　庄伟杰　　刘红英　　刘家思　　李卓然
　　　　李翠翠　　张瑞坤　　陈友龄　　陈蘅谨
　　　　岳寒飞　　周保欣　　胡　倩　　施莹莹
　　　　翁新月　　曾　心　　潘海军

序

中国小说发展的历史,可以追溯到先秦时期。《山海经》中的一些神话故事,《庄子》《孟子》《韩非子》《列子》中的一些寓言故事,虽然简单,但有人物、有情节,已具备了小说的雏形,先秦时期可以称为中国小说的萌芽时期。

到了魏晋南北朝时期,中国小说的发展又进入一个新的时期。由于长达400年的战乱,以及佛教的传入和道教的兴起,这段时期出现了许多志人、志怪笔记小说。比较著名的有刘义庆的《世说新语》、干宝的《搜神记》、王嘉的《拾遗记》等。这些笔记小说虽然篇幅短小、情节简单,却讲述了一个个完整的故事,开创了后代笔记体文言小说的先河。

以唐传奇为代表的短篇小说,标志着中国小说的发展已进入成熟期。在中国历史上,唐朝是一个强盛的朝代,无论军事、政治、经济、文化,在世界上都是首屈一指的。唐传奇篇幅较长、文笔华美,无论是人物形象的塑造刻画,还是情节结构的完整、环境描写的烘托,较之魏晋南北朝的志人、志怪小说,都是一种质的飞跃。代表作有陈玄佑的《离魂记》、白行简的《李娃传》、元稹的《莺莺传》、李公佐的《南柯太守传》、陈鸿的《长恨传》等。

宋元以后,中国小说开始沿着文言小说和白话小说两条路线发展。特别是白话小说,取得了更高的成就。宋朝武备薄弱,但经济发达,《清明上河图》即可见证当时市民经济的繁荣程度。由于市民经济的空前繁荣、夜生活的开放,勾栏瓦舍、秦楼楚馆等娱乐场所也应运而生。勾栏瓦舍是宋元时期民间艺术的演出场所,除了戏剧、杂技、歌舞等演出以外,说书也是一种吸引民众的民间艺术形式。说书人用于讲故事的底本,称为"话本"。这些话本经历代说书人的丰富发展,又经文人的加工润色,就成了宋元明流行的可供阅读的白话小说,其代表作就是被称为"三言二拍"的五本白话短篇小说集。

"三言"即《喻世明言》《醒世恒言》《警世通言》,"二拍"即《初刻拍案惊奇》《二刻拍案惊奇》。到了清代,统治者为防止汉族民众的反抗,实行文化高压政策,大兴文字狱,于是,到了乾隆时期,以反映社会现实见长的白话短篇小说已几近绝迹。文言短篇小说则转向谈狐说怪,以狐鬼神灵的故事来曲折地反映现实。

白话短篇小说的再度兴起,是在"五四"时期。第一篇具有新思想、新形式的现代白话小说是鲁迅的《狂人日记》。从那时候开始,白话小说便取代文言小说,在现代文坛上占据了显要的位置。不过,"五四"以后兴起的白话小说,并不是纵的继承,而是横的移植,是在西方文学的影响下出现的。鲁迅也毫不讳言,他创作白话小说,"所仰仗的全在先前看过的百来篇外国作品"。茅盾也说过:"开始写小说时,凭借的还是以前读过的一些外国小说。"其他"五四"时期的小说家,也都有大致相同的经历。因此,可以毫不夸张地说,"五四"时期的白话小说,是在西方文学作品和文艺思潮的影响下崛起的。

中国传统白话短篇小说善于从纵的角度切入,喜欢讲述一个有头有尾的故事;西方短篇小说则善于从横的角度截取某一个现实生活的断面,阐述某种生活的哲理,或是男女关系中的某段情。

宋元明的白话短篇小说,原本就是脱胎于说书人的话本,因此更注重故事的曲折和情节的丰富;西方短篇小说是供人们案头欣赏的,因此更重视某种思想上的启迪,或是情绪的宣泄。

宋元明白话短篇小说由于受众对象的固化,因此在形式和技法上较少变化;西方由于社会形态的多变和思想观念的活跃,因而其短篇小说在表现形式上也有更多变化,各种风格流派异彩纷呈。

"五四"时期重新兴起的白话小说,虽然受到西方小说的巨大影响,但并没有脱离中国的文化土壤。从《诗经》到唐诗、宋词、元曲,再到宋元明的白话小说,自始至终贯穿着对社会人生的关怀,因此,现实主义作为一种创作方法和创作原则,始终是中国文学创作的主流。

"五四"时期现代白话小说的出现,使白话小说从过去的侧重娱乐功能,转而成为一种启发民智、传播新思想的工具,有着不可磨灭的贡献。瞻望未来,如何将中华民族传统与西方文学的风格流派、写作技巧结合起来,创造出如毛泽东同志所说的"为中国老百姓所喜闻乐见的中国作风和中国气派"的作品,仍将是未来小说创作的努力方向。

东南亚现代华文短篇小说创作深受中国"五四"短篇小说的影响,在其草创阶段,鲁迅、郁达夫等中国现代名作家的小说都曾是东南亚华文作家仿写的对象,由此可以窥见东南亚华文短篇小说与中国现代短篇小说的渊源。东南亚华文创作进入成熟阶段之后,虽然受中国文学的影响仍在,但却已走上了一条独立发展的道路。如今我们所读到的东南亚华文短篇小说,无论是人物形象塑造,还是故事情节结构,抑或是语言词汇、叙事节奏、文本呈现,总能使读者在行文落笔处体会到南洋的独到韵味。

小说是以刻画人物为中心,通过完整的故事情节和具体的环境描写来反映社会生活的一种文学体裁。小说有三个要素:人物、故事情节、环境(自然环境和社会环境)。小说反映社会生活的主要手段是塑造人物形象。一篇好的短篇小说,必须在小说的三要素上下功夫,并要求立意新颖,结构紧密,篇幅短小,这样才能给读者带来思想的启迪和审美的愉悦。

《新世纪东南亚华文短篇小说精选》收录了东南亚七国 24 位作家的 24 篇华文短篇小说。单从数量上来看,新加坡、马来西亚、泰国三个国家的华文短篇小说创作相对繁荣,而印度尼西亚、菲律宾、文莱、越南四个国家的华文短篇小说创作则较为薄弱。从作家的国别信息、年龄跨度、文坛声誉和作品的思想性、艺术性、代表性的角度而言,本选集中收录的这些作家作品,较为全面地展现了东南亚华文短篇小说的创作现状和实力,老、中、青三代华文作家同台竞演,让人目不暇接。

收录在这本书中的作品,可以说是琳琅满目、风格多样。既有"为人生而写作"的,也有"为艺术而写作"的;既有取材于现实社会日常生活的,也有取材于神话寓言的;既有平铺直叙的,也有娓娓道来的。从创作主题来看,既有追忆往昔童真岁月的,也有批判当下社会不合理现象的;既有歌颂人间真善美之人与物与事的,也有暴露人性阴暗面的;既有剖析伦理道德、阐发哲理感悟的,也有反思人生困境和世道无常的。总体而言,这些作品展示了东南亚的社会现实面貌和东南亚华人的百态人生,宛若在读者面前铺开了一幅浸润着椰风蕉雨的南洋风情画。

在编辑体例上,《新世纪东南亚华文短篇小说精选》延续了此前的两本作品选,即《新世纪东南亚华文微型小说精选》和《新世纪东南亚华文闪小说精选》的范式,也颇值得称道。首先是分国别选取作家作品,然后按照每个国家华文作家的年龄排序,并在这些作家的代表性作品之前附上作家简介,最后再配上作品的评析文章。这种编排方式,对于读者来说十分有利,主要表现在以下三个方面:一是作家简介有利于读者较为全面地了解这位作家的创作概况;二是这些评析文章有利于读者进一步深入理解这些作品;三是粗线条地勾勒出东南亚华文短篇小说的历史轨迹,让读者了解其发展脉络。

这套丛书的两位主编,均是海外华文文学创作和研究方面的名家。朱文斌教授从事海外华文文学研究已逾 20 年。他的硕士、博士和博士后的学位论文,均以海外华文文学为研究对象。在这 20 余年中,他撰写论文,出版专著,传道授业,还主编了两份华文文学研究刊物,在海外华文文学尤其是东南亚华文文学研究领域独树一帜,成绩斐然。曾心先生是泰华文坛的名作家,青年时代曾负笈中国,是厦门大学中文系的高才生。他返泰后,在工作之余又勤于创作,已出版小说、诗歌、散文、评论等作品集十多部,其作品曾多次获奖,并入选各种选集、大系等。

名家名编,值得期待。

陈贤茂[①]

2022 年 1 月 22 日于汕头大学

---

① 陈贤茂教授系汕头大学台港及海外华文文学研究中心原主任、海外华文文学研究开拓者,学术期刊《华文文学》创办人。

目　录

新加坡卷

张 挥

张挥,原名张荣日,出生于 1942 年 12 月。曾任新加坡书写文学协会会长,现为该协会名誉会长。20 世纪 70 年代开始写作,先后出版文集十多本,包括小说、散文和诗歌。1992 年,小说集《45.45 会议机密》获得新加坡书籍奖,同年又获东南亚文学奖。长篇小说《双口鼎一村,那些年那些事》获得 2016 年度新加坡文学奖小说组表扬奖,以及第九届新华文学奖。长篇小说《烟事袅袅》获得 2019 年度新加坡文学奖小说组共享第一名。

白笑与阿祥

一

街道两旁高低不一的毗连着的楼房,挡住了午后斜照的阳光。从下午三四点钟开始,恭锡街变成一条阳光照不到的街,一条开始显得慵慵懒懒的街。

黄昏时分,停在街边的三轮车开始多起来。车夫们慵懒地蹲在骑楼下抽着烟,等候要乘车的人儿下楼来。到了街灯都亮起来的时候,空气中开始散发出淡淡的诱人的香水味。这时的恭锡街,就会由慵懒变得暧昧起来。

白笑总是在街灯还没亮起时醒来。人是已经醒了,但还是懒洋洋地躺在床上想她的心事。可以让白笑慵慵懒懒地躺在床上想的心事很多,这是一天中她所拥有的最美好的时刻。尽管她所想的事很难理出什么头绪来,但却能使她在想的时候得到一些慰藉与期待。

这样子躺在床上慵慵懒懒地想到街灯亮起的时候,她才起身去冲凉。从冲凉房出来,她感到全身舒舒爽爽,人也精神得多了。

她坐到梳妆台前,小心翼翼地梳理她的那一头秀发。在住进恭锡街的这座楼房之前,她曾在美发院待过半年。那是她被迫逃离家门时所选择的第一项职业。就是在那个时候,她学会了给自己梳理各式的发型。她最喜欢看白燕的戏,尤其是白燕演的苦情戏,她是非看不可的,因此她也就很自然地喜欢上了白燕所爱梳理的发型。

她先用三个大发夹子,把头顶上的那一大片秀发一层一层地夹住,然后用吹风机吹它十几分钟,三道大波浪就在头顶前端动了起来。两侧与脑后的秀发则被处理成一圈一圈的,像是由头顶上那三道大波浪往下翻动时冲激起的黑浪花。她那张圆圆而又甜美的脸蛋,配上这个发型,的确有点像白燕,初来恭锡街的时候那些姐妹还曾叫她"小白燕"。可是,她觉得自己不该破坏了白燕的美好形象,所以,她才给自己取名为"白笑"。那时,她笑着对大家说,她这一生大概也只能"白白欢笑"一场了。

梳理化妆完毕,她从柜子里拿出一袭旗袍来穿上。她喜欢穿素色的旗袍。这是那个带她进入这一行的妈咪替她拿的主意,她说穿上素色的旗袍会显得更高贵、更迷人。而她从小就不太喜欢浓艳的颜色,妈咪的建议正合她的心意。所以,在南天大酒楼的舞厅里,她白笑是以穿素色旗袍而艳名远播的。

一切准备就绪,她才踱到窗前,微倾着身子往楼下望。那个叫作阿祥的三轮车夫,已坐在车垫上抽着烟等她下楼去。

她从三楼一级一级地往下走的时候,那道木制楼梯会发出一阵很有节奏的"阁、阁、阁"的声响。这一阵声响,有时令她很愉悦,有时却使她觉得烦厌。但不论是愉悦还是烦厌,她每天晚上都要从楼上"阁、阁、阁"地走下来,让阿祥把她从恭锡街载到南天大酒楼的舞厅去上班。

她终于走完那道楼梯,来到阿祥的三轮车旁。她虽然穿着旗袍、高跟鞋,但跨上三轮车时却一点困难也没有。待身子坐正,便将旗袍的前摆拉好以遮住她那双斜斜地拢合着的腿。然后,她抬起手往前轻轻一挥,示意阿样可以上路了。

阿祥载她上班下班已有五年了。这个像实心木头一般的阿祥,不大去跟她攀谈,但服务却极其周到。从恭锡街到南天大酒楼路途不是很远,阿祥总是很稳健不急不缓地踏着他的三轮车,白笑坐在他的三轮车上时,不用担心那头漂亮的发饰被风给吹坏了。阿祥对马路上的情况有着十分高的警惕性,突然刹车或是突然改换方向的情形,从来就没有出现过。白笑坐阿祥的车,自然而然地就会产生一种安全感。

多数时候,坐在车上的白笑想的是自己的事,很少跟阿祥交谈。她偶尔心情好的时候,看到这个憨直的汉子默默地踩踏三轮车,一言不发,像是受了极大的委屈,她就会找些话来跟他聊,而阿祥却很腼腆,只回答她简短的一句半句而已。

这一晚,当白笑一坐上车子,就被插在车把上的一面小旗给吸引住了。那面小旗上写着"为南洋大学义踏"几个字。这使她想起了自己在几天前也曾为"南洋大学"义舞的情景。那个一直在追求她的金铺店东,以一千块钱的高价,请她跳了一支舞,这使得她白笑在整个舞厅里,顿时光彩耀眼起来。她知道这是王老板为了讨她欢心而耍的手段,但她那晚出尽了风头。

她一路上抚玩着那面小旗,兴致勃勃地与阿祥谈着各阶层人士为"南洋大学筹集基金"的事。阿祥今晚的兴致竟与她一样高,说了不少的话,有说有笑的。她很少看到阿祥这么尽兴地笑过。临下车的时候,她因兴奋过度,身子晃了一晃,眼看着就要绊倒了,阿祥及时伸出了他的左手,让她牢牢地握住,她这才不致当场出丑。她感激地瞄了阿祥一眼,也就是在这一时刻,她竟向阿祥自然地说出了一个不轻易向别人说的秘密,她说:"阿祥,你有没有子女?告诉你,我有一个五岁大的儿子,将来南洋大学建起来了,我希望他有能力考进南大,那么,我这一辈子就可以说是没有白挨、白笑了。你说,我是不是在做梦呢?"

她松开了握住阿祥的那只手,没等阿祥回答,就掉过头急步地走开了,走向南天大酒楼那扇为过夜生活的人而开的大门。

二

一队三轮车载着一群西方旅客,热热闹闹地从阿祥面前经过时,他正在滑铁卢街的一间咖啡店外抽着烟。看着那些一脚上一脚下地在踩踏着三轮车的车夫,他就像是看到三十多年前的自己。

那时,他并不像现在的三轮车夫那样,只管载来新加坡观光的旅客,成群结队地招摇过市。白天,他踏着那辆自己买的三轮车穿街拐巷地兜着搭客;到了入夜时分,他把三轮车停放在恭锡街的一间楼房前面,抽着黑桃牌子的香烟等候那个叫作白笑的姑娘下楼来。

他的耳朵很灵,只要一听到楼梯间响起一阵"阁、阁、阁"的脚步声,他就连忙抓稳摆正三轮车的车把,准备好让白笑上车。

白笑姑娘虽然穿的是旗袍,着的是高跟鞋,但坐上他的三轮车时并没多大困难,而且坐的姿势还十分端庄优雅,一双腿斜斜地拢起来,用旗袍的前摆遮住了双腿。一等白笑坐稳,他先是屁股离开坐垫出力地踏着,等上了路他才把屁股搁回坐垫上,左一脚右一脚地、从从容容地踏起来。

从恭锡街到南天大酒楼路途并不远,他不需要踏得飞快,但主要的原因是他想让白笑坐得舒服些,也不要因车子的快速飞驰让迎面吹来的风把白笑的发饰给吹乱。他喜欢白笑的发型:头顶上是三道起伏有致的大波浪,波浪往发尾流冲而下时,激起一大圈卷曲细碎的黑浪花,很有韵致地把白笑那张甜甜的脸蛋烘托得明艳照人。他不会让这头美发因自己的鲁莽踩踏三轮车而遭破坏。

他一边轻缓地踏着,一边享受着白笑身上散发出来的香水气味。这气味对他来说,是十分亲切而又愉快的,如果有一天没闻到这气味,他就会若有所失而整夜闷闷不乐。有一回,白笑生病了,停了两天没有去上班,他既担心白笑的病情,又因没有闻到那阵令他感到亲切而又愉快的香水味,而在踩踏三轮车时感到万分吃力,总有一种使不出劲的虚脱感。他虽然每晚都载白笑上班下班,但他很少跟白笑交谈。遇到白笑心情好的时候,白笑会主动地东一句西一句跟他聊起来。而他呢?只是静静地听着。若是非要回答她时也只是回个简短的一句半句。他爱听她说话,却怯怯地不敢与她多谈。

不过,有一次是例外,他跟白笑谈了比往常要多得多的话。他直到现在还记得很清楚,那时,他在三轮车的车把中央插了一面"为南洋大学义踏"的小旗。小旗一路上在风中翻翻转转。白笑那晚的兴致跟他一般高,她一面用手去抚弄那面小旗,一面告诉他舞厅里的姐妹如何彼此笑谑对方的伟大——为了筹集南大基金而义舞,连平时坐惯冷板凳的几个姐妹也突然生意兴旺起来,跳到脚酸背疼。

他和她一路上说说笑笑,很是愉快。他觉得那晚由白笑身上散发出来的香水味特别令他神驰,除了亲切、愉快的感觉之外,他似乎还闻出了一些别的东西来,但他始终搞不清这"东西"到底是什么?总之,他觉得那晚的白笑的笑声最悦耳,也笑得最甜最美最纯。临下车的时候,白笑由于过于兴奋以致身体失去平衡,而捉住了他不由自主伸出去扶她一把的左手。这以后,这只被白笑紧紧握住过的左手,成为他身体上最值得珍惜的部位,在没有人的时候,他就把左手凑到嘴唇边轻轻地闻着、吻着。后来,白笑离开了恭锡街的住所不知所终,他失去了生命中最美的一段时日。他所能保有的,就是那面被白笑抚弄过的小旗与他那只被白笑紧紧握住过的左手了。

在他孤寂的一生里,只有白笑这个女人的笑颜是他唯一的慰藉!

想着想着,那一队三轮车又兜了回来,他的心突然急速地狂跳不已。他竟看到每辆三轮车的车把中央都插着那面"为南洋大学义踏"的小旗,更看到自己也在三轮车队的行列中兴奋地踏着三轮车,车上坐着的竟是白笑。突然之间,他又闻到那阵香水味了,那种亲切而又愉快的感觉像一股电流袭上心头,他感到一阵眩晕,身子开始向前栽倒下去。当他倒在地上的时候,脸侧着紧贴地面。那只被白笑紧紧握住过的左手,还握着一面褪了色的小旗,正不偏不倚地凑到他的嘴唇上,像是做临别的最后一吻。

🌴 作品赏析

《白笑与阿祥》是一个以现实与回忆相交织而建构的心理短篇小说。小说中的两个主人公白笑与阿祥以各自的视角讲述了在新加坡恭锡街生活的日子。白笑是一个舞女,以烫着波浪式的优雅卷发,穿着素色旗袍而艳名远播,阿祥是她往返舞厅与家之间的固定车夫。在白笑看来,阿祥如同"实心木头",是一个"憨直的汉子"。她平时只偶尔与他交谈几句,却在某日向他说出自己有一个五岁的儿子的"秘密"。阿祥是一个车夫,在他三十年之后的回忆里,他始终视白笑为"女神"一般的存在,她的一言一语、一举一动都紧扣着他的心弦,令他无比着迷。在他孤寂的一生中,白笑成为他唯一的慰藉。

《白笑与阿祥》篇幅虽短,艺术魅力却兼具中国传统的白描手法与西方文学的意识流手法。白描是中国画的技法之一,后来人们把这种技法用在文学创作上,指的是用简练、朴素的文字来勾勒形象,而不作长篇大段描写的一种手法。也就是鲁迅所说的"有真意、去粉饰、少做作、勿卖弄"。张挥的小说文笔非常简洁,行文力避唠叨,不去描写风月,人物形象也常常是简单的几笔勾勒,却能够突出人物的性格特征。如形容白笑波浪式头发为"黑浪花","喜欢穿素色旗袍""圆圆而甜美的脸蛋",尽管对人物只有简单的外表描写,却能给读者留下深刻的印象。即便她每一天都得走过咯吱作响的旧木梯去乘坐三轮车到达舞厅，然而生活的窘迫并没有让她潦倒愁苦，她依然保持着她独特的端庄、优雅、高贵、迷人，并且对未来怀有美好的期待——希望自己五岁的儿子有一天能进入南洋大学读书。毕竟在社会各阶层人士为"南洋大学筹集基金"之时，她也曾为南洋大学而义舞。在描写阿祥时，作者巧妙地借助白笑之眼，她看到的阿祥"像实心木头一般"，是"一个憨直的汉子"。尽管阿祥腼腆话少，但是却能给白笑一种自然而然的安全感。这部短篇没有任何陪衬人物和拖沓情节，但通过人物的行动，以及对人物的外貌和心理的画龙点睛的描绘，却塑造了两个鲜活灵动的人物形象。这种白描手法，如果用"清水出芙蓉，天然去雕饰"来形容，是颇为恰当的。另外，作者主要是以意识流的方式，去描述白笑和阿祥各自隐秘而深沉的心理活动，全篇以人物的思绪为线索，以人物的情绪为情节，淋漓尽致地表现出男女主人公的个性以及他们丰富隐秘的内心世界。尤其是对阿祥心理活动细致入微的描写，生动地展现了他爱恋白笑的全部心理过程。总而言之，该小说综合了东方审美情绪与西方意识流手法，具有一种中西合璧的别致风韵。

　　作者的笔触涉及的是社会底层的人物和事物，白笑是一介舞女，阿祥也不过是一介车夫，他们皆是那个时代的凡夫俗子。然而，作者却从小人物的悲欢离合和日常琐事之中，发掘出蕴含着真善美的人性光辉——小人物互相给予彼此慰藉与温暖，隐含着作家对社会边缘人物的深切关注。在时代的洪流里，无论多么渺小的人物，其内心世界尚可如此波澜壮阔，也令读者万分动容。由于作者对小说人物有着深入独到的把握，对生活小事背后所隐藏的心理世界有着精辟细微的见解，因此他的作品往往于平凡处见真情和真知，具有一滴水折射整个太阳的特点。

（陈友龄）

孙爱玲

孙爱玲,祖籍广东惠阳,南洋大学中文系学士,香港大学哲学博士。曾任幼稚园园长、中学教师、新加坡教育部华文专科视学、香港教育学院讲师(1997—2005)、新加坡南洋理工大学国立教育学院亚洲与文化系助理教授(2006—2013),2013—2020年任香港教育大学客座讲师。论著有《语用与意图:红楼梦对话研究》《论归侨作家小说》《儿童文学与读写教学》等。1976年开始创作写小说、寓言、散文、专栏、评论等,结集出版的有:短篇小说集《绿绿杨柳风》《碧螺十里香》《玉魂扣》《独白与对话:孙爱玲小说选》《孙爱玲文集》;小品集《水晶集》;寓言集《孙爱玲的寓言》等。小说多次得奖并被译为日文和英文。

逍遥曲

一、不愿意

婚姻注册局里,十二时正。

当主婚人问我:"你愿不愿意嫁给吴哲仁,作为他的终身伴侣?"

我说:"不愿意!"

吴哲仁看着我嘿嘿笑,推我一把。主婚人再问我,我又说了一次:"不愿意!"

吴哲仁不再笑了,慢慢地,生气、委屈、紊乱、不解、暴躁一起爬在他脸上,他用力地摇晃着我:"你到底在搞什么鬼? 这一刻你怎么可以说不愿意,是你说要结婚,是你说要有形式、要注册、要请客,都是你想要的,你现在怎么可以反悔!"

我说:"我很清楚我现在不想结婚,我很清楚我现在在说什么、在做什么。"

吴哲仁的父母搞清楚是怎么一回事后,他母亲先骂我,又骂一轮我的祖宗,然后他父亲一掌过来,我一侧脸,他的掌落在我颈上。我这一边是建章做证婚人,他先是一惊,见他们动武,没有不护我的,大声说:"她不愿意是她的错,但也不能打她,报警好了!"

主婚人也不知道在什么时候传呼了一堆职员,连局长也来了,局长宣布:"这一段婚姻无效!请你们离开,找个地方说清楚!我们还得用这个房间替下一对新人证婚,你们走吧,请!请!"于是婚姻注册局内一群职员连警卫把我们赶到停车场。

建章和吴哲仁的父母交涉,他说:"今晚由我向亲友们解释,明天我替她在报上登道歉启事,酒席由我付款,你们回去吧。"说完拉了我上车。吴哲仁一直怒视着我,他是君子,他没打我,也没骂我。

别以为建章与我串通,我们虽是好朋友,可是建章绝不会为我去羞辱人,我承认自己衰、自己无理、自己无知、自己不负责任。我看看身上穿的白色婚纱,车窗镜里反射出我的脸,我是笑的,我这个应被人用石头砸死的女人。建章问:"为什么改变主意?"

"我现在觉得很舒服很自由。"

"我问你为什么改变主意?"

"这几个月来我觉得婚姻的制度、婚姻的烦琐、婚姻的捆绑在压着我,我不能呼吸,我除了嫁给吴哲仁之外,还看到自己要嫁给他的父母、他的家庭、他的朋友、他的社会,我不愿意,因为我看不到我自己。可是现在,这一刻,我看到自己了,我变回我自己了。"

"今晚你要到什么地方去?"

"我要陪你到酒楼,我要去面对大家。"

"你不怕他们叫一班人打你?还有日后你走在街上,什么时候被人砍死、劈死,你自己都不知道,你要小心!"

"我不怕,我幸好没有父母,如果他们还在,我也不敢这么做。"

"你母亲在上面是看得到的。"

"她定会保佑我,不然她就让人劈死我,让我回到她的身边,怎样都好!"

建章摇头,建章的年龄介于母亲和我之间,他是我母亲的学生,我母亲教他画画,我母亲说:"建章的泼墨,那构思比谁都奇,用色又大胆。"建章说我母亲最了解他,其实我也了解他,建章想什么从不表现在他的言语行为里,而是在他的画里头。

我呢?我心里想的,完全都表现在我的言语、我的行为里。因此,这一生就有我好受的了!

二、哭一场

建章六点就来接我到酒楼,早上在婚姻注册局辞婚的一幕还历历在目。说不愿意的人是我。

换衣服之前我躺在床上,垫高枕头,问自己,也为自己找一些理由或借口。

当主婚人问我愿不愿意时,我的答案应该可以有两个,"愿意"或者"不愿意",而我选的是"不愿意",有什么不妥?问题就出在人人期待那答案是"愿意"。设计这问题的人很聪明,婚姻不是儿戏,要考虑清楚。所以事到临头给你一个确认选择的机会。

建章是我的证婚人,他挺身而出和我一同到酒楼向亲友们道歉。建章拍门后,我把门打开,他见到我的穿着一脸惊讶:"你还想玩结婚游戏,穿得那么隆重!"

"这旗袍原本就是晚上要穿来迎宾的,婚虽结不成,衣服做了倒是要穿的,你也不赖,也是一身礼服。"

"我以为你一定穿条牛仔裤就算了,至于我,我也不知道如何应付今晚的场面,反正穿得隆重一点,心就定了,至少先有个架势,说话就更具信心。"

我再一次在镜前回顾。镜中出现的身影穿着细绒黑色旗袍,前面用米珠子、芝麻珠子钉绘成水仙,图是母亲生前描的。母亲叫赵奇,建章是她的学生,所以建章处处维护我。当母亲描这花图时,就是要用它制旗袍,记得她说:"水仙的名号是玉玲珑,代表高雅脱俗。"

我们在六点四十分到酒楼,建章早在下午就致电给酒楼经理说那是怎么一回事,因此厅前一片冷清寂寞。厅堂的灯倒是全亮了,一簇一簇地照耀着没有桌椅摆设的大厅,似乎在嘲笑我,也在嘲笑这人生。

客人陆续来了,看见我道恭喜,说怎么不见新郎,当他们发现大厅是空的,然后加上建章的解释,那种表情是愕然、是抱歉、是悬疑、是猜度。来的多是我们的朋友、同事,倒是不见新郎家的亲戚,恐怕他们早就打烂电话告诉亲戚飞来横祸。建章不时嘲弄我:"你像无事人一般,小心待会儿吴家搬一批人马来教训你。"

他其实比我还紧张,专门请了几位警界朋友来助阵。

九点整,厅前出现了真命天子吴哲仁。他穿着礼服,踉踉跄跄由一簇人陪伴,冲到我跟前大声吼:"逍遥,你狠,狠!"说完哗啦地吐了一地,真是败事有余。建章鞠躬又鞠躬,一直道歉请吴家的人陪哲仁回去。有一人向我身上吐了一口唾沫,那唾沫一团停在珠子花上,我闪在一旁拭抹,眼泪簌簌流下。

建章带着朋友把对方劝走,回到我身边,见我哭就说:"哭吧,你此刻才像个人,好好地哭它一场!"

三、画　室

我和建章原来没那么好的。建章是妈妈的学生,妈妈一直很喜欢他,说他有天赋,在一群学生当中,妈妈和他最亲近。我因此常常忌妒他,我甚至认为他不应该闯入妈妈的生活中。

有一次他在妈妈的画室里,妈妈跪在地上,正把颜料泼在地上的画纸上,窗口的光线射在她脸上,她那动作如膜拜信仰般肃穆,我看到建章并不注视那画纸,他注视着她,专注地、入神地注视着,如注视他的女神般。我咬紧下唇,后来我喊妈妈,妈妈进入我房内,我说:"今晚不能留建章在家里吃饭,我想跟你两个人在一起。"

"好的!"妈妈微笑地走了出去,果然把他赶走了。

妈妈去世后,建章向我要求的一件事是要用妈妈的画室,他说:"无论多少租金,我都想把它租下来,在里面作画。"

我说:"不行,我不想租出去,谁都不能在我母亲画室里作画。"

建章百思不解:"为什么不行?"

我说:"你凭什么要站在我母亲站过的地方作画?"

他说:"这给我更多的灵感!"

我说:"你凭什么要在她的画室内取得灵感? 你如果有天赋,你应该在你自己的画室里取得灵感。你是你,她是她,她已经死了。"

我说这些话其实是气话,实在令人讨厌,妈妈死了,他还要纠缠不清。怎知这些话倒点醒了他。他再也不到妈妈的画室,他就在自己的画室里吐丝作茧。两年后破茧而出,他请我去他家里看他的画。

他的画和妈妈的不同,画风带有男性的勇和劲,加上一种冷漠,是成熟的画。我虽不能画画,可是从小母亲教会我看画,我品画除了母亲的教诲外,还加上了自己的感觉和领悟,我能贴近作画者的内心世界,从画中探索他内心深处的启示。

妈妈的画室还是像以往一样,我常常走到里面看她的画,摸索她画中的意思,我也想探索她生前的思想,一种活下去,且活得真实的力量在我心中翻腾,其中一个任务是保护妈妈曾经拥有的。没有把妈妈的画室让出去,没有把妈妈的画捐出去或是卖了,都是明智之举。

有些东西是不能放弃的,也不能让人从你手中夺去或从你心中抹去。

四、蓝与黑

我到建章的画室看他画画,他把一大片蓝设在纸右边的四十五度角上,那蓝色也不是原色,比原色蓝似乎更蓝,至少在我眼中是如此,他调色比我母亲更大胆,有一种豁出去的感觉。

这时录音机播放出一首老歌:"说这是什么时代什么社会,为什么给了我们蓝,还要给我们黑,认清楚蓝的珍贵,不要给黑暗迷醉。"

建章问我:"你知道蓝和黑代表什么?"

我想蓝可以代表光明,黑可以代表黑暗。

我想蓝可以代表好,黑可以代表坏。

可是我回答:"蓝代表生,黑代表死!"

建章放下画笔,看着我说:"你对生死怎么看?"

我马上说:"生没得选择,可是死是有得选择的。"

建章问:"死怎么有得选择?"

我说:"不是有个词汇,叫作'自杀',你可以选择怎么死。"

"也有个词汇叫'偷生',也有说'像畜生那样活下去',生活还是重要的,怎么苦怎么难都要生、要活,怎么好说自杀呢?"建章说这话时是看到我眼里去的。

我辩护:"我是说人可以有这个权利弄死自己。"

"人没有这个权利,那是犯法的;生命本身是一个'他',自己不能杀了'他',你不应该有这种消极的想法。"

"建章,你怕死吗?"

"当然怕,谁不怕死。"

"相比之下,你比较怕别人死还是怕你自己死?"

"如果是你喜欢的人,你怕他会死多于怕你自己死。"

"我妈妈死的时候,你怕不怕?"

"怕,当时我希望能替她死!"

"是吗?妈妈真幸福!"

"你呢?妈妈死的时候你怕不怕?"建章低下头来问我。

"你知道我怕,我一直喊叫她不要死不能死!"

"所以当时我恨不得替她死。那你就不需要那么孤单了。"

"原来我在你心目中也那么重要。"

"可是我现在回想,还是她死得好,由我来承受面对死亡的难过,我觉得是应该的。"这话建章像是在对自己说。

"我有时也这么想,承受一个你爱的人的死也是一种爱。"

建章听了我的话后对我说:"你的悟性实在不是你的年龄所该有的。"之后他过来紧紧地拥抱我,我知道他想念母亲,他是因为母亲才那么爱我。

妈妈是何等的幸福。

五、黑色的痛

此刻你们一定想知道我母亲是怎么死的。

母亲死的时候是四十五岁,建章是三十五岁,我二十五岁。

母亲把许多心里的话告诉了建章,当然包括了她想死的心事。后来建章都说了出来,也不是一次就说清楚了的,是随意随口在偶然、在无意之间说的。

他说:"一个人要放弃生,而去求死,是谁也帮不了她的。"

"你是说我母亲?"

"也不一定,就是泛谈。其实你母亲在没患病之前早就立志要早死。"

"你怎么知道!"

"她说:我这一生也无悔,说生活,什么路我没走过,二十岁之前恋爱、离家、生孩子这等大事都干了;二十五岁开始作画,前五年的学艺不算,十年画旷野枯木腐石,蓝得怪异的天空,静得比死更冷的静室、角落、石级、墙壁;再十年画内心意识,画的时候不难,构思令我一头白发。"

"我知道,母亲一生的路在四十五年内已经走完了,而平凡的人可能需要走多一倍的日子。"

"你母亲说若要研究现代派的华裔画家,不能不提她赵奇,她画风的转变,与时代与社会经济,与人的价值观都有异常密切的关系!"

"母亲转变画的题材手法,你说与生活、与我是不是有很大的关系? 十年前我在外国读书,由瑞士到英国花了多少钱,怎么说呢? 她近年的画比她以往画枯木静室卖钱。"

"你不了解你母亲,她如果要你从小吃番薯白粥也未尝不可,她要把你送进美容院当学徒谁又能怪她,她不是为了钱,她是为了追求自我表现,因此也把你带到极高的层次。"

"就恨她为什么不能像其他女人一样养儿弄孙。"

"你看你,在无理取闹,其实我最羡慕你的是你跟赵奇有血缘的关系。她前身一定是一颗星星,后来坠落人间。"

"建章,你迷恋我母亲,我宁可她前身是白蛇青蛇。"

"你说的也对!"然后建章就陷入沉思,他不再说话。

母亲的肝、胆、肺都不好,胆早就割了,肺在她小时哮喘过,肝不好自然是后天的辛苦郁闷造成的。当她知道自己得了肝癌,她对建章说的第一句话:"总算有个理由可以死去了。"气得建章哭了出来,建章后来告诉我。

"你母亲真过分,用死来跟我开玩笑,也不体谅人家心里难受,当我是什么人,看她敢不敢拿这话来说给你听,她就不理我伤心,见我哭了她还笑我说:'傻子,我这就死得了吗?'"母亲病到开始疼痛才卧床,脸也不是太黄,如象牙似的蜡黄色,有一天对我说:"女儿,妈妈对你没有不放心的,是你叫我活到今天,如果没有你我早就离开了,我走了也不过是到另一个世界遨游,所有的画都留给你,那画其实也不过是像小孩子的玩具,在那个时候是不能缺的,孩子长大后也不再需要什么玩具了。"

母亲说完这话没两天就死了,医生说她偷偷集了几次吗啡,然后一次性喝下去。想她那几次,没服吗啡是如何地忍着痛,我也不能太责怪她。母亲在最后实践了她的意志,她操纵了死的日子。

最让我耿耿于怀的是,母亲做了好些她认为对的事,却叫别人承受了痛苦,而你又不能怪她!

六、影 像

母亲生前不喜欢照相,她的论调是:照给谁看? 要看你的人就直接来看你,与你面对面;若说照给自己看,不如照镜子;若说老了看,只徒增伤感,想当年有什么用? 要现在活得尽情活得满意。所以她很少拍照,那些相片都是在她不留意时别人替她照的,因此她的照片非常自然,简直叫人妒忌。

有一张是背影照,她穿麻织长袍,长发用个象牙夹子胡乱夹着,右手垂下,左手大概放在胸前,是在看自己的画,人遮住画板,见不到画面,那袍下露出美丽的脚踝,脚踝上是一条金链子。

有一张是正面照,枣红色的衣服,坐在奶白色沙发上,两脚侧在沙发上,照相的人大概是在她不留意时喊她,她猛一抬头,那神情也不笑,微张嘴,疑问的眼神,姣好的一张脸,她的随意都被拍了进去。

建章倒是替母亲拍了好些她在作画时的照片,也不单是站着,母亲常是坐在地上,或蹲或趴在地上作画。建章把这些照片当成艺术品,他和我在看这些照片时说:"没有见过一个人像你母亲,你母亲也不像任何人,她就是她自己。"

换句话说,我也不像我母亲,我只是受我母亲影响。想到这里也就觉得乏味。明明跟母亲那么亲密的关系,就是不像她。建章说:"你母亲说她十二岁就看《源氏物语》,她说自己成了书中桐壶、紫姬的化身。"

记得后来我忙乱翻看《源氏物语》,也不完全接受建章的比喻。论外形她们倒有三分像,但母亲绝不是像她们那样被动,她是一生自若自如。

说到影像,我倒是偷偷地拍了母亲和建章在一起时的照片。我先说我们住的屋子,屋子内部像船,是我父亲设计的。他走了之后就把屋子送给母亲,中间大厅分两间,一半是母亲的画室,一半是客厅,屋顶一半是玻璃板,阳光、月光轮流从玻璃透射到画室中。客厅的后面是饭厅、厨房、天井、储藏室。楼上是房间和书房,屋外有走廊,从廊杆上能望见客厅和画室。

我就是在楼上的廊杆内拍下母亲和建章的照片。有一张是母亲趴在地上,建章也趴在地上,两人并列,母亲两脚交叉,建章两脚跷起摆动,显得很兴奋,一手还搭在母亲腰间。另一张是母亲盘腿而坐,建章坐在她对面,也盘着腿,中间隔着一幅未完成的画,母亲运笔,建章凝视,两人都很严肃。

这些照片我一直珍藏着,他们两人都不曾见过,我也不打算给他们任何一个人看,我是自私的,我不要建章看到他与母亲一起的美好时光,因为我妒忌他们两人。

可能有一天等我成熟一点,我会给建章看。这照片若在建章手中,他肯定视它们比自己拍的照片更为宝贝。可他看了后又怎样?那种时光不能回来,只会徒增伤心。

因此我就更不想拿出来了。

七、三种爱

母亲和建章在一起往往给人一种十分融洽的感觉,建章讲话时,母亲温柔地看着他;母亲讲话时,建章又十分专心地听,时而微笑,时而沉思,带着一种十分安宁的气氛。

母亲和我就似乎有一种隔膜,我觉得母亲和我讲话只是一种必要,她或吩咐、或告诉、或指示、或教导;而我对母亲多是要求、报告、诉苦,我常觉得我坐在母亲左右不如建章坐在母亲左右来得自然,因此我一直都十分讨厌和忌妒建章,因为他的存在使我和他形成了一个比较,而我居下风。

母亲似乎没有察觉这一点,母亲什么都可以对建章说,对我呢,她却选择应该告诉我的事才告诉我,我们的话题是母亲和我在一定的情况和时间下选择过的,因此我跟母亲说话就更急促、更烦躁。母亲常问我:"喂!你这又不是,那又不妥,你到底要什么?"

当然我不能告诉母亲我要她所有的爱,可是我若不说就自己不快,我母亲冷眼望我说:"快说,你到底要什么?"

我大声地向她吼:"我要你只爱我一个人!"

"可以!"她温柔地看着我,我一声不响了,母亲只爱我一个人,我怎么能承受得了。

一直到母亲病了,我才完全接受建章。实在也不由得我不感动,傍晚放工到母亲的病房,天不怎么黑,房间的灯却亮了,那种灯光把病房照得像一个舞台,建章坐在母亲床边,握住她的手说话,也不知道他哪来那么多的话。母亲把头发剪短,齐耳的位置,有垂下额头的刘海,当建章把她的头发拨向耳后,我从门口远远望去,她就像个女学生。看到这幕,我就会眼泪盈眶,母亲真要去的话实在是去得太早了。

因为工作我不能天天陪着母亲,而建章却可以放下工作陪她,母亲也不催建章工作,他们之间有一种默契。

一直到母亲去世后我才知道他们之间其实是有争执的,母亲尤其不想面对自己脱发、肚胀、脚肿的样子。建章对我说:"你想我怎么会在乎你母亲变成什么样子,是她自己在乎,她不能接受自己将会变成那个样子。有一天我要从她手中把镜子夺去,不许她再自艾自怜,她居然和我抢那镜子,也不知道哪来的力量,最后终于抢到镜子,然后对着镜子大哭一场。"

"母亲最爱的还是她自己。"我说完这话,望着建章,建章一声长叹!

八、人比人

有一次我问母亲:"我的爸爸呢?"那年我大概七岁,向她讨要我爸爸。她到储藏室找到一本相簿,翻开那相簿,指我父亲给我看。

我的父亲不高略胖,方形的脸,鼻子小嘴唇薄,最好看的照片是他的大学毕业照,乔治华盛顿大学的硕士袍果然不同凡响。然后我母亲说暑假带我去美国找我父亲。

我母亲把那本相簿给了我,我拿回房去,再看那些照片,七岁的我的感觉是不太喜欢照片里父亲的样子。倒是我当时有一张母亲的照片,我常把母亲的照片拿出来给同学们看。她微侧着身,长长的头发一并梳向脑后,浓的眉,高的鼻,弧形完美的嘴,嘴两边微上翘,我那些小同学都说要留像她那么长那么直的头发。

七岁那年的暑假,母亲带我去找父亲。记得在机场,母亲把头发梳成马尾,棕色斜纹直筒裙,一排深棕色纽扣在右侧,罩一件白色短衣,衣领翻上,一手提一个旅行袋,一手拖着我。我不记得自己穿的是什么衣服,后来看到父亲,我父亲比照片中更胖了,见到我们一头是汗,裤子倒称身,用吊带吊住,长袖衣的质料太薄能看到肉;有一件与裤子布料一样的外套,大概原来是穿着的,后来太热脱了。

他见到我一直叫我,又抱我,大概我太重他又放下,然后从外套的袋里摸了好几块朱古力,都融了。我也不知道自己与他说了什么,大约就是读书、开不开心之类。后来去吃饭,父亲叫了很多菜,把我喜欢吃不喜欢吃的都夹到我盘内。我看母亲,她倒自在,望望玻璃窗外的街景,看我努力吃面前的一大堆肉。

晚上我就发噩梦,一直梦到盘里的肉呀菜呀老是吃不完,心里又急。小小的年纪又觉得不应该让父亲难堪。第二天睡醒,母亲对我说:"你爸爸带你去玩两天,你要妈妈陪你吗? 如果你要妈妈陪你,我就陪你一道玩,如果你觉得可以独自跟爸爸玩,就只有你们两个人在一起,妈妈去找别的朋友去!"

我忙说:"你不要离开我,我跟你去找朋友。"

母亲望到我眼里去:"不是说要爸爸吗?"

我一声不响,以后每想起这件事就恨母亲,像是她逼我到墙角。

记得后来,母亲陪着我们一道玩,我那父亲带我玩足游乐场的所有设施,母亲多数在一旁看,微笑坐着等,我那父亲拖我去坐海盗船,他喊到轰天雷般响,差一点没震破我耳膜,又挤得我太紧,太浓的香水与汗臭差点熏死我。下了海盗船,我肠胃翻腾,把几天所吃所喝的,一股脑儿吐得满地都是,真是成事不足。

两天在酒店躺着,母亲无微不至地照顾我,父亲也来看我,我总是装睡,不想面对他,夜里母亲买了香甜的夏威夷小木瓜,用匙羹小心地喂我,吃完了她对我说:"后天我们回家去,明年你还可以来与你父亲相聚,他说你可以到他家里度假,他也说如果你将来要跟他住,他可以安排你住宿在学校里。"

我不说话,紧紧抱住她,靠在她怀里,她抱紧我说:"妈妈最爱你,无论怎样妈妈都不会抛下你。"

后来我没找过爸爸,倒是他每隔两年一定要见我。就是因为我也有点像父亲,所以就更难与母亲比,我不如母亲是遗传使然。我父亲是个平凡人,虽然他说他在年轻时曾经潇洒过,我也相信,否则母亲不会与他生下我。母亲说:"你父亲也是一个好人,是我离开他的,他是个好丈夫好父亲,只是越来越平凡。"

母亲就是自命不凡,而当时的我其实是有得选择,摆在前面的两条路,你们如果是我,也会选择跟母亲。

生命的路本来就很清楚,到歧路了,其实也只有一条,我直到如今都没有后悔,心里不甘的是:母亲当初并没有认真地选择和考虑,她应该能和我一样,在主婚人问她愿不愿意时,她说:"我不愿意!"

九、裸　画

自从我抗拒嫁给吴哲仁后,我的生命就得以自由,很多人以为我自由后就好了,就逍遥了,其实不然。自由伴随的往往是寂寞,不知所措,天天像无主孤魂踱来踱去。以往工作之余的时间,就是让吴哲仁安排,看电影、吃饭、游泳、旅行,如今吴哲仁那儿是不能再去的,于是百般无聊,只有找建章。

建章似乎有许多事情忙,他没有女朋友,我奇怪,妈妈死了也有两年,他居然不交朋友。我去他家里,他也不甚照顾我,他说:"你最好带你的东西来做,我未必能陪你。"

我有时带些书去看,有时租录影带看。建章看我如此,就常摇头,讥笑我:"没想到赵奇生了这么窝囊的女儿,闲来踱去,像只困兽,竟不知如何消磨时间,平凡得可以。"

这使我老想起父亲,记得我很小很小的时候,父亲还没离开母亲,母亲去学画,父亲就带着我在屋子外洗车。他一洗车就什么都忘了,脸贴在车面上,擦得满身满头都是汗,又将衣服脱去,洗完车又擦油,我立在一旁看他,老觉得那车不是洗干净的,是他舔干净的。

我不喜欢想起这些,于是我站了起来,把录影机关上,走到建章面前。

我这个人说笨也不是,说聪明又差了一截,然而我的脑子是肯思想的脑子,真所谓"质虽粗蠢,性却精通"。我看建章在为一张裸画润色,我问他:"你有没有画过妈妈的裸体。"

他瞅我一眼,我紧紧盯着他,他一脸肃穆。

我在等待,我要答案。

他站起身来,去开那檀木柜。这柜子里摆的都是他收藏的画,他拿起一包用黑布套起来的画,那黑布袋用金色绳子束紧。他解开那绳子时犹如打开他的心锁,并不那么顺畅。

然后我看到一张张的裸画。

是男体。姿势自然,从肌肉的纹理可知是放松的、愿意的。每张都有脸,脸没有五官。我一张一张地看。

第一张是一足跪一足蹲,手撑住头,脸向前,给人一种大无惧的感觉。

第二张是盘腿坐,手在胸前成捧物状,一种接受恩典的平静。

第三张是全身立着的背影,有一种让人看他正面的激动。

第四张也是最后一张,是自己拥抱自己,缩成一团如球体,给人一种对世界、对人、对一切的不理会、不要面对的感觉。

建章说:"都是你母亲画的。"

我说:"我母亲从不画人体。"

他说:"是的,她从不画人体,她只画我。"

我无声,他那浓黑的发,均匀的下巴,是画中人。建章不是普通人,母亲更莫测,我开始流泪。

十、真善美

我开始流泪,也不是伤心,只是觉得人体的珍贵,人的珍贵。

人在接触对方身体的时候,多少把他看清楚了。建章在母亲面前坦诚,母亲不曾画人体去展览,她不常练习,然而她把建章的身体入画,好过我见过的许多裸画——创意新,没有窗,没有床,没有天与地,只是人体。

我说:"我要看你如何画母亲。"

他从袋里拿出另一卷。我开始紧张,看自己母亲的裸画是否应该,或根本不希望母亲有裸画。我不敢打开画卷,建章替我打开。

母亲的裸体是用黑色的薄纱罩住的,那薄纱就只中间开一个洞,罩住身体,都是正面及侧面画,臂上无物,脚上没鞋。

脸是原来的脸,五官是她自己,特色是脸上的表情,一共六张。

第一张木然而立,第二张蹙眉,第三张俯首,第四张举目,第五张斜视,第六张哭泣。可看出建章比母亲更擅于画人。

我问:"是谁建议用薄纱。"

建章说:"是我。"

我问:"为什么?"

建章答:"因为她毕竟是我的老师。"

这时我才体会到建章对母亲的爱,是那么的长阔高深。

我拿起那张母亲哭泣的画,在黑纱罩着的裸体下,似乎觉得母亲在颤抖地哭。

我问:"妈妈真的哭?"

建章说:"真的哭,她当时已知道自己活不久,是她建议画裸体。她说:'这身体快要毁了,不行不行,要快把她画下来。'"

建章又说:"这些作品是我们在一起最后的工作,是不好过的,可是那段时间是我们最平静、最相爱的日子。你不知道当两个人那么在意分离,那么想留下些什么的时候,其实是最真最善最美的时候。"

十一、寻找自己

看了裸体画后,可以感觉到建章是悲哀的,他的头都垂了下来。过了许久,天黑了,我过去开灯。

他喊:"关掉它!"他在生气,生我的气? 因为我挑起了他深处的感情。这时我最好离去,可是我不想离去,我说:"建章,那是我母亲,我都过去了,怎么你还过不去?"

他大吼:"你懂什么? 你不懂!"我只得安静,去把灯关上,只剩厨房的灯,灯光还是照到厅上来。

建章是痛苦的,有一种悲伤在他心灵深处。

建章说:"你母亲对我的爱是有保留的。也不知道她留给谁,我觉得不足,因此就更羡慕,就像那画中的一层纱,我感觉到的。"

他又说:"加上你母亲的死,这种悲伤成了一种受伤的悲哀,也没人能安慰你,然后像猫儿般要舔好自己的伤口。"

我问:"是妈妈弄伤了你?"

他说:"不尽然,有的伤是自己越挖越大。"

"你为什么去挖它,叫自己痛苦?"

建章说:"有时是故意去挖它,因为会痛。自己弄痛自己,有痛的感觉其实是好过没有感觉。逍遥,人生这回事你或许是不明白,痛的感觉,失去的感觉,在你生命中有很重的分量,我要这种沉重的感觉。"

我同情建章:"建章,妈妈真给你这么多感觉?"

"是的,你母亲往往叫人去找自我,我十年与她在一起,我以为我了解她,其实很多时候是她帮助我了解我自己。"

建章似乎还是活在母亲的阴影里,母亲的阴影也一直是我不能摆脱的。我看见痛苦的建章,我忽然间有所悟,我想我不能活在母亲的阴影里。

不错,母亲有她的无价之处,可是我也有我宝贝的地位,我得离开这个地方,我要出去,我要去找阳光和空气。

于是我出国去了,到南半球去,一个能找到企鹅的地方。

在那里,我又经历另一段人生旅程,我在寻找我自己的同时也努力去建立我自己。

作品赏析

《逍遥曲》是新加坡女作家孙爱玲的短篇小说,女性世界一直是她小说中创作的重点,该作品也不例外。《逍遥曲》细致入微地刻画了两个鲜活且不同的女性形象:逍遥和逍遥的母亲。随着男主人公建章的出现,剪不断理还乱的人物关系,推动着整个故事情节的走向。孙爱玲对女性独特的塑造方式,让人不得不佩服,读完全篇小说后,让人沉浸其中,久久不能释怀。

作品共分为11个章节,作者通过逍遥的一场"不愿意"的婚礼开场,开篇就把逍遥的洒脱、随性、自由的个性展现了出来,但我读到的逍遥其实是一个极其敏感渴望幸福的女孩,她并没有想象中的那么"逍遥"。建章的出场,显然是让逍遥有点不舒服的,在前面几个章节作者很多次都提到建章是母亲的学生。逍遥常常嫉妒建章,因为建章是母亲最喜欢的学生,她希望母亲只爱她一个人。但是,后来母亲在四十五岁那年走了,看到痛苦的建章,她又觉得母亲很幸福。其实话里话外都能感受到逍遥其实是个很敏感的人,她也许因为缺爱才会渴望,也许她渴望的不是母亲,只是纯粹的爱。建章和母亲的关系更像是灵魂知音,他们两个可以互相读懂对方,就像逍遥也能看懂母亲的画。作为一个已经故去的人物,作者把画家母亲的形象描写得更让人难忘,一层层地深入,抽丝剥茧,仿佛想要把母亲的薄纱拿掉,才能真正读懂母亲。其实,逍遥、母亲和建章他们三个之间的种种情感并没有那么单一,像藤蔓一样盘根错节,逍遥自己都说"母亲最爱的还是她自己"。最后一章是"寻找自己",建章由于一直沉浸在失去逍遥母亲的痛苦中,迷失了自己,甚至享受这种痛苦。但是逍遥选择重新开始,与开场的潇洒自由又相互呼应。

　　孙爱玲笔下的逍遥和母亲都不是平凡的女性,或者说是不甘于平凡的女性,她们都有自己的力量感。孙爱玲是一位对人生和人性有着冷静思考的女作家,以她女性特有的敏锐触觉,为我们谱写了一首"逍遥曲"。

(张瑞坤)

尤 今

尤今,原名谭幼今,出生于1950年10月10日,为南洋大学中文系荣誉学士。曾任职于国家图书馆和报界,也曾执教于中学和初级学院,现专事写作。至2020年为止,尤今已出版小说、散文、小品、游记等200部(96部在新加坡出版,另104部作品分别在中国、马来西亚等地出版)。目前为中国《新民晚报》《羊城晚报》,新加坡《联合早报》、《学生周报·逗号》、文化杂志《源》撰写专栏。迄今为止,尤今已有5部作品(包括传记、散文和小品文)被译为英文、1部散文被译为印尼文。

那个染金发的少年

一

早上九时许,天空是一片干干净净的蔚蓝色。我按照地址,驱车直往红山组屋区。这天,是八月八日,是新加坡的国庆前夕,家家户户都自豪地在窗户上挂着红白相间的国旗,鲜活的白色、绚丽的红色,把那原本亮得好似水晶一样的阳光映照得黯然失色。

组屋区这种热闹快乐的气氛,和我的内心世界形成了强烈的对照。我今天到这里来,为的是执行一个不太愉快的"任务"。

我来找一个学生。

昨天,当我在办公室批阅卷子时,绰号"火霹雳"的物理老师钟茂炎气势汹汹地揪着一名高高瘦瘦的男学生朝我冲来,一站定,便厉声说道:"谭老师,看看,看看你班上的这个活宝!"

站在眼前的,是素来沉默如山的宋立龙。

此刻,他戴着一顶大大的鸭舌帽,突出的帽檐,在他长长的脸上投下了一道阴影。他那双忧悒的眸子，紧紧盯着自个儿的鞋子，好似鞋子上面镶嵌着两颗价值连城的钻石。

"你知道不知道他为什么要戴帽子来上学?"钟茂炎老师余怒未消地问。

我站了起来，仰头看着这个比我高了一大截的少年，一个字一个字慢慢地说道:"立龙，今天早上我问过你的，当时，你是怎么回答我的? 现在，请你复述一遍。"

他紧抿双唇，不肯开口。我于是便像个录音机一样，把他的话重播一遍:"你说，你的头发长了虱子，医生为你敷了药水，要你在这几天避免让头发沾上尘垢或其他肮脏的东西，所以，你必须戴帽子来上学。"

钟茂炎老师哼哼冷笑着说:"嘿嘿，他头上的虱子可真厉害哪，会变魔术呢，把他头发的颜色彻底转变了!"

说着，伸手强行扯下他的帽子，倏地，一道、两道、三道……无数道刺目的金光，好像暗器一样"嗤嗤嗤"地飞射出来，我当场愣住了。啊啊啊，宋立龙那一头原本漆黑如墨的头发，居然被染成了刺目而又惹目的金色。黄灿灿、亮闪闪的头发，罩在他那张带着阴霾而又阴沉的长脸上，不但不协调、不相配，而且，显得滑稽可笑。然而，此刻，我不但笑不出来，反而难以遏制地生出了一股怒气。

我一向痛恨不诚实的行为，所以，每年一开学，我便慎重地向学生表明，不论碰上什么问题，都请他们坦白向我阐明，不要隐瞒、不要掩饰、更不要撒谎。纸包不住火，世界上没有永远的秘密;撒了谎而尝试去圆谎，宛如把一个小苹果化为一个大西瓜而又尝试把大西瓜还原为小苹果，几乎是全无可能的，智者不为。

现在，这个宋立龙，胆敢在我面前睁眼说瞎话，而我，居然照单全收，当了让人讪笑的傻子，还蠢蠢地付出同情!

我以少有的严厉语气说道:"立龙，你为什么要撒谎? 给我解释清楚!"

金发下的那一张脸，执拗地露着一种顽固的沉默。眼前这一座山，也许埋着滚烫的熔岩，随时会喷发，为了避免两败俱伤的局面，我当机立断地说道:"你! 现在，立刻回家去! 把头发染回黑色! 明天早上七点，提早来向我报到!"

他耷拉着脸、低着头、垂着肩，走了出去;那背影，沉重得好似驮了千斤米。而我，心上吊着的那个桶，也盛了千斤米。

我深深地感觉,有时,潮流就好像毒品一样,它无时无刻不在向心性不定的青少年招手,许多抵受不了诱惑的青少年,甘愿冒着触犯校规、触怒老师的危险,"勇往直前"地沦为潮流的奴隶。就好像这个宋立龙,一向沉默寡言,看起来成熟稳重,想不到现在却也逃不过追求时髦这一关。

钟茂炎老师显然不满意我的处理方式。他撇着嘴,说:"你就这样放过他吗?"

我淡定地应道:"错误既然已经犯了,我们就应该给他机会,让他设法把错误纠正过来,再好好进行辅导。"

他嘴角泛起了一抹讥讽的笑意,说:"你叫他明天七点来向你报到,不是明明白白地放虎归山吗?"

我看着他,眼里挂着问号。

他说:"你别忘记,明天是国庆前夕,学校只有庆祝仪式而没有上课,你想,他会乖乖地把头发染回黑色,言听计从地回来向你报到吗?"

我平静地答道:"如果他不回来,我会另行惩罚他的。他是我班的学生,我会对这事全权负责的。"

宋立龙到底会不会遵守诺言,回来向我报到?

我忐忑不安。

第二天,我起了个绝早,到学校里等。

校内喜气洋洋、笑声盈耳,然而,我却无法融入这一份欢乐,有一股强烈的焦灼感隐伏在我身体内,我一次又一次望向校门,可是,希望一次又一次转化为失望——我等待的那个人,始终没有现身。

时钟指着八点三十分,我终于确定,宋立龙是存心不来了。

有一种打了败仗的沮丧感,那一股淤积在胸口的郁闷,随时会引出愤怒的爆炸。言而无信已难以宽恕,而给予机会还加以滥用,真是罪无可恕。我决定立刻采取行动,上他家去,亲自将他揪到理发院去,亲眼看他将头发染回黑色!

二

应门的,正是他本人,一头金光闪烁的头发,一脸难以置信的错愕,他结结巴巴地问我:"你——呃,你来找谁?"

我瞪着因心虚而显得畏缩不安的他,冷冷地说:"当然是找你。"

"找我干吗?"

"看你有没有把头发染回黑色。"

这时,屋子里传来了暗哑的声音:"阿龙,谁在外面?"

"是我的老师啦!"

"老师? 啊,快点,快请她进来坐!"

狭隘的客厅,只有几把椅子、一张桌子,异常简陋。一个年过七旬的妇人,坐在藤椅上,左脚密密包扎着石膏。她那张皱得千回百转的脸,在这一刻,有着一种难受的尴尬——她想要站起来迎接我,但又知道自己办不到,因此,只能拼命地微笑、拼命地摆手,一迭声地说:"老师,坐,坐,请坐! 阿龙,快点,给老师倒茶!"

长手长脚的宋立龙,局促不安地站着。老妇人以焦灼的声调催促道:"阿龙,还不快去!"

宋立龙这才好似大梦初醒一样,快步走进了厨房,头发那一圈一圈闪闪烁烁的金光,还恋恋不舍地曳留在光线晦暗的小厅里。

"阿婆,宋立龙是您什么人?"我试探着问道。

"啊,他是我的孙子,我唯一的孙子。"老妇人吞了一口唾液,忧心忡忡地问道:"这孩子,在学校里,是不是惹了什么麻烦?"

"立龙是个好学生,很成熟,也很懂事。"我据实以告:"可是,这一回,他忽然莫名其妙地把头发染成了金色。校方是严禁学生染发的,我昨天嘱咐他把头发染回黑色,他答应了,可是,今天居然逃学!"

"染发!"她满是沟壑的脸庞突然填满了悲伤,她低下了头,看着地板,艰涩地说:"老师,是我帮他染的,请您不要责罚他。"

我不出声。唉,眼前又是一个盲目溺爱幼辈的典型例子。孙子犯错,不管青红皂白,先把罪名顶替下来,老师再生气、校规再严厉,责罚的鞭子也挥不到家长那儿去,只是,这样的一种爱,是多么的不智啊!

"老师——"老妇人再开口时,喉咙好像被什么割破了,发出一种碎裂的声音:"请您相信我,他的头发,真的是我替他染的……"

这时,宋立龙捧着刚刚泡好的茶从厨房走出来了,老妇人立刻噤声。宋立龙把茶杯放下时,我这才注意到,桌上有半碗粥,早已冷却了,凝成白白的一团。宋立龙对老妇人轻声说道:"婆婆,您先把粥吃完吧,别饿着了。"

老妇人轻轻地点了点头,说:"我待会儿才吃。你现在下楼去,帮我买一瓶驱风油,顺便把洗烫好的衣服送回去给那三户人家。"

宋立龙看着我,迟疑着,没有动。老妇人催促道:"去吧,你的事,我会向老师交代清楚的。"

宋立龙手脚麻利地将折叠得整整齐齐的衣服分别放进大大的袋子里,向我颔首示意,趔趔趄趄地走出门外。

我转过头,正想开口,赫然看到老妇人浑浊的双眸中满满的都是泪。她不想让我发现,偏又遏制不了,脸上的每一道褶皱,都镶嵌着痛苦。她用手背拭去了眼中的泪,而那些尚未淌出来的泪呢,九曲十八弯地全都流进了声音里:"老师,我想,您并不了解阿龙的生活实况。他性格好强,一直不想也不要让别人知道。阿龙的父亲,是我的独子,很不长进,爱嫖爱赌,且还酗酒,我的媳妇忍受不了,在阿龙三岁时,便离家出走了,迄今下落不明。我那没出息的儿子,和别的女人姘居了,一直都没有回来。阿龙是由我一手带大的。"

我静静地听着,脑海里交叠着出现的,是宋立龙那张老成持重的脸。

"我白天替三家人洗衣、熨衣,晚上到附近的餐馆洗碗,赚取家用。现在,什么都贵,维持一个家,又要供阿龙读书,实在很辛苦咧!偏偏我前几天又跌倒,无法工作,真的是人老不中用啊!阿龙一直想在放学后去打工,是我阻止他的。可是,现在,我疗伤要钱、吃饭要钱、交学费要钱,平时的积蓄又不多,老师,我的心,焦急啊!"说到这儿,老妇人捂着胸口,干咳了几下,才又继续说道:"前几天,阿龙有几个朋友来找他,他们要在克拉码头作为期一周的街头表演,邀请阿龙加入。我看酬劳不错,又是正正经经的表演,阿龙自己也喜欢,不就答应啰!他们要求阿龙把头发染成金色,我想,反正是短期的,就买了染发水,亲自帮他染。老师,请您相信我,我真的不知道学校是严禁染发的!对不起!"半晌,又说:"老师,我们真的需要一笔钱来救急,您就请校方通融一下,等他表演结束,我一定、一定亲手帮他把头发染回黑色……"她的声音、她的表情,满满的都是卑微的哀求。

我心念急转,没有等宋立龙回来,便起身告辞了。

赶回学校时,歌舞喧天的节目还在热热闹闹地进行着。

三

当天晚上,我来到游人如织的克拉码头。妖娆的霓虹灯将丰满的新加坡染上五彩的光影,像有人在水里燃放着的无声的烟花。夜,显得分外的妖媚。河的两畔,鳞次栉比连绵而去的,全是餐馆、餐馆、餐馆。摩肩接踵的人气、食物勾魂的香气,像金丝银线地交织在一起;沸腾的人声、喧闹的乐声,不分你我地交缠在一块;整个克拉码头,充满了声音与气味、色彩与光泽。

在克拉码头的心脏地带,有个临时搭建的舞台,瑰丽的灯光呈辐射状地向四方发射。舞台前方,观众一层一层地挤得水泄不通,我一寸一寸地挪动着,出尽吃奶之力,才勉强地挤到舞台前面去。

舞台上,伫立着六个金发少年,高度相似,穿着一模一样的衣服,远看像是克隆出来的。我睁大眼睛一个一个仔细地辨认,然而,看来看去,都看不到宋立龙。宋立龙,会不会是最后才隆重出场的压轴人物呢?我按兵不动,静观待变。那几个少年,随着飞扬的音符在台上疯狂地舞,舞舞舞,他们的骨节中仿佛蕴藏着节奏,只见他们步骤齐一地扭腰、摆臂;双腿东南西北地舞动,双臂上下左右地挥动;像飞鸟、像游鱼、像狂风里的柳条、像暴雨中的闪电。

约莫过了 15 分钟,音符疲软,舞者大汗淋漓,鞠躬、退下。

司仪报告:"现在,我们请叮叮和当当出场为大家表演!"

掌声、喝彩声、口哨声,如骤雨般落在人潮密集的广场上。叮叮和当当这两个反差极大的形象一出现,大家立马便笑得前俯后仰。

叮叮很高,像耸天而立的塔;当当很矮,像塔下的一朵小蘑菇。叮叮金发,当当红发。两个人的脸庞,被缤纷的颜料卡通化了,他们穿着色彩斑斓的宽大衣裤,动作夸张惹笑。台下的孩子们兴奋难抑地尖声喊道:"小丑!小丑!"

一高一矮两个小丑,化身为孙悟空,头下脚上地翻起筋斗来。长手长脚的高个子,手脚异常灵活,漂亮地翻出了一连串的连环筋斗;笨手笨脚的矮个子,有样学样,却学得三不像,屡屡跌跤,嗷嗷惨叫,激起了台下一片又一片的笑声。

这时,我忽然发现,那个高个子,就是宋立龙!

当他在台上做着各种各样滑稽可笑的动作时,台下的观众发狂地笑,他那个涂得艳红而充满了喜感的大嘴巴,也无知无觉地"笑"着、"笑"着,啊啊啊,如果不是迫于无奈,这个自尊心特强的孩子,又怎么肯在众目睽睽下装疯卖傻啊!他表演得很卖力,然而,每当台下爆发出一轮又一轮的笑声时,便好像有一道又一道无形的鞭子朝我飞扬过来,在我心叶上激起一股又一股热辣辣的痛,此刻,我泪盈满眶。

叮叮和当当表演完毕而退出舞台时，我也挤出了人潮，往后台走去。告诉守在外面的工作人员，我有要事得见叮叮。

尚未卸妆的叮叮从后台走出来，一看到是我，便大大地愣住了；可是，他脸上那个猩红的大嘴巴，依然一无所知地"笑"着、"笑"着，那种感觉，十分突兀。

我们对视着，谁也没说话，像两株木立的树。半晌，他嗫嚅地喊道："老师！"

我声音平和地问："立龙，你几点表演完毕？"

他说："还有一场。九点，可以离开。"

我说："九点过后，我在河畔的印度奶茶摊子等你。"

九点十五分左右，他赶来茶摊。妆卸得不完全，脸上残留的颜料宛若斑斓的泪痕。

我对摊主说："来两杯奶茶！"

印度摊主以传统的方式泡制奶茶，只见他一手高高地举着一个大壶，一手低低地拿着一个茶杯，高举着的手，在一倾一倒之际，那热气蒸腾的奶茶便化成了一道细细瘦瘦的金色小瀑布，向下俯冲，准确无误地落入仰头等待着的那只小杯子里，点滴不溅，煞是好看。

奶茶上桌后，宋立龙俯着头，专注地看着，眉头微微地皱着，仿佛奶茶里面掉入了一只苍蝇。良久，他才以喑哑的声音说道："老师，对不起。"

"立龙，你又没有做错事，干吗要道歉！"

他抬起头来看我，一脸错愕。

"你染发、撒谎、逃课，表面看来，的确是触犯了校规；可是，如果你做这一连串错事的后面，有个善良的动机和意图，我便得换个角度来衡量是非黑白了。"

他的喉结动了动，没有声音发出来。

我继续说道："你最大的错误是没有坦白告诉我有关你的困难和困境。现在，听着，我已经要求校方的福利组每个月定期拨款帮助你……"

话还没说完，他便露出了一贯倔强的表情，说："老师，不要，我不要别人帮忙！"

这个孩子，宁可在大众面前当小丑，也不要校方伸出援手，他的内心深处，也许有个难解的结。为了帮他解开这个心结，我一再探问，然而，吊诡的是,他无论如何都不肯敞开心扉,只一味地说:"我要自食其力。"

时间一点一点地流走,我心急如焚。实际上,当我向校方的"特别福利小组"为他申请援助金时,着实费了不少唇舌。负责老师吴圣楠翻开记录簿给我看,宋立龙父母亲职业的那个栏目上,清清楚楚地写着:"父亲——建筑督工。母亲——家庭主妇。"

吴圣楠老师解释道:"宋立龙是家中独子,父亲是建筑督工,一般上,从事这一行业的,收入都不错,我们是没有理由发援助金给他的。"

我开门见山地详述了他的家庭实况,吴老师要求我出示具体证明。我说:"父亲不回家、母亲又离家出走,哪能出示什么证明?"吴老师说:"没有证明,我哪能盲目相信学生!"我建议:"你可以进行家庭访问啊!"吴老师说:"就算一切属实,也得有个担保人才行。"我愕然反问:"担保人?担保什么?"吴老师说:"万一他日发现是个骗局,担保人便必须还清所有支出的款项。"我毅然说道:"我担任他的担保人,行吧?"吴老师诧异地瞅我一眼,说:"你犯不着……"我快速地打断了他的话,说:"请您让我签署有关文件吧!"

现在,这个宋立龙,在我百般劝说下,依然不肯接受这一份得来不易的援助金,我在气馁之余,忍不住口出重言:"立龙,听着:你婆婆告诉我,你的父亲又嫖又赌,长年不回家;你婆婆独力抚养你,她现在受伤了,日夜担心你的学费,你忍心让深爱你的婆婆如此熬受不必要的痛苦吗?"

"婆婆!她全都告诉您了吗?"他抬头看我,双唇微微哆嗦着,逐渐模糊的眸子里抽搐着疼痛:"老师,我不要援助金,正因为我不要做一个像我父亲一样的寄生虫。您知道吗,婆婆已经这么老了,他还不时回来,伸手向婆婆讨钱,有好几次婆婆手上没钱,他便动手打她,揪她的头去撞墙……"他说着说着,整张脸因痛苦而痉挛:"后来……后来,他一来,我便挡在门口,高声叫嚷:你敢踏进屋子一步,我便拨电话报警!有一次,我们还在门口扭打起来,邻居们赶来,不是劝架,而是帮我打他,他真是太无耻了!"说到这儿,泪水滂沱,我仿佛听到重物在他心房里訇然倒塌的声音,苍白的月光遂在我眼里成了一片模糊的光辉。

等他情绪冷静下来后,我才说:"立龙,你父亲向你婆婆讨钱,和校方给你提供援助金,是截然不同的两码事。再说,援助金是借你的,不是给你的。"

"借?"他抬起浮肿的眼,惊诧地问道。

“是的,借。他日你毕业之后,找到了工作,便可以反馈母校了。”说着,我拍了拍他的手背,微笑继续道,“届时,如果经济能力许可,你还可以在母校里设立一个宋立龙助学金呢!”

这夜,天上有星,此刻,宋立龙的眸子闪出了一种比星星更亮的光辉。我知道,一直钻在牛角尖里的宋立龙,已经挣扎着走出那个黑暗的甬道了。

🌴 作品赏析

小说的起因是“我”班上的学生宋立龙由于染了金色头发被物理老师批评,“我”误以为宋立龙追求潮流染发,责令他改正,并且让他第二天一早向“我”报到。宋立龙并未如约而来,“我”气愤地上门家访,在和他婆婆的对话中“我”了解到宋立龙染发的真相——为了完成表演以贴补家用。这个家庭的无奈、贫困、辛酸深深震撼了“我”,为了帮助宋立龙,“我”向校方申请援助金,并成为他的担保人。而自尊、要强的宋立龙多次拒绝帮助,“我”动之以情、晓之以理,最终倔强的少年接受了援助。

小说采用内聚焦的视角,读者跟随着“我”的步调,一步步揭开宋立龙染发的真相。原以为是青少年追求潮流,在和婆婆的对话中又认为是长辈的溺爱,最后从婆婆的话语中得知真相,少年家庭的困境也由此揭开。小说有大量的环境描写,由于发生在新加坡国庆前夕,街道上快乐洋溢、表演节目歌舞喧腾、克拉码头霓虹闪烁……这一切都和“我”内心的气愤、无奈、苦涩形成鲜明对比,也和宋立龙家庭的艰难形成对比。而小说最后“这夜、天上有星……”以环境氛围的转变体现出少年心境的转变,也暗示着他的人生将迎来希望。全文从“我”的视角展开,将读者引入“我”这个教师的角色中,感受一开始误以为被学生欺骗的愤怒,而后发现真相为学生感到心酸,最后是为人师为学生着想的忧虑,在情节一波三折中体会到人物起伏的心情。

小说贯穿着教育主题,这与作者的教师经历是分不开的,无论是少年对潮流的追求还是长辈的过度溺爱,都直击教育中的现实问题。作为教师,“我”关注“诚信教育”,“我”告诫学生要诚实,绝不容忍学生的谎言。同样,“我”关注学生的心理健康,走近沉默的少年,看到他内心深处的倔强与自尊,用充满善意的方式帮助他,保护他的自尊心。人常言:“幸福的家庭都是相似的,不幸的家庭各有各的不幸。”不幸的家庭带给孩子的伤害是很难治愈的,现实生活中有多少像宋立龙这样的孩子受到原生家庭的伤害。但宋立龙又是幸运的,他遇到了"我","我"是一位懂得爱与关怀的教师。"我"面对学生染发的情况时,没有一味采用强硬的手段,而是去了解背后的原因,并给予学生最为体贴的帮助。这是一个有关教育与师生情谊的故事,小说让我们再次关注家庭带给孩子的影响,重新审视当代教育中出现的问题,重新思考帮助与关怀的真正含义。

(翁鑫月)

艾禺

艾禺,1956年1月生,新加坡作家协会副会长,世界华文微型小说研究会秘书,世界海外华文女作家会员,世界华文作家交流协会秘书。创作体裁以微型小说和儿童文学为主,作品包括:《困鸟》《风云再起》《海魂》《艾禺微型小说》《红蜻蜓》《心中的火车》《妈妈的玻璃鞋》《镜子里的秘密》《天狼星游戏事件簿》《不见了的蓝色气球》《沉睡天使》等。曾是电视人,现为驻校作家和自由撰稿人。

绑 架

一

我半躺在面对窗口的位置。等他。他,还没有回来。

视线越来越模糊,脚板像被千刀万剐,痛无止境地蔓延着,从下而上,痛到连眼珠子都要掉出来。

外面,太阳火辣辣地烤着土地,空气蒸发成扭曲状。这种鬼天气,本不应该出去的,但我的右脚板已经肿得像大笨象脚一样。他看着"象脚",探了探我的额头,眉心像打了个叉似的,说去找药便走了。

就算找仙丹回来我的脚也不会好起来的。伤了一段时间没治,情况明显恶化了。那一次,在疾跑中摔下陡坡,脚板被插伤;开始的时候还以为会好起来,但事实却证明现在只能半躺着,站起来已经是不可能的事。

那一次是在什么时候,很久吗?记忆很近。

他会回来吗?我望向窗外又想。

也不是第一次,我总是多心。要走早走了,根本不用找借口找药,随时随地都是他离去的最佳良机。一间破房子,门连锁都缺。

人真奇怪,明明是被抓回来的,干吗还死赖不走,是因为我吗?

二

第一次见他是在那间豪宅的客厅里。刚走进去的时候我便被眼前的金碧辉煌给震慑住了,误以为自己踏进了皇宫。当时的我们只是匆匆有个眼神交接,谁也没和谁打招呼,没想到后来竟然会在一起。

女佣领着我和老大绕过大厅走入后面的隐蔽空间——盥洗室;金色的马桶以夸张的姿态等着我们,比裸女还诱惑。当时的我真想冲上前去就那么抱一辈子。老大看我傻愣愣地发呆,大力地拍了我的肩膀一下,说了句"大惊小怪"。我们是被请来修马桶的,老大是老行尊,我是个跟在他屁股后面的小助手。

金马桶也会塞,说来真奇怪,不是坐上去都会畅通无阻吗?

"小少爷把什么东西都扔进去,一抽就淹水!"女佣比手画脚说着,"你们修的时候找到什么东西都要交出来,不可以带走!"有钱人家,女佣一样白鸽眼。

老大熟练地戴上手套,先是探入马桶座内的弯道处捞了一轮,竟然捞出个手机来;但有些东西卡得深,怎么也捞不到,只好旋开马桶底部的密封圈一探究竟了。女佣全程小心翼翼看着,生怕我们会把马桶弄坏似的。我在一旁帮着,好不容易才把马桶和排水管拆开。

里面果然塞了好多东西,粉盒、口红、耳环、项链,还有一枚钻石戒指。

真好奇有钱人家的儿子长什么模样,玩到没东西玩来耍这一套。

侧门边,女佣"good good good"地送我们走,手指上套着刚掏出来的闪亮亮的钻石戒指和老大眉来眼去。

回家的路上,老大说这世上怎么会有人这么有钱,太不公平了,要是能拿他们一点钱来花一花就太爽了。我以为这是老大的异想天开,和我一样爱胡思乱想。不过我比较单纯,只想着什么时候他们家要换金马桶,可以通知我来捡,我可以提供免费拆除服务。

我从没想过有些事情会成真,当然不是捡金马桶的事。自从那次去了"皇宫",老大就不时载我回那里附近兜圈子,路都兜熟了。每次经过有钱人家的门口,车子便会停在一旁,老大滑了滑手机,那户人家的小侧门就自然开了,好像遥控一样。敏娜闪了出来。我是后来才知道那个女佣叫"敏娜"的。老大和她躲在不远的树荫下摸来摸去,我窝在车里睡觉。

老大会对什么女人有兴趣都不关我的事,我只要确保他有工开可以给我工钱。

一天收工后,老大第一次请我去吃火锅,大鱼大肉的还有两瓶酒下肚。我从来没看过他那么慷慨。老实说,这世上最刻薄的人算是他了,常常无缘无故克扣我的薪水,又说不出理由,摆明吃我。

那夜回家的路上,他把我载到海边,我心里开始忐忑不安,心想果然没有白吃的大餐。难道对方是双面插头,想向我这"低穷帅"下手。

"阿金,穷够了吗?"他拉下车窗,掏出香烟吞云吐雾。

穷我也不会出卖肉体,我对自己说。

"如果狠狠干一次,就能让你赚够一生用的钱,从此衣食无忧,你要不要?"

这世上真有这么好的事吗?

"不过,要两个人合作,一个人干不了大事。"他用手指弹了弹烟蒂,落下的灰仿佛在生命的尽头闪着余光,在黑暗的车厢中特别清晰。

"怎么样,想不想做?"老大回过头来看着我。

到底什么事?从头到尾都没说清楚,我瞪着眼睛看他。

"那家人太有钱了,拿个几百万给我们花也不过分。"他把香烟大力地扔出了车窗外。

"好端端的,人家干吗要给我们钱花?"话一出口就觉得自己很白痴。

"敏娜说,这家人只有主人、太太和一个儿子,两公婆的关系不好,太太和儿子平时很少在家,这正是我们下手的好机会。"怪不得和女佣那么亲近,老大原来摸的是情报。

"你⋯⋯你⋯⋯你想绑架那个有钱人?"我结巴着,眼睛撑得铜铃般大。

"这个人是个工作狂,每天一早出去,要晚上十点多回家,天黑对我们有好处。"

我是很没出息,我是想要很多钱,但我从来没有想过要绑架别人。绑架被抓是会被判死刑的,我没读很多书也清楚。

"我把计划告诉了你,你就一定要跟我合作,否则我就杀人灭口。"

他用手在颈项边比画了一下,我目瞪口呆。他早看穿我的怯弱,不需要求,只要威逼就够了。

"放心吧,绑架的事情我做,你只要当个司机,肉票上车就开车,到时听我的指示就行了。"他又大力地拍着我肩膀,好像在给我灌输勇气。

三

那是个月黑风高之夜。

车子九点多开始停在有钱人家门外马路的隐蔽处。不是老大原来的车,我也不知道他是从哪里弄来的,车牌自然也是假的。我们没有亮车灯,因为怕会引起附近洋房住户的留意。偶尔有辆车从大路口弯进来,我们都急速地把身子滑入座椅下。引擎没启动,车内闷热非常。两个人拼命冒汗,听着彼此大大的呼吸声。

十点了,老大从车格里掏出两个头套,把其中一个扔给我。

"我也需要?"不是他一人行动吗?

"以防万一。"老大说着就下车去了。这次没打电话,小侧门好像知道他会出现般虚掩着,他轻易地闪了进去。

他会先躲在院子的假山石后,等有钱人从车子里走出来的时候就动手,先是把对方迷晕,然后拖到门口。我只要看到小侧门处闪着两轮光圈便把车子驾过去。

这是老大之前说的计划,他没有说万一失手会怎么样?我是不是要先逃不等他?计划失败是不是代表两个人都会被抓?

说也奇怪,由始至终,我好像都没有希望计划会成功,却又默默地参与着。

我又把身子滑下了,因为后视镜告诉我有辆豪华轿车正缓缓地朝我这个方向驶过来。

对,是有钱人的轿车,在自家门口停下;大门慢慢开启,车子驶入院内。

我的行动就要开始了。我马上坐直身子戴上头套;头套有股难闻的臭味,呛得人要窒息。

才几分钟的时间,光圈开始转动,我把车子急速地驶了过去,只听到后车厢被拉开的声音,一个沉重的物体被扔入车内。车子横冲直撞地奔出马路,一只手伸了过来帮我稳住车盘,头套被扯下,我呼出一口此生最长的气。

四

在一座废弃货仓的房间里,我和他相处了三天。

始终被蒙着脸、绑着手,他无从知道所处的世界是那么的龌龊、肮脏,我却受够了。这里根本不是人住的地方,连狗都要嫌弃。

老大不知道为什么没有回来,不是说去拿赎金吗,难道拿到钱跑人了?

我也很想跑,没有钱也没关系,反正我本来也没打算要做;只是我跑了,留下他,他会不会死?如果老大回来发现我扔下肉票,他肯定不会放过我。

两个人,面对面,相对无言,绑架者(虽然我一直觉得自己不是)总不可能挑起什么话题,肉票大概也不会和绑架者闲话家常。

"我看你们这次是安排错时间、找错对象了!"第二天他竟然先开了口。

为什么?

"我和老婆已经签了分居协议书,财产都过给她了,她才不会理会我死活!"他苦撑起笑,从窗外射进来的阳光分割着他的脸,四分五裂。

烂船也有三根钉,我就不相信他会身无分文。

"她嫁的是我的钱,我一早就明白。是我白痴,相信日久相处可以改变一个人。"

"你们不是有个儿子吗!"我忍不住插口。

"他是投错胎的,跟着我们很痛苦。"

我想起他儿子把东西乱扔进马桶的事件,那是一种痛苦的发泄行为吗?

"自己的儿子还是会很爱吧。"我又多嘴了。老大警告过不能和对方多说话的。

"所以我做了一件事……"幽幽的语气在空气中游离。

然后话语就急速地冻结了,像瞬间关上的收音机,空间静得诡异。

大家继续呆呆地坐着,等候时光的流逝把我们的一天吞噬。

第三天,老大继续蒸发,我们却不能再莫名其妙地等候。

"你走吧,我可以留下来。"决定带他走的时候他突然蹦出一句话。

"没吃没喝,饿死你。"他死了我罪名更大。我已经决定面对法律的制裁,既然老大的游戏没头没尾,那就不玩算了。

"放心,我不会把你供出去的。是你老大绑了我,把我扔在这里的。"他又说。

"不行,你自己都说你老婆不会给赎金,老大回来说不定会杀你灭口,也会顺手杀了我!"确实有这个可能,如果绑架失败,老大绝不会让我们好好活着。

我撤了他的眼罩,我们认真地看着彼此,从敌对变成需要互相扶持。

驾来的旧货车早在扔下我们后就被老大驾走了。徒步出丛林是唯一的办法。来的时候乌漆麻黑的，我根本不清楚所在位置，现在要走出去，更是毫无头绪。

我们在爬藤和蕨类植物中迂回绕着，循着车声传来的方向摸索前行。我幻想着很快便会到达路口，可是渐行声音又渐远去，是迷路了吗？天色早已昏黑，选择傍晚行动就是不想被人发现，但当夜色失控，我们都慌了手脚。

"回去吧，明天一早再出来。"他站在黑暗中说，我只看见那双似乎不想走出去的眼睛。

我附和着。两人决定回头走，但回头是哪一条路，黑夜选择沉默。

我们像被鬼遮眼般在树林里绕来绕去，找不到出路也找不到原来藏身的那间破烂货仓。

突然感觉那间龌龊不堪的小斗室充满温暖了。

听说在山里迷路的人，如果只有自己一个人通常下场都是死，因为当万籁俱寂的时候，身边只要有个小声音也能让你如惊弓之鸟。鸟还能飞，人只能坐以待毙，很多人就是这样被白白吓死的。此刻，有着两个人互相扶持，我们因为彼此的存在，感觉生命还有温度。

天蒙蒙亮的时候被一阵从不远处传来的嘈杂声惊醒。难道昨夜我们已经不知不觉地来到路口附近了？彼此对望，我们都有些意外，但随着嘈杂声的逼近，我们变了脸色。

我认得是老大的声音，还有其他人；我们要现身吗？他是来接应我们的，还是回来杀我们千刀的？

头脑里满是狐疑，像纠缠在一起的线团越想解越乱。

"不能放过他们。"

是这句不是很清晰的话让我一把拉起他就跑，老大果然要来杀我们了。

我们拼命跑着，后面的脚步声紧紧地跟着过来没有停歇；藤蔓太嚣张，缠得我们跌跌撞撞，好不容易来到一个陡坡，我朝后探看"豺狼"是否已经逼近，脚下却一下踩空摔了下去。树藤像被惊醒般急速地朝我颈项的位置缠绕过来，然后在喉骨的位置打上死结。我要断气了，终于体会到被吊死的滋味，玩绑架游戏，这就是下场。

我垂死拼命挣扎。他俯身探过手来想拉我一把却始终够不着，最后只好也滑下来。我们贴着陡坡壁作隐蔽，尽量屏住气息。上面的脚步声把树叶踩成碎片糅和着泥巴啪啪啪地甩到坡底,从我们脸上身上抖落。我们强忍着不敢发出一丝声音。幸好"豺狼"没有很敏锐的触觉,不知道猎物其实在脚下,急着冲刺,寻找它们以为存在不远处的幻影。

声音渐远,他侧过身子把我喉间的藤蔓扯断,手上即刻划过几道血痕。

"你还可以吗?"他完全没有在意自己的手,"我们必须马上离开这里。"

我点点头,想抬起脚,猛地右脚下一阵剧痛,原来掉下来的时候脚板直插在一截断落的粗枝丫上,插得很深,现在抽出来,血像得到宣泄般涌出,染着旁边已经褪色的残叶,想把它们一次性染成秋天的红。

一只脚根本动弹不得,锥心的痛此刻才苏醒过来。

"还是你走吧!"我说。能走一个是一个,不要连累别人。

"你说的,要走一起走。"没有半点迟疑,他很快便把我撑了起来。

没有犹豫的方向,只要能避开"豺狼",眼前的树林没有指示牌,我们拉拉扯扯地走不出去,反而窝入密林深处。

五

然后就在这里了。

好像被丢弃的垃圾,没有人再来寻我们。不过我想事件早应该闹大了,有钱人被绑架是惊天动地的事;换作我们这些蝼蚁,就算被捻死也无人知道。人的命运真的很不公平。不过如今,有钱人和蝼蚁一起躲在一个地方,那种情况很特别,也叫人难以想象。

每次看他走出门口,奇怪的我便要心惊胆跳。他会出卖我,离开我吗?我似乎习惯了两个大男人在一个空间里呼吸着彼此的空气。我需要一种依赖,在这个时刻。每次他出去久了点没回来,我便要懊恼生气,烦躁不安。但他从未让我失望,带着我们需要的粮食回来,然后还帮我洗伤口。化脓的脚板发出一股难闻的腥臭味,吸引着一团苍蝇嗡嗡着围过来;他总是一边驱赶着苍蝇,一边神态自若地径自忙着,好像腥臭味道并不存在。我望着他,心想这世上没有谁能对自己那么好了。但有些事心里也是明白的,好日子通常不会长久。

六

他会回来吗?

我半躺在面对窗口的位置,继续,等他。

一股热气在我胸口憋久了直想往上冲;热气带着浓浓的血腥味,示意着来者不善。我强忍着,全身冒汗,紧握着手心,感觉自己即将倒下,从椅子上狠狠地摔下来。

就在那么一刻,有人影出现,我不认得,因为不是他……

七

痊愈是在一个半月以后的事。他没有来医院看我,不过却力证我和绑架事件无关,我是为了救他才在一起的,证据虽然有很多漏洞,却因为逃亡的老大突然死了变得无从追究。我很庆幸,也很想见他,但他却始终没出现。

后来我听说他儿子也死了,就在我们绑架他的那一天晚上。

八

我也是会修马桶的,我把老大的客户转了过来,骑着摩托车继续去拜访各类不同的马桶,为它们排忧解难。

那天我又经过了他的家门口。屋子早在事发后不久就全拆了,听说已经易手给另外一个有钱人。金马桶有没有被扔出来我不知道,还是它依然存在着,虽然物是人非。

他的行踪始终成谜,有人信誓旦旦地说他移民了,但移到什么地方去却不清楚;有人说他根本没有离开过,只是躲在一个不显眼的地方不想再见人罢了。

有时我回想,总觉得绑架事件有些蹊跷,他儿子是如何死的? 为什么到后来都算在老大的头上? 我想起他在那个废弃货仓里曾经说过的一句话:"所以我做了一件事……"

我是那个曾经参与绑架他的人,最后他却绑架了我的心。

此生我将无法摆脱。

🌴作品赏析

《绑架》是一篇悬疑短篇小说,篇幅虽微,故事情节的开端、发展、高潮、结局却"五脏俱全"。作者完整地叙述一桩"绑架案",故事以"我"随着老大去富人家修金马桶为开端,老大见财起意,谋划了一场绑架,却不料遇上富人家中的变故，计划赶不上变化，气急败坏的老大企图将"我"和被绑架的"他"一同杀害，而本就是被威逼参与绑架的"我"也被困在山里，这段时间和被绑架的"他"的关系发生了隐秘的变化：从敌对变成了相互信任、相互扶持。"我"本该是那个绑架有钱人的人，最后却被"他"绑架了心。高潮一出马上完结，正是短篇小说所营造的余音绕梁的意境，给人意外的同时稍夹带几丝感动。

文章共由八个小章节组成，开篇以插叙的写作手法直接进入故事发展的高潮，通过一系列的环境描写和"我"的心理描写，细腻地刻画出受伤后的"我"独自一人在林中等待的煎熬和痛苦，以一句"是因为我吗"设置悬念，引起读者阅读兴趣。第二章开始干脆利落地交代故事的起因与经过，同时，作者运用大量的语言描写和动作描写刻画了心狠凶残、阴险贪婪的"老大"，对比突出了"我"的老实、懦弱、备受压迫，却心存善良。第五章与第一章时空重合，作者再次以较大的篇幅对"我"进行心理活动描写，体现"我"害怕被有钱人抛下的极度担忧与不安，而"他"一次次的表现从未令"我"失望：总能带着食物归来，甚至帮"我"清洗伤口，驱赶因腥臭招惹来的苍蝇。"我"想："这世上没有谁能对自己那么好了。"更是突出了困境下"我"与有钱人彼此之间的高度信任。在此过程中，"我"的角色发生了转变：从老大的助手到被迫参与绑架再到背叛老大，一步一步被"他""绑架"；老大的角色也发生了转变：本来是和"我"一样的普通马桶修理工，因眼红他人钱财心生歹意，谋划绑架，但在发现"我"和被绑架者不见时企图杀人灭口，由平庸的人性转为恶再转到穷凶极恶。细品"我"与老大的对话，不难发现两人都背负着沉重的生活压力，不满世间的贫富不等。然而同样是面对生活压力，老大因其阴险贪婪最终走向灭亡，"我"表面上是被有钱人所救，实则是被自我内心深处留存的善良所救。作者构思精巧，多设伏笔：如从马桶里掏出的钻石戒指及其他女性用品暗示有钱人夫妻关系破裂等。结局亦是谜团重重：真相到底是什么？有钱人最终去向哪里？有钱人儿子为何会死？……引人无限遐思。《绑架》作者以一桩绑架案为线索，主要塑造了三个角色鲜明的人物：我、老大、有钱人。小人物的角色如有钱人的老婆、仆人也相当耐人琢磨。题为"绑架"，是"我"和老大对有钱人绑架勒索最直白的表达，亦是有钱人对"我"的情感"绑架"。人性的善恶说不清道不明，亦相当经不起生活的推敲。但善恶终有报，我们在前行的路上始终不变的应该是守住善良。

（胡　倩）

王文献

王文献，出生于1968年5月，新加坡教育部驻校作家、教育部新秀写作计划指导作家，儿童文学作家，擅长写小说、童话、绘本等。主要作品有《追梦的翅膀》《你来蔷薇星辰》《寻找丢失的星》《外星小仓鼠》（系列童话），以及知识性小说《千羽，千羽》。其中，《追梦的翅膀》被新加坡国家图书馆管理局遴选为"读吧！新加坡"华文指定阅读书目，推广给新加坡民众阅读。

青枫街8号

临出门前，我又检视了一下几个饭盒。煮得软烂的糙米饭、凉拌木耳、青椒鱼片、西芹百合、枸杞乌鸡汤，是我精心烹煮的，都是她爱吃的。

然后我提着饭盒，驾车出门，直奔青枫街8号。拿出钥匙开门，她坐在客厅的沙发上，既没有看书读报，也没有看电视，只是直愣愣地发呆，对我的到来视而不见。

我扶她起来，到卫生间把手洗净，然后准备喂她吃饭，她照旧开始发难："你煮的饭不好吃，我不要吃，送我去养老院。"

我软语相劝："不好吃也得吃啊？肚子不饿吗？养老院我有空会去联系，看人家收不收你。"

我知道她担心拖累了我，一直吵着说要去养老院，说得多了，加上照顾了她几年，我也精疲力竭，有时不免也有点心动。但是在看了一篇两个老人在养老院打架、造成一死一伤的新闻后，再借我10个胆，我也不敢把她往养老院送了。我已经打定主意，不管她说什么，我都不理，一直照顾她。

隔天，我又带了三菜一汤去看她。她又起了一个新花样，假装肚子很饿，吃了几口饭菜后，马上吐出来，呱呱大叫："你煮的什么饭菜啊，简直不能下咽。昨天中午我女儿来了，她煮的菜那才叫好吃，你再学100年也赶不上她。还有啊，上次你出差，我儿子从餐馆打包来的那几样菜，简直是人间美味，你的这些饭菜更是望尘莫及。你能不能不要弄这些东西来倒我的胃口、败我的兴致，这样的话，没准我还能多活几年呢。"

她不提她的儿子女儿还好，一提到他们，我的眼睛就开始发酸，我借口洗手，走进卫生间，想把眼泪擦干，可是怎么擦也擦不干。为了不耽误她吃饭的时间，我只好眼睛红红地来到客厅，继续喂她吃饭。

她的确有儿子也有女儿，但是几年前他们各自成家后，都想争夺她现在居住的这栋位于青枫街8号的豪华洋房，她怎么也不肯放手，姐弟俩恼羞成怒，把中风后只能与轮椅为伴的她，弃之不顾了。

她挑剔的个性，任何一个女佣都无法照顾她满三个月，接二连三请辞。

那时候，我已经买了自己的公寓搬出去住，定期来看她。得知了这一情况，从此，我风雨不改，每天晚上下班回到家再迟，都会煮好饭，给她送来，实在忙不过来，就去餐馆打包。我还定期放一些钱给隔壁洋房的程太太，请程太太的女佣每天中午给她送一盒清淡健康的饭菜来。

起先，她很高兴，说虽然亲生的儿子女儿不要她了，但我这个半路女儿却肯尽心尽力照顾她，也算是她的福气。随着我的职位越升越高，工作也越来越忙，晚上来看她的时候，有时还得把电脑带来，继续工作，她就开始担心她拖累了我。

更让她担心的是，我都超过25岁了，还没有恋爱对象，她总是嘀咕，这么漂亮的姑娘，怎么会没有男朋友呢。她不知道，我连睡觉的时间都不够，哪还有什么时间去谈恋爱。

从那时起，她就开始百般发难了，除了饮食上的挑剔，她还开始怀疑我照顾她的动机："我说你是不是看上了我的这栋房子？不然为什么建议我搬去你那麻雀似的小公寓住？还说是为了更好地照顾我，鬼才信！你虽然叫我妈，但我可实话对你说，这栋房子是我父亲给我的嫁妆，现在的市场价值超过五百万元，不要说你了，就是我的亲生子女，都没有办法从我手里抢走。为了这栋房子，我付出的代价是被他们抛弃！我早就打算立下遗嘱，把我住了一辈子的青枫街8号，捐赠给我父亲创办的仁爱医院。所以你趁早打消念头，离开我，好好找个男朋友结婚生子，过自己的日子吧，不要再缠着我了。

你现在是会计师,薪水那么高,养活自己绝对没有问题,人又聪明伶俐,照顾一个家庭更没有问题。不要为了我这栋房子把自己的青春和幸福都压在上面了,到头来一场空!"

也真难为她了,一口气说这么多,说完都气喘。但我不理她。她就故意当着我的面起草遗嘱。遗嘱上,她很清楚地写明,会把青枫街8号捐赠给仁爱医院,她的儿子女儿,还有我,谁都没有份。

我把她硬塞过来的遗嘱草稿看完,平静地还给她,继续喂她喝汤。最后一口汤喂完了,我扶她到卫生间漱口洗脸冲凉,然后安顿她在床上躺好,把室温调整到最佳温度,灯也拧暗,然后在她脸颊上轻轻一吻,说:"妈,您早点睡吧,我回去了,明天再来看您。"

她伸出手,抓住我的手,眼里似乎泛起泪光,但只那么一瞬间,她又恢复了冷酷、不耐烦的神情,摇头摆手,决绝地说:"都跟你说过多少回了,不要再来了,我最烦的人就是你了。我对你的责任已尽,不要再有任何的纠缠。明天快点去打听养老院的事,我要搬去那里住。"

我离开她,把门锁上,却没有离去,而是在院子里的秋千架上坐定,呆呆地望着二楼她卧室的窗口。

如水的月光,轻轻地弥漫过来了,偌大的庭院,曾经被她打理得干净整齐,花草芬芳。上午我们都去上学了,一到下午,屋子里,院子里,就充满着她的、我的,还有哥哥和姐姐的欢声笑语。现在想来,那真宛如一场转瞬即逝的梦,是她一生中最好的时光。

如今,庭院寂寂,花木因为无人照顾,早就枯死,野草却疯长,足足有半人高。她和哥哥姐姐从至亲至爱到反目成仇;对我也很不耐烦,终日孤单地坐在轮椅上,吵着要去养老院,以为那里才是她的天堂。

她说她对我责任已尽,可她有没有想过,没有她,就没有今天的我,在我现在有能力照顾她,她又需要我的照顾的时候,我怎么能忍心弃她于不顾,转身而去,去享受我的人生?

她,和我没有任何血缘关系,在最初,她只是我的房东……

12年前,我才14岁,妈妈发现爸爸有了外遇,一气之下,毅然带着我从哈尔滨来到新加坡谋生。虽然是异国他乡,但妈妈精通中医、气功、推拿,在新加坡很快找到了一份收入不错的工作,能养活我。妈妈喜欢洋房,她说住洋房不是为了虚荣心,而是可以经常接接地气,也可以借种花养草,锻炼身体,好处可多了。

妈妈开玩笑地对我说:"桐桐啊,我们可买不起洋房,但租还是租得起的。"就这样,我和妈妈租住了她的一间房,就在一楼,推开门,就可以看到满园花草。

她的房子实在很大,除了自己一家人住,以及出租给我们的那一间外,还有好几间房都空关着,没有再出租。她说,如果不是因为我的妈妈是中医师,也爱干净,给再多钱她也不会出租房子的。她不缺钱,所以把我们的房租压得很低,妈妈很感激她。

她的腰腿老是疼痛,妈妈常常给她按摩、推拿、针灸。当然也拒绝收她的钱。

但她是一个坏脾气的房东,对于我,很多事情她都无法容忍。比如她一看到我走出房间忘了关灯,就毫不客气地喊:"任丹桐,要随手关灯,不要浪费电!"

她更看不得我浪费时间,刚来新加坡的时候,我的英文很差,又不想吃苦,她建议我早上起来背背单词,但我起是起来了,宁愿在房子里荡来荡去,或在花园里摘花锄草,也不想摸一摸书本,更不想背单词。她很不客气地开口骂我,说不好好学习的话,房子也不租给我们了,让我们另想办法,吓得贪玩的我,不得不在她的威逼下"爱"上读书。

然而谁也没有料到,来到新加坡仅仅半年,妈妈就在夜晚下班的途中,不幸被一辆货车撞倒,送到医院不到半小时就走了。

爸爸在哈尔滨已经再婚,打算抚养我,但已经怀孕的年轻继母坚决不同意。爸爸在电话里长吁短叹,吞吞吐吐地说:"桐桐你是我的孩子,她肚子里的也是我的孩子,爸爸实在是无能为力啊,对不起。"他拒绝接我回哈尔滨一起生活。

既然都是他的孩子,为什么爸爸说无能为力、说对不起的对象却是我呢?连爸爸也不愿照顾我,更何况是那些亲戚。谁都怕多个负担。我的心比冬天的冰雪还要冷,接下来我该何去何从?

她知道爸爸拒绝我回国、也不愿意寄钱来抚养我之后,不容置疑地对我说:"任丹桐,你的妈妈是个好人,明明手头拮据,给我按摩针灸什么的,却不肯收钱,现在她走了,你的爸爸又……只好由我接手来管你了。我可是看你妈妈的面子,所以不要指望我对你太好,你该读书还是要认真读书,做错了事情,我还是会不客气地骂你的。"

"那房租和伙食费?"妈妈一走,我也开始尝到人世间的冷暖了,小心翼翼地问她。

"还说什么房租和伙食费? 你有赚钱的能力吗? 你把书读好就可以了,其他的不用管。"

是的,她的确有钱,但再多的钱也是她的,可是,她愿意花在我的身上。其实,我只是她的房客。

从那以后近10年,她抚养我长大,供我读书,大学毕业后,我做了会计师,也买了自己的公寓。等到她终于对我可以放心的时候,却与哥哥姐姐反目了,还因中风,得依靠轮椅为生,孤单一人生活着。

怕哥哥姐姐疑心,我不方便再搬回去住,但再怎么央求她搬去我的公寓同住,她也不肯,说是死也要死在她的青枫街8号。

我和她的拉锯战从此开始。

我知道,她不希望拖累我,希望我能尽快找到男朋友,有自己的生活;但是,就像她十几年前没有放开年幼的我的小手一样,现在她的处境这么艰难,我怎么可以放开她的手,让她孤单地生活?

我任她说、任她骂,就是打定主意不离开她,尽心尽力地照顾她。

那天晚上,天色阴沉,不久就下起了罕见的滂沱大雨。我下班有点晚了,心急如焚地去餐馆买好食物后,就冒着狂风暴雨往青枫街8号赶。大雨如注,再加上夜已深沉,我的眼前一片迷茫,几乎看不清前面的道路,我的心里忽然涌起不祥的感觉。

好不容易赶到青枫街8号,她精神很好,神采奕奕地坐在轮椅上,看到我进来,居然会微笑。

"妈……"自从她想赶我走,不要我照顾她了,她就已经很久没有给我笑容了,难得看她这么慈祥地笑,我的眼泪狂飙出来:"妈,对不起,我来迟了,加班……"

"不要紧,"她还是微笑着,"我饿了,快点喂我吃饭。"她显出很急迫的样子,但其实她吃了几口就停下,"你煮的饭,其实蛮好吃的。"她开始夸我。

她若有所思接着又说:"桐啊,你做我的女儿也有10多年了吧,妈妈真的很爱你,也很感谢你照顾了我这么多年……妈妈可能要走了,真舍不得你……"我不让她说完,扑上去捂住她的嘴巴,把头埋在她的怀里:"妈,不会的,不会的……"

那晚,我没有走,就睡在她的旁边,借着窗外照射进来的明亮月光,静静地看着她。她年轻的时候是个绝美的人,就是老了,不良于行,也还是不失优雅和美丽。我伸出手,轻轻地抚摸着她的脸庞,却赫然发现她已经悄悄地走了……

我没有哭,也没有惊叫,起身打电话,安排她的身后事宜,也通知了哥哥姐姐。

她的葬礼过后,律师宣布了她的遗嘱。她没有把青枫街8号捐赠给仁爱医院,她捐的是一大笔积蓄。

她把青枫街8号,留给了我。

哥哥姐姐冲向我,想把我撕成碎片。我冷静地把他们的手拨开,看也不看他们一眼,对律师说:"请把青枫街8号,捐赠给仁爱医院。手续马上开始办理。"

我把一束白色的鲜花放在她的墓前,凝视着墓碑上她柔美的笑脸,悄悄地对她说:"妈,来世,还让我遇见你……"

🌴 作品赏析

《青枫街8号》以第一人称"我"来讲述,年少时由于家庭的变故,母亲带"我"来到新加坡生活,租住在青枫街8号,然而不久后母亲因车祸去世,"我"又无法回到国内,被房东太太也就是后来的妈妈收养。妈妈是有儿女的,但是由于她的儿女想争夺青枫街8号的洋房,哥哥姐姐与妈妈反目。妈妈生病中风以后,"我"一直在妈妈身边照顾她,妈妈怕拖累"我",一直吵着要去养老院。而"我"不管妈妈如何闹都坚持在妈妈身边照顾妈妈,最后妈妈去世把青枫街8号留给了"我"。

小说中刚开始妈妈对"我"的态度是视而不见,妈妈怕拖累"我",让"我"送她去养老院。她总是对"我"发难,饮食上的挑剔,甚至还怀疑"我"照顾她的动机,妈妈还故意当着"我"的面起草遗嘱。遗嘱上,她很清楚地写明,会把青枫街8号捐赠给仁爱医院,她的儿子女儿,还有"我",谁都没有份。然而接下来作者才交代自己和妈妈的真实关系,这是小说的一个转折点,使小说的情节更耐人寻味。在小说的后半段,妈妈对"我"的态度明显好转,此时对妈妈的描写是:"她精神很好,神采奕奕地坐在轮椅上,看到我进来,居然会微笑。"那天妈妈对我说了很多话,然后妈妈就这样静悄悄地走了。"我"没有哭,也没有惊叫,起身打电话,安排她的身后事宜,也通知了哥哥姐姐。我认为这恰恰是精彩之处,作者并没有用词语来形容"我"的悲伤,相反这种平静却更有力量,更能表现出"我"对妈妈离开的难过与不舍。

《青枫街8号》小说语言很朴实,小说中有大量对母亲的话语的描写,从母亲的话语中我们可以体会到她虽然语言上对"我"百般嫌弃,但是从朴实的语言中我们可以感受到母亲对"我"深沉的爱。小说的结尾写道:"我把一束白色的鲜花放在她的墓前,凝视着墓碑上她柔美的笑脸,悄悄地对她说:'妈,来世,还让我遇见你⋯⋯'"从中可以感受到"我"对妈妈的爱与怀念。

(李翠翠)

马来西亚卷

陈政欣

陈政欣,1948 年出生于马来西亚槟城州。新加坡义安工艺学院机械工程系毕业,后从商多年,现专职创作。曾任马来西亚华文作家协会副会长。曾于 2007 年获得第九届花踪文学奖小说组推荐奖。2014 年小说集《荡漾水乡》获得中国首届国际潮人文学奖小说组特优奖。2014 年散文集《文学的武吉》获得金帆图书奖文学类大奖。2014 年获得第 13 届马来西亚马华文学奖。2017 年小说集《小说的武吉》获得第 14 届花踪文学奖之马华文学大奖。2018 年获得新加坡第 5 届南洋华文文学奖。

黑 狗 传 说

武吉镇里到处有狗。

那年代,还没有"宠物"这个名词,狗大都是镇民用来守门的。狗儿们是屋子的篱笆,是街道的守卫,是阴影的埋伏,是魂魄的暗哨。

风起云遮的夜晚,是狗儿们狂啸傲笑的狂欢,阵阵的咆哮长号,总是让镇民们感觉到空气里流窜着的寒意,整个市镇都被"狗辈们"统治着了。

镇民们都豢养,或者不反对豢养。反正有狗上门讨食,或盘腿绕脚纠缠着的,镇民们都不会恶意驱逐,最多顿脚吆喝一声,然后还是会把嘴里的嚼咬物,啐吐到地面,让狗儿们都有一餐温饱。

但武吉镇上有条黑狗,却是穿越时空,从祖辈们的记忆里,就一直存在着的;存在于武吉镇上某个黑暗的角落阴影里。镇民们都认为,武吉镇周围五公里内的狗群家族,就是由这只黑狗统率着的。

在巴刹(Pasar)(菜市场)的菜摊格上做买卖近六十多年的德叔就曾说

过："我认识它。那条黑狗。我十岁从汕头下海过番,第一晚在这巴刹摊格上的木板上倒下,眼还没闭上,就有条黑黝黝一身油亮的黑狗,双眼灼灼,口露出近六寸的血红舌头,悄无声息地在我眼前走过。它看了我一眼,过后回头再看我一眼。这两眼,我跟它是对视着的。眼神交汇时,就有一种知己知彼的体会。从此以后,我就能从对视的眼光里认出它,不论是在哪一个年月日,只要是它的眼跟我对视,我们彼此就能意会,彼此就能灵犀互通。"

德叔今年都有七十多岁了,巴刹的蔬菜买卖生意早已传到孙辈们的手上,但这一身清健的老人,还是会隔三岔五地来到午后人潮渐退的巴刹,巡视市场。老朋友是没剩几个了,所以他来这里是想找个听众,无论是大人小孩,或是马来人或是印度人,他都愿意为任何聆听者讲述这武吉镇上的传奇故事,或关于这条黑狗的魔幻轶事。

还别说,德叔那腔巴刹马来语,还真能正确表达他所要讲述的传说。

黑狗的轶事,是武吉镇上的一则传奇,是一则够格的传说。

不只是德叔与黑狗有过邂逅的缘分,马来人族群和印度人族群里都有相似的说法,即便是武吉镇上的华裔族群的不同年龄层的某些人,都相信着,武吉镇上有一条黑狗,是穿越过时空,一直活在武吉镇上某个角落的记忆里。无论在任何历史的转折处,只要武吉镇面临任何变异,这黑狗,都会施施然地,在某个暗黑角落处,蓦然出现。

一

那一年,槟榔屿刚受到日本空军的轰炸,隔几天,就有一支整百人的日本先行部队骑着脚踏车,进入武吉镇上,并驻扎在火车站周围。

当天下午,一支步兵就奉命来到武吉镇上的地标建筑,也是镇上最高的楼屋"旭日学校"前,在军官的指挥下,他们把学校里还在上课的师生驱逐走。掌校的福建秀才校长战栗着身子还想向日军队长讨个说法,却被几个嚣张跋扈的日军踹倒。幸好有个会讲闽南语的日军上前扶起老秀才,并告诉周围的群众,说是军部要接收这三层的楼房,作为进驻武吉镇上日军的司令部。

镇民们这才意识到,这支日本侵略军占领了武吉镇,军队里还有个台湾人。

傍晚,学校的大堆书本文件,各类垃圾杂物废料及破损的家具,都被甩抛丢弃到楼边的马路上,最后是那块"旭日学校"匾额,被四个兵士一把从三层楼屋顶处拉扯抛下,坠落路面时竟然崩裂成两段。

这时,夜色也逐渐浓郁,温度骤降。当时在现场围观的人,过后都言之凿凿地说,确实有阵阴风在众人脚处盘旋回转。

一个日本军官提了个油桶前来,指示士兵把匾额抛弃到杂物堆上,并把油桶的煤油浇洒,然后他一脸坏笑,上前擦了支火柴往前一抛,眼望着熊熊烈火冉冉升起。

军官转身,却瞥见一只黝黑油亮的黑狗,无声无息地,前肢并立端坐在火堆前,一头微扬目光炯炯地瞪视着他。他不在意地,转身,拔军刀,再回旋一挥一甩,黑狗的头颅立即飞起,带着一拨黑红的绸缎带在空中扬溅,然后跌落在武吉镇民前方。让众镇民怔忡的是,这狗头还端端正正地落在地面上,一双狗眼还灼灼地,望向军官站立处的方向。众镇民不由一阵惊呼惧喊。

这是第一次黑狗在众目睽睽的场合下出现。在场见证的有德叔、马来警员拉欣、印度警长玛目。

那晚,武吉镇内的狗群彻夜狂啸怒号。

那晚,让人悚惧的阴影在镇内各处流窜。

那晚,镇内寒流阴风四处漫延泛滥。

镇民们都确凿见证了黑狗的头颅在空中飞起,也见证了那没了头颅的狗身溅着一片血红,却仍端坐在火堆前的空地上。

翌日,路经三层楼司令部的镇民们,发觉那黑狗的尸身与头颅都不见了。

是什么人挺身处理了,镇民们不在意,反正一整夜的狗群的呼啸狂吠与怒吼悲号,也足以发泄狗辈们的愤慨。

1941年尾日本侵略军占领武吉镇时,德叔才四十开外。德叔当时就跟人们说,这黑狗他认得。当年他十岁,被堂兄从汕头带到武吉镇,第一个晚上就睡在堂兄这巴刹摊格上的木板床上,这只黑狗就在他的木板床前,施施然走过时,它还跟他对视,眼眸对眼眸的像是熟悉已久的交心朋友。就是这条狗,德叔斩钉截铁地认定,这条与他相识已几十年的黑狗,就在那晚,被日本鬼子斩首了。

当时,德叔身边的友人还调侃说狗不可能有三十年的寿命,但德叔还是坚持说,那晚日本军官挥刀扫斩前的那一瞬间,那黑狗回首望了他一眼,而黑狗的这一回眸,在与他对视的眼神里,就蕴含着他与它之间的默契与灵犀。

但那天傍晚坐在骑楼下屋柱旁阴影里纳凉的棺材婶却断然拒绝这只黑狗已被斩首的说法。

得发寿板店老板娘，武吉镇上的居民背地里都叫她"棺材婶"，而面对面时，称呼她为"得发婶"。在棺材叔（得发叔）去世后，她就带着一儿一女承继了得发寿板店的生意，掌管了武吉镇上大半的棺材买卖。

得发寿板店就坐落在三层楼对面警察局后方斜角约两百尺外大街那排两层店屋里的某一间。那天，她就听到街坊的传言，说是日本皇军占领了武吉镇，印度警长和马来警员们都逃命去了。

虽说是换了政府，但根据她家翁得发他爸生前的说法，换了个政府对他家的祖传寿板业是会有所佐助的。

下午时，她就让两个伙计把寿板店的大门关上，还告诉他们明天不用到店里来，就在家里观望形势。晚饭过后，打发两个儿女上楼进房睡觉后，她还是禁不住好奇的心思，把大门虚掩上，就着把短凳，悄悄地蹲坐在骑楼下屋柱旁的阴影里，窥探着街头巷尾的动静。

街头前方传来了杂乱的噪声。路过的人都说日本人要把旭日学校拆了；英国政府的红毛都逃散了；马来亚和武吉镇都换政府了。

棺材婶从暗影里探头望向街头，只见烈火的火舌挟带着噼啪声，在警察局前方升起。

这时，她瞥见一头黑黝油亮、足有三尺高的黑狗在她的视线里飞蹿而过。

在急速的飞跃中，这黑狗还转过头跟她对视了一眼。这眼神，在棺材婶的记忆深处，是曾有过几次的。棺材婶认识这只狗。

这黑狗，好多年来，总是会在不经意间，在某种特殊的时段里，突然出现，又骤然消失。接着棺材业的生意会兴隆顺畅一阵子，然后又趋沉稳。

这是棺材婶在多年来的观察与见证后，却不曾也不敢跟得发叔透露的经验和想法。这是棺材业最忌讳的说法。

所以棺材婶言之凿凿地说，那黑狗还是活生生地存在着的。

翌日，人们告诉她日本军官昨晚在三层楼前斩首了一条黑色的狗，而且还有众人围观见证，棺材婶还是拒绝接受众人的说法，并说那黑狗还在她眼前飞蹿跳跃，驰骋逃脱了。

棺材婶是不能也不愿意接受黑狗被斩首的说法的,但经过几天来每个路过的镇民乡亲的指证和游说,她终于说:那只黑狗已经是神明了。

所谓神明,就是武吉镇上潮州人说的:神仙,是超越人境的视觉与冥想,是化外虚无缥缈的神物了。

那晚,她看到的是黑狗灵魂的飞跃与腾翔。

但这黑狗,还是存在着的。她斩钉截铁地,就像信仰神明般地,信仰着。

二

都已六十几岁的秋豪叔也有他自己版本的黑狗传说。

那年,武吉镇后围绕着整座大山山麓,靠种植果实或割胶为生,屋子家园都散落在山脚或山坡的居民,都接到英殖民政府的一道命令,在既定限期内,都得从山林间撤离,强制性地迁移进政府设置的"移民新村"区里。

那年是鼠年(1948年),近26岁的秋豪叔刚得个男孩,所以他印象特深。

就在这一年,英国殖民政府颁发了"紧急法令",正式跟马来亚共产党领导的马共游击队宣战。

在大山西北山坡上居住的秋豪叔,是在1949年6月中,被强制放弃了胶园里的屋子,迁徙进被当地华人称为"榴梿径"的"移民新村"里。

在大山山麓上,镇上远房堂叔特雄拥有一个橡胶与榴梿树混合的园丘,原本是交给刚从中国乡下投奔南洋求生的秋豪叔打理。秋豪叔就在两位马来伙计的协助下,在这座橡胶园里从事收割橡胶和拾掇榴梿的工作。

"紧急法令"的颁发与执行,使得从山脚到武吉镇上约两英里的山径土路,两边都被两重高度约十尺的铁丝网围栏围绕,英军与马来军警驻守严防榴梿径"移民新村"。

原本只是条不起眼的榴梿径土路,获得英殖民政府公共工程部的提升,拓宽路面,夯实路基,成为一条可供军警巡逻车辆驰骋的碎石土路。

榴梿径周围一带是英军军警战略里的动乱黑区。军部的政治暗探认定"移民新村"里就有不少马共的地下暗哨和同情者,这一带的华人居民更是山上马共的重要粮食供应链,所以在"移民新村"内是重防严守,屯驻了重兵与武器。

两道铁丝网中间的榴梿径是英军和马来军警巡逻的走廊通道区,整天都有巡逻车队来回不断地巡察,每天的戒严宵禁令更是严厉执行,稍有风吹草动,就有军警向山区方向发射冷枪,枪声撕裂静寂的空间,严峻地提醒着村民们:生命是悬浮在枪口上的。

每天傍晚七时到翌日凌晨七时,是政府规定的戒严宵禁时段。新村的铁网大门要关闭严防,设在暗处的哨站更是实弹上膛。夜间除了军警的巡逻车队呼啸而过外,这片大地就是死寂一片。

秋豪叔说:"第一次遇见它时,我还以为看到了两团鬼火。青绿里浮泛着橙黄,在靠山那一边的铁丝网内漆黑一片的空间游移滑翔,间或稍停凝视,时或环顾盯防。再稍为观察后,我确认那是某种动物的眼瞳,橙黄泛绿,在铁丝网边缘隔着榴梿径向'移民新村'内的房屋窥视。"

秋豪叔说:"那晚虽然没有月亮,但隐隐约约间,橡胶树的枝叶映照间,还是能辨认得出那是一只约三四尺高、全身毛色油黑滑润的黑狗。在我搬进'移民新村'的浮脚屋后的某个深夜,从我那靠近新村铁丝网边的房子里,我看到了那只游移在山脚那一边铁丝网后灼灼发亮的眼睛。那双绿里泛黄的眼眸还像是回瞥了我一眼,眼神让我当时打了个冷战。"

自从被强制迁移进"移民新村"后,秋豪叔那份收割橡胶的工作就丢了。

秋豪叔获得武吉镇上开杂货店的陈怀德的赞助,开始在"移民新村"的民众会堂前方旷地上做起摆卖兜售杂货鱼菜的生意。陈怀德还借出些许资金,购买了一辆高架宽实的脚车和相宜的大竹篮,让秋豪叔将一些百姓需要的生活物品与鱼菜肉类运载到新村去售卖,赚些蝇头小利。

秋豪叔一家的生活也如此地安定下来。

每天早晨七点前,秋豪叔和他那脚车后架上绑缚着的大竹篮已守候在新村铁丝网内的堡垒哨站旁,等候着七点的时针就位,马来警员带着锁匙打开厚实沉重的铁栅大门。时间一到,栅门一开,秋豪叔就一腿跨上脚车,飞快地沿着左右两边有铁丝网排列矗立,中间是碎石土路的榴梿径,一路奔驰到两英里外的武吉镇市场,争取在半小时内,从杂货店里装上日常杂货,从菜市场上收集好菜蔬肉类与海产,并争取在八点之前,把这载满物品的竹篮运回到新村的旷地上,一边忙着搬摆摊位,一边忙着应对已守候多时的新村顾客了。

某天凌晨,下了一整晚的倾盆大雨已减弱成绵绵雨丝,笼罩缭绕在山顶的烟雾氤氲也已滑落到山脚处,泛散并淹没了整座新村和榴梿径土路。

当秋豪叔的脚车滑过新村的哨站转进榴梿径的泥泞土路时,才惊讶地发觉,整条路面都已沉浸在浓稠的雾霭里,白蒙蒙的视界中阴影似乎在周围四处漂移流动,篱笆一边的树影缥缈,草丛里的啾呦声此起彼落,除了冷冽与悚意外,周围愈显幽深诡谲。

定眼处,两团橙黄泛绿的油灯在空中漂浮游动。

秋豪叔不由得停下脚车,一脚支撑在土路上向树丛里凝神盯梢。稍加思量,他随即认定那两团亮光不是油灯,而是某种动物的眸子。即时,他意识到这是传说里游荡在山麓一带的黑狗的一双眼眸。

有一条黝黑油亮高壮的狼狗,橙黄泛绿的瞳孔就像两朵灯花,就是喜欢在夜深人静时紧贴着山芭那边的篱笆网内游移巡视,时不时还会从胸腔内发出嗥叫,像是在吟诵着某类冤屈与悲愤。

这是巡逻队的马来兵士们流传给新村村民的传说。

尤其是在午夜过后,巡逻在榴梿径土石路上的马来兵士们通常都会看到两朵灯花随着他们脚车旋转的速度,在篱笆边的空中起伏不定地尾随飞翔。经过多次心惊肉跳的跟踪后,马来兵士们确认,那两朵忽明忽暗起浮沉降的灯花,其实就是两眸瞳光的闪烁,是一只潜伏在山上的黝黑野狗,夜间到山下觅食时,在篱笆内向新村屋群窥探巡视。

秋豪叔本人就曾多次在深夜时,从新村内自家的窗户里与这双眼眸对视。对马来兵士们的说法,他是有些避讳地认同,因为他认为这黑狗,并不只是一只生长在山林里的单纯的野狗。

这黑狗竟然在光天化日下(虽然是烟雾缭绕、晨霭迷雾遮天的早晨),趋近篱笆边并与秋豪叔对峙凝视,而它灼热的眼光中,隐约渗透着某种让人悚惧而又萧瑟的讯息,秋豪叔不由得打了个冷战,一股寒意从脑皮沿着脊骨,滑落在早已湿漉漉的脚盘。

秋豪叔即时倒转车头,快速地回到新村的住家去,当天没到武吉镇上去进货,也没在新村的空地上摆卖生意。当天,秋豪叔无故病倒。

事后,秋豪叔说他发了21天的高烧,而且高烧起起伏伏,问遍了乡间周围的神明仙庙无效,21天后,竟然自愈无事。

秋豪婶说他顶撞了山神。

秋豪叔事后在武吉镇上遇到印裔玛目警长,对他说:"我信了。我遇见了黑狗。我相信你。"

玛目警长也没说什么,只是很晦涩却又诡谲地点头微笑。

说此黑狗就是彼黑狗的,就是武吉镇上印裔警长玛目与众人皆知的说法。

玛目警长坚信武吉镇后山上绰号"黑狗"的林队长,前年在榴梿径山坡上被英军的几个廓尔喀①军围捕并当场被割颈毙命后,冤魂不散,就化成一只黑狗,流窜潜伏于山坡一带的山林树丛里。

黑狗林队长双手缚绑背后,颈项被廓尔喀军的传统弯刀一划,半颗脑袋垂挂着,身躯躺在草丛里,双眼圆睁着怒瞪青天。

玛目警长那天率领几个警员和医院的收尸队一起到事发现场善后。

有过几次见面的情谊,看到黑狗林队长的悲壮下场,玛目警长不由得蹲下,在摆正黑狗林队长的头颅,轻抚他眼睑时,自己的眼光也不由得与怒睁着的眼神对焦,心中骤然恍惚一悚,那怒瞪苍天的眼神竟然是彼此都似曾相识的。

玛目警长站直后退转身,望向山坡上的丛林,恍然间,他似乎看到一双灼热的眼光,从杂草树丛里向他投注。他凝神聚焦一看,居然是一只全身黝黑乌亮的狼狗。当双方的眼光骤然交结对视时,玛目警长突然惊觉,那对眼光就是他很熟悉的黑狗林队长的眼光。他还待凝神确认时,那黑狗已转身一耸,消失在树林杂草丛了。

过后,玛目警长跟武吉镇的镇民说,他看见黑狗林队长已化身成一只黑狗,并游走在榴梿径一带的山林间。

玛目警长的说法获得榴梿径新村的村民和巡逻部队的马来兵士们的认同。

但秋豪叔并不是以对视的眼光来认证黑狗。

武吉镇镇民都知道黑狗林队长的那张宽圆的黑脸下方嘴角处,有一颗两角钱银角般大的黑痣,黑痣上还长了一丛黑色的长髦。这几年来黑狗林队长已逐渐老去,镇民们都知道那黑痣上的黑髦已经演变成雪白的长髦。

而那天迷蒙的早晨,秋豪叔面对的那只黑狗,在彤红润泽的长舌边,在那獠牙长嘴的边缘处,也正有一颗黑痣,黑痣中央处,也正好有一束雪白长髦,在微风里飘扬。

所以秋豪叔对玛目警长说:"我信。黑狗,就是林队长。"

---

① 尼泊尔的廓尔喀人,英勇善战,是"二战"期间英军的雇佣兵。廓尔喀战士引以为傲的特有武器为廓尔喀弯刀。此种号称"世界十大名刀之一"的弯刀锋利异常,是廓尔喀战士的杀敌利器。

作品赏析

《黑狗传说》一文以"黑狗"这一形象贯穿始终,串联起整个故事,构建出神秘却生动真实的"黑狗"。小说分别由"德叔""棺材婶""秋豪叔"和"玛目警长"四个人讲述"黑狗"的故事,层层递进,从多人口中的故事里构建出逐渐鬼神化的"黑狗"形象,从不知其来处到知其来处,具体生动地写出武吉这个山脚的小镇上流传的神明传说。

"黑狗"形象的构建过程大致可以划分为两个阶段。第一个阶段由"德叔"与"棺材婶"口中的故事搭建而成,背景在1941年日据时期,"黑狗"还是一个颇具灵性与风骨的狗王形象,它在日军占据武吉镇损毁学校之时出现,在众目睽睽之下被斩杀,被杀后头颅与身体又以端正的姿势呈现在小镇人的眼前,种种不可思议的巧合使小镇人相信"黑狗"的不同寻常,加之"棺材婶"坚持认为自己亲眼看到"黑狗"逃脱的身影,又为"黑狗"这一形象增添了一丝神秘莫测的神性,这一阶段以"棺材婶"承认"那只黑狗已经是神明了"为总结,普通的"黑狗"形象初步向神明靠拢。第二个阶段由"秋豪叔"和"玛目警长"口中的故事搭建升华,背景换为了1949年英殖民时期,"秋豪叔"多次看到"黑狗"在铁丝网内与自己对视,"玛目警长"的故事将"黑狗"形象与绰号"黑狗"的马共头领对应联系起来,给予"黑狗"一个较为具体的来源,同时使"黑狗"的形象从精神到外形都更加形象具体了起来,同时这一阶段又以"秋豪叔"对"玛目警长"承认"我信。黑狗,就是林队长"为结尾,为众口不一的说法做出统一的总结,使"黑狗"形象进一步成为真正的鬼神。

陈政欣通过这样四个人口中的故事,一步步地构建出"黑狗"具体的形象,以对视时的"眼神"作为串联,由浅至深,借多个与"黑狗"对视的目击者口述,通过强调对视和眼神,不断地加深"黑狗"存在的真实性,将"黑狗"从个人口中的传说,到与现实中曾存在的人联系起来,也使读者作为一个"听众"也参与到"黑狗"的形象构建之中,使"黑狗"这一形象神秘又不失立体生动。

《黑狗传说》作为陈政欣《文学的武吉》中"武吉传说"的一篇短篇,风格看似神秘诡奇,将黑狗如"三人成虎"一般在流传中逐渐神魔化。但故事又掺杂了对战争中现实的讽刺,侵略者对学校的侵占使人联想到战争对文化的摧毁、侵略者对被侵略地区人民的奴化统治,而普通大众的反应如"棺材婶",她对"换政府"的反应更多的是麻木,她想到的是公公所讲统治者的更替对寿材业的佐助,是在动荡下如何保住生计、如何活下去,这不仅暗指在战争中最常见的死亡,也突显出动荡不安的局势下劳苦大众的现状,更是荒诞中的真实。

"黑狗"作为小镇人心中的神明,形象的构建过程由小镇人口口相传,逐渐成为一个神秘诡谲的存在,但无论是日本侵略占据时期还是英殖民时期,"黑狗"仿佛都扮演了一个反抗者的角色,有着自己的气节和风骨,可能承载的这种气节与风骨才是"黑狗"被小镇人口口相传的真正原因。

(于　悦)

李忆莙

李忆莙,1952年生,现任马来西亚华文作家协会副会长。曾获首届"马来西亚优秀青年作家奖"、第12届"马华文学奖"、首届新加坡"方修文学奖"散文首奖、首届中国"全球丰子恺散文金奖"、第二届(中国)四川散文奖。长篇小说《遗梦之北》被香港《亚洲周刊》评选为"2012年全球十大中文小说"。2016年与顾彬等合著《外国人眼中的四川》(当代卷)。已出版长、中、短篇小说和散文等十余种。

落花时节

我站在廊下,目送你离去,内心的阴郁一直在加深。我知道,你对我好,那是因为我是你的表妹,是你姑姑的亲生女儿。见到我,令你想起你小的时候。小时候,你姑姑一放学回家,顾不上换下校服便先给你洗澡,然后喂你饭。几乎每个傍晚都带你去草场荡秋千;秋千越荡越高,你欢呼:我感觉到自己跟天的距离越来越近了! 不止一次,你对我说:晚风轻轻吹着,夕阳西下,漫天都是色彩斑斓的云霞,我看见姑姑的脸上好像是戴上了一副黄金的面罩,真是奇妙极了! 我还记得,草场后面有一个丛林。姑姑说:她小时候常在草丛里捉豹虎,有时还爬到树上去坐,树好高好高啊,伸手几乎可以摸到云。我就问姑姑:有没有我荡秋千那么高? 姑姑就笑了,说:当然有啦,已经摸到云了,我说我没有摸到云,可是我的头发碰到了……

你就老爱向我提起你的姑姑,也即是我的母亲。因为她是你的童年记忆。但这一切都与我无关。而我确实看出来了,你对我好,完全是因为我母亲的关系。简单来说,那是一种亲戚关系。

我在心里叹息,黯然神伤;再想深一层,神伤变为绝望。

像我这样的一个女孩,原本就是天生无望的,我为什么不干脆认命算了,何苦强求?人家是山长水远啊才无可奈何;而我们,咫尺天涯,那岂不更教我感觉悲怆?

我的世界很简单,常识与知识都很有限。对于外间的事物向来所知甚少。稍后略知一点毛皮,也是因你的关系,都是由你告诉我的。所以,我的世界,可以说一半是你的。然而,关于这些,你并不知道,我也从来不说。我为什么要说呢?我没有理由要求你知道。而更重要的是:你知道了又如何呢?

其实,我私心里,最不愿意让你知道的便是我自己的世界,我的原本世界。我一直有一种感觉,你是太阳,用你暖洋洋的光泼洒在我的身上。而大多数的时候,我还来不及惊讶,已把自己当成了一朵朵的花,在大树的枝枝丫丫上长出来,然后为了迎向你而舍命开放……我坐在树上,感觉不到树的高大,只记住了你的包容。

而一朵花与阳光的关系,又会是怎样的一种关系呢?

我说的就是这个。

关于这些,你可知道?我试过探询,兜兜转转地,结果发现你毫不知情——其他的事,你又知道多少?

我初到你们家,怕生,思想与心理上都来不及做好准备,也碍于是投靠关系,自觉身份卑微,不与一般人同,便在言行举止上异常克制,喧笑不宜,话多更怕惹人嫌。最最安全的莫过于沉默,从来就是这样的,少说少错呀,不说就更加没机会出错了。

所以,别人商议什么,我不仅不参与,也从来不主动与人说话,成天面无表情的,别人见到我便也不觉好受。就像舅母口中常挂着的:"成天面无表情,不知情的还当我们刻薄亏待了她呢;可就算知情又怎样,还是一样令人感觉不安,怪可怜的!"

这"怪可怜"的,倒不真的是指我的处境有点可怜,而是我的木口木面在视觉上老让人不好受;多少有点伤怀,感觉恻恻然的,于是便"怪可怜"了。

至今仍记忆犹新。有时来了客人,多数是几个妇人,她们坐在厅上闲聊,其中有某人眼尾瞄到我,先是嘴角含着一丝笑,并不开口,视察了一阵子,再把目光收回去,转过身去悄悄指指我。于是话题便转向我而来。一贯是由舅母带头,不外是重述我的身世:"父母离异,双方都嫌这孩子碍手碍脚。当初那几年倒是在林家的,后来那边的人越来越不像话,我们姓张的实在是看不下去了,便由我老公出面跟他们说:'她母亲外家还真的不缺这一点点的米饭;当初让这孩子跟你们,是因为她到底是姓林的,我们不便插手。如今这样敢情好,那就让我这做舅父的把她带走吧,以后供书教学不花你们姓林的一分钱!'"

每次,当舅母把有关我的前因后果重述完毕后,必有一个或以上的妇人向我表示亲切,非常慈祥地问我:"你叫什么名字?"我照旧抿紧双唇,一言不发。这时候,舅母便代我回答了,她说:"林洁仪。"

这是我初到你们家的情景。对于人、事、物这种种认识,仿佛也没有什么更进一步的进展,反而常常产生错觉,手忙脚乱地弄得不知所措。终于有一天,你忍不住了,教训起我来,你说:"你何必自我多招赘? 你来我们家,这是我父亲对他亲妹妹的一份关爱,是手足之情。而且,你是林洁仪。可不是林黛玉!"

我一怔,眼睛红了圈。我当时并不懂得什么叫作"自招赘",更不晓得谁是林黛玉。我完全不明白你话里的意思。但是,你用这样的语气跟我说话,我的感受是结结实实地被骂了一顿,心里难过得不得了。

我久久地注视着墙上的一面镜子发呆。我看见自己那么孤单、凄惶而怔忡的神情。

然后便渐生出一异样的感觉,觉得万般地消极、无望,仿佛连自己也看不起自己了,任由尊严岌岌可危亦不思维护——势成如此,也是自作自受,怨得了谁呢?

可是,这里确实不是我的家啊。

而我的家,我的家又在哪里呢?

你见我默然,于是换了话题,放软声调问道:"我们去捞打架鱼,你去不去?"

我不作声,不摇头亦不点头。我耿耿地想:我就算不能做好孩子,也不能做个受罚的孩子;纵然不得人喜爱,亦也不能让人讨厌。

这些你也是不知道的,但我至今记得。这是我初到你们家时的感受以及所思所想。

后来的日子,我走了一条崎岖的路。这难道你也不知道吗?

当然了,对于我的一切你永远都是毫不知情的。为什么呢? 因为你身旁一直有一个她,她是那么的漂亮、爽朗。若以我今日的文学水平来形容她,我会用"如星凌空"或者是"如视芝兰"。还记得吗?看,我永远都是在问些废话,你当然是什么也不会记住的。第一次见到她是在学校的操场上。你对我说:"她是王家贞。"我立即手足无措起来,简直不知道应该怎么做才好。我实在不知道为什么我会这么紧张。倒是她,淡淡定定地对我点点头、微笑。立刻,我感到挫败,是一种绝望而孤寂的挫败感。然后你转过头去对她说:"她是林洁仪,我的表妹。"就在那一刻我确实看出来了,原来你一点也没有注意到我的手足无措、我的绝望而又孤寂的挫败感。或许吧,这样反而好——我终于放弃了我的努力。我没能像她那样淡淡定定地点点头、微笑。

我只是说了声:"嗯。"便不再发一言。

然后,你挽着她的手走开了,留下我一个人站在空荡荡的操场上,对着那棵孤零零的黄花树出神。时值三月,是黄花盛开的季节。轻风一拂,无数的黄花碎瓣便如雨一般地纷纷飘落下来,洒得人一头一肩都是。我曾经告诉过你的,我喜欢看黄花随风飘零的样子,那种情景很美,会令我想起好多事情。因此每当黄花盛开的季节,我总是提早上学,站在树下歪着头看。有时我也故意略略摆动一下头,让细碎的花瓣自头上、肩上、手臂上抖落下来。于是,我便记住了,那是一种很凄美的境界,令人好心疼的。

从那时起,我对你一方面有种充满企盼的幻想,另一方面又觉得无望。

所以,我后来说我走过一条崎岖的路,便是这个意思,但是没有用,你并不知道这些。

后来的日子很郁暗。除了上学,其他的时间我都用在阅读上,在这几年的日子里,我读了很多书,关于文学的,我喜欢一个叫萧红的中国女作家,一个叫川端康成的日本男作家。令我感慨喟叹的是:二人都已过世了,我读的全是前人的遗作!

其实,这二人的作品没有相同之处,文风各异,但那种伤感又似乎是两相交融的——这可说是我认识世间情爱苦涩的第一步。但文字上的情爱苦涩与现实中的亦有一层隔阂。到底少了种天然,倒是绵绵磨磨的九转柔肠,恰似那真人上台表演,听得见锣鼓声,看得到灯光的"神戏"——天下就是无奇不有。仿佛最快乐的事便是手中捧着一本书或站在戏棚下看戏,"做给神看的戏"——九转柔肠啊,世间凡人的俗浊情事为什么神爱看呢?我来不及惊讶,我的注意力、全部的心思都放在戏台上……人物的出场次序,必定是让跑龙套的先出,转了一大轮后才到旦角上场;开腔之前,还要走台步。那必然是个倾城国色,一身丽装,长袖飘拂,体态婀娜,是属于宫廷的粉影脂香,自有说不出来的华丽;却又是"凝睇良久,情黯然",这些不错都是情动心田的。但更激励着我的是那千百年前的屈打成招,那诉说不尽的含冤屈情……看着看着,顿觉凄惨过了分,一切的一切都是岌岌可危信不过的,但觉有更深一重的苍凉……蓦然一抬头,看到空旷的夜空中,月亮已圆圆地升起来了——唉唉,梦魂一惊,竟又闻舞台上那边厢,唱词落落,唱的正是:月过十五光明少,光阴匆匆似水流。

是吗?光阴匆匆似水流?我又默默地背了一遍。是的,年轻的我也十七岁了。

不思自重亦须知自怜啊。

我站在长长的廊下,如今,回想过去,恍若做了一场梦。

那年,你说:"我去了英国,你要好好地用功读书,将来你也可以到英国来。"我问你:"我也去英国,去做什么?""读书啊。"你说。我不作声,也不表示些什么,我默默地想:虽然关于我的事,你全都知道,可是你永远也不会知道我的心。

后来我才知悉,原来你并不是一个人去英国的,和你一道去的还有那位漂亮的王家贞。你念医科,她学音乐。你们临上机的前夕,两家人还在酒家联合设宴,请了不少亲朋好友,闹哄哄地煞是热闹。大伙儿对着你俩说:"预祝你们前途似锦!"那光景我觉得真有几分喝喜酒的味儿,当下心惘惘的。这些啊,这些,你可知道?你竟牵着她的手到我面前来,你问:"明天你会去送我们吗?"我说:"会的,一定会。"你笑笑,满意地点点头,伸手过来在我脸颊上轻轻地拍了两下,然后背转身牵着她回到座位上去。其时我面容苍白,心酸不已。

许多许多年后,我仍记得当年当晚你的那一个转身;就是这一个转身,让我久藏的企盼和幻想悚然迸裂了。于是,你去了英国不久之后,我也跟着离开了你们的家。真对不起,我并没有听你的话好好用功读书。一来是因为我不想依靠人,二来是因为我不敢奢望读大学,甚至如你所说的去英国留学。能够高中毕业,我已很觉幸运了。我凭什么要张家供我这个姓林的人呢?我记得我曾告诉过你的,我心中一直有个解不开的结——连我自己的父母都嫌弃我,不肯要我,我是不是应该以自觉来维护自己的尊严?而所谓的自觉,我认为是知趣的,又或者是识相的。万万不能招人嫌至开口请我走。

离开你们家,我跟一个同学一块到了吉隆坡,在她叔叔的五金店当书记。离开你们家的那三年日子,怎么说才好呢?间中与你断断续续地通信,我不再听到你的声音,只大约知道一些你的情况,比如头一年你回来度假啊,第二年没有回来啊,与那漂亮的王家贞去了欧洲旅行啊,等等。你还给我寄来了两张照片,一张是两人站在一座很典雅的喷泉前,另一张是在罗马废墟。我对着两张照片看了许久,然后问自己:你还不死心吗?不不,我老早已死了心。第三年,七月,传来了消息:你结婚了。婚礼很简单。双方都没有家长到场;你的证婚人是你的教授,王家贞的是她的一位久居伦敦的姑母。奇怪,我并不觉得伤心。搁下听筒,我打开抽屉,取出一叠彩色纸,挑三张红色的,聚精会神地剪了一对鸳鸯——我学过剪纸,花儿鸟儿,鱼儿蝶儿,这些我都会剪,倒是鸳鸯这种会游水的鸟(不,应该说是戏水才对),我还不太有把握能够剪得好。结果前两张都剪坏了,直到试第三张时才剪成一对鸳鸯戏水,我把剪纸贴在一张卡纸上,对折,做成一张贺卡,把它寄给你——哦,我又说错了,从这一刻起,我必须记住,你已经结了婚了,不再是一个单独的个体,所以,正确的说法是:把贺卡寄给你们——你和你的妻子,那位漂亮的王家贞。

我没有伤心的感觉,一方面是因为我老早已死了心;另一方面是我已长大了,已经懂得了世上的许多人情世故、种种没有办法更改的明文规定。更重要的是:我是你姑姑的女儿,我们是姑表,除了这层关系外,不允许再有其他的关系。不能说这是逆来顺受,而是做人必须控制自我的思维,必须思前想后,梦里梦外,不能逾越范界的啊。

我来你们家的时候,才七岁,离开时是十七岁。我总共在你们家待了十年,十年的养育,十年的供书教学,这实在也是恩深义长,穷我这一生也报答不了。而到了该走的时候,还是得走的。四年后我结婚了,那年我廿一岁,婚礼在吉隆坡举行。我"出门"的地方是怡保路的一家酒店。这是我丈夫的意思。之前他问过我:"是回吉打你舅舅的家出门吗?"这对我来说是多大的难题啊。我是姓林的呀,怎么这"门"会是姓张的呢?于是我说:"不要这一环节不行吗?"

我的丈夫便笑了,用指头点着我的鼻尖说:"你真傻。"

这是美丽的感情真挚的笑容。我想。

于是我采纳了那个折衷的方案。其他的事宜也很快决定了下来，接着他陪我回你们家。早些日子我已在电话上给你的父亲说了我要结婚的事。抵达时天色已晚，我在车子拐进村口的当儿，忽然一眼瞥到你站在咖啡店的水沟前抽烟。这惊鸿一瞥使我的心房急促地跃动起来——你怎么会在这里出现的呢？你不是在伦敦的吗？那里有你刚开始的事业，还有你的家庭，你怎么会回来了呢？

也许，你也同时看见了我。我们刚进门不久，你也跟着回来了。

在众人的嘈杂声中，你一开腔叫唤我的名字，我立刻就认出来了。你走过来向我道贺。我还来不及跟你介绍我的未婚夫，你已先与他打招呼了。你说："我叫张正文，是她的三表哥。"你指一指我。

我回来，你知道是为什么。而你，你又是为了什么回来的呢？

我用眼睛向你询问，你却不说。后来我在浴室听到一板之隔的交头接耳。那是你的弟妇与一个不知道是谁的妇人在窃窃私语：就是离婚了嘛。什么原因？怎么知道呢！反正呀，这个年头，什么事都难说呐。

可不是，一块恋爱了那么多年，又一起出国，婚也是在国外结的，怎料得一年不到就闹离婚……

这种私语，声浪并不大，但听在我耳里却有如地动山摇。我站在花洒下许久许久，才慢吞吞地扭开水龙头，水流了下来，哗啦啦的清澈似明镜。我仰起脖子猛灌……我这才发现，我是这么的伤心。

早知是这样，我一定不会有先前的那种想法，也不这么"顺受"。如果早知，我一定鼓起勇气对你说出我心里的话。但是如今，一切都已经太迟太迟了，我必须照原定的计划，嫁给我的未婚夫。他现在人都已经在大厅上，他来的目的，就是以我准丈夫的身份亮相于我的亲戚群中，告诉所有的人：我要娶林洁仪为妻，从今以后，她就是我们家里的人了。

事情已经到了这种地步，一切的一切都无法挽回了。难怪我会这么伤心。可是，伤心又如何呢？我仍然是要面对现实的。我的眼眶里没有泪，但我的心却在淌血。这么多年了，我的心已经平静了，早已心如止水了，也差不多可以把你忘记了，为什么你却在这个时候离婚、这个时候回来？

我的眼泪终于流了下来。我想起学校的操场，想起那棵孤零零的黄花树；轻风一拂，花落如雨，洒得人一头一肩都是……

往事如烟，如烟往事。

推开睡房的窗户,我看见奕奕的群山。我来这里的时候才七岁。我在这房间住了整整十年。听说,我母亲未出嫁之前,也是住这间房的。唯她一踏出这扇房门后,就再也没有回来。跟父亲离婚后,她有如逃难似地迁徙,越迁越远,没有回转。从小我就很少过问我父母亲的事。大人讲,我就听,不管明不明白都不问。有一点我倒是很清楚的,那便是:大人的心很复杂,我没一探究竟的能力。如今,我回到这房间里来,一切依旧,但事实上,很多事物都改变了——如你,你为什么也离婚?本来再见你,我是应该感到高兴才对的。别离四年,相隔一千四百多个日子,在那已晚的天色里,车一晃,我竟然一眼就认出你来,清清楚楚的是你!你站在咖啡店的水沟前抽烟,火光一明一灭,那是很短很短的一刹那,但一刹那已是永恒,我已深深记住了。正如我记得许多年前,落花飘零是一种凄美的境界一样。可是,我真的无法高兴起来。相反的,我是那么得凄惶、颓丧——是什么缘故,你也离了婚?

我的未婚夫这时走进来,他把手搭在我的肩膀上,他说:"你的脸色很苍白。"我说是的,我的头有点眩晕,也许是感冒了。他摸摸我的额头,说:"恐怕是了。我去给你泡一杯何人可,喝了早点休息。"

这就是我的未婚夫。对我一直都是关怀备至的。我想好丈夫大概就是这样的吧?在我对你完全死了心、情怀全非、不再想起你这个人以后,我认识了他。论志趣嘛,也算相投;在一起可以无拘无束地天南地北。这难道不是一件值得庆幸和快乐的事吗?

是的,除了庆幸、快乐之外,我还需要一份归属感。我要有一个属于自己的家。于是我决定结婚,嫁给这个对我关怀备至的男人。

但是,再见你,我心哀伤,那是一种说不出来的凄惶、惆怅。长夜漫漫啊,辗转反侧。天蒙蒙亮时,索性起个大早,准备到公园去溜达。或许,学校已开了栅,我便进去看一看。看看操场,看看黄花树……

整整四年了,操场换了多少批学生?而黄花树,是否别来无恙?

当我来到学校的门口,竟然与你相遇。

真想不到会在这里遇见你。

"来看黄花,是吗?"你问。

"是否来得太早了?"我答。

"不,恰恰相反,是来迟了。你没看见吗?树上连一朵花也没有了,都掉光了。"你说。

"天还没全亮,我看不清楚树上,地上有落花吗?"

"没有,早掉光了,怎还会有。"你说。

"嗯? 掉光了?"

"是的,花季已过。"你说。

"花季已过?"落花时节又逢君。但竟然也迟了。

太阳渐渐升起来,天际一片明亮斑斓,你的头顶有异彩,天空漏了千丝万缕的亮光下来。我开始听到声音,是人声。我也看见了人,是背着书包的学生;距离越来越近,他们一个接一个,从我们的身旁走过去。你向他们挥手:"各位同学大家好。"其中有一个女生竟然向我们一鞠躬,说道:"两位老师早安。"

你先是愕然,然后笑着对我说:"看起来,你倒真的是有老师的模样。"

"我曾有过当老师的志愿。可是最终没有如愿。"我说。

"不要紧,就当个贤妻吧,你会很称职的。"你说。

我心想:是吗? 那为什么你当初不选我?

是何因,皆叹惋。顿然间,我什么都不想知,不欲问。自小与你一块玩耍,一块长大的,经过那长长的十年,最后被迫情怀全非。是谁逼迫我,到底是谁,是你呢抑或是岁月?

你看着我,轻轻地说:"你长大了。"

我说:"是的,我已廿一岁了。"

你微笑,默默地想了一会说:"我一直记得你小时候的样子。你不喜欢说话,常站在树下抬起头仰望天空。"

我也微笑。我说:"你错了,我不是仰望天空,我是在看落花。每次都洒得我一头一脸,那种感觉是说不出来的好。"

错了,就是"误解、不了解"的意思。你是从来都没有了解过我的。我忽然想起了我的未婚夫。他没有与我一起长大,对我的过往知道得很少,可是在以后的岁月里,他将陪伴着我一起过日子,我们还要走很长很长的路——在过往的日子里,我孤独地走在一条崎岖的路上。孤独的滋味我尝够了,我想,往后的日子我一定不要这样过了。

我抬起头,看着你的眼睛,我很勇敢地说:"再见你,我很高兴,是真的高兴。"

你却问我:"你今天就走?"

我说:"是的,下午我们就回吉隆坡。"

🌴 作品赏析

《落花时节》以回忆开篇,讲述了一个敏感、自卑的女孩寄人篱下的身世之苦和小心翼翼、深藏心底的暗恋之悲。女孩因父母离异,七岁时便被寄养在舅母家中,初到舅母家中,她谨小慎微,深知投靠的关系,自觉身份卑微。旁人自以为是的怜悯更加剧了女孩处境的"可怜"。而表哥的出现成为女孩阴郁、孤寂生活中的光。他向女孩讲述童年与女孩母亲的故事,他告诉女孩要自尊,要用功读书。女孩虽知这是出自亲戚关系的关爱却卑微、倔强地爱上了表哥,她像一朵花,默默朝着光,舍命开放。内心的自卑与胆怯使她将爱深埋心底。她经历了表哥人生的重要时刻,认识了他美丽的女友、送他远去英国求学,听说他结婚、离婚……最终女孩有了未婚夫,也终将迈入新的生活。她对表哥的爱成为苦涩、凄美,如梦般的回忆,落花时节再次相逢时,也只剩无奈和告别。

李忆莙对人物心理的刻画真诚、细腻。无论是少女爱恋的青涩与深刻,还是寄人篱下的自卑与倔强,都在人物的心理活动中娓娓道来。女孩的爱情是悄悄萌芽的,她爱上了一个太阳一般温暖的人,她小心翼翼地探询却没有得到回应。她常想"这一切你都毫不知情""你并不知这些""你永远也不会知道我的心"。她既不愿诉说心事、也不敢说。她把一切心事藏于心底,青涩的暗恋总是懵懵懂懂、谨小慎微的,而寄人篱下的女孩是自卑与倔强的。"情不知所起一往而深",爱情虽始于年幼却一直在女孩的心中生根、成长。她的心情在不知不觉间与表哥紧紧相连。她会因为表哥出自亲戚关系的友好感到神伤甚至绝望;在受到表哥的指责后觉得万般消极、无望;认识表哥美丽的女友后产生绝望而孤寂的挫败感;在答应送别表哥与女友时,女孩心中心酸不已;在得知表哥结婚后却不觉心伤;听到表哥离婚的消息后,伤心、颓丧;与表哥重逢时惆怅,告别时勇敢。心情不断变化,爱却未曾随岁月流逝而改变,年幼时的爱恋伴随了她的成长,逐渐深刻。

文章以"黄花树"为线索,又与题目《落花时节》相呼应。而操场上孤零零的"黄花树"又象征着女孩,花落的凄美与心疼正如少女爱恋的苦涩与纯美。落花时节的重逢是花季已过、往昔如梦的无奈与哀伤。

《落花时节》透着淡淡的哀伤，也见证了女孩成长的勇敢。一方面，女孩的身世是令人同情的，她的"可怜"也出自旁人自以为是的怜悯，他们一遍又一遍地帮女孩回忆悲伤的童年，付出自以为是的关爱，加剧了女孩的自卑。但她努力成长，来到吉隆坡开始新的生活。另一方面，女孩的爱情是没有结果的，但她深知爱情的可贵，在告别时勇敢地注视着他，正式和曾经的爱情告别，选择了新的生活。

（翁鑫月）

方　路

方路，原名李成友，1964年10月9日生，祖籍广东潮安，马来西亚槟城州大山脚人，曾获花踪新诗首奖、时报新诗评审奖、南大微型小说首奖、嘉应散文奖、马来西亚优秀青年作家奖、杰出潮青文学奖。著有微型小说集《挽歌》《我是佛》《忧伤牛》，小说作品被选入马来西亚独中华文课本，同时被收录于新加坡、中国等作品选集。现任星洲日报高级记者、马来亚大学深耕文学创作课程导师及 Alilulu 创办人。

白蹄狗

—

四蹄白，硬撞板。

人朝坑，狗笑天。

狗儿四蹄白，活该遭人摆。邻人常过来说，放生啦，这头狗，终日穿麻衣、披孝服扫兴哪。况且，是头母狗，老子宫已垂成一团拖地走了。怀春的时候，篱笆内外全都站满头头陌生公狗，发起痒，坐立不安，屁股搓地，几头比较凶野的壮狗，移了步靠近来，靠近来，缠着母狗献殷勤，担心着凉似的，久了，几条狗磨去了耐性，最后挤在一堆、咬成一团。过了几场雨，狗胎怀里长，母狗一日顶着一日大肚皮，四根白蹄有气无力，撑住臃肿肚包子全身晃动。不久，生了几头眯着眼睛见不到周围景物的雏狗。母亲蹲在屋寮前数，共有七头，又要盘算如何放生狗仔了，硬要狗母子分离，七只幼狗，真的养不下去，最多把它们喂大一些再放。狗仔钻进母狗怀里，争着吮吸乳头，眼睛仍没睁开,几只不够敏捷的小狗,竟把自己的小头挤进母狗子宫里,母狗顷刻反弹而起,把狗儿撇掉,有的咬紧乳头不放,结果悬垂在半空中,继续吮吸。母亲坐在篱笆边抽草烟,清了清喉咙,深抽一口,把烟吞在嘴里,酿了数秒时光,从两洞鼻孔溢出了浓稠的白烟。睁开眼时,看到一堆雏狗仍在母狗肚腹间蠕动,似乎硬要找到一根可以吮出奶汁的乳头才肯停止纠缠。夜色暗了下来,头顶的屋檐顶着遮头云,把月光隐去,四周更深暗、更寂静了,村里的夜,就剩下抽草烟的母亲和争着吮乳头的雏狗。

"麻袋找到了没?"母亲催着。

"快了。"我答。一边忙着在灶房搜找麻袋。

"七头狗呢。"

"全部放生吗?"

我提着一盏煤油灯,蹲在后灶房旧报纸堆中找麻袋,一边听母亲喃喃自语,这村里的狗,老是走霉运,一边要避开市政局派来的杀狗队,另一边要逃离村尾抓狗不眨眼的白屠夫。白屠夫每一两个月总发一次神经,在村里闲荡搜狗,带着一根长棍绳,这村上,白屠夫的长棍绳倒是有几分名气,抓狗技巧令人看了咋舌,出手快,心头狠,没几下子,抓到的狗用磨芝麻的木杵击昏一头装进麻袋。抓狗的数量倒是不多,一次一头,都选嫩狗,傍晚出巡一回,百狗回避,可是白屠夫熟稔乡间小径,把狗引入死角,轻易上圈,晚上村尾就飘荡着一阵阵肉香味。

母亲讲着白屠夫时,语气淡淡,但我听得入神,好像在听一场杀气汹汹的江湖故事,群狗窜逃,天旋地转。母亲想来也知道我爱听野史,讲到紧要关头老是停下来卷草烟,我催母亲说白屠夫的事迹,她抽了半截烟继续说,白屠夫正业是杀猪,只是不爱吃猪肉,说来也怪,一头丰肥的猪,剁成一块块砧上肉时,屠夫却老是挂念黄豆炖狗肉,他在村尾住了好一阵,据母亲说白屠夫是部队军人,逃出军营躲进村里,换名改了姓后就杀起猪、卖起肉,村里人没几个知道他是逃兵,当屠夫刚好可掩饰身份,很少有政府人员去查杀猪贩的底。母亲大概是其中一个知道他底细的村里人,因为有个经常结伴进胶林拾柴的邻人,她的丈夫和白屠夫在同一个部队,只是她丈夫在边境搜山时遇到了一次埋伏的陷阱,在驳火中丧生。

白屠夫不爱沾猪肉,常把剩余的肉挂在屋外晒,闲来经过屋后,给母亲挑来几片五花肉,用旧报纸包紧的肉块渗出明显油渍,他每次来都问起屋里的白蹄狗,怎么啦,狗儿又催了多少头狗仔啊。母亲在后房忙着劈薪柴,歇息时回应说,可别打这里狗儿的主意。

不是天天尝啊,白屠夫自辩说,一两个月只抓了一条狗馋嘴,就算走溜或者相残咬死的也不只一条狗吧,再说一年里头市政局杀狗队一到,满满货车都挤满了狗,载走后活活打死。

母亲把狗装入麻袋,麻袋鼓鼓胀,小狗的头在袋内爬动,不停地往外挤,似乎要挤爆了袋子。我在屋外把脚车立正搁好,准备和母亲合力把麻袋推上后座。母亲说,狗子的鼻子灵敏过人,有时不知凭什么标记可以沿途而返,照村里人的说法,认回家的狗不能重放,只好继续留在家里,母亲特别叮嘱,从太上老君庙过了一座火车桥,接近公冢不远处有条小河,过了河就把狗放生,狗的灵敏性过了河就中断。

"到桥边,记得下车推过去。"母亲说。

"河水不急啊。"我答。

"桥板窄,不要骑着脚车过。"

"不怕,不怕。"

"你的腿没力啊。"

"我会使劲踩,妈。"

我推着脚车和一麻袋狗仔,到了屋外,在和母亲道别时,她大概看我的一条腿瘸着,再次呼喝说,记得推脚车过桥。我没有理会,骑上脚车,晃了一会,朝太上老君庙和公冢的方向使劲踏去。

二

母亲常记挂我的腿,她说我小时未入学,发了一次烧,好久没退,吃了几款中药都补不上,母亲把我抱上脚车推去镇上医院,折腾几天,额上的烧渐退,可是一条腿却失去知觉,后来经过好多次治疗,虽然恢复了走路力气,可身子微微倾斜,我瘸了一条腿。母亲接我出院后,常陪我在村上练腿,希望恢复踏脚车的力度。

我载着一麻袋的狗仔去放生,上了脚车使劲踩,一圈圈踏,逐渐踩出圈子转动的光影。

母亲说,这回脚车上多了七只狗仔,腿再怎么有力,也要防掉进河啊,而且麻袋里的狗全都被捆得紧紧的,要是连人带车撞入河水,可怎么救得起啊。

村上的桥头,确实掉过人,那时母亲从附近胶芭拾薪柴,经过木桥看到周围堵了人群观看桥底,有一个中年人浸在水中,脚车后座的竹箩被压得裂开,里头擒到的一头蟒蛇窜逃了,剩下一个空破筐,中年人满身湿透,手臂彩绘的豹子图案早已褪色。

中年人的脚有一只跛行,却有个灵敏的身子,乡人要是室内、屋外遇蛇,一叫必到,他以快捷身手,不费多少时辰就能擒住活蛇,这中年人很少一棍打死蛇,总是将蛇活擒后盛放在家里,累积多时就载到市区卖,村里大小都习惯叫他"蛇春"。那次,蛇箩连人跌进河,河水深及半身,浮在水面的筐子一晃晃摆,里头的蟒蛇早已溜到岸上。

蛇春个子矮小,中年未婚,捉蛇灵敏,可是有一次窜进村妇屋内偷窥,却呆板到被人逮住。那时黄昏,在半村路口杂货铺的寡妇屋后,蛇春躲进澡室,藏身在一个挂着的巨筐内,妇人入夜返家在楼下洗浴,蛇春在筐里窥视。妇人进房卸衣,将衣服挂在柱上,看到巨筐晃动,不久整个筐倾倒下来,有个人和一尾裂皮的花蛇滚落,蛇比人窜得快速,从板门底下滑走,人蜷缩一地,吓坏妇人。邻人听见妇人尖声叫嚷,提着煤油灯和扁担赶过来探究,三两人在浴室轮流挥打,蛇春的腿就是给根扁担打跛的。

母亲说,我的腿是发高烧弄瘸的,好过蛇春的腿,蛇春是好好一只腿给打跛的,母亲常说。还好我上了小学,有点力气踩动脚车。

看到脚车后座麻袋里几头幼小的狗挤动,大概是饿了,找母狗的奶头,决定放生狗仔时,我问母亲,不送给杂货铺的阿姨吗?母亲说,阿姨养了三只,没法再收留了,而且,她不知怎么搞的,养的狗不放在屋前守,到了晚上就抱上楼。阿姨一个人住,晚上打烊关了门躲在楼上喂食狗群。母亲说,阿姨是死了丈夫后才养狗的,她丈夫平时出门送杂货,有次大白天在白菜园撞进一个大池塘,晕在车内溺毙了。

"好好一个先生,死了。"母亲那时带我到公冢殡仪馆守夜,听到邻人对话:

"杂货铺的太太年纪还轻。"

"成了年轻寡妇。"

"一个人撑得起杂货铺吗?"

"可能得雇个人送货。"

"白菜园池塘不是浇菜用的吗。"

"很少人会撞进这个地方。"

"听说和生鱼有关。"

"生鱼？"

母亲听村里人说，杂货铺两夫妻平时很爱吃生鱼，拿手好菜是杞子红枣煲生鱼汤。将鱼杀净去腥，红枣去核加上陈皮炖配材料，一餐美味。有次，丈夫从白菜园大池塘捕了一尾活生鱼，带回家置放在厨房塑胶桶内，用磨石压着顶盖，准备翌日上汤。晚上入床而睡，过了午夜，丈夫发觉脸颊冰冷，有异物贴近脸，用手触摸，发觉其全身沾着汁液，起身探究发现是生鱼爬上床铺，卧在夫妇两人之间，丈夫一惊，立即从床底搜出镰刀一砍，鱼身首两异，一床沾满红血淋淋。

"会不会砍了尾神鱼？"

"生鱼着地不死，还可爬上主人床，叫人吃惊。"

"应该放生。"

"要是放生，可能就避开这场祸。"

"……"

杂货铺妇人死了丈夫后开始养狗，入夜后把狗都抱上楼，可能是一个人在楼上睡得不安稳，要狗作伴。

要是狗放在屋外守，蛇春就不会逮个时机躲进浴室偷窥，也就不会给人打跛了腿。

三

杀猪卖肉的白屠夫有几回带包糖来找母亲，探白蹄狗，可是很明显的，白屠夫是看中幼狗，找借口要领养。

母亲一口拒绝。

"免了吧，带回去搞不好很快搁在砧板上，剁成香肉，苦了狗儿。"母亲说。

"别这么说，砧板上的狗都是流浪狗啊。"白屠夫辩驳说。

"没差别。"

"野狗没人理。"

"野狗也有命。"

"捉狗队一来，车上擒走何止二三十只。"

"……"

母亲不跟白屠夫争嘴，村上的人都知道，母亲不会答应让出白蹄狗的幼狗。在乡里,白蹄狗倒是有些名气,名气是出在生产速度快、产下的狗仔数目多上,没人估计得出它到底有多少次怀春、多少次产狗仔了。有时左邻右舍争议说,白蹄狗会不会是头狗后?一些人说,倒不如说是只繁殖的母狗神,母亲加入战围替母狗说话,不只会生,还会捉蛇啊。

白蹄狗和蛇扯上关系,倒是曾上演了一幕活生生的狗蛇混战,把蛇赶出村外,博得了个好名声,村人一般不畏惧蟒蛇,蟒蛇在村里人眼中是只懒惰巨虫,一口吞了鸡后就挂在鸡寮边休眠,很容易合力活擒。村人最怕的是雨伞节,这类蛇平时温顺不攻击人,可是进攻时的毒液令人丧胆,而且,雨伞节的灵活常令人眼花缭乱。白蹄狗发现雨伞节时,刚好在重阳节,家家户户忙着准备供花果,到镇上斗母宫祭神,母亲带了白蹄狗上街,在庙口,看到一群人围在外头,信徒手持果盘却不敢趋前探究,听理事说庙里有一尾蛇捆着一个香炉,香炉是早期村人从汕头朝拜时带回供奉的,却引了蛇盘缠,村人在庙坛一睹香炉和蛇卷成一团,没了主意,惊慌失神,手脚颤抖,这可是头一次斗母宫来了奇事。

在庙坛前,理事早已派人找来蛇春,在坛前想办法擒蛇救炉,而且据理事说,这是很凶的雨伞节,炉上香柱快熄了,周围刮动的轻风摇动着破旧窗帘,白蹄狗穿过人群,进入坛央,蛇和狗都有灵敏嗅觉,蛇一嗅白蹄狗趋近,开始蠕动,蛇首托上花桌,迎着白蹄狗,撕开蛇信,一伸一缩,速度之快教人瞠目结舌,蛇身脱离香炉后与狗对斗,白蹄狗伏在地上,顿一顿脚扑向蛇身,速度之快也教人称奇。蛇春在蛇和狗正打斗时赶到,一时展开人、狗、蛇相斗,蛇春从后方用一根削平的竹棍击打,在庙坛天井混打多时,雨伞节摆脱打斗场合,从花窗一滑而逃,剩下香炉稳坐供桌。白蹄狗和蛇春在这场打斗中合力把毒蛇赶走,成为镇上热门话题,一些村人特地来家里看这头狗。打过蛇救过香炉,一些村人也原谅了偷窥妇人洗澡的蛇春。

村上狗,到了八月,都要经历一场浩劫,市政局捉狗队通常在这个月份杀到。这是椰园采收的季节,一棵棵长得特高的椰树,密密排开,村长雇了几个爬树好手,一步步上树,钻进树冠,先把枯干椰叶削落,再采收实果,一颗颗结实的椰子从天空垂下,不久,村路上出现好几辆牛车,木制的轮子高过牛身,圈行着沿路捡拾果实,然后运到集中地削椰皮,一颗颗削好的椰子像刚剃好发的头颅。

村子热闹过了,杀狗队进村,一辆卡车载了八九名训练有素的执法人员,很像军人,穿件蓝衣制服,头戴鸭舌帽,满脸杀气,执法人员跃下车后分头在村子里搜寻狗影,很多狗躲在削落的椰叶堆中,椰叶堆往往是野狗栖身之所,可遮炎阳,可是这往往也成为它们落网的陷阱。执法人员在叶海中突袭,八九只狗一一套上圈,拖上卡车,一些母狗被拖上车,引来好几头狗仔尾随叫吠,结果狗仔也全拉上车,关在卡车铁栅里,一只只狗头朝外望,流着污黄口沫,神情落魄,好像知道自己即将被送往刑场。

白屠夫在杀狗队来到村里时,像变了一个人,母亲说,这屠夫平时杀狗煮食,执法人员来了,他好像成了狗的救世主,把狗引进村尾隐秘的暗桥头,这个逃兵倒是有几分功夫,在废弃的深土坑上端用一块块木板掩饰,一头头狗按顺序进入桥头,杀狗队很难搜寻到,等杀狗队撤离后,再引狗群出坑。母亲说,白屠夫当兵时杀过人,有次在一个秘密地点执行任务,射杀了几名身份可疑的人后,一直懊恼,失常了一阵子,最终选择逃脱军队。

执法人员捕狗手法纯熟,对一些没躲在枯叶下的狗,他们在村路上追逐,把一只只缩了尾巴的狗,赶进屋弄。窄窄的缝,尽头就是死角,执法人员跟着狗进到尽头捉着一只只脸沾凶相的狗,一些套上圈的狗仿佛知道下场,死趴在地上不走。执法人员使劲拖,一只只狗滑在沙路上,扬起黄尘,最后被抛在卡车铁栅中。没几个人有胆识跟在卡车后去大草坡的杀狗刑场,随着杀狗执法人员的猎枪,这些狗一声一倒,十分利落,整个草场到处都是黏稠的黑血。

黏稠的黑血,叫人过目难忘,这和我不小心在白屠夫居所看到在屋后厨房活活宰狗的现场一样,充满血腥。那时,我到村尾河边采芋叶,听到不远处的屋里传来一阵阵凄厉尖叫,我爬上岸,悄悄从窗外看,白屠夫额头正扎了块红巾,赤着身,使劲把一头狗活活勒在一根绳套中。狗哀叫的回音持续不久,片刻沉寂如常,我看到勒毙的狗儿双眼狰狞,牙露嘴外,跟平时的温顺模样,相差很远。

我忍着声从窗板外目睹白屠夫磨好锋利尖矛,刺入狗颈放血,流出的血渍弄了一地腥。母亲常吩咐我,平日勿和白屠夫来往得密,这个人,宰杀上瘾,教人反胃,而且,杀狗者身上都会有一股恶腥,自己没法嗅出来,旁人贴近,味道溢出,令人作呕。

母亲视力不好,有次我和母亲跟着卡车到大草场刑场,看一堆狗被捆在香蕉芭上,一根麻绳扎了三五头。被绳子捆上颈项的狗,全都把尾巴紧紧缩到后腿内侧,尾巴无法在背上摇摆。母亲说,杀狗时别睁眼看,可是当执法人员鸣枪时,我仍往香蕉芭方向瞄,一头头狗在枪声中倒地,眼睛翻白,有些抽搐着身子,很快就静息。这个地方到了夜晚很少有人经过,有时我捡芋叶时会路过,感觉腥气很重,阴森森的,我在这个地方待不久,总是觉得芭蕉叶上有晃动的影。

我骑脚车载着白蹄狗的七只狗仔,往太上老君庙和公冢的方向骑去,我想起母亲在放生狗前与我的对话:

"狗儿捆好了吗?"

"捆好了。"

"可出发了。"

"嗯。"

我把七只狗捆在麻袋里,沉甸甸的,和母亲合力托上脚车后座,感觉母亲有些不舍,我把脚车推出门后,袋里的狗狠狠地磨着,一凸一凹像滚动的气球,我问母亲要剪个洞口让狗儿呼吸吗?母亲说剪个洞吧。母亲知道狗的嗅觉超乎想象,上一次把三只狗儿弃在甘蔗芭,不到三天,它们又沿路寻回家来,那时就是在麻袋上剪了小洞。这次我没有问母亲狗仔会沿路寻回家吗,只记得母亲说过,放生后认回家的狗,不能再放生。

母亲说,麻袋透风,狗儿不会窒息,但她也不忘再提醒我,记得骑脚车过桥时,要下车,免得腿没力气,连车带人撞入河中,村里人可又要围在桥头唱吟三日啊。

狗笑天,人朝坑。

硬撞板,四蹄白。

🌴 **作品赏析**

《白蹄狗》是马来西亚作家方路的一篇短篇小说。白蹄狗毫无疑问贯穿整篇小说,作者借用民间俗语写白蹄狗不祥,实则写人性的残酷。方路先生很擅长写动物,他的文学作品,大都与他的人生经历息息相关,引人深思。

作者的开篇和结尾首尾呼应,都借用了民间俗语,因为民间有认为白蹄狗不吉利的传言,所以母亲让"我"把七只刚出生的白蹄狗狗仔都放生,母亲的形象也是作者主要的创作人物,"这村里的狗,老是走霉运,一边要避开市政局派来的杀狗队,另一边要逃离村尾抓狗不眨眼的白屠夫",通过母亲的讲述,又出现了杀狗队和白屠夫这两方鲜活的人物形象,也可以说是主要的反派角色。作者笔下的母亲,虽然相信民间传言,但是并不忍心狗被捕杀虐打,所以并不会把白蹄狗幼崽给白屠夫。本文全篇总共分为三个部分,很多故事情节作者都是直接引入了母亲的讲述,比如吃生鱼这个短小的故事插曲,作者生动形象的描写,让人唏嘘不已、毛骨悚然,也进一步表达了也许杀生才会带来真正的噩运。小说的第三部分作者详细描写了杀狗队八月进村捕杀狗群和白屠夫在厨房宰杀狗的血腥场面,母亲告诉"我"杀狗时别睁眼看,但"我"还是看到了那残忍的画面。

"母亲说,麻袋透风,狗儿不会窒息,但她也不忘再提醒我,记得脚车过桥时,要下车,免得腿没力气,连车带人撞入河中,村里人可又要围在桥头唱吟三日啊。"这个放生的场景总共出现了三次,"我"牢记母亲的嘱咐,也是想强调不要乱捕杀生命,整篇小说都笼罩着一种残忍、血腥恐怖的气氛,借以讽刺人性的残酷。

(张瑞坤)

许通元

许通元,1974 年生于马来西亚砂拉越泗里街。南方大学学院商系产业管理专业高级讲师、马华文学馆主任、《蕉风》执行编辑、《南方大学学报》编委。曾任《南方大学学报》图书馆馆长、通识教育学士课程的"电影、文化与文学""经典导读""马华文学"的讲师,以及柔佛州作协联委会主席。著有小说集《双镇记》《埋葬山蛭》《我的老师是恐怖分子》,散文集《等待鹦鹉螺》,诗集《养死一瓶乳酸菌》。编著有《有志一同:马华同志小说选》《号角响起:马华同志小说选 2》,合编著《新加坡华文文学五十年》《鲁迅在东南亚》《五四在东南亚》《从婆罗洲到世界华文文学:李永平的文学行旅》等。自 2015 年至今,筹办"南方文学之旅——听听两岸三四种声音",广邀新马中作家,文学朗诵巡回已举办了 15 场。曾担任文学奖、诗歌朗诵、短片、演讲、辩论比赛评审。合导关于棋子的纪录片《隐现之间》(Faham),在 2018 年 11 月的马来西亚柔佛州的自由电影节首映。

蛇氏药房

水蛇腰舞动,新上任的秘书披于身上的俄罗斯猞猁皮草跟随扭摆,流露出自然美态。公司众多男同事鼻端传来异香时,一双双死金鱼眼紧盯着,我以驱散蚊虫的手势说:"看什么看,没看过女人……"他们深惧我喉咙中恶毒的言语:"你老母也是女人,不会回家看个双眼红通、汗屁齐出……"大伙儿赶紧一拍两散,但眼神不免偷偷投往坐在我办公桌前面的女秘书。内心蠢蠢欲动的声音,酝酿着想爬出口腔:才头一天,这些老少男人,尽使出单眼皮的眯眯色眼,只差没悬吊鼻涕口水、张开血盆大嘴。

鼻端传来的异香,使我脑海赫然浮现——皮肤专科医生蛇氏,戴着"眼镜蛇"墨镜,扭着一掐就断的腰肢,咻一声缩进办公室掩上门。整排枯坐等候的病人,仅觉得有阵风刮过脸孔,凉凉的,麻麻的。空气中飘散着一股浓烈药味,掩饰了飘过的异香。那股后来才知晓是蛇莓的异香味,与新秘书的异香契合,淡淡薄薄的。

　　午餐时间,我邀请新秘书共进午餐。她欣然接受,我俩在众目睽睽之下,移步楼下对面街的意大利餐厅。我背后仿佛贴了张"真的请勿骚扰",没人敢越雷池半步。下班时,她似一阵妖风轻拂,失去踪影后,异香也随着消失。记挂她是外地人,担忧没车没亲友,想邀她吃晚餐。然而,手机那头仅传来蛇吐舌的嘶嘶声。

　　郁闷地驾驶着四轮驱动车前往霸级市场,车停在露天停车场。在提款机前,手指尖完成了脑海中拼凑的数字游戏。我排队购买了一瓶低脂鲜奶、两罐 Nestle 蓝莓无脂酸酪、成串诱人红葡萄后,走出户外。我按了新车的控制器。车子似堆烂机器,没反应。当前车门的钥匙孔插不入钥匙时,我才惊觉孔内残留着折断的半截钥匙。嘴中急得妈妈骂,步伐加快跑去找霸级市场的客服人员。马来客服小弟说他无法处理,这还不打紧,小弟却指着要我看停车场墙上挂着的蓝色牌子:"请锁好车子,一切损失与本霸市无关!"我马上朝那烂牌子猛扔了一粒石头,什么烂霸道市场。旁边闲站着的马来服务小弟嘴里学着石头撞击的声响。"你给我滚远一点!"我失态地嚷喊。"好好,别吓唬我,这种事情每天发生,车子没被偷掉就谢天谢地谢阿拉了!"

　　这是怎么回事?新车几乎被偷,顾客还得忍受马来小弟的奚落。我不知应该庆幸整辆车还静静停泊于眼前,还是欲哭无泪面对难以收拾的残局:人若走开,担心车子真的遭窃;留下守候又不知如何是好。好友们不是出新加坡抢钱,就是去外坡度假未返。那马来小弟"歉疚"地找来虎背熊腰的技术人员检视情况。他刚取出开锁器具,暴风雨就不客气地横扫竖袭,银弹般随不断变换的风扫射着地面。

　　"忍耐一下,一下就好。忍耐将成为半个大司教。"他念经般对着我说。快成落水狗死样的我,看着他微眯的眼睛认真工作,岂敢向他轰骂:"去你妈的什么半个东西!"他提高声量说去拿把大伞,届时我可以帮他撑伞。结果仅剩我傻傻在风雨中守候,最后忍受不住频袭的雨势,暂且屈身走到廊屋檐下,一个可以监视新车的角落。

雨中忽现女秘书只身孤影在不远处摇晃,撑着大红伞路经霸级市场的篱墙大门前。我不顾一切狂奔趋前。跑到篱墙大门前,视野一片白蒙蒙。哪来的大红伞、孤身女秘书?我湿淋淋的见鬼?事后我跟朋友提及此事,他们笑到前仰后翻,说:眼前有只色鬼。

淋了一夜暴雨,隔天轻微发烧,身子并没火炭般烫,以为身体无大碍。驱车上班的路上,太阳穴时而抽搐暴痛。我担心可能是得了前阵子公寓流行的骨痛热症,因户外近来偶尔喷蚊烟雾四起。身体未出现忽冷骤热症状,办公室冷气吹拂时还自叹凉快。午餐前,熟稔的女同事擦肩而过,鬼掐喉咙般死命嚷叫:"颈项怎么出现一块块粉红异状,不似疯狂的吻印咧!"我嘴呼出热气地学她骂道:"见鬼呀,喊这么大声?"

一头扑进洗手间照镜时,耳边传来她渐弱的尾音:是见鬼……男人没扑粉擦口红,上班没喝酒,哪来粉红异状。那女同事可能背着我偷笑男人老狗,已非青春少男,还学年轻人扑进洗手间的窘态。开始担忧着逐渐病弱的躯体,难以对抗堆积如山的业务。刚才老板还特意好心地假借询问病情,打通夺命追魂电话。几颗似疱疹的红肿痘粒无所遁形,在"照妖镜"前可爱又恐怖地跟我说:"哈啰!"若是骨痛热症的红疹可不好玩,死神爱陪伴左右。由于期刊出版的紧急业务日夜赶工,病痛暂且搁下,等待回家后再观察。况且我久病成"良医",成年后患上懒惰见医症,有病自己医,没病入膏肓通常置之不理。理所当然我有自知之明,补牙、拔牙、动手术等,我微薄力量铁定没辙。

放工后,原本打算绕着楼下办公室的操场跑步排汗,脚却软弱无力。晚餐胡乱吞吃开会剩下的水晶糕与糯米班兰青糕。返家对镜查看病况时,红疹蔓延至胸口及颈项后部。我试着擦上郭淑芸生癣王药膏、"摸屁股"止痒药膏,不但无效,红患处反而颜色渐深。我搬了张椅子,取出束之高阁的药箱。几年前与父亲闹别扭后,凡是他赠送的药物,无论是他亲自炮制的解毒药精瓶、推拿药醋,还是亲自种植晒干的神壳止泻药、苦心莲粉末、专治白喉症粉末等,我见之都动气。母亲特地从家乡赶来劝慰时,帮忙收拾,藏在储藏室木架最高一格。久未触动的解毒药精瓶,红盖瓶外长满了白霉。手以湿纸巾轻抹白霉。此药专治生蛇、毒虫叮咬,有止血、解生丁、毒中、山虾等药效,可谓无试不灵。用白棉花蘸父亲炮制的解毒药精涂了两次,红疹未见消退。我内心暗叹连百灵药都失效,似我俩难以起死回生的父子关系。

隔日请假。不知名的病情逐渐严重,驱车赴最靠近公寓的淡杯政府诊疗所。马来护士指着手握编号的一大堆病人说,他们已事先预约。坐在诊疗所椅子上等待的妇孺老人,无所事事地闲聊、观看电视第一频道播放的超烂节目、或逗抱小孩,场面有点像小娱乐场。食指轻按护士桌面的机器后,排名编号147被吐出。护士叫我慢慢等。耳边响起"慢慢等就有"的幻音。十点多,才排到第66位。我真的需要慢慢等。我在护士柜台旁晃动。

星期五中午几点休息?

十一点半暂时关闭。

祈祷后几点办公?

两点四十五分。

内心暗骂,哪有可能轮到我,今天铁定白等。于是我溜出大门,往士姑来吃碗晶晶卤凤爪面,顺便撩一下那捧面的店主女儿,还暗爽一下。店主女儿捧面过来时,瞥见我颈上红疹,鸡婆地询问是不是性病。我笑说,你还真幽默。她建议我去士姑来中学门口对面的中药店看病。我匆忙吞食完面条,离去前竟然忘记付账。

七年未变的中药店,老板风采依旧。大学时期,一旦发烧、肝火盛、喉积黄痰,找他铁定药到病除。掀起衣领,他气定神闲地说我皮肤敏感,嘱咐外敷青草膏,专治皮肤菌病、疹子、搔痒、甲微菌病及疔疮。我吃了定心丸,人似没事,直扑回办公室继续堆积如山的编辑工作。同事见了我红红的颈项说:"涂上药膏,有消肿哦。"我听后减轻心理负担,略为放心。

颈项红肿疱疹继续蔓延,所幸没"红杏出墙"越过半边颈项。某同事惊叹症状似报章照片中偶见的艾滋病患者。他们劝我乖乖回家养病为上策,仿佛接近他们,此病马上传染,引发办公室瘟疫。傍晚时分,我嗜睡,躺在床单底下铺玉石垫的床褥上。

纵然没赴监狱博物馆,梦中却出现我孤坐于牢室内。四面冷墙,不见天日。微弱的灯光自高高的窗口投射,施舍可怜的亮度。

隔间声音响起:"听过监狱井内闹日本鬼的故事?"

新秘书的声音响起。我内心暗忖,难道这是幻觉?

"我听说你除了爱讲鬼故事,更爱听鬼故事。"

"哪来的小道消息?"

她扑哧一笑说:"我这就过来陪你。"

"铁门紧锁,你怎样进入?"

"这还难得了我蛇小姐吗?"

蓦然间,她现身于我所在牢室铁栏外,对我眨着黄金蛇眼说:"你不介意在你面前脱除衣物吧?方便进入铁栏。"

"什么?"

她低声责道"假惺惺",开始宽衣解带。全身赤裸后,她忽而蜕变成鳞片闪闪的蛇,缓缓穿过铁栏,发出鳞片摩擦铁栏的嗞嗞声。蛇头开始变回人形时,她咧嘴道:"没吓倒着吧?"

愣得我嘴开阔阔,言语难以吐出,下巴差点掉落地。

"你不介意我下半身保留蛇的模样,似伊甸园古蛇在给夏娃说故事吧!"

我吓得惊醒,全身冒汗,嚷出:"我不是夏娃,也不是亚当!"

午夜十二点整,颈项长疱疹部位开始发炎,引发伤口疼痛。我辗转难眠,试用各种药物无效,阅书难以专注,只好观赏电视播映的《蛇眼》"止痛"。公寓窗外传来马来餐厅关门前收拾残局的金属碰撞杂声。直到清晨六点,方才昏昏睡去。七点半就睁开双眼。手指翻阅着黄页电话簿找皮肤专科,准备星期天去门诊。试摇了几间皮肤专科的电话号码,时间可能过早,没人接听。无计可施之余,只好扰同事清梦,尤其是遍寻皮肤专科治疗顽疾的小Y。半睡半醒的声音传来:"大多皮肤专科在星期天休息,不过蛇小姐昨日特别交代同事们,介绍我前往市区最著名的皮肤专科蛇氏药房,星期日门照旧开。"他叮嘱我早点去排队,皮肤专科不接受刷卡,身上至少要带足两百元防身。

当时我没联想到蛇氏药房医生与新秘书蛇小姐可能有关系。或许他俩真的关系不深、轮廓不像、身材不像、出生与成长地不同……蛇小姐的蛇腰在我脑海里开始缓缓摆动,疱疹似蛇缠住颈项引起剧痛,意识回返现实痛楚的世界。

蛇氏医生九点三十五分抵达诊所。戴墨镜的蛇氏,酷似谢贤,怪不得男女老幼不惜倾囊支付昂贵的医药费。他似风掠过,动作迅速。第二位病人走后,他拉开门,礼貌地唤我进入。在他办公椅后的米白色墙上,挂着蛇眼蛱蝶标本。墨镜依然罩住医生双眼,好像王家卫见光死扮有型。医生专业地说:"患上似水痘的疱疹,俗称'生蛇'。"我正不解为何敷上父亲专治"生蛇"的解毒药精仍未见效。他继续道出这是出水痘,因潜伏在颈项的第三条神经线,所以仅在颈项半边生疱疹,另外半边则没事。若是整个颈项被蛇绕上一圈,他嘿嘿笑说,那便是受主蒙恩的时刻。这时,我险些失礼地啐他一脸口水。

近在咫尺的桌上,蛇氏戴着蛇眼宝石戒指的右手,摊开一册图文并茂的皮肤疾病专书,展示此疱疹的病况,请我面向长方镜对照。他确定是抵抗力弱,潜伏的病菌乘虚发作,但医学未确认真正病发的原因。他介绍两种口服西药:一种是德国出品的四百多元,吃三粒撑一天;另一种是五年前尚卖五百多元的英国西药,如今仅以一百八十元出售,但一天需服五次。药量开足一周,病假也慷慨地批一周。我询问两种个别配药的总额。他轻按墨镜,倒背如流地念道:"门诊费五十、药膏二十五、口服止痛发炎的……若选择昂贵的是七百多,便宜的则四百一十。"我差点漏嘴失声嚷道:"你不会去抢!"

每次讥讽朋友,昂贵的医疗费是治疗心理问题的灵药,愈贵愈见效。事后与友人聊起,初次背弃中医父亲,相信蛇氏西医天杀的四百一十元医疗费能"马上"治好红肿疱疹的各种理由时,他们笑称:"报应来了,什么种种理由。"这些理由包括:身心折腾了一整夜、心浮气躁、反应迟钝,再加上父亲的解毒药精未见效,对父亲的信心指数已跌入谷底;反之,相信服食蛇氏"毒药"后痛楚会马上减轻的一线希望——皆是反击仇视父亲为中医心理的最佳出口。

双脚有气无力地横跨马路,抵达对面街的渣打银行提款。或许病情严重,间歇性失忆般忘记密码,按错密码后再试两次,提款卡即刻失效;同时忽略信用卡可以提钱。好友出国,不能现身借钱。我触摸裤袋,发现忘记携带手机。疾步走进不远处的报馆,登上二楼阶梯,厚着脸皮向记者朋友商借两百元急救。结果他说五十都没有。此时,我还真想抓狂地走出报馆街学抢匪在路上攫夺。

病恹恹地驱车返家,打开"达文西密码"最后一页,发现并没我的密码手迹。我紧张至腹疼,冲入洗手间,腹泻得大肠都快拉出来。蹲坐时,劝自己静下心,追想最后一次瞥见的密码。当排泄物不客气勇攻直冲时,我灵感突袭,并非"达文西密码",而是后来添购的"解开达文西密码"。抄下另一张提款卡密码,驱车找提款机取钱。疲累地返回蛇氏药房付账时,柜台的马来胖妞一瞄到钱,谢谢也没说,动作则比劫匪抢钱还快,急忙捧进账房。

挨到家门口后,我乖乖地按指示吞服纸盒上明写的"毒药",敷上雪白的药膏,结果是心理上获得无限的安慰。多年避忌口服的昂贵"毒药",和水服下时暂且忘却其毒,内心果然好受得多,躺在床上休憩。颈项患处传来阵阵抽搐的痛楚未减,催人梦中惊醒,鞭挞着我脆弱、微微颤抖的身子。望着床边小几上三人在云顶照的全家福,蓦然担忧起父亲迈入老年经常病痛的身躯。父子二人病痛的身躯,此时超越了年龄与父子关系。手指刚触碰手机,随即搁下。皮肤刺痛延续折腾了一日一夜。病情的蔓延缓和些许,但疱疹红肿未见好转。我安慰自己:药贵并非神物,不见得马上奏效。

　　夜晚时分,忍不住摇电话向母亲报告。她惊叫为何不贴上父亲的解毒药精,迟些小心残留难看的疤痕,像镇上那位超市老板,脸颊上……我回应贴了未见效。她紧接着说:"必须以棉花蘸湿敷贴,连续几个小时。药水干后再贴上湿湿的新药,不消肿才怪。"母亲提起那天表弟脚"生蛇",可能是"生龙"吧,就是比较厉害的蛇,肿处比他的脚趾还大,在母亲抢救之下,不及半天,肿处几乎恢复完美的原状。

　　再次取出束之高阁的解毒药精,手忙脚乱地沾湿薄薄白棉花成茶色,对镜敷贴患处。空气中飘散着草药与酒精的混合气味。一片片的棉花贴在颈项患处。敷贴全部疱疹红肿处的过程费时十分钟。最早敷贴的棉花已在酒精迅速蒸发之下,干得边缘皆翘起,暗示敷贴过程需重新来过。无须一个小时,红肿果然消退不少。摇电话急忙向母亲报喜,她打蛇随棍上说:"不如趁病假回家休养几日,吃些药材汤补补身子。"我回应再视病情如何,况且皮肤专科医生千叮万嘱,不能随便在大庭广众散播病菌,以免传染给未出水痘的人。她口中叨念,生蛇哪会传染。我俩避开父亲话题。听闻父亲满脸哀伤的皱纹愈叠愈多,双手偶尔难使力推拿,还需要母亲熬夜推拿治疗他病痛的躯壳。父亲身为推拿医师,讽刺地患上痛风症。这两年与父亲牛脾气僵持不下,母亲怕我一听闻父亲就收线、整星期不理睬她。

　　隔日,颈项患处,消肿的消肿,结痂的结痂,仅残留小小浅浅的红点。母亲摇电再劝我返家小住数日。我回说微恙在身,若情况转好,一定买机票回乡。可见家人亲情比我思乡情怀更泛滥成潮。这些年来,长期身置如战场的公司,纵使常与母亲联系,但话题仅能围绕卤鸡、卤马铃薯等美食和家居琐事,不能见面终隔一层。与父亲的关系,连他特制的解毒药精瓶外都长满白霉,更别说忘却正确的使用此药精的方法,倔强的脾性或许源自父亲的遗传,导致出现生蛇惨况。

门铃突响。蛇小姐骤现于家居门前。我忙问怎么大驾光临，不担心被传染？她询问过开诊所的表哥，曾出过水痘的她不会有大碍。她客气地携带了几粒红苹果置于客厅的玻璃几上。我趁机询问，蛇氏真的是她表哥？眼光果然犀利，一眼看穿病情。她查看我病情，惊讶地说已痊愈，没表哥说得严重。我解释贴上父亲的解毒药精，神奇地消肿结痂。她大呼怎么可能，明明是服食她表哥开的药丸，兼搽上那薄薄一层雪白的药膏。我坚决说没骗她，希望她可以顺道询问他，那些未吃尚在盒内的药丸，是否可以退款。她轻蔑地骂句"神经病"，摔身如蛇扭到门前，"砰砰"地关上门。我急着冲出门时，她已无影无踪。

蛇氏听到我在电话中报上姓名后，殷勤地询问病情。我说大病初愈。蛇氏的反应是："你开玩笑吧，怎么可能？"

"是真的。"

"我当皮肤专科卅年，未见如此奇迹的药效。"

"因为我并非采用你的药，而是敷上我父亲的解毒药精，在数小时内奇迹地消肿结痂。"

他打哈哈地笑说："不可能。"

我寻求那些未服的药丸退款。他说怎么可能，还骂句 IMPOSSIBLE，狠狠盖下电话，震得我急忙盖住外耳。

桌上躺着摊开的几排药丸，我扫入塑胶袋，拎着上蛇氏药房寻求退款。蛇氏赏吃闭门羹，吩咐那日收款项的马来胖妞下逐客令。药房内的病人如潮。我瞥了橱架上摆满各款式的蛇模型。有米开朗琪罗画里伊甸园那条人蛇合一缠树的造型、威廉·布莱克画中在伊甸园诱惑夏娃那条狡猾的古蛇、《小王子》中那条神秘的蛇、哈利·波特劲敌伏地魔的化身、《白蛇传》中的白娘娘、印度文化中龙蛇混杂的 Naga 艺术形象至米南加保人那条在十二世纪摧毁苏门答腊村庄的 Sakatimuna 巨蛇等。纵然有些似一根手指头般细，但动作却夸张地张开大嘴，猛露毒牙攻击着猫头鹰模型。我发觉自己与病人们都似猫头鹰，无奈地等候蛇氏猛张大嘴，露出毒牙，吐出毒气，仿佛来到地球上铁石心肠的诊疗所，因为这里被认可能最有效地解决所有皮肤问题。我不客气地大声嚷喊："老蛇，你的昂贵药物不见效，我改用中医父亲的药精治好'生蛇'疱疹，现在将未吃的药物退还，你为何闭门不见？"坐在沙发上的病人一位位圆睁双眼，其中一位病人吐出："好戏正上演。"我狠狠瞪他一眼，继续嚷叫:"老蛇趁我生蛇,秘密安排他的表妹蛇小姐在我办公室诱骗来此药房,收取昂贵医疗费。重点是吃了有毒性的药敷药膏一整日并未见效,害我继续疼得死去活来。这还不打紧,老蛇不相信病情七天才好的病,擦了我父亲的解毒药精,未及几个小时疱疹就完全消退干瘪痊愈……"

蛇氏铁青着脸跑出门喝道:"你再狼嚎狗吠的,我马上请警察逮捕你。"

我回应说:"难道你除了吞人化骨,不好奇我的病情为何神速痊愈,可以协助更多的病人吗?"

"那是不可能的,你马上离开药房,不然我告你毁谤。"

我解开衬衫的两粒纽扣,扯开衣服给他看。他喊道:"我没兴趣看你长毛的胸部,你马上滚,别像只癞皮狗,生了脏病,乱嚷乱吠。"耳际奇异地响起小王子临终前的话语:"千万不能让蛇咬了你,……蛇呀,是很坏的。它们可以只为取乐而咬人……"随即,胖姐拿出我的医疗记录白卡,撕碎后撒在我面前,用扫帚边扫碎纸、边赶人。我见势马上趋前抢了扫帚,不知哪来的力气,扫帚瞬间成两段。病人跟着起哄。几位强壮的病人抓住我,在逐我出门前放话:"我们等着看病,没人会理你的,别再来呱呱吵了!"

忆起父亲医疗人群数十年,不断以草药、推拿等方式研治病情,收费低廉,有时甚至免费给予医疗服务。在蛇氏药房前,我不由自主地蹲着啜泣。某病人骂声"哭什么屁,神经病!"后,转头关门,以防冷气外泄,担心我的哭声影响蛇氏药房内的病人。我紧闭双眼,蹲坐五脚基。

有双温暖的大手,突然扶助我起身。我凝视着黝黑、皱如咸菜、长满老人斑的手背,感觉是那么熟悉,似好久以前的事情,近来异常陌生。抬头一看,是父亲含笑的脸孔。

"父亲怎么来了?"这是我即时的反应。

"一个人来?"他笑得更灿烂,仿佛在告知一些事物。仿佛从前他在我身上耗费的时间又回到了我身上。

"怎么不见母亲伴随?"我俩过去的一切冰释。

父亲手上还拎着一小袋香味扑鼻、母亲亲手做的卤马铃薯。

手机忽响,母亲摇来电话,紧张的声调告知:"你父亲在蹲下身时,突然不省人事。现在躺在地上,怎么办?"

"父亲不是来看我吗?他刚刚还在我身旁。"

"现在不是开玩笑的时候。"

"他刚才还扶我起身呢?"我转身四处寻找父亲的身影。

"你玩够了吗?我在跟你说……"

"奇怪,刚才明明在我身旁,还拎着你煮的我最爱吃的卤马铃薯。"

"厨房里确实煮着卤马铃薯……他不知吃错什么,可能是喝了那杯自冰箱中取出的七星针茶。"

"怎么回事?他不是常喝药茶,打太极拳,身体还可以吗?"

"你拒绝了他安排的婚约,转身离开,使他颜面尽失,没再回返之后,他伤心欲绝,身体每况愈下。你三年没回家了……"母亲讲到最后时,声音哽咽得难以听闻。

我默然片刻,然后说:"先别谈这些,快请邻居帮忙送进医院吧!"

我泪人般,自己的哽咽声催我按断电话通信。

手机蓦然响起:"没事的,不过像是蜕去一层废弃的老壳,老掉的体壳没什么叫人悲伤的。"

我再次抬头时,刚好望着蛇氏药房的门口。蛇小姐突然开门跟我扮鬼脸。她张开巨大的红嘴,似蛇欲吞噬鸡蛋的姿势。然后她关上门。我对自己说:"这绝对是幻觉。"

隔天我在返乡的飞机上,在赠送的报章上瞥见地方版有关蛇氏的新闻:

旧山皮肤专科名医　晨运遭袭入院急救

我旋即把报章转送隔壁的乘客,哪管那人是被寻仇报复、劫财劫色,抑或毒蛇袭击……翻开手上圣修伯理的《小王子》,阅读小王子与蛇有趣的哲理情节,特别喜欢"我"抱在怀中的脆弱小王子的话语:"我所看到的不过是一种表象,最重要的部分是目不可见的。"

🌴 作品赏析

《蛇氏药房》是许通元先生的一篇充满着讽刺意味的短篇小说,以"蛇"贯穿全文,用"蛇"的形象特征展现描述人物的画面感,给人以视觉的冲击力和代入感。小说以主人公新上任的秘书"蛇小姐"引入,通过"蛇小姐"想到了皮肤医生蛇氏,为下文蛇氏药房的出场做了铺垫。

很早以前,蛇在人们心中的形象就充满了诱惑、邪恶、阴险毒辣。《伊索寓言》中农夫与蛇的故事更是家喻户晓。"蛇"作为一种隐喻符号,在中外文学作品中,都被赋予了不同特质的文化内涵。作者许通元先生也在全文多处引用了《圣经》和《小王子》中的蛇。开篇"水蛇腰"的舞动出场,从在座的各位男同事色眯眯的眼睛,"内心蠢蠢欲动的声音,酝酿着想爬出口腔""这些老少男人,尽使出单眼皮的眯眯色眼,只差没悬吊鼻涕口水,张开血盆大嘴",到后来的"全身赤裸后,她忽而蜕变成鳞片闪闪的蛇,缓缓穿过铁栏,发出鳞片摩擦铁栏的嗞嗞声。蛇头开始变回人形时,她咧嘴道:没吓倒你吧?"的梦境,都隐喻着蛇代表的女性魅惑特征。在基督教的创世神话中,蛇是引诱女人犯罪,导致人类先祖亚当和夏娃双双被逐出伊甸园的元凶。亚当和夏娃的"蛇"乃是关于"性",作者引用到此处,也是想表达性的原罪,为下文也做了铺垫。

　　由于自己出现了"生蛇"惨状,我通过"蛇小姐"来到了市区最著名的皮肤专科"蛇氏药房",花高昂的医疗费拿了蛇氏的"灵药",后来通过"蛇小姐"的拜访才知道原来蛇氏是她的表哥并坦言自己吃了父亲之前的药才有所好转,并不是因为那高昂的"灵药","蛇小姐"听后,"摔身如蛇扭到门前,砰砰地关上门"。作者生动形象地用"蛇"把人物形象呈现出来,让人唏嘘感叹。后来自己拎着药去蛇氏药房寻求退款,"我发觉自己与病人们都似猫头鹰,无奈地等候蛇氏猛张大嘴,露出毒牙,吐出毒气,仿佛来到地球上铁石心肠的诊疗所",退款不成,还被周围的病人骂骂咧咧,这就让作者回想起了自己的父亲,父亲行医数十年,有时甚至还免费医疗,父亲的形象与蛇氏的形象形成了鲜明的对比,到后来闪现父亲的画面,惊闻父亲的噩耗。结尾让人既惊讶又震撼,触动人心。作者多处引用《小王子》中的语录:"我所看到的不过是一种表象,最重要的部分是目不可见的。"《小王子》中的"蛇"既代表了死亡又代表了生存;代表了机智与狡猾;代表了天使又代表了魔鬼。作者笔下的"蛇"代表了什么呢?作者通过他身边的"蛇"隐喻现在像"蛇氏药房"一样的"蛇象",引人反思。

(张瑞坤)

梁　放

梁放，原名梁光明，祖籍广东新会，移民的第二
代。1953年出生于砂拉越，华小毕业后转入英校就读，曾三度获政府优秀生奖学金。负笈吉隆坡工艺学院、英国布莱顿大学Brighton University、苏格兰爱登堡Herriot－Watts大学，获土壤力学硕士学位，曾任职于砂拉越水利灌溉局。20世纪70年代即开始文学创作，小说与散文作品纳入中学教科书、大学中文系教材。小说作品被译成马来文、日文与韩文。获第一届砂拉越民族文学奖(1994)、第十四届马华文学奖(2016)，被《大马华人人物志》列为大马华族百年文学史上最具代表性的五十四位作家之一。著有小说《玛拉阿妲》(2000年入围竞选世纪小说百强)、《我曾听到你在风中哭泣》、《腊月斜阳》等。

烟雨砂隆

Pendam是砂隆河口的一个小镇，寥寥几家店屋，背对砂隆河，却面对着她的一小支流而建。小支流奇浅，除非潮涨，不然船只极不可能靠岸。为了方便当地的居民，几年前政府已建了一座长长的码头，从土地坚实的河岸越过一大片软塌塌的泥滩，伸延到砂隆河里去。

因公事关系，我时而来到这沿海小镇，一住就是几天。晚上若不下雨，我必到码头上仰身躺着，看着星星月亮，也倾听海涛拍岸与风吹过红树林的交响，还常因舒适而睡着了。有时夜深人静，我在烛光下读书读累了，捻亮手电筒，着魔似的往码头走，在刚退潮的桥板上，还一再给在码头阶梯上搁浅的鱼虾放生，乐此不疲。

也是在码头上，曾有当地的居民告诉我不少有关土著蛊术的厉害，更有

历年来多少溺死的人变成孤魂野鬼在码头上闲荡的传说。

在那远离市井喧嚣的迷人夜晚里,我归之为"无稽之谈"。

我曾想,若趁个风高月清,把脸涂白,画张血盆大嘴巴,穿件白袍在码头上晃悠悠地来回跳动,能把这里的居民都吓个魂不附体,该是够好玩的一件事。

浪涛一再涌上,咿呀咿呀咿呀地把整座码头摇晃作响,在令人感到惊悚战栗的同时,竟然也不禁感到刺激,更沉醉在那设想中恶作剧后的快感里。

砂隆河畔的夜,揉进自然界各种各样的声音,在凄厉与恐怖的氛围中,渗出一种莫名的诗意。

一开始是我自己,后来是欧、卢与我,常在晚饭后散步来到这码头上。迎着南中国海与河面上吹来的风,我们席地坐着或仰躺着,漫无边际地聊天、消闲。

站在码头上看到砂隆河对岸的一座山,漆黑的夜里,静穆、幽邃,令人想到世界末日,想到死亡。山后的高空上显现一片微光,有个当地居民说,那是另一个临海小镇实巴岸。随河水而上,天际隐隐约约可以见到……实文然?我惊呼,不敢相信她竟然让人感觉离我们那么近。那是该在砂隆河上游的地方,乘捷艇前往还需要一个小时。

"好不好玩?"卢问,声音掩不住的兴奋。

"听说有几十间店屋,还有一家戏院。"

给禁锢在弹丸也似的 Pendam 多日,三个年轻人,夜间对着砂隆河上游的那一片天,不禁神往。

那时期,我已给官方机构水利灌溉局调派前来,入住在公务员宿舍里,为了要观摩与学习有关地质与土壤勘测的新技术。欧与卢工作认真,我随队虚心学习,也在各方面尽可能与他们配合,相处融洽,时间也过得轻松愉快。他们的工作必须要在限期内赶完。白天工作繁重琐碎,下班后还得写报告。

在怒诺半岛,发展商以盛产鱼虾与西瓜出名的三巴叻为基地,勘测地点几乎遍及半岛的每一个角落。Pendam 与三巴叻距离不远,由于陆路不通,必须依赖长舟绕过一段南中国海往返。为了方便工作与加速进展,欧与卢领队的两小组索性在这里的布吉斯甘榜里租了一间亚答屋住着,也在当地雇用一些临时工人。一直到事发前两天,他们的公司无缘由地聘了一个袁姓技术员来帮忙,像是预先来补一个空缺似的。

我们要去实文然游玩的无数次建议,一直给搁着。

欧内向,沉默寡言,常煞有其事地在一隅独自沉思,也利用工作之暇看看书,听听卡带音乐,寻求工作以外的一份生活情趣。卢与我的性格截然不同,离欧的似乎更远。砂拉越尚待开发的原野、森林,水供电流电话等基本设施都还不见踪迹的村庄小镇,在卢的眼里,一开始就有诸多怨言:"这不是人文落后、物资贫穷是什么?"虽说他常出远门,见识应该相对较多较广,但他对环境的适应能力显然不如欧,尤其是处身在像 Pendam 这样的穷乡僻壤里。他希望工作尽快赶完,可以尽快离开。

砂拉越是地球上的世外桃源呢。听他对砂拉越的乡居生活心存怨怼,我有意护短,也聊以解嘲。

笑话,若不是逼不得已,我才不来呢!接着,卢朝着欧,近乎嘲谑地把话题倏地一转:"欧这一次来,赚了钱,就是要去合艾玩一玩!"

欧听了不表态。合艾是泰国南部知名的城市,其中色情场所充斥,卢去过很多回,专程为了找女人。不幸的是他在最近一次前往,对其中一位动了真情。这一回肯前来他认为蛮荒般的砂拉越森林原野里工作,不外是想多攒钱,好尽快娶那泰女为妻,用心良苦。

那一晚,我手里拿着一本契诃夫著的《可爱的女人》。卢以手电筒只看了看封面,就开始谈起个人许多有趣的猎艳经历。

"听说这里要找女人,就得去长屋,是吗?"卢问我。

我扼要地告诉他有关伊班人的风俗。Ngayap 是存在悠久的传统,为该族人适龄婚嫁的男女提供求偶条件,也一再强调这风俗给外来人践踏,妄用了。伊班少女常给哄上,是因为没见过世面,过于轻信、单纯。

卢不以为然地耸一耸肩膀,继续他原来的话题。我们不时还打岔问个详细,当晚也都尽兴而归。

我们一再散步码头。在小镇里,也真的没有别的地方可去,即便各有所思,互不谈话,我们都乐意结伴在一起。

谈起伊班长屋,欧说闻名已久,也向往多时。我尽本事把对长屋里的生活与见闻宣扬了一番,听得他如痴如醉。沿着砂隆河两岸就有好多个伊班村落。像去实文然一样,大家因为白天工作走不开,兴致勃勃地一再提过了,也都没有下文。

在码头上，我还说过，认得一两个星座，会使人在旅途跋涉中找到一种莫名的慰藉，尤其是在人地生疏的异乡里。

正谈着时，一道流光在黑夜中划过。都说看到流星是不祥之兆，然而河边几棵大树上闪着的千万个萤火虫，一时更见璀璨，俨然是流星散布在其上的千万个细小碎片。

夜确实是美丽、令人迷恋的，在那平庸小镇、面向大海的码头上。

每隔一段时间，我得回到古晋的总部开会、汇报工作的进展。我不否认自己还是摆脱不了人类物质文明给予的舒适与方便，尽管 Pendam 有看不完的云和树，有走不完的诗意盎然的羊肠小路。

二月的最后一个周末，离开 Pendam 前夕，晚饭后，我们靠坐在小镇一家杂货店门前的长椅上闲聊，卢、欧与我。欧要我把一封信由古晋寄出，也托我弄些杂志报纸回来。他来自城市，没有了以往日常所习惯的一切，想来够无聊，虽然他随身已带来了一些书，还有我借给他的几种散文集。

他们就在该家杂货店搭伙食。午餐是把店家准备好的便当带去工地。我曾与他们共享他们的午餐，几个人在帐幕下或在树荫里吃着，比野餐更具另一番风味。

那一晚，店主探出头来问大家隔天中午要吃什么菜。难得他主动提起，但欧还是说："随便什么都行。"卢却高声喊道："我只吃咸蛋！咸蛋最好吃。"

天天吃咸蛋！卢几乎每吃一次便当就骂一次："在这盛产鱼虾的地方，就是廉价的也有甘望凤尾和软骨罗么鱼，哪样不比天天吃咸蛋强，也得让人换一换口味嘛！"那次却由他亲口要求吃咸蛋，乍听之下像是从没吃过似的。

"你不是来真的吧？"欧说。

"我就是喜欢咸蛋！"卢一脸认真。

出现在店门口的还有店主的小儿子，二十岁左右，看来腼腆、内向，据说是在新加坡工作，刚回到小镇来度假。他朝着我们走来，似有意与卢搭讪，但卢敷衍一阵，提不起劲，站起身子，伸一伸腰，说先回亚答屋去了。时间尚早，他一反常态，不似以往般在镇上逗留至深夜。我看着他脑后的头发，那个样子，像是自己用很钝的剪刀胡乱剪一通似的。

没走几步，他又踅了回来，隔着两公尺的距离，一手把玩着他那小小的手电筒，对着我的脸照射并说道："只有你最好的啦，又要出去了，有的吃，有的玩！什么时候再下来？帮我买包糖果，要好好吃的，多少钱等你买了回来后再算。"

我说"好呀!"看着他的背影,别过头向欧说:"我来买包三十元一小包的舶来货,让他的口袋也紧一紧。"

哈……

卢显然听到我们的笑声,在给黑夜吞噬前又转身站住,看了我们半晌才又继续往前走。他似有话要说却最终保持缄默,举止让我不明所以。看着他的背影消失在黑夜里许久,还真的希望他再出现,把要说的话一一说完。

雨又开始下了。

今年的雨季特别长,三月将至,还是这样天天淅沥个不休。在店屋前的骑楼里,我与欧躲过狂暴洒落着的大雨点。

我们谈及三毛,欧看遍了她所有的著作,羡慕她游历丰富。我突然想起我们就在砂隆河畔。

"毛姆几乎给这条河溺毙!"

"真的?!"

"没骗你,砂隆河海啸般的潮汐波是出了名的。改天我把有关毛姆的一些资料带给你看。"

欧始终不知潮汐波为何物。

来势滔滔,万马奔腾,卷起千堆雪……我一时词穷。

在古晋,三月是由一夜的狂风暴雨开始。

翌日,雨还依旧下得凄凄连绵。我收拾了简便的行李,准备到 Pendam 去,在那烟雨迷蒙的清晨。

上了捷艇,同行的把救生圈先解开放好,以备急需。砂拉越河给浓稠的雨雾笼罩着,令人压抑。曾经一再联想过"听雨客舟中"的那一份情趣,在那时间全不见踪迹。

同行的给我递来一粒糖,我谢绝了。卢托我买的糖果与欧的杂志报纸,我真不该把它们给遗忘在家里,即便在慌忙中。

马当山在我们身后远远的天边。晴朗天里,山上那座地标似的白色建筑清晰可见。雨雾迷蒙里,根本不敢确定它的方向。每每乘着捷艇往返古晋与坟之间,浪头高,一个不妨,让它接二连三地冲了进来,我曾一再闭目,悠哉闲哉地任由海水带着节奏地向我一次又一次直泼,脑海里还想着该如何让眼下这种景象与亲身感受去丰富任何一篇有关海洋历险的故事。曾有这么一波巨浪,迎面而来,驾驶员措手不及,侧了侧船身,让那海浪似海怪的潇潇白发,狠狠地扫掠我一番,我由座位上跌至舱底,手臂因而给扭伤了,我却如疯似狂地当场大笑一番,感觉到前所未有过的刺激、好玩。

依旧是雨暴雾浓,海面也不平静,但这一次航行却极度叫人恐慌、不安。

海鸥低低地在海上盘旋,已迷失了方向。

Pendam 似它的名字:坟,原是个冷清、遭遗弃似的小镇。那一天,盘桓不去愁云惨雾,更直逼到人的胸口上来。

我们只在咖啡店里匆匆地喝了咖啡、吃了点心,旋即再由大河口一直往上游行驶。

砂隆河口宽阔非常,捷艇在其中飞跃着。我心中琢磨着两岸中最保守的一个距离,至少七八公里,背脊凉了大半截。途中,我们遇见了十几艘长舟聚集在一处岸边。有人说:"找到了!"

其中一艘长舟上,直放着一具用白布裹着的长形物体。舟尾坐了杂货店主的儿子。我迅速地向分坐在十几艘长舟上的人扫了一眼,后面那一艘上,坐了好几位地质勘查员,坐在前头的是我曾经交谈过,高头大马、一脸稚气的何,其他几位都没有见过。我与大家点点头招呼,这时候,那一群人中间射来两道弱光,我忽地站起来,差些掉进水里,定眼一看,我的天,是欧!他与大家一样,活生生的,只是晒黑了。疑云在我脑海凝聚之际,杂货店主的儿子指着那物体说:"是我弟弟。"

原来他们也姓欧,那让欧与卢搭伙食的店家。

我看着死者的哥哥,点了点头,别的话已属多余。

据说事发的那一晚,他们的父亲出门去了。兄弟俩商议一番,把长舟与摩多让卢等人租用。弟弟说反正闲着,又说与大都市里来的人一起玩较有意思,也随队出去了。

当晚明月高照,当哥哥的清蒸了一条一公斤许的鲥鱼,还带了花生,约了镇上一个年轻人到码头上喝酒。不久,天气骤变,月亮不见了,砂隆河面上也因风疾而开始翻腾,他还说不应该让弟弟跟着他们摸黑出去才是。因为特别嗜吃其未经清理的内脏,他还嫌那条鲥鱼不新鲜:明天再来,弄两条好的。他不翻动鱼身,之后,他也不像既往般把鱼骨鱼鳞全扔进河里,忌讳地刻意收拾好,再带回岸上丢掉。

回到店里,他一直坐在晒棚上,等着弟弟,等着那一批出去的人回来。

当一艘长舟驶入小支流,在晒棚下靠岸后,上岸的只有三个布吉斯人,湿漉漉的,一路把水渍也带上晒棚,说共载着五个人的长舟中途遇上潮汐波,再与无时不漂流在河面上的许多大木桐撞个正着,舟翻了。由于天黑,潮来水急,其中两个不谙水性的同伴就此失去了踪影。是卢与欧,那是我在古晋时得到的消息。

寻获了同乡的尸体,Pendam 的各族居民们因事自发所组成的搜寻队伍忙了大半天后,尽了身为乡亲的责任,都已经陆续回去,不再出发。卢毕竟还是初来乍到的一个外乡人。参与到承包商由三巴叻前来寻找卢的孤队中,我与大家再度沿着砂隆河而上。

砂隆河两岸的森林连绵不断,绿得恐怖。乌云密布的天空,像已塌了下来,在我们头上重重地压着。大家一路茫茫然,远远见到的每一件漂浮着的物体都会引起一番骚动。

到了实文然。

少顷,许多闻风而至的当地居民,好奇地都拥到码头上来观看。其中有一个提高声调说:早上就听说有人在上游见到一具穿黄衣的浮尸。

报警没有?

没有,是一个伊班人看到的,他怕事。

他告诉了其他人,他们也都没报警?

都没有! 大家都怕惹事上身。

以为上了岸,我们可探听多点有关消息,不料别人想问的我们并不甚感兴趣,都是些极不紧要的话,你们来自吉隆坡吗? 那里大家都讲广府话吗? 来多久? 到底做什么的? ……

我兀自面对着砂隆河,心中无不在想:砂隆河到底有多长? 几度潮来潮往,卢果真死了,如果他已经给冲出河口,冲出了潮涨时河水会回流的范围外,也只能葬身浩瀚的南中国海,能寻获的希望极为渺茫。

下午四点多。终于有了可靠的消息。我们都忙着为收拾卢的尸首做准备。围观的群众也增加了,都在谈论着之前发生过的好多宗溺毙事件:都是我们这里的人,外来的,是头一次,也从没有听说过。还说,以后来顶替的,也一定是外来的无疑。

欧把买来的一捆尼龙绳子,忙着用一把剪刀剪成适中长度。剪刀真钝,是卢留下的,他说。事发那一个夜晚,他彻夜不眠,蹲坐在亚答高脚屋的梯上淌着泪,感恩上苍让他临时闹肚子无法陪同而逃过一劫。现在他机械地做着这琐碎的事,看似平静的外表下,有多少感触与翻腾,也只有他一个人知道。

我们也都已上了长舟,准备再往砂隆河上游出发。

何坐在我身边,整个上午未曾开口说过话。不知何时起,他歪着身子,把重心都往我这边靠着。他是我们中最年轻一个。肥胖的身体,稚气十足的脸,使人联想起一个超级巨型婴儿。他脸色苍白,呈一抹铅灰色。我忘了跟他说了些什么话,他却毫无反应,动也不动,像是瘫痪了似的。

另一边,几个当地雇用的布吉斯同胞交头接耳似的讨论了什么之后面向大家:卢的尸首该由哪一艘长舟装载?这些长舟都是我们日常万万少不了的交通工具,如果不是你们亲自找上门来,我们也不会租给你们,现在又出了事,除非你们把这长舟买下,不再与我们有任何关系,否则我们都不依。这里人有哪个不知道,装了死尸,这船只会招来晦气,我们也不敢要了。

我们面面相觑,又望着那几个布吉斯同胞不语,他们平时只顾把分内工作做好,话都懒得多说一句,这一下突然间他们振振有词,叫人感到万分意外。买不买下长舟?因为职权所限,在场没有人敢把话拦下。这是之前大家万万意料不到会出现的问题与局面。

上游浮着一个小点,它已顺潮漂流了来。是卢吗?我们一直希望他早已被救起,在沿河的哪一个马来甘榜或是伊班长屋里静养几天后,自己走了出来。

河水湍急,不消一会儿,那个小点已扩大。我们都盯着那件物体,一直到它浮到眼前。何坐直身子,双手环抱着双膝片刻,跳起身子,也跟着大家忙了起来。他还是不说话。

一只船把浮尸截住,拖向岸边。浮尸四肢张开俯伏着,背部拱起,穿着的黄衬衫是卢的,我认得。那一条灰色裤子显得无比窄小,后袋有个荷包,在他的臀部突着。我看了,给电击一般,怔忪半晌才回过神来。

一名警员把尸体翻了过来。那人肿胀得厉害,两片唇已极度地向外翻,厚嘟嘟的。他的牙齿呈露在外,舌头半伸吐着夹在其间,紧闭的眼睛,流着淡淡的血水,鼻孔里也流着两道黑色的液体。那可不就是我们所认识的卢!

雨又开始下了。

袁不知从哪里买来了几叠冥纸与香,心情沉重地走了过来。当大家忙着包扎的时候,他点香,向卢拜了拜,口中喃喃。那一夜,在各自逃命时,他说清晰地听到卢在哀求他救命。现在,不知他正向卢说了什么,可卢再也听不见了,虽然他离大家那么近。袁继而烧了冥纸,雨霏中,氛围是说不出的凄凉。

卢张开着的双臂经人工合拢。一层手皮脱落了,灰白得像透明的脏手套。同样的一双手,他几天前在描述着自己的各种艳遇时,说道昂奋处,还在码头上挥动,眼睛望着上游天际微弱的一片光。

"再过一天,肚子爆开就会沉下去,再也找不到了。"围观的群众有人开口。语音未完,臭味随即开始扬开,大家都掩着鼻子,刹那间都哑了口,也一再相互使眼色,示意再臭再难受也万万不可以一语道破,免得尸臭就此黏上身,挥之不去。

卢的手表也给脱了下来。

"还走动吗?"有人问。

另有人探过头来,发现什么似的:"还走呢。是星辰表。"

大家又安静了下来,对手表再也提不起兴趣,或已有答案后得到了满足。

雨由细细纷纷开始而正式大咧咧地下了。下得激烈。下得威猛。下得狂暴。冥纸及时化烬,在斜坡上,混着雨水,湍急地向下往河里流。

包扎妥当,给卢洒了许多廉价香水,几个人协力把他抬进临界医务局义务提供的捷艇内,准备送至上游玉廊的马来村庄,再由陆路送往古晋中央医院。何自告奋勇要负责把卢送出去,但都说他才十九岁,是个小孩子,欧拍了拍他的肩膀说句由我来,就解决了当时你推我揉的人选问题。驾船的是一个老人,时间已是傍晚六点多。

看热闹的群众也散了。布吉斯同胞也片刻不留,说折腾了一天,累了,准备着要回去了。就在这时间点上,回 Pendam?夜黑风高,砂隆河上,烟雨依然连绵。

在实文然,我们终于找到只有两间房的小旅舍住下。

这时,我想起欧,都说他不会游泳。

"是我才不去呢,天黑了,河上木桐多,一撞到,还得了!"开口说话的是袁。他应该是余悸未消。如果那一天夜里有他那样的一句话坚持,卢应该还活着。

吃饭时,正等着饭菜上桌,大家谈论着卢,不是他生前的任何一件事,而是他死后的恐怖与腐臭。接着,有人说鱼、肉都不新鲜了。我猛喝一大口酽酽的中国茶,以防失仪。坐在对面的何把饭碟推开,径直向外走,我也随即跟上,回到了旅舍。

何该是病了,一身滚烫,在众多人中,最难过的人是他。他说,卢的个性不羁、冲动,做事少顾其后果。他俩曾经约定,如果一方工作不顺利,就结伙一起卷铺盖离开。言犹在耳,卢已不在人间。他说:如果公司调遣去Pendam的是卢和我,当晚我是不是也与他们同行?这是不是命里注定的?你说,我若给淹死了,会肿胀成什么样子?何出其不意地问,我不语。何说与卢最后一次见面时,卢一直抱怨Pendam的生活实在让他受不了、快疯了,还说到时别怪他违约,在不知会的情况下就一走了之。别过头去,何耸着一边肩膀,用衣袖往双眼擦了擦。

何还告诉我,卢的父亲常年修炼茅山术,说儿子五行中忌水,尤其今年二月,除非有个人在这期间一再提醒,即可把厄运破除。卢死的时候,正是二月二十八日。

还有卢那个泰国女人已怀了他的孩子。过农历新年时,卢因经济拮据而失约,没有前往。之后,卢的举止与往常有异,大家还开他玩笑说恐怕是中了那女人的爱情蛊。

何当然会比别人难过。卢的遭遇若不是巧合的话,他是唯一可以让卢避开鬼门关的人。但又有谁真的能阻止、让卢闪避了命中注定的劫数?卢若信劫数之有,他是否也能战胜或熬过在偏僻乡野里有意与他对峙的整整一个雨季?阴冷、潮湿、孤寂、苦闷。

欧他们不知到了玉廊没有?他们夜里是不是要赶回实文然?他们的安危占据着我们全部人的心。我们希望他们在玉廊过夜,天亮了才回来,稍会又极渴望他们立刻回来,好让大家放心。

过了午夜,何与我依然在房里坐着,开始还谈谈话,后来就沉默不语。楼下一有人声,我们即不约而同地冲出房门赶下楼来,却不见有人。喂的一声,分明是欧的声音!一时间,我们感到恐惧,是不是他出事了?喊了一声,老远地让我们听到了,好求救。我只能闭目加劲地在默祷,何在另一边则不停歇地念念有词。

第三次冲下楼时,欧终于回来了,说一路随医药部门的车子把卢送到古晋医院,又办了各种手续,回来迟了。在旅舍的房里,他说,那一晚,他们一伙人都在码头上,为了庆祝袁的加入,吃油炸鸡翅与花生,还喝了不少冰镇啤酒。那个时候,潮退至极,微波粼粼的河面上,一轮明月的倒影,泛起一片柔和银光,令人心神祥和、宁静。

卢与袁他们确实是要过河去长屋的。

为了什么呢? 何一派天真,看了看欧,又看了看我。我看着窗外的夜色,想起在 Pendam 码头上的那个夜晚,卢一脸兴奋异常,殷切地追问我有关伊班人即将消失、一向被曲解的旧俗。

欧疲困地睡了,鼻鼾声响起。何仰躺着不动,我知道,他也一样睡不着。

第二天,大家又回到了 Pendam,生活、工作也恢复日常。

袁取代了卢,继续卢留下尚未完成的工作。第一天上班时,他备有香烛与一小串香蕉,说要在卢最后一个勘察土壤的地点祭拜,那也是他接手卢工作的起点。

我稍后前往,也买了一些香烛与糖果。卢是一名基督教徒,我们都勤着为他上香献祭,也不知为何来着。到了工地时,袁正在吃着香蕉,离他不远处的泥地上,还插着一把香,袅袅地燃烧着,一缕缕轻烟升得笔直。

拜好了?

好了。

那香蕉? 我多事又问。

拜好了不就吃了。他说。

我也把带来的祭品摊开,点了香。

袁在长舟上歪着身体,仰天嘶声高歌。

When the moon takes the place

Of the sun in the sky

I call for my girlie

We'll go walking by

To a place no one knows

That's how love goes

Now we are alone

We will make love

Oh yes we will make love

接着他唱的东一段西一句不连:"……不要叫我等待明天,只要一夜缠绵,我宁愿明天一切都改变……在咖啡馆里,偶然我遇见了你……"他回头还问我,声音像不像刘家昌,不等我回答,他忽地坐起身子,出其不意地直问我有关伊班人求婚配的旧风俗。我一一说了,心想或许他是来自新加坡初入境不久,眼前想确知无误的,也仅仅是属于整个伊班民族文化的那一小部分。

接下来,我依旧交替留在 Pendam 的两个工作小组里。那时候,袁已找到另外一个地方住下。一见面,他依然兴致高昂地绕着同一个话题一再追问,我惊觉之前自己已多次重复同样曾经告诉过卢的话,再无可奉告。欧却更为少言,双眼凹了下去,一直睡得不好,说卢曾在没有任何间隔的小屋子里在另一个角落铺垫而睡,东西还在,人已不再回来。

实文然,曾是我们一直想去的地方。午饭后,我看着欧因没胃口而剩下的饭菜——切成两半并列、红白相映的咸蛋,像一对令人感到诡异、恐惧的异常眼睛。

不也已经去过了吗?欧面无表情,双眼盯着前方。砂隆河肌肤油滑般地映着蓝天艳阳,慵懒地舒展长腰,似一顿饱食后,准备酣眠。

黑夜里,在 Pendam 的码头上,是不是一样还能见到猎人星座?是不是一样可以见流星划过夜空?是不是一样能听到浪涛拍岸、混着风声在鸣奏?

面向时而平静、时而汹涌的南中国海,那个码头,我是绝不再为捕捉缥缈虚无的所谓美感而去了。

🌴 作品赏析

《烟雨砂隆》是马来西亚作家梁放先生的带有浓厚的乡土气息和地方色彩的短篇小说。梁放先生偏爱写自己亲身经历的事情,以自己熟悉的经历过的乡土人情作为大背景,用"烟雨"奠定了整个小说的感情基调。所以,在烟雨砂隆景物下发生的人事,隐藏着人们和作者背后阴郁错乱的情绪色彩。

作者特别擅长用丰富的写作艺术手段来写景,写漆黑的夜晚,写凄凄的小镇,写山后的微光,"令人想到了世界末日,想到了死亡"。作品的前面就已经暗示了后面悲剧的发生，作者提前就利用景物把这一情绪渲染得淋漓尽致，不禁让人毛骨悚然。闭上眼睛，脑海里也会忍不住浮想那阴森森、冷飕飕的砂隆河畔。"砂隆河两岸的森林连绵不断，绿得恐怖。乌云密布的天空，像已塌了下来，在我们头上重重地压着。大家一路茫茫然，远远见到的每一件漂浮着的物体都会引起一番骚动。"作者这种"绿的恐怖"泰山压顶式的感同身受的景物描写方式，似乎已经压得人无法喘息，到后来死亡事件的发生后达到极致。在小说中，作者塑造了几个个性鲜明的人物形象，其中同事卢的遭遇让人尤为印象深刻。卢的个性很强，显得不太友好，他对正在经历的社会有种反叛，但力不从心，因而整个人郁郁寡欢。当他听我讲过伊班女人的传说后，便自己一个人去找了伊班女人，他也许是为了寻找安慰，因为在周围的世界里，他感受不到温暖，他想反抗，但最终还是葬身于江浪之中。

这样的景物和这样的故事，使整篇小说都笼罩在一种阴郁冰冷的气氛中。梁放小说中的人物在这种情绪化了的景物中，被增添了新的感情色彩，也蕴含了对死亡的理解和感受。作者在小说的最后，连用了三个问句"是不是一样还能见到猎人星座？是不是一样可以见流星划过夜空？是不是一样能听到浪涛拍岸、混着风声在鸣奏？"作者是在回忆卢还是在希望永远不要再回到这样的"烟雨砂隆"？

（张瑞坤）

泰国卷

曾 心

曾心,原名曾时新,1938 年 10 月生于泰国曼谷,泰籍,祖籍广东普宁。1956 年到中国求学,毕业于厦门大学汉语言文学系,深造于广州中医学院。1982 年返回出生地,从商、从医、从教、从文。现为泰华作家协会副主席、"小诗磨坊"召集人,厦门大学东南亚华文文学研究中心兼职研究员、东南大学现代汉诗研究所兼职研究员、泰国留学中国大学校友总会办公室主任。2010 年获第 8 届亚细安华文文学奖,2017 年被评为中国新诗百年"百位最具实力诗人"。出版散文小说集《大自然的儿子》、散文集《心追那钟声》、微型小说集《蓝眼睛》《消失的曲声》《曾心文集》和诗集《凉亭》(中英对照)、《曾心短诗集》(中英对照)等 19 部,主编、合著二十几部。作品多次获奖,如《三杯酒》获全球华人迎奥运征文一等奖,《曾心自选集——小诗三百首》获首届国际潮人文学奖诗歌奖,《卖牛》获"2013 年泰华闪小说有奖征文比赛"冠军等。微型小说《三个指头》《三愣》先后被中国省市选为语文考试题,《捐躯》被选为 2015 年中国普通高等学校招生全国统一考试语文试题等。

在水乡栖居处

一

看完最后一位病号,来自中国的陈医师有点累,坐在靠背椅上,双腿交叉,想闭目养神一下。

突然"咿"的一声,弹簧门被推开了。陈医师睁眼一看,进来的是医院助理经理吴静女士。

常言道："女人四十烂渣渣。"但吴静映在陈医师的眼里,却显得"四十一枝花"了。

进了门,她鹅蛋形的脸呈现红晕,说:"陈医师,前天,接到山巴的老家打来长途电话,说我爸爸跌倒,脚受了伤,请医生星期日和我一起,到山巴看我爸,看看能不能吃中药或针灸。"

"你爸多大岁数了?"陈医师问。

"九十岁!"

"哦!九十岁!"陈医师的脑海里突然跳出"奴仔跌大,老人跌死"的俗念。但他觉得那是吴静的爸爸,不管怎样,还得去把把脉,才不至于失礼!

星期日,一早,吴静驾了崭新的轿车到万昌的一个码头,把车寄在看管处,便专门雇了一艘长尾电动船。尚未坐稳,船便迫不及待"嘟嘟"地开动了。船驶得快时,船头翘得老高,整个船身好像要离开水平面,向天边飞去。

坐在船头的陈医师,迎着有野花气息的大自然的和风,和渗着浪花溅起而漂流的水雾,仿佛服了一剂芳香清窍的苍耳散加味,平时常不顺畅的两个鼻孔,顿觉通窍开塞了。

吴静抬手拂拂额头上的散发,轻轻自笑:"说不定,这次回家,会让爸爸产生一个错觉,以为我带一个男朋友来见他了。"她想到这里,已成熟的脸上绽开了一朵花。

这时船放慢了速度,缓缓地转入一条三弯九转的水溪。清澈的水路旁,漂浮着一簇簇水浮莲,还有一些不知名的青青水草。岸上全是茂盛的水果林。在田垄里,散长着一株株随风婆娑的高高椰子树。临溪的孤立的高脚木屋,倒映在水中。也许是由于他们的船声,惊动了村狗,时不时听到阵阵的狗吠。

陈医师不禁想起陶渊明在《归园田居》中所写"暧暧远人村,依依墟里烟。狗吠深巷中,鸡鸣桑树颠"的诗句。

饱赏这"世外桃源"风光的陈医师,心里却想起:住在这一带的水上本源栖居处的人们,假如有急病,怎么办。这也许是作为一个医生常有的心态。

二

正当他的思绪随着广袤的大自然而奔驰的时候,耳边便听到吴静叫"停船"的声音。

吴静笑着指向清溪旁的杧果树下的高脚木屋说:"呶!我的老家在那

里,请上船!"

陈医师的前脚才踏上搭在溪旁的木阶梯,几只老狗与小狗一起气势汹汹地冲他吠。陈医师吓了一跳,缩回前脚,船一摇晃,差一点跌到水里去。

"小心!"吴静的手猛拉着陈医师的手。两只手第一次牵在一起,像股暖流同时荡在两个心湖上。尤其是吴静,脸上"嗖"地红起来。

这时,从屋角"嘻嘻"地钻出一个赤着上身的小男孩。他的皮肤和他的眼珠子一般黑,鼻尖还沾着不少黑泥巴,显然他正在泥地里玩沙呢!

"姑姑!"他露出一口黄牙齿,用纯正的潮州话欢乐地叫。那几只狗也欢乐地摇起尾巴来。

"这小孩怎会讲潮州话呢?"陈医师惊奇地问。

吴静亲昵地携着那孩子的小黑手说:"他是我弟弟的尾仔,名叫狗弟。在家里,阿公都要子孙谈(讲)唐话。如果唔(不)谈唐话,阿公就会骂他们,不爱他们,因此,家里大小都会谈唐话。"

陈医师真没想到,在这僻陋的水上人家,华人竟然还有这一条教子教孙的"家规"。

的确,这家人的住宅,依然保存着浓厚的中国民间风俗,大门两旁贴着已褪了红色的春联,屋正中安着"地主爷"神位,正门上端挂着一把已生了锈的三齿叉。据说可以避邪。

据吴静所说:这间高脚木屋,已有六十多年的历史了。她的爸爸,壮年时,从唐山南来泰国,便一直在这一带落脚,开始住的是高脚草棚,后来有些积存,才盖了这间木屋子。其间,屋顶墙壁,虽更新几次,但中间几根柱子依然不腐不朽。此木屋,乍一看虽已有点"古董"味,但屋里的摆设,却有点现代风味,不仅有电冰箱,而且还有电视机、录像机呢!看了录像机旁的录像盒,尽是一些家乡潮州剧,如《包公会吕后》《江山美人》等等。

"阿公到哪里去了呢?"吴静问狗弟。

狗弟即伸出食指,指着一片果林,"嘻嘻"地说:"下地劳动去了!"

"阿公下地劳动去了吗?"

"嗯嗯!"狗弟点点头。

"哎呀!阿爸就是个闲不住的人,才跌伤了脚还要下地劳动。"吴静显然在"埋怨"爸爸太任性了。

陈医师脑子却为之一怔:九十岁的老人,一般骨头早就可以打鼓了,即使少数还活着,也是风烛残年了。他从未见过,九十岁的老人,还能下地劳动,真是少而奇的"寿星"呵,究竟他服了什么仙丹妙药?

受好奇心的驱使,陈医师要狗弟带他到地里找阿公去,他想亲眼见见这位在椰风蕉雨中奋斗已超过一个甲子的有着特殊性格的老人,看看他究竟怎么劳动?怎样安度他晚年的生活?

三

于是,三人同行。在方圆三十几莱的果林里,狗弟用两手搿合成一个话筒,一会儿向东,一会儿向西,高喊:"公公!公公!"依然没有回声,只有小鸟在人心果和番石榴中"唧啾"地欢叫着。

由于昨晚才下了一场透雨,垅边的泥路很滑,吴静生怕陈医师跌倒,要他站在一棵椰树下等。她与狗弟分头去找。只见狗弟像一条黑泥鳅,一会儿钻到南,一会儿窜到北。狗弟的黑影在果林里时隐时现。

家里几只狗,一会儿在他前头,一会儿在他后头,好像帮他找公公似的。

不料,一只黑虻叮上陈医师的小腿。他用力猛打时,忽然听到狗弟的喊声:"快来呀!公公在这边!"

当陈医师与吴静高高兴兴地赶到时,只见狗弟正在咬着一粒又大又白的番石榴,果汁还在从他嘴角流下呢!

"爸爸在哪里?"吴静急问。

"你看,这是公公的新脚印!"

"呀!真聪明!"陈医师油然发出赞叹声。

狗弟蹦蹦跳跳带领他们走,沿着脚印,越沟过垅。狗弟"嘻嘻"地指着:"呶!阿公在那里呢!"

四

陈医师顺着狗弟所指的方向远望,只见斜垅旁有一个像小人国里的人,头上戴着竹斗笠,遮去他的脸和上半身,下半身的一条腿踩在斜垅旁上,另一条腿浸在泥沟里,身旁停着小小的手推船,船上放着一个竹箩筐,时不时露出一只手,将一把把的杂草丢到箩筐里去。

随着狗弟来的那些家狗,已在那里摇头摆尾地走动了。

狗弟先跑到前头,告诉阿公:"姑姑和医生来看你了!"

阿公抬起头,眯着眼睛,"呵呵"地笑着看他们:"哦!还请医生啰!"

吴静叫声"阿爸"后，就埋怨阿爸脚没好，就下地拔草了。

"好了！好了！"阿爸连声地回答，并晃动那受伤的脚，表示真的好了。

陈医师望着这位动作依然敏捷、壮容犹在的"寿星"，不禁联想起中医史上的"年且百岁，而犹有壮容，时人以为仙"的华佗形象。

他的伤是怎样治好的呢？陈医师正想开口问，就被吴静的话岔开了："阿爸，日头到头壳顶了，回家吃中午饭吧！"

阿爸看到垅边还剩下一点没拔完的杂草，便说："好好！拔完这点草就回！"于是，他继续埋头拔草去。

吴静显得无可奈何凑近陈医师的耳旁说："你是个医生，等一下，帮个忙，劝劝阿爸别再下地劳动了。"

陈医师点头表示答应，脑子却在琢磨着"生命在于运动，动则不衰、不动则早衰"的一个新陈代谢的规律问题。

在回家路上，吴静的阿爸跳过一条几尺宽的水沟去，走到那垅头的矮种的椰子树旁，用他别在腰间的利刀，"刷"地剁下一串椰子，提着跳过水沟来："这是香椰子，拿回家吃！"

陈医师接过这串椰子，大约有六七个，不禁惊叫起来："好重啊！"

"让我来！"阿爸又拎过去，把它驮在肩上，"蹬蹬"地走在前头。要是不知道他的实际年龄，只看他的举止，俨然还像年轻的小伙子。

陈医师侧身问吴静："你爸身体这样健康，一年不知吃了多少人参和鹿茸？"

吴静正张口答不出话，她爸却回头"呵呵"笑道："山巴人，哪有吃补药！我不知道吃什么补药，有时只吃田头那边的土人参！"他放下肩上的椰子，又跳过水沟去，拔了几棵"土人参"给陈医师看。

"咳！它的根真像人参，须根上还有珍珠疙瘩呢！"陈医师好像发现新品种似的叫起来！但陈医师仔细看看它的叶，又折一片放进嘴边尝尝，又觉得不像人参科，而像商陆科。服了这种"土人参"的人，是不是会长寿，陈医师不敢表态，因为他想，假如属于商陆科之类，还会有毒。因此，陈医师慎重说："拿几棵回去研究研究！"

他们到了高脚木屋旁，左边有一弯曲溪，盖着竹叶顶，停着一艘小艇。小艇旁边立着一根小木柱。吴静的阿爸把椰子放在溪岸上，对着他的女儿说："天气很热，拿回家剖几个请医生吃。"他自己却解开腰间的水布，又脱掉乌黑的农民式的上衣,往岸边一丢。此时他背部肩胛的肌肉上呈现一道斜刀痕。陈医师不禁一愣:"怎么? 他也有一道刀痕?"思绪一闪间,他想起他小时见到爸爸肩胛上也有这样一道刀痕的旧影。

陈医师的脑子还来不及翻开旧历史的一页,便见吴静的阿爸已弯下腰,捧了一口水含在嘴里,又用左手掌舀一勺水往胸前拍打几下,一骨碌沿着那小木柱潜到水里去。

陈医师忙制止:"老伯,身上的汗水还没擦干,就浸到水里去。这很容易患风湿病呀! 也容易感冒呀!"

谁知阿爸露出水面,从嘴里吐出一口水说:"不会的,我下水前,先含一口水壮壮胆。什么邪气也进不了!"

陈医师"哦"的一声,好像顿悟到他自有一套保健的经验。

阿爸潜到水里,由于溪水清澈,还能见到他手脚在水里的动作。哟! 他不是在洗澡呀! 而是潜在水里"劳动"。他捞起一些杂枝、石头等,突然他一愣,原来捞到了一个有花纹的大碗,东摸摸、西望望,舍不得扔掉,便踮起脚跟,伸手把它平放在岸上。由于他向上"撑"的动作,却把裤头的打结搞松了。站在溪畔的女儿急叫起来:"阿爸,您的裤子掉了!"阿爸显得不好意思,即刻把身子潜到水里去。

陈医师却走向溪旁,拿起那大碗,发现那碗是汕头一带制作的粗碗。他默默地想着:"这也许是当年他南来时,随身带的家里的旧碗吧!"

此时,在水中"劳动"的阿爸,已经将要"收工"了。只见他站在水里搓搓自己的身体,又潜到水里摸洗着那黑白兼有的头发。然后又爬上岸来,就地围上水布,脱下那条乌黑的农民式的裤子,蹲在水边,伸出双手,在水里三搓四搓,也没用肥皂,就算洗净了。

陈医师诧异地问:"这样洗没用肥皂,能干净吗?"

他笑着答:"这里的水是滑滑的,含有碱,是天然的肥皂!"

"哦! 你还很有研究呢!"陈医师啧啧赞叹。

五

吴静的阿爸赤着膀子走回家。在阳光的照耀下,他肩胛肌肉上那道刀痕闪着釉一般的光彩。陈医师看了,不禁想起了一幕忘不了的可怕往事:那是日本军队侵占汕头的第四天,那天晚上,外面依然响着枪声,家里连一盏豆油灯都不敢点。他恐惧地蜷缩在母亲怀里,只听到母亲发抖的声音:"请观音菩萨保佑,孩子的爸能平安回来!"正说间,门外有仓皇的敲门声。他害怕得哭起来,以为日本鬼子来杀人了。可是,妈妈却一喜,急忙把他抱起来:"爸爸回来了!"

打开大门,爸爸却倒在门槛上,只见爸爸破烂的衣服上,血迹斑斑。妈妈不敢哭、不敢叫,立即把孩子丢在地上,颤抖的手点着豆油灯,好不容易把爸爸拖进屋里,关上了门。脱掉爸爸的上衣,惊见爸爸的肩膀上挨了日本鬼子的一记关刀……

回到屋里,狗弟手快,捧着已削开小口的绿色圆椰子,即递给陈医师一个:"请喝!"

陈医师捧着椰子,嘴对着削开的口倾倒而喝,赞道:"好香好甜!"

他们三人捧着三个椰子,津津有味地喝着。狗弟还边喝边向陈医师谈起养猴子摘椰子的有趣故事。

唯有吴静的阿爸不要喝,说:"椰子水太凉,喝多了会腰酸!"

于是,他独自坐在床沿,嘴对着一管约一尺长的老烟筒,"吧嗒吧嗒"地抽烟。看他那抽烟的姿势:眯着眼睛,嘴边频频吹出腾腾的烟雾,就可推想他烟瘾有多重。

陈医师凑近地问:"老伯,抽烟多久了!"

"抽七十多年了。"他慢悠悠地从口里吐出一口烟说。

"哦!抽七十多年了!"陈医师脑子里出现许多惊叹号!心想:人家抽烟危害性很大,怎么他一点危害也没有呢?筒中有什么"奥秘"呢?

他好像也猜透陈医师的心理:"人家抽烟是吸进肺去,从鼻子喷出来!我是从嘴里吸进去,又从口里喷出来!"

陈医师想:这也许是一个减少危害的抽烟方法。但他的眼睛倒盯着那古怪的长烟筒:"老伯,这管烟筒是用什么做的?"

阿爸眯着眼睛,笑得好天真,好像回到年轻时代的他:"当年在唐山,我常上山砍柴。一天中午,我又饿又累,坐在一棵大树下休息偶尔入睡了。在梦中,我梦见嘴边抽的,不是烟卷,而是一管闪闪亮的长烟筒。我用手去抓,竟是一条拉不断的根。醒时,我见到大树下长着一株土巴椒,我把它挖了,便挖出一条又老又粗的巴椒根。"

陈医师听得有趣,便插话笑道:"这可是仙授的呀!"这句半开玩笑的话,倒说到老人家的心里去了。他连连点头:"当时,我也是这么想的。于是,我把它带回家,用铁条烧火,慢慢把它钻成洞,制成这管烟筒。战乱'过番'时,我还特地把它带来。"

陈医师很感兴趣,很想拿它回家研究研究:是不是巴椒根的药性能化解烟中的尼古丁呢?

阿爸一讲到手中的"老伙伴",话也多起来。他拿起那长烟筒,轻轻敲了几下,风趣地说:"这烟筒还能制药呢!"

"制什么药?"陈医师第一次听到。

"制烟油!"

"烟油有什么用?"

"前日天气转变,我的膝关节有点痛。我用这烟筒里的烟油,涂一涂,觉得凉凉的,睡一觉就好了。"

陈医师很感兴趣:"烟油在哪里?"

只见阿爸拿着那长烟筒,手握两端,用刀一拔,哈! 分成二段。前段与后段衔接处,粘有一层黑油污。这分明就是他说的能治病的"烟油"。

阿爸笑呵呵地用右食指向油污的地方刮一下,把它涂在自己的膝盖头上,好像教师做示范给学生看似的。

陈医师很觉新奇,拿过那根古董似的长烟筒,摸了再摸,看了再看,好像还能从中发现什么秘密似的。突然他的眼睛凝视在一点上,用手擦一擦,隐隐约约见到几个不很清晰而歪歪斜斜的字:"林××。"

"怎么? 我的生父姓林,他也姓林! 难道他……"陈医师的心头有如小鹿撞着怦怦跳。他想再追问一下。正好要吃饭啰。

六

吃饭时,阿爸拿出一瓶中国长春酒。

"老伯,常喝酒吗?"陈医师问。

"每天吃饭时,喝一小樽,疏疏筋骨!"

"喝什么酒?"

"什么酒都喝,多数是中国酒。"

陈医师好像又找到阿爸长寿的另一个"秘密"了——班固在《前汉书·食货志》中云:"酒为百药之长。"李时珍在《本草纲目·酒》中亦云:"少饮则和血行气,壮神御寒,消愁遣兴。痛饮则伤神耗血,损胃亡精,生痰动火。"看来老人饮少量酒,可以长寿,甚至享尽天年。

阿爸喝了酒，话也多起来，小声问女儿吴静："有男朋友了吗？"

吴静脸上"唰"地红起来，眼睛偷偷瞄了一下陈医师。阿爸已是"斑鸠吃萤火虫——肚里明"。

阿爸习惯蹲着吃饭，两个膝盖头顶在腋窝下，一手捧着饭碗，一手挟着筷子。他扒了几口饭，便笑问："医生，老家在哪里？"

"广东普宁。"

"有孩子了吗？"

"有一个男孩，已工作了。"

"老婆呢？"

"老婆已去世了。"

"哦！"阿爸继续扒饭吃，一会儿又问："没再娶吗？"

"没有！"

"哦！"阿爸没再问什么，吃饱饭，便走进自己的房间去。他躺在床上，边抽烟，边在想什么似的。

不久，阿爸又把女儿叫到房里去，父女嘀咕了一阵子。

七

阿爸从房间出来说："我到园里摘些水果，好让医生带回曼谷去！"

狗弟也吵着要去。

吴静也顺水推舟说："陈医师，我们也一起去吧！"

四人共坐在一条船上，阿爸坐在船尾摇橹，狗弟坐在船头划桨。自然的热风吹来，船徐徐地前行，尖尖的船头犁出两条水纹。"哗哗"的水声，宛如快乐地唱着它一辈子也唱不厌的大自然之歌。

"姑姑唱个歌吧！"狗弟转头说。

"还是请陈医师唱吧！"吴静立即做着手势，朝陈医师一笑说。

陈医师摆着手说："我的嗓子好像鸭子叫，好听的歌，也会变调。"

大家推来推去，谁知坐在船尾的阿爸，不请便自唱起来了——

　　水乡的路，

　　水云铺；

　　进庄出庄，

　　一把橹。

鱼网作门帘，

要找人，

稻田深处，

一步步，

踏停蛙鼓……

蝉声住，

水上起暮雾；

儿童解缆送客，

一手好橹。

歌声悠扬、淳朴，伴着水声，在水乡之路回旋、荡漾……

陈医师的思绪随之飘荡在这水乡的乐土中，心想：这种水乡歌曲，足以陶醉身心，也许又是这位老人长寿的秘密之一。

到了果园，船停在垅头的溪水旁，阿爸把船头的绳子拴在一棵树上。

狗弟先一个箭步蹿上岸。等到大家上了岸，他已像一只猴子似的坐在果树上了。

吴静从小也是在果园里长大的，后来由于到曼谷去读大学，毕业后，便留在曼谷工作。平时别看她文质彬彬，一旦爬起树来，也突然显出"野"的性格来。

她"嗖"地从高高的树梢上摘下一个黄澄澄而熟透的番石榴，笑着喊："陈医师，请接！"

陈医师张开双手，准确地接住了。谁知这一"接"，使他想起《诗经》里"投我以木瓜，报之以琼琚"的诗句。他竟然也爬上树去了。

正当他伸手要去采一粒番石榴时，脚下踩的枝干断了。"呀"的一声，他摔到地下来。

这一跌，顿时使欢乐的气氛变得很紧张。

"陈医师，怎样，受伤了吗？"吴静急问。

陈医生摸着右脚，只觉有点疼，但却不见有伤口，便说："没什么伤！"

阿爸说："先按摩按摩，等一等，我去采些青草药敷敷，很快就会好的！"

八

回到家里，陈医师正拿着小小银针，准备在自己的脚上针灸时，阿爸采着草药回来了。

他蹲在陈医师的跟前,毛遂自荐说:"这草药热敷顶用!"

陈医师抬头一看,是青艾叶,便点头说:"艾叶能暖血温经,行气开郁,醒一切沉涸伏匿内闭诸疾。"

阿爸不知是否听懂,忙说:"我几次,扭伤了脚,都是用这种青艾叶捣烂而热敷好的!"

陈医师脸上像吃了蜜,表示赞赏。

他女儿用手扯着爸爸的衣角,仿佛暗示说:"人家是医生,别班门弄斧!"

可阿爸仿佛不懂女儿的暗示,继续说:"好吧,我马上就给你治!"

陈医师望着吴静一笑,意思是说:那就请你阿爸治吧!

阿爸像个老医生,说得贴切一点,应当像个"土医生"。只见他把采来的艾叶,放在石臼里,"笃笃"地捣起来,边捣药边喃喃自语:"山巴人有句话:哪里患病了,在哪里就可找到治病的草药。"

陈医师听在耳里,看在眼里:阿伯捣药怎么没先洗净呢! 这样符合卫生吗?

说不符合卫生的还有呢! 阿爸把捣烂的青艾叶,放在锅内干炒,下了白酒,"滋滋"地冒起烟雾。他三炒四炒,就马上把它端起来,放进一条白布里,把它包起来。在陈医师眼里,这白布没经过消毒,假如有伤口的话很容易引起细菌感染,幸好自己跌伤的脚没有伤口。

吴静似乎猜透陈医师的心,拿了酒精,要替陈医师消毒伤患处。陈医师倒示意"不要"。

阿爸捧着一包热艾,"呵呵"地蹲下:"伤在什么地方?"

陈医师撩起长裤管,指着踝关节处。

阿爸伸出铁铲般的手,用粗而短的指头压着检查,边压边问:"痛吗?"

突然压到一个痛点,陈医师"哟"的一声。阿爸笑着说:"伤点在这里!"他低下头细看:"嗯! 正好是关节处!"

陈医师说:"可能是外踝关节的韧带扭伤。"

"关节扭伤是较难好的,要马上治。如没彻底治好,是会有后遗症的。今后天气一转变,关节又会发痛。"他忘了眼前的"病人"是医生,滔滔不绝讲起一套"医理"来。

他女儿吴静皱着眉头小声叫:"阿爸! 阿爸!"意思是暗示他别再讲了。

此时,阿爸用食指按一按药包:"还热着!"然后又请陈医师用手摸一摸,并问:"还太热吗?"

陈医师笑道:"不会太烫了!"

"不错,人的皮肤不同,有的粗,有的嫩。太热的药,敷上粗的皮肤没有问题,敷上嫩的皮肤,还会起水泡!"阿爸又讲起敷药的临床经验来了。陈医师还觉得这位"土医生"粗中有细呢!

阿爸正把药要敷上时,陈医师便说:"把药给我,我自己敷吧!"

当然医生自己敷药,谁敢说声"不"呢!然而医生在敷药过程中却出了"洋相"。

陈医师把药敷上,便伸手要弹力布带固定。

阿爸摇着头说:"乡下人哪有弹力布带呢?"

"那怎么包扎固定呢?"

阿爸立即伸出两手,在包药布的一端,撕两条"带子",便替陈医师缠扎起来了。

当他俯首缠扎时,偶尔见到陈医师小腿内侧有一撮毛。他不相信自己的眼睛,用手揉一揉,再看一下,分明还是有撮毛,不由得怔怔地愣住了。

九

阿爸回到自己的房间,又默默地嘴对着那管长烟筒抽烟,圈圈的烟雾旋转着,旋转着,把他的思绪带到很远的地方去……

当年日本侵华,汕头沦陷之前,他家里诞生了一个小生命。这小生命虽然可爱,但也有讨嫌之处,就是右小腿上有一撮毛。妻子曾对他说,如这撮毛长在脸上,恐怕这孩子将来娶不到老婆!可他却沾沾自喜地说,这是上天赐给的胎记。说不定今后妻离子散时,凭这胎记就可团圆。妻子听了直骂他:去去去!说些什么不吉利的话。但汕头沦陷后,他被卖"猪仔"到暹罗,真是妻离子散了。他屈指一算,如果孩子还在的话,也将六十岁了。眼前这位陈医师小腿上也有一撮毛,是不是他的孩子呢?如果是他的孩子,怎么不姓林而是姓陈呢?如果不是他的孩子,天底下难道有一模一样的胎记?

于是,他把女儿唤到自己的房间来,想问一问陈医师的家世。

不料女儿吴静却有所误解,以为她阿爸要问她与陈医师的关系,显得羞涩与尴尬。

阿爸还没开口问,她丰盈的胸脯起伏着,颞颞的血管"噗噗"地跳起来,脸上热烘烘的。

平时,她对阿爸敢说敢笑敢闹,此时,却变成另一个样,腼腆地低着头。她的内心总是自己理不清楚,有时又觉得似乎对陈医师有爱慕之情,有时又马上否认自己,爱慕并不等于爱情;有时又觉得陈医师好像对她有意思;有时又责备自己太多情。如何叫她对父亲说呢? 不知从何说起,不知讲些什么。

还是她阿爸先问了:"认识陈医生多久了?"

"阿爸,只有一年多!"

"你知道他的父母亲吗?"

"原父亲姓林,在抗日战争时期,南渡来泰便无消无息。母亲也不久去世。他是靠邻居的阿姆养大的,也改为阿姆的姓。"

"孩子,你知道吗? 你阿爸原来也姓林呀!"

女儿一听,红润的脸上立即变了色,急问:"阿爸,您说的是真的吗?"

"真的。"

女儿想不到阿爸此时会提出同姓的问题,是不是爸爸还那样老封建、老八股、反对同姓通婚问题,于是"顶风吃炒面——张不开嘴"地走了。

吴静走到房外,正好与陈医师碰个正怀。两人相对沉默片刻。两人似乎都有一肚子的心事要说,但又一时急急忙忙说不出。只见陈医师把手中的一枚戒指塞在她手上。她不禁一怔,急速地抽回了手:"怎么给这个?"

"这不是给你的,是给你阿爸的!"

"给我阿爸?"她更是丈二金刚,摸不着头脑。

原来陈医师看到吴静的阿爸发现他脚上胎记的表情,联想到他肩胛部的那道刀疤,又在房外听到他对女儿说,自己原来是姓林。他想吴静的阿爸,则可能是他寻找了几十年的阿爸。交给遗物后,他对吴静说:"送给你阿爸!"

吴静正在追问"为什么"时,阿爸正从房里走出来,问:"有什么事?"

吴静红着脸,把戒指递给阿爸:"您看这个!"

阿爸一看,是六十多年前他与唐山妻子结婚时的戒指,不禁手脚都颤抖起来!

"哦,哦,这东西是从哪里来的?"阿爸追问。

"这是妈妈临终时交给我的!"

"你妈叫什么名字?"

"叫李梅梅!"

"哦!李梅梅是你的妈妈,那你是我的儿子了!"说着,便一手搂住陈医师。

父子俩从家乡谈到泰国,从过去谈到现在。

父亲问儿子:"家乡那间老厝还在吗?"

"爸爸离家不久,就被日本兵烧了!"

父亲问儿子:"你妈是什么时候去世的?"

"一九四四年十二月三十日亥时去世的!"

父亲问儿子:"你妈去世时,有什么交代?"

"妈只说,找到父亲时,家祭时别忘记告诉妈!"

爸爸听着,眼角噙着眼泪。

儿子问父亲:"爸爸一离家,怎么就没给家里写信?"

"孩子,我到了暹罗(当时泰国称"暹罗"),便被卖'猪仔'去边界开锡矿。那锡矿只得入,不得出。"

"后来怎样呢?"

"后来,我跟人家一起逃跑了。六个人跑过一座山,五人便被打死了。幸好,我的命大死不了。"

"又后来呢?"

"我逃到这荒凉的水上地方,改名换姓,躲藏起来,与世隔绝。"

儿子听着,也眼角噙着眼泪。

儿子又问父亲:"后来又怎样生活呢?"

"后来与一名泰人女子结婚,共生一男一女。开始当雇农,后转为半自耕农。等到儿女长大,又有些积蓄,便以孩子的名字,买了这块二十八莱的土地。"

儿子又问父亲:"爸爸的身体怎样?"

"身体很好,没有什么大病。小病都没请过医生,都是自己用草药治好的!"

俗谚说:"小孩儿没娘——说起来话长。"他们父子俩,有说不完的苦,有说不完的话……

十

此时,太阳已西下,阿爸要留儿子共用晚餐。可是,儿子考虑到太晚了,雇不到机动船,赶不上明早的门诊,便说:"下星期日,我一早与妹妹再回来。"阿爸也点头表示同意。

阿爸叫他女儿吴静,叫了几下,总没有回声,结果倒把狗弟"叫"来了。

狗弟"嘻嘻"地问:"公公有什么事?"

公公见狗弟,忙拉他到跟前:"快叫伯伯!"

狗弟莫名其妙,那双乌黑的眼睛瞪着陈医师,一时改不了口叫伯伯,只用手摸着自己的小平头"嘻嘻"地笑。

陈医师伸出手来,亲昵地问:"知道你姑姑去哪里了吗?"

"医生,不知道!"狗弟答。

公公又伸出手来拉他一下:"别叫医生,叫伯伯!"

狗弟天真地笑着:"伯伯,我去叫!"

狗弟两手拼合成一个话筒,边走边叫"姑姑"。

终于在一棵椰树下找到了。姑姑独自坐在那里呆呆地看天上的飞云。

"姑姑,怎么哭了呢?"狗弟疑问。

吴静顺手擦着自己的眼角,似乎自己也说不清,她为什么哭了……

回到家里,已见一艘长尾电动船停在溪边的杧果树下,船上已放了一筐椰子与一袋番石榴。

陈医师拐着脚,一高一低地走来。

吴静问:"阿爸呢?"

"刚才还见到呢!"陈医师答。

他们刚下船,突然见到阿爸急急忙忙从高脚木屋旁"冒"出来:"等一等,把这草药带走!"

陈医师一看,是一袋青艾叶,十分感动。

可吴静却说:"阿爸,城里不缺医少药,还拿这些草药做什么?"

陈医师马上拉了吴静的手,制止她别说那种话,自己便伸手去接:"爸爸,谢谢您!"

阿爸笑得多么灿烂:"孩子,回去再热敷几次就好了!"

陈医师看着袋子里的艾叶,眼睛湿了。他抬头望着站在眼前的阿爸,虽然他身上还散发着泥巴味,但觉得十分可尊可敬。其可尊可敬之处,在于阿爸热爱大自然、熟悉大自然、了解大自然、领受大自然的赐予、成为大自然的真正的儿子。

电动船已开动,陈医师拉着妹妹吴静的手,望着岸上目送他们的一老一少,激动地挥起手来:"阿爸再见! 狗弟再见!"

作品赏析

本文以第三人称的视角叙述了发生在吴静女士、陈医师和吴静爸爸三人之间的故事。故事开头吴静邀请从中国来的陈医师到山巴老家为九十岁受伤的父亲诊治。吴静家是华人,多年前吴静的父亲南来泰国便落脚在这里,但是吴静家一直保持着中国的风俗习惯,并且在家里只能说汉语,全家都用汉语交流。吴静父亲在和陈医师交流的过程中惊喜地发现,陈医师是吴静父亲早年间在战争中离散的儿子。

小说用了很长的篇幅介绍吴静的父亲,刚见到吴静父亲时,陈医师是这样介绍的:"只见斜垅旁有一个像小人国里的人,头上戴着竹斗笠,遮去他的脸和上半身,下半身的一条腿踩在斜垅旁上,另一条腿浸在泥沟里,身旁停着小小的手推船,船上放着一个竹箩筐,时不时露出一只手,将一把把的杂草丢到箩筐里去。"把一位高龄老人描绘得生动形象。文章中还有几处吴静、父亲、陈医师三人的对话,平常而又朴实,同时也交代了一些吴静父亲自己的保养方法,把这位老人叙述得生动而又接地气儿。文中还有大段对父亲采草药的描写,形容父亲像个"土医生",常常用自己采来的草药给人治病。

小说叙述的是发生在华人家庭的故事,由于战乱吴静的父亲背井离乡,和亲人离散,在机缘巧合之下得以相认的美满结局。小说对于人物的刻画入木三分,令人印象深刻,文笔细腻,情节紧凑,故事起承转合,吸引读者的兴趣。小说中不乏表达父子相认的感动,也有对阿爸热爱大自然、熟悉大自然、了解大自然、领受大自然的赐予、成为大自然的真正的儿子的尊重与感动。

(李翠翠)

梦 凌

梦凌,本名徐育玲,泰国华裔双语创作作家、诗人,生于
1971 年 4 月 15 日,祖籍中国广东丰顺,中泰文研究生毕业;
《世界诗人》季刊艺术顾问、泰国华文作家协会会员、海外华文
女作家会员、泰国《中华日报》副刊主编、大学特聘教师。创作
有散文、散文诗、儿童文学、现代诗、摄影、短篇小说、微型小说
及闪小说等 14 本。作品被收入《世界华文女作家微型小说选》
《中外华文散文诗作家大辞典》《当代世界华人诗文精选》《世
界当代诗人大辞典》《世界华文微型小说 100 强》《东南亚华文
女作家文集——归雁》《中国新诗 300 首(1917—2012)》《2013
年世界诗歌年鉴》《世界诗歌年鉴导读》。曾获泰皇赏赐的优秀
教师徽章;获国际诗歌翻译研究中心的"2006 年度国际最佳诗人
奖";荣获世界客家恳亲大会"著作等身"荣誉奖。主编文学丛书
《丝绸文苑——他乡的故事》、微电影作品《象画情缘》。

红森林

山峰上的重重烟雾有些缥缈,有些寒意。

一脸劳累的张巴松开着汽车屁颠屁颠的,手中的车盘猛地往右拐并冲
上山头,终于拐完了六个弯,入眼的是一块不整齐的大石头,上面刻着"阿
卡村"。

"要在村口下吗?"旁边的奴鲁,一位中年男人,阿卡族族长,搭着张巴松
的顺风车上山,问他。

张巴松打开车窗玻璃,摇了摇头。

"我今天穿了一条新裤子。"他嘴边挂着微笑。左手拍了拍自己的大腿,

舒适的新裤子总算让他感觉好一些。

"呵呵呵,我问问而已。"奴鲁族长跟着笑了。

两人心照不宣,出门一趟不容易,难得有机会穿上新衣裳,但有些事儿还需要好好地去办。

汽车继续往上爬,车尾喷出来的浓烟,夹杂着山峰上的风,有些朦胧。

不算太老旧的汽车慢慢地拐进了村寨,又是一块大石头,上面刻着"巴哥村"。

张巴松族长的家就在巴哥村寨的最前边,中间是一座矮小的泰式高脚木屋,四周是随时可以打开的窗户。旁边是一座比较大的木屋,前面插着一面红蓝白色的泰国国旗,这是村寨办事处,再往上望,是一片茂盛的峰林。

这一带地形特殊,呈三角形,左边是阿卡村,右边是长颈村,巴哥村在中间,也是最高山峰,居民大部分为泰人。这三座山,山连着山,房屋零零落落,当地人们依山而居,日出而作、日落而息,三个少数民族的人口共 300 多人。山底下有一个水库,养育着三个少数民族的居民,确切地说,这里就是一个"小黄金三角"。因为道路崎岖而且蜿蜒,外地人不愿来到这里。张巴松记得,自他有记忆开始,还没有哪位地方官员走完三座村寨。而他,一年总会走完好几趟,走访山腰上、山底下的村民,因为巴哥村是三座山峰的老大呢。

泰式高脚屋的屋顶呈三角形,是用木板盖的,门前刚好能停下一辆汽车,旁边木制的楼梯,摆着几双鞋子,房屋后面缥缈的浓雾处不见天。现在是夏季末,可深山的气候却很像秋天。而冬天,那凛冽的风刮着,令人不想踏出门。

张巴松把后座的褐色小袋拿在手里,看着屋后高耸的山峰、摇曳的草丛,嘀咕了一句:"看来我要准备稻草了。"把山上砍下来的树枝晒干,捆绑扎紧,放在屋前屋后,谁说泰国的气候炎热,这里是北部啊,冬天还是一样的寒冷。

族长张巴松的房屋是整个巴哥村最好的,但对他来说,帕府小镇上的三层红砖房屋才是他最羡慕的,偶尔他会想,要是真的在小镇居住,他该怎么生活?他会生活吗?

他的眼睛看到了坐在国旗旁边一张小石桌旁,一手写作业、一手捏着糯米团的小孙子阿秋。

"阿秋啊？稍等一会儿把这袋盐喂牛去，下午再跟爷爷进山割草。今天不用上学，不是吗？"

"爷爷！"阿秋放下作业，胖嘟嘟的小身子就像皮球似的很快滚到了张巴松身边，仰着头说："老师说有事要进县城，所以今天不上课。"

9岁的阿秋是张巴松的命根子，也是他的伴儿。阿秋的父母带着他的两个哥哥一个姐姐进了帕府城，最后到了首都曼谷，起初儿子还有书信报平安，后来杳无音信。张巴松甚至在想，儿子、媳妇和孙子孙女们是否还活着？

"爷爷，我们村寨什么时候才有学校呢？每天几公里的路，翻过一座山不会累，可有时候没有老师为我们上课，那才叫累呢。"阿秋的声音像五线谱一样时高时低，只见他露着一口洁白的牙齿，胖嘟嘟的脸上红润得很，显得特别可爱。

"快了，爷爷今天昨天进城就是把成立学校的计划递到'上面'去。现在有机会上学，有机会增长知识，就要认真地学习。"张巴松右手抚摸着孙子的头儿。软软的头发感觉很舒服，圆溜溜的眼睛像极了他那个不肖子。

"老师也是这么教我们的。我现在会唱国歌了，刚才还抄写了三遍。"

阿秋说完，蹦蹦跳跳地闪开了，只见他嗒嗒地上了木板楼梯，木板"吱呀吱呀"地响着。阿秋跑到楼梯上木房前的一个水缸前，拿着木制小勺舀水喝，刚才的糯米团差点儿把他噎着。

张巴松哈哈大笑，眼角却有着晶莹闪烁的液体。

又是一声声"吱呀吱呀"的声音，阿秋跑下来，拿过爷爷手中的袋子，说："爷爷，把牛喂饱了我们就去割草啊？"

张巴松点了点头。

"爷爷，把牛卖掉了是否就可以买新衣服？"阿秋冷不防地丢下一句，然后绕到屋后边去了，那里是牛棚。

张巴松的嘴角边动了动，卖牛？

牛棚里的三头牛是他家里的经济来源之一，附近的村民时不时地跟他借牛耕作，这山区里缺少的是水，如果没有牛的耕作，无法想象村民的生活会如何。

临走前，他已经换下了刚才那一条新裤子，顺手把挂在墙上的一个已经分不出颜色的小布袋里的一个东西放进了自己的衣衫里。

张巴松和孙子顺着山寨的羊肠小道走，也绕过了几户村民的家，有些人摇手打招呼,张巴松则会跟对方指指山上压黑的丛林,并示意孙子往上走。

蜿蜒的山道扬起了灰尘,加上高山吹来的阵阵寒风,有些凉意,看着前面蹦跳的孙子衣衫单薄,张巴松的脸跟山上的天气一样有些阴沉。从高处往下看,可以看见山底下的小水库,这个季节,水量不多。

再往上爬,终于走到了山顶,也是"小黄金三角"的最高峰。张巴松看见他亲手写的字,很大的木牌上赫红的字:禁止砍林伐木,禁止捕猎。

像足球场一样大而平的山顶森林,郁郁葱葱。这里是山羊、野鹿等野生动物出没的地方,可惜只有小动物,没有大象、狮子、老虎等凶恶动物。旁边有一座矮小的神庙,是这附近村民的依赖和信仰。他曾几次向当地政府上呈报告书,建议在山顶上盖一座小佛寺。佛寺可以做很多事儿,比如在佛教节日时举办庆祝活动,还有人死后的火葬等,可当地政府都以预算不够而委婉地说再等等吧。

这片茂盛的土地,养育着"小黄金三角"三个村寨世世代代的人们。很多人在悠闲的时候会赶着牛群到山顶上吃草,躺在草地上看着压得很低的蓝天白云,就是最快乐的事儿。

其实上来放牛的人只有张巴松一人,毕竟他有三头牛,而且他为人大方,从不收借牛费。他喜欢到山顶放牛,除了一览众山小外,最主要的是想看看他写的牌子还在不在。

爷孙二人坐在软软的草地上,眺望着远方延绵的山头和茂盛的树林,开始了对话。

"很久以前,有曼谷的大公司来到这里,他们要砍伐红木。阿秋,你知道吗,红木的价格可贵了。你的太爷爷,也就是我的爸爸,和这里的村民同心协力赶走那些眼里只有钱的资本家,保护了这片大森林。"

他静静地说着,好像在讲一个故事,但这个故事让他看到了当年还是小屁孩的他跟在父亲的后面,亲眼看着他的父亲和村民们拿着大刀、木棍把来砍伐树木的资本家赶走的情景。

"那时候不见了几个人,死了几个人。"

"孩子,你一定要记住,保护森林是我们共同的责任,你知道吗,做善事的人,山神都记下了。因为山神善恶分明,会把美好的东西恩赐给我们;山神生气了,我们也会受到惩罚的。"

阿秋似懂非懂地点点头。

张巴松把盐巴倒进置放在山顶上的一个木槽里，嘴里嚅动着："嗯，嗯。"

这是张巴松最厉害的地方，他刚发出声音，牛群就已经走过来了，低头嗅嗅盐巴，吃了起来。

放牛完毕，爷孙二人赶着牛群往山下走，准备回家。在山腰处，还算是平坦的那片土地上，张巴松割了一些野草，这是夜晚牛群的食物。他捆绑好野草，背在身后，吆喝着牛群下山。

阿秋跟在爷爷的后面，看着爷爷的背影，健步走的姿势，感觉今天爷爷真的很年轻。

深山里的风，吹起来真的有些寒凉，阿秋忽然想起，出门时忘了带一件外衣。

不过，他喜欢这种宁静，跟在爷爷背后，听着风把爷爷背后那捆野草吹得沙沙作响。

一个影子在眼前晃了一下，阿秋仔细看了看，原来是一只不大的山猪，躲在大树下蹭着，吃嫩草。

阿秋轻轻地唤了一声："爷爷。"

其实张巴松早就看到了那只山猪，他只想看看，孙子的反应能力，没想到这小子比山猪还机灵呢。

他做了一个"嘘"的动作，然后把右手慢慢地伸进腰带里，他习惯带着一把短而旧的土枪，只见他示意阿秋捂住耳朵，再对着大树瞄了一下，扣动土枪。

"嘣。"

土枪的声音划破深林，草丛中飞跃着一群鸟儿，山猪呜呼一声，肚子中枪倒下去，它连逃跑的机会都没有。

张巴松把背后的野草放下，看了看倒下去挣扎了一会儿就没气的山猪，他转身，对着深林"扑通"地跪倒，嘴里呢喃着：感谢山神的恩赐。

阿秋跟着爷爷一起下跪，他侧着脸偷偷地看了看爷爷，立即集中精神地学着爷爷的模样膜拜。

"呵呵呵，刚才说了，只要我们多做善事，山神就会恩赐礼物给我们的。看看，今天大收获啊！"

阿秋听到爷爷起身的声音，他高兴地跳了起来，嘴里嚷着："我看见了，看见了！山神恩赐的礼物，太棒啦。"

"把村里的叔叔伯伯们叫上来帮忙抬山猪回去。"张巴松对孙子说,并看看已经走在前头的牛群。

这牛群一点儿都不怕,似乎习惯了主人动不动拿枪的举动,或许张巴松常常拿着土枪吓唬吓唬它们呢。

阿秋飞快地跑下山,脚步轻快。这是爷爷的光荣,他要让所有的人都知道爷爷的勇敢,最主要的是山神真的显灵了。

当天晚上,巴哥村迎来了小型盛会,聚在一起的有好几十户,大家围成一个圈子,中间点起了篝火,张巴松把山猪的肉分给了大家,把骨头熬成了汤,汤里加了从村口山道边摘来的竹笋、蘑菇、青瓜、野菜和小辣椒,香喷喷的味道令人垂涎。大家你一碗我一碗,配上热乎乎的糯米饭,好一顿美餐。用张巴松的话来说,因为村寨里每个人同心协力保护了这片森林,所以山神恩赐了礼物,大家得一起分享这份大礼。

阿秋最开心,虽然他不明白爷爷为什么不把山猪肉留下来腌制或是做腊肉,为什么要把山猪肉都分给别人呢,但是看见爷爷很快乐,他也快乐,而且他们也不是别人,都是阿秋的左邻右舍,还有和阿秋玩耍的伙伴。

这天,阿秋和爷爷蹲在屋顶上,他们在检查屋顶上的木板,哪里有缝隙的,要用小木块补上,因为夏末还有一阵雨,之后便是冬季的来临。

这时,一个邻居跑进来,气喘吁吁。

"阿良,有啥急事?"张巴松大声地向邻居打招呼,声音惊飞了屋顶旁边的一群麻雀。

阿良还在喘气,不过,他还是很有礼貌,双手合十地向族长打招呼。

"人……曼谷人来这里。"阿良看了张巴松旁边的小孙子阿秋一眼,觉得好奇怪,这孩子长大了吗?怎么也会做大人修补房子的事儿了?

"万文大师又请所有的村民到他那里开会,族长一定要参加。我先走了,还要通知其他邻居,还有那边的人。"阿良一边跑一边说,手指向远方,对面的山峰,那是长颈族人居住的山峰。

"曼谷人来这里?呵呵呵,这倒是怪事一桩。连我们地方的官都不想进来走走看看,曼谷人来这里,想干什么?"张巴松嘀咕着。

阿秋有些奇怪,他忽然想起了爷爷曾经说过的,他的父母兄姐都去了曼谷,难道他们回村寨来看望他和爷爷了?

想到这里,阿秋的嘴边竟挂着丝丝微笑,小手使劲地摆排着小木块。

张巴松并没有看到孙子嘴边的微笑,他看着眼前广阔的山峰深林,有些神游了。

万文大师是一位森林云游僧,远离尘世至今已六十多年,后来因为大病之后双腿不便而在巴哥村住下。村民问他原籍哪里,他笑着说:四海为家,四海都是家。

大师是巴哥村民所敬重的,自两三年前来到巴哥村住下,这儿没发生过天灾人祸;佛教里的节日活动,大师为村民们诵经祝福,有身体不太舒服的孩子们,大师给的草药特别有效,孩子们服用后,两三天就好了。村民们都说除了深林里的山神排第一外,第二非万文大师莫属,第三当然是张巴松族长。

当太阳从山头那边掉下去后,巴哥村变得有些黑暗,不过,村民们拿着火把,陆续来到万文大师的茅屋。

这一带还没有电灯,万文大师更喜欢在黑暗中念经打坐。阿秋曾经偷偷地去看大师,他很想知道没有电灯也不用蜡烛的人是怎么生活的。

张巴松知道后并没有骂阿秋,只是在放牛的时候告诉孙子,森林禅修已有两千多年的传统,佛教祖师释迦牟尼二十九岁离开王宫时,便进入森林过着原始的比丘生活,接受瑜伽苦行,最终以自己的方法大彻大悟。最后张巴松对孙子说:我们对大师要虔诚,就像对山神一样,因为他是值得尊敬的人。

从此阿秋对万文大师多了一份虔诚之心,时不时把家里的地瓜、山林里的果子,还有爷爷所说的最好的中草药送到万文大师的茅屋,每次一看到万文大师那副慈祥的脸,阿秋就特别开心,也特别安静。

村民们明亮的火把把万文大师的茅屋照得通红通红。原居住在这里的人已搬到了城里,连成一片的几间茅屋都快要变成废墟了,幸好,村民们把这几间茅屋拆了,成了一个空旷广场,虽说不是佛寺,可是每逢佛教节日,比如佛诞节、万佛节,村民们会到这里做一些简单的宗教仪式,听万文大师诵经。

宽广的操场上有几位打扮得很好看的曼谷人站着,在茅屋前的木板上禅坐的万文大师手执佛珠,脸上和蔼慈祥。

"各位乡亲父老。"一个头发有些长,声音特别好听的男子开了口:"我们是国家石油和森林环境保护委员会代表,我们进来的目的就是要寻找绿色森林区,根据我们所收集到的资料,泰北帕府帕泰镇巴哥村符合一切条件,现在我代表委员会宣布,巴哥村成为泰北首个绿色和平环保村。"

阿秋有些激动,说话人的声音时低时高,非常动听。

"……"一片寂静。

村民们无语,他们根本就不知道泰国有这么一个国家石油和森林环境保护委员会,也不明白他们所说的什么奖。

"巴哥村获奖了!"主持人重说了一遍,声音比刚才更大更亮了。

沉静两三分钟后,张巴松终于吐出了一句:"获奖,是什么啊?"

"巴哥村将获得 20 万泰铢的现金,以及国家石油和森林环境保护委员会授予的奖牌。这里将成为全国模范绿色环保村。"

"啊? 奖金和奖牌在哪儿?"一个村民的声音有些激动。

"巴哥村可派一个代表到城里参加颁奖仪式。"

村民们开始议论纷纷,听得出来他们的声音真的很激动。

万文大师微笑着,点了点头,村民们都安静了下来。

"这是巴哥村的光荣,也是善主的共同努力所获得的结果。"

"对,万文大师说得对极了!"有几位村民附议。

"还有啊,阿卡村和长颈村他们做得一样好,也应该得奖。"张巴松又补了一句。

"有的,有的,可惜我们不会他们的少数民族语言,巴哥村都是泰人啊,当然为代表了。"那个声音好听的曼谷男人说。

在村民们和万文大师的举荐下,将由张巴松族长代表这一带的山地少数民族到城里去领奖牌和奖金。

阿秋要上学,所以没跟着爷爷到城里去。可是他见证了隆重的挂牌仪式。

那是一块将近一米五的木制牌子,上面刻着粗黑的字"泰北第一绿色环保村"。

这个牌子就摆在"阿卡村"的大石头旁边,这是进三个村寨的路口,而且这个牌子比阿卡村的牌子还要高。阿秋和他的玩伴们参加了这个隆重的挂牌仪式,这是他们第一次看到这么热闹的场面,还有那么多的人。万文大师诵完经后,随着国家石油和森林环境保护委员会代表的喊声"挂牌",出现无数的媒体摄影闪光灯,还有爷爷和叔叔伯伯婶婶们脸上的笑容,再后来就是所有人在万文大师的茅屋大广场一起吃饭庆祝,一起唱属于他们当地的少数民族歌谣。孩子们特别高兴,都说这种热闹的感觉和他们过年时的感觉是一样的,而阿秋家的那三头牛,身上披着色彩鲜艳的布条,牛角两边挂着各种颜色的鲜花,站在牌子下显得特别耀眼。

泰北帕府帕泰镇镇长张谋在办公室正忙着整理文件,一大堆乡镇发展计划和预算文件,他准备做企业家标会,让有意参与地方发展的企业家都来参加。想着前几天他看中的那辆咖啡色汽车,他的思绪已经飘得很远很远。

"叮铃铃",桌上的电话铃响了。

"你好!"张镇长拿起电话筒。电话那头的声音让他倏地站了起来,并弯起了腰。

"您好! 伊府大人,您有什么指教? 我啊? 最近都在为地方乡镇的发展计划和预算忙碌着。"

"看到报道了吗?"电话那头伊府大人问。

"什么报道?"张镇长有些惊慌。

"全国的报纸和电视台报道的新闻,帕泰镇巴哥村获得绿色环保村奖,挂牌仪式镇长没参加? 太遗憾了,那毕竟是你地方上的好事。请到我这里来一趟,我正要和你商量此事呢。"

张镇长的心,忽然跳得很急,他摸了摸胸前⋯⋯

三天后,素莱伊府大人和张谋开着汽车经过了阿卡村,在巴哥村乡镇办公室前停下。

巴哥村村民惊诧不已,都跑出来看这两位地方政府官员。

素莱伊府和张谋镇长及随从来到巴哥村之后,马上对这里进行了调查,地理情势、土地广阔面积以及各方面的发展情况。用素莱伊府的话说,要发展地方特色筑路修桥,而且所有的计划都是有预算的。

村民们再次被叫到万文大师的茅屋大广场聚聚,到了才知道要开会。这次,素莱伊府为会议主持人。

"各位乡亲父老。"素莱伊府站直了身板说。

"我是素莱伊府,首先要祝贺大家,祝贺三个村寨,获得了国家石油和森林环境保护委员会颁发的绿色环保奖,因为大家的共同努力,保护了这片森林,保护了野生动物,这是所有人的荣誉,也是帕府的骄傲。我们帕府向来主张发展地方特色,就如上一届的伊府⋯⋯"

村民们对眼相望,不明白伊府所说,开始议论了起来。

"什么鬼计划？没听说过。都几十年了没有地方官员进来过。"一个声音愤然地说。

"就是嘛。"有人附议。

素莱伊府脸上有些挂不住了，村民们的议论他都听见了。

万文大师打手势让大家安静。

素莱伊府笑得有些干瘪，他强压下心头的闷气，尽力让自己平静："嗯，上一届的伊府确实在帕府办公楼贴了发展地方特色的告示，可⋯可是计划还没开展，伊府就死了。"

"死了？那还提他干吗？"村民们又有了争议。

伊府干笑，他强迫自己去想，面前站着的只是山野村夫，不懂律法，不懂政策。

"这次，我和张谋镇长来这里要做一个详细的调查，看看父老乡亲们缺什么或是需要什么，帕泰镇和帕府有发展地方预算，会解决问题的。"

村民们你看我，我看你，争议声再次响起。

张巴松站在人群里，他看了看站在自己身旁的小孙子，还有村里的孩子们穿着拖鞋，露出小脚丫，他似乎想明白了什么似的，鼓起勇气大声地说："我们需要学校和老师。"

村民们停止了争议，望向张巴松族长，然后点点头。

"对，我们的孩子们需要教育，学校教育，需要老师的教导。"有人附议。

"这不是大问题，我会通知地方教育局，领导人一定会准备教育发展计划预算的。"素莱伊府看准了机会搭话，然后瞄向了一旁的张谋镇长。

"我想首先要发展的就是进村的道路、村寨的电灯，回去后我会让工程部开展工作，让进出村寨的道路都畅通、方便；乡亲们可以把你们当地的蔬菜、中草药带到外面去卖，一来可以增加收入，二来可以和外界的人多多联系。"

当天下午，素莱伊府和张谋镇长在张巴松族长的陪同下到处走走，即将离开时，素莱伊府说应该把巴哥村发展为旅游区，山下面的水库，对面的长颈村、阿卡村的布匹，都值得游客来此休闲。

张巴松觉得左眼皮一直在跳，巴哥村成为旅游区，是否妥当呢？

送素莱伊府上汽车，临走前，他在张巴松族长的耳朵边轻轻地说："有人采访我，关于这里成为绿色环保村的事儿，我借你们的获奖证书贴在帕府市政府办公大楼,这样让更多的人看到,知道有个绿色环保村。证书放在这里,应该是没人来看的吧。你现在就把获奖证书拿给我。"

"好的。"张巴松觉得素莱伊府说得有理,便答应了。

夏末的雨连续下了四天,阿秋没有去上课。因为雷山小学在长颈村的背后,每天早晨六点就要出门,翻过山头将花近两个小时,九点上课,下午三点半放学,阿秋和他的伙伴们又花了近两个小时回到巴哥村,这下雨天出门不方便,山道崎岖,为了安全着想,孩子们都待在家里。

其实也并非都待在家里,五六个年纪相仿的孩子们都跑到万文大师那里,跟大师一起打坐,听大师诵经。

"大师,我们村什么时候有学校啊?"阿秋问。

"快了,孩子们。"万文大师声音慈祥。孩子们的脚丫在眼前摇晃着,是那么的可爱,他的眼前有些模糊了,多年前还是少年的他和小伙伴们在溪水里玩耍的情景浮现在眼前,快乐的笑声似乎还在耳边荡漾着。

他知道孩子们的求知欲,知道他们翻越山岭上学的辛苦,还知道巴哥村村民的艰辛生活。

半个月后,张巴松在乡镇办公室和其他两个少数民族的族长商量,怎样把三个村寨发展为旅游区。

"我们一直都过得很好啊。"长颈村族长说。

"对,我担心外面的人进来了,我们的环境便会遭到破坏。"阿卡村族长奴鲁说。

"我们是否可以从另一个角度考虑,发展地方旅游业能给我们带来收入呢?"张巴松说,他把外面所见所知的世界告诉了两位族长。

"回去和我们的族民商量看看吧。"两位族长的意见一致。

张巴松点点头,他想他应该找万文大师谈一谈。

下午,张巴松来到万文大师的茅屋。

他把素莱伊府临走前的计划一五一十地告诉了大师。

"爷爷,爷爷。"阿秋背着他的书包跑了进来,再双手合十,在爷爷的身旁坐下。

"什么事啊,阿秋?"张巴松看着气喘吁吁的孙子,好奇地问。

肯定是回到家见不到爷爷,着急呢。

"红森林,我们看见了红森林,好大一片。"阿秋用手在爷爷面前画了一个大圈。

"红森林?"张巴松惊奇。

"今天放学回家,我们在山道上看到森林里红彤彤的,好神奇啊。"阿秋圆溜溜的眼睛看着爷爷。

"呵呵呵,冬天已经来临了? 大师,今年的冬天来得早,是好预兆吗?"张巴松笑了笑,对万文大师说,他忙碌了好几天,还没出去转转儿。

"爷爷,红森林。"阿秋固执地说。

"孩子,让我来告诉你。夏天后就是冬天,山上的树叶开始转黄,然后慢慢地变红,漫山遍野的红叶,看起来就真的像红森林。"万文大师说。

"阿秋,还不感谢大师? 大师云游四海,见识广,大部分生活都在森林里。刚才说的红森林,现在你明白了吗?"张巴松摸着孙子乌黑的头发,轻轻地说。

"爷爷,我以前怎么没见过红森林呢?"阿秋还是好奇。

"对啊,大师,我都这么大的一把年纪,还是第一次看到红森林,树叶变黄我是知道的啊。"

"世界之大,无奇不有,而且天变地变,自然环境被破坏,高楼大厦林立,地球暖化的问题越来越严重啊。"

张巴松心里一紧,有关巴哥村开发旅游区的事儿,他犹豫着要不要和大师商量。

告别了大师,张巴松带着阿秋再次来到放牛的山顶。

站在山顶一览众山小,大小山峰都是红叶,深深浅浅的红色仿佛把山峰燃亮了起来。

这会儿,张巴松没有膜拜,不过他还是双手合十,嘴里念着:感谢山神的恩赐。

阿秋眨了眨眼睛,眼前的红森林真的是山神的恩赐吗?

爷孙俩就这么静静地看着红森林,山峰吹拂,凉爽得很。

"入冬了。"张巴松说。

是的,今年的冬天来得特别早,而且跟往年不同,毕竟,张巴松这辈子里第一次看到红森林。

夜晚,泰式高脚屋的睡房里蜡烛被熄灭,黑漆漆中张巴松和孙子今晚怎么都无法入睡。特别是张巴松,辗转难眠。

"阿秋。"他叫了一声。

"嗯。"阿秋应了一声。

"唉!"张巴松长长地叹了口气,继续说:"阿秋看到了是吗,我们获得的绿色环保村奖,都是山神的恩赐,山神恩赐给我们的太多太多了。还记得上段时间我们捉到的山猪,阿秋能够上学,还有进村的道路……都会有的,我们的生活将会越来越好,因为大家同心协力。"

"嗯,阿秋有看到的,爷爷。"阿秋回答,然后在爷爷的声音中慢慢睡着,脸上还带着微笑呢。

一个月后,巴哥村村口的牌子变了,变得更大更亮,金黄色的匾上刻着"森林保护和旅游项目开发区——巴哥村(国家石油和森林环境保护委员会颁发的绿色环保奖)"。

挂牌仪式很隆重,素莱伊府和张谋镇长及大批媒体,还有傣族、长颈族、阿卡族等村民都参加了。

泰北帕府帕泰镇巴哥村有红叶、红木的消息不胫而走。

巴哥村成为泰北帕府帕泰镇的招牌,张谋镇长、工程部部长等负责发展巴哥村的预算和实行。

首先就是把巴哥村的崎岖山道铺改为混凝土路,扩大山底的小水库,在巴哥村建临时小学、长颈村设立地方特色旅游点、阿卡村成立服饰销售中心,整个计划将近 100 万泰铢的预算。

张谋镇长带来了评价公司和建筑公司,他们开始动工,张镇长开着汽车检查工作的进展,"叭叭叭"的汽车喇叭声震撼着整座山峰,不难发现,他开的车子,崭新的轮胎在阳光中闪闪发亮。

在这建筑群里还掺杂着所谓的商人,收购草药、蘑菇和竹笋,久而久之,他们和当地的村民混熟了,开始打听森林里的野生动物的肉和角。

张巴松看着阿秋背着书包进了巴哥村临时小学,他脸上尽是笑容,看着大森林里还没褪色的红叶,眼角有晶莹的液体。他对着深山里鞠了一躬:感谢山神!

他把墙上的土枪插在腰背上,手里拿着一小袋盐,这是他每个星期必须做的事儿,到山上放牛去。

上山的路不像以前那样崎岖了,很多大树木被砍掉,方便当地村民和游客上山。

到了山顶,张巴松像以往一样跪拜,感谢山神的保佑。

三头牛安静地吃着野草,吃着盐巴,张巴松坐在树荫下休息,山顶一片寂静,只听到山风"呼呼"的响声。

"嘣! 嘣!"

响亮的枪声把张巴松吓了一跳,正在吃盐巴的牛群狂奔了起来,张巴松竖着耳朵一听,枪声是从山顶那一座矮小的神庙后面传来的。

张巴松神色一变,那可是巴哥村最神圣的地方,而且是禁区,跑过去一看,那块"禁止砍木伐林,禁止捕猎"的牌子还在风中摇摆呢。

张巴松惊愕地张开嘴,神庙后面那片茂盛的树林中很多树木已被砍,横七竖八的倒在地上,有的被隐藏在树丛中,有的显露在光天化日之下,有的已经被锯成两三段,齿痕还很新。

张巴松跟跟跄跄地靠近那些木堆,旁边,他看见了四个年轻的阿卡村村民正在烧火烤肉,火旁边堆着的鹿头和鹿皮革正冒着烟呢。

"你们在做什么?"张巴松大声吆喝:"你们竟然在山顶上猎兽,不尊敬山神吗? 不怕受到惩罚吗?"

四个人中的一个年轻人恶相露出,没有平时的老幼至尊,语气僵硬:"老头子懂什么? 我们为了生存,为了更好地生活,我们要买汽车,我们需要大笔的金钱。"

"对,把牛把鹿卖掉,我们就有钱买摩托车。"另一个年轻人说。

"山神会惩罚你们的,记住!"张巴松哽咽着,他真的生气并有些害怕,毕竟对方有四个人。

他几乎用跑的速度下了山,首先就是去找万文大师。

万文大师静静地听着张巴松的诉说,并把手掌放在张巴松的肩上,说:"冷静吧,其实巴哥村正在发展中,有临时的学校了,还成为旅游区,不久还会有电,生活的一切都会好起来的。"

"我知道,可是如果我们不好好保护这片森林,惨重的事儿即将发生。"张巴松坚持地说,他相信祖辈的教训是对的。

"村长的思想太封建了,不过,砍树猎兽的事儿容不得,该有良好的对策才是,或者到镇里报警去。"万文大师说。

张巴松紧急召开泰族、阿卡族和长颈族族长会议,说明了今天发生的问题,三个族长相约,各自管制自己的村民,并严禁砍伐猎兽。

"爷爷,今天老师给我们上了一节课,是关于绿色环保的课程,我们都画画儿了,爷爷看看。"

阿秋递给爷爷一叠的图画。

第一张画儿,一大片茂盛的森林,红色的树叶,煞是好看。

第二张画儿,爷爷牵着阿秋的手赶着牛群往山上走,一片温馨。

张巴松的热泪几乎掉了下来,他把阿秋紧紧地拥抱在怀里,说:"好孩子,爷爷要把这两张画儿镶在相框里,挂在墙上。"

阿秋望穿秋水,没有盼到父母亲的到来,他的大姐姐,19岁的阿雯却上山找到了他,并征得爷爷的同意,带阿秋下山买衣服。

阿秋一走就没了消息,张巴松四处打听,却杳无音信,气急攻心的他终于病倒了。

寒冬的风刮得窗户"哗啦啦"地作响,更要命的是在这冬末初春季节,天突然下起了大雨。

张巴松躺在床上,望着窗外的雨滴,他特想阿秋,小孙子怎么样了?吃得好睡得稳吗?或许他跟他的父母亲在一起是幸福的。

"变天啊!"他嘀咕着,发高烧让他有些模糊不清。

依稀地,他听到万文大师诵经的声音,还听到佛寺里的钟声敲响了。

"见鬼!巴哥村还没有佛寺不是吗?"他心里想着。

"阿秋。"他大声叫起了心爱的孙子的名字。

"我们保护森林,山神恩赐礼物给我们,我们就这样让这片森林被破坏?山神啊,有没有听到我的祷告?"张巴松用手抓住自己的胸前,心里头的闷气已经让他呼吸困难了。

窗外,雷声"轰隆隆"地作响,一个个闪电,震撼着一座又一座的山……

曙光在山头跃起,自然界万物的声音像五线谱一样,时高时低。整个巴哥村、阿卡村和长颈村忽然消失了,就好像从来没有这三个少数民族村。山洪把泥土和隐藏的木墩以及山脚下的所有人都掩埋了。汽车、牛群、犁车和进村的路口牌子,现在是一无所剩。

公元2013年,年仅28岁的张秋,是泰北帕府最年轻的伊府,这位农业大学毕业的博士生,用短暂的时间迅速地发展当地农业、商业,特别是山区人们的生活,还有山上的少数民族的教育。

他的办公桌上的大块玻璃压着两张画儿,一张是一大片茂盛的森林,红色的树叶；另一张是一个老人牵着一个孩子的手赶着牛群往山上走。

"爷爷。"张秋眼泪盈眶。

"咻！咻！"爷爷赶牛群的声音仿佛如昨日……

🌴 作品赏析

《红森林》的故事发生在泰北有着"小黄金三角"之称的巴哥村、长颈村、阿卡村三个小村寨里，以巴哥村挂牌"绿色和平环保村"为转折点，可将小说主要内容分为两部分。前部分讲述当地人依山而居，过着日出而作、日落而息的原始乡间生活，重点描写族长张巴松与阿秋祖孙二人对话和放牛的温馨画面以及当地的民风民俗。后半部分写巴松村挂牌"绿色和平保护村"的变化，村外的企业家和官员们筑路修桥，发展旅游；村内的年轻人砍树猎兽，获取利益。在现代文明的入侵之下三座村寨遭受不同程度的摧毁，最终一场山洪将三座村寨全部掩埋。多年之后，幸免于难的阿秋成为农业大学的博士生和泰北帕府最年轻的伊府，回到村寨发展当地农业、商业和教育业，看着那一幅"红森林"的画，回忆起和爷爷一起放牛的画面。

《红森林》如同一块没有充分精雕细刻的璞玉，天真而自然。大概是梦凌写诗的缘故，让她的小说也含蕴着诗的韵味，是一种充分诗化的小说。她的小说艺术表现十分精巧，大量运用对比、象征、留白等艺术手法。首先，小说中的人物和环境都形成鲜明对比，爷孙俩的淳朴善良与官员们的虚伪粗鄙形成一则鲜明对比，村寨之前的自然和谐的景象和之后荒凉惨败的景象亦是一则鲜明对比，突出表现人性的善与恶、自然中美与丑的对立。其次，小说大量运用象征手法，传达出小说之中的诗性意味。文中的村寨在作者笔下如同一个"世外桃源"。森林中的神庙象征着村民们的依赖和信仰。森林云游僧万文大师以"四海为家"的生活方式则象征着一种归顺自然，逍遥自在的理想生活。阿秋所看到的"红森林"则象征着郁郁葱葱的原始森林走向燃烧、焚毁、灭亡之前的一次回光返照。"那漫山遍野的红叶""大小山峰都是红叶""深深浅浅的红色仿佛把山峰燃亮了起来"，这些隐喻性质的话语，仿佛暗示着森林知道自己必然惨遭破坏，在此之前，它极力展现它极致热烈的美。文本之中的"闪电""雷雨"以及"山洪"，都不是作为一种自然灾害存在的，而是作为现代文明的一种象征，它们以一种不可抗的力量对原始自然的村寨进行入侵和摧毁,导致村寨最后的坍塌和消逝。最后,小说另一大特色是留白,作者以"山峰中的重重烟雾有些缥缈,有些寒意"开头,营造一种中国传统水墨画一般的意境,开篇则用诗化的语言让读者产生了广阔的审美想象空间。作者又以"咻!咻!爷爷赶牛群的声音仿佛昨日……"作为结尾,将现实与回忆融合,言有尽而意无穷。一言以蔽之,梦凌诗化的语言充盈着艺术气息,笔法轻柔空灵,有着一种独特审美价值,创造了一种张力极强的艺术境界。

《红森林》借一个如同"世外桃源"般村寨的产生、毁灭、重建的故事,传达出作者认为人与自然应和谐共生的理念。《红森林》集中体现了作者对理想美的执着追求。她描绘了泰北偏远山寨自然美好的原始森林风光以及民风民俗,赞美了当地人们美好单纯的感情,例如温馨的祖孙亲情,淳朴的乡间邻里情。与此同时,《红森林》也表达了对现代文明滋生虚伪粗鄙和拜金主义的人生形态的否定与反抗。作者在字里行间流露出在现代化的脚步下,对山村的原生态被破坏的惋惜和遗憾以及追忆之情。文末借"阿秋"这一人物的回归,寄予了作者对重义轻财、重情轻利的完美人性的向往与追求。

(陈友龄)

杨　玲

杨玲，祖籍中国广东潮汕，生于 1955 年 5 月。作品发表于泰国《世界日报》《新中原报》《亚洲日报》《泰华文学》，以及中国国内的报刊。现任世界微型小说学会副秘书、泰华作家协会副会长、《泰华文学》编委、《小诗磨坊》成员。2012 年出版泰文小说翻译集《画家》，2013 年在四川文艺出版社出版微型小说集《曼谷奇遇》。2005 年和父亲老羊合著出版《淡如水》文集，2007—2018 年和泰华诗坛诗人合作每年出版《小诗磨坊》。2008 年、2009 年再和父亲合著微型小说集《迎春花》、诗集《红·黄·蓝》。2014 年获首届世界华文微型小说双年度优秀奖，2016 年再获第二届世界华文微型小说双年度优秀奖。

唐山老婶

老叔是我家的一位远房亲戚，他的名字叫大存，小时候一见他，堂哥堂姐总是怂恿我们唱："老叔老叔脚曲曲，会拉弦不会唱曲，不会踩单车四散踢……"①未唱完就一哄而散，怕老叔打我们或骂我们，但老叔听了总是笑笑，说"你们还真会唱啊！"

老叔留给我的印象极深，因为他有两位太太，在中国的叫"唐山②老婶"，在泰国的叫"暹罗③老婶"，二位老婶都很贤淑。"唐山老婶"育有一子一女，"暹罗老婶"生了三男三女，老叔共有八名子女。下面的故事是收集了泰中

---

① 潮汕儿歌。
② 在泰国的华人称中国家乡为"唐山"。
③ 泰国古称"暹罗"，1949 年改称"泰国"。

两地多人的讲述才集成的。

话说 20 世纪 30 年代,大存老叔在家乡澄海的家中有几分薄田,父亲在暹罗常常有寄批①来,他和娘亲相依为命,父亲每次批信都嘱咐他要孝顺娘亲,好好读书,为父在暹罗挣的是血汗钱,要勤俭过日子。

大存谨记父亲的话,孝顺娘亲,努力读书,20 岁高中毕业了。父亲来信让大存娶亲,开枝散叶。娘亲为他挑的新娘是慧娴(唐山老婶),慧娴年轻时是个大美人,皮肤白皙,高挑的身材,鹅蛋脸,大眼睛,一头浓厚的黑发整齐地梳到脑后,挽成老式发髻。夏天穿的是浅蓝或浅黄色的斜襟上衣,冬天是深蓝或深灰色的斜襟上衣,配上黑色裤子,端庄贤惠,粗通笔墨,在娘家、在婆家都深得家人喜爱,和老叔新婚,琴瑟和鸣。

成亲一年后,大存得了一女,叫作"淑明",女儿一周岁时,慧娴又怀上了,这时接到暹罗来批,要他马上过番,因为父亲病了。大存的娘亲听儿子读完信就慌了,马上去找水客②,联络到暹罗事项,忙乱了两个月,23 岁的大存终于出发到汕头上船了,临别时他见慧娴眼睛含着泪水,满脸伤悲。大存也不忍分别啊,他强忍离愁,嘱咐妻子照顾家中老小,等待他在暹罗安顿好,将接她们去团聚。

大存到了暹罗马上寄了平安批回乡,告诉娘亲和妻子他平安抵达了,不必挂心。他和父亲见了面,才知父亲患上病已久,咳嗽不停,已经没法当苦力扛大米麻包,有时只能提一个小篮子卖炒豆,咳起来就没有力气起床了,三餐不继时由同乡接济,生活很难过。

父亲见到大存到来很高兴,病好像好了一半,他请同乡帮忙介绍大存工作,刚好有个货栈需要心贤③,大存前去应征,头家李看他一表人才,会写会算,就立刻聘用他了,并跟他讲货栈人手不多,心贤平时做账和回客户信件,货物进出时需要他帮手搬货。

大存在家乡干惯重活,觉得毫无问题,就答应了。过了约半年,老叔接到慧娴来信,说已经生下男孩,大小平安,等他给男儿取名字,也等他回家。大存寄了批,除了家用的钱外,还写了长信,说按辈序男儿取名锦明,因父亲

① 侨批,简称"批",俗称"番批""银信",专指海外华侨通过海内外民间机构汇寄至国内的汇款暨家书,是一种信、汇合一的特殊邮传载体。
② 以前行走在中国和泰国之间的带信带路人。
③ 泰国华人旧时称账房先生为心贤。

患病未愈不能回家乡,请慧娴再等待,等父亲病好,将立即回乡看望,暂时一家老小有劳她照料。

但是,大存的父亲病情没有好转,而且越来越严重了,咳到不能起床,后来甚至咳出血来。大存违背父亲的意思,把他送进华侨医院,经医生诊断父亲患了肺结核,必须住院。大存过番已经一年,平时非常节省,每两三个月把剩下来的钱寄批回家乡。现在父亲住院,打针吃药,这笔费用哪里找呢?

大存回到货栈向头家李求援,头家李很同情他,给他先支取六个月薪水应急。父亲住医院治病,大存欠下大笔债务,连寄批都没有能力寄了,这叫大存心急难过。大存想晚上多做一份工,快点还债,他去和头家李商讨,头家李说好啊,我的三个孩子,正想学中文,你每天晚上来教他们吧。

头家李有一女两男儿,女儿已经上大学了,儿子分别是高中生和初中生。他们三人都在小学初小时读过中文,由于时局关系上了高小就没有中文课了。所以现在重新再学,大存认真以待,到南美书店选了中文高小课本,定了功课表,周一、三、五教课文,认字读写。周二、四、六分别教日常对话、应用文和常识。

头家李的女儿叫丽珠,双十年华,正当青春。头家李的长子宏亮 18 岁,次子宏杰 15 岁,都是聪明勤奋的青年。每天放学后,三人都在货栈帮手,丽珠和宏亮会开车,每天下午放学回来经常驾车送货,和工人一起搬货,送货回来后才冲凉吃饭,吃完晚餐就学中文。

大存的父亲住了十多天医院,病情好转出院了,医生嘱要继续吃药静养。老人回家躺了两三天,想到为他治病儿子欠下大笔债务,心里很是不安,于是提了卖炒豆的篮子出去了。大存劝说父亲在家休息,老人说他就在附近走走,叫儿子放心。

天有不测风云,隔天中午突然降大雨,大存担心父亲,下班时向学生告假,立刻回家看,见父亲满脸通红躺在床上呻吟,床下一套湿衣服。大存把手往他额头一按,热度烫得惊人。

大存立即向邻人求助,送父亲到华侨医院急诊,医生要老人留院,并住进 ICU 病房。第二天,大存到医院探视父亲,医生说老人患上肺炎引起肺积水,情况不乐观。大存请求医生尽力抢救。

旧债未还,大存又向头家李举新债,这次再借整年薪水。但是老人的病情没有好转,反而危急了,第三天夜里大存守在 ICU 病房门前,听到里面仪器鸣响,医生护士跑步前来,大存紧张站起,过一阵子护士开门请他进去,这时父亲已处弥留状态,用尽力气对他说,大存,记得给唐山家里寄批啊!

大存忍着眼泪回答,阿爹,我记得的,我会照顾娘亲和妻小的,您放心吧。

父亲去世了,头家、工友、乡亲和邻居帮助大存料理了丧事,老人入土为安,大存的债务又加高了。大存给家里去信,家中老小伤心,在家拜祭先人,和大存互相通信安慰。慧娴心里明白,大存债台高筑,短期内南渡团圆是无望了。她心里凄苦,表面不敢对人言。白天照顾老人和孩子,只在晚上暗自哭泣,脸上的红色逐渐没了。

湄南河水悠悠,大存南渡已经四年了,头家李的女儿丽珠大学毕业,在货栈中和大存成了头家的左右手,货栈的生意不断扩展,业务蒸蒸日上,大存的债务也快还清了,大存计划还清债务就可以储钱回唐山探亲,眼见曙光就在前头,但是中国的抗日战争如火如荼正在进行,泰中两地音信不通,没法寄批,可把大存急坏了。

同时丽珠毕业后,媒人不断上门做媒,但她一个都看不上眼,这可把头家李和头家娘都急坏了,两人轮流劝说她。女大当嫁,男大当婚,和她一样年纪的女孩子都结婚生仔了。爸妈一直随她意思,要读书,已经大学毕业;要晚婚,年纪已到 25 岁。亲友都暗笑丽珠是老姑娘了。是否自己交有男友,爸妈也给予她自由。但丽珠不答话,最后眼光落在大存身上。

头家娘终于猜出丽珠的心事,女儿爱上大存了。两位老人家出面和大存讲,要招他入赘。大存有苦衷,脸憋得通红,只是摇头。头家李只得直话直讲了,大存你在我这里做了六年,我一向没有亏待过你呀。

大存回答:我知道,非常感谢您! 您帮我太多太多的忙,我还没有报答。您知道我在家乡有老婆和两个孩子,丽珠如嫁给我,太委屈她了。

头家李说现在中国在抗战,到处兵荒马乱,你也回不去,家人也没法来。丽珠在暹罗,你的发妻在唐山,两头大,你继续寄批回家,我们都不干涉。大存说,这要丽珠答应才算数。头家李把丽珠叫来了,如此这般对女儿讲了,她点头表示同意。两个老人就动手张罗婚礼了。

大存心里觉得对不起慧娴,但没法向她解释,写了几次信都写不成功,索性不写了,心想有机会回家乡再亲自向她说个明白。婚后,丽珠连生了三男三女,头家李和头家娘年岁渐高,家产分给三名儿女,货栈里由大存和丽珠主持,二个弟弟已经成家另立门户。

好不容易熬到1945年,中国抗战胜利了,大存接到慧娴来信,得知6年前唐山老母亲病倒,卖出几分薄田筹医药费,老母亲救回一条命,可是全身瘫痪,生活不能自理,由慧娴照顾。还有稍值钱的财产都变卖了,换为粮食度命。

大存立即寄批回唐山,慧娴连接写了几封,要大存回来探望母亲。因她听到消息,大存在暹罗成立新家庭,想要知道大存是否抛弃发妻,不想见她了。

大存回信,称有种种原因回不了唐山,请她代为照料家人,因母亲年老有病来不了泰国,请她多多忍耐,他深深地感激,永远铭记心中。

中国抗战刚胜利,内战又起,国共双方拉锯战,地方三天两头换旗帜,小民百姓无所适从,苦不堪言。淑明和锦明政见对立,一见面就大声争论,慧娴怎么劝都不听,只得写批向大存倾诉困难。

大存回批要慧娴把全家搬到汕头,让一对儿女升学,不可涉及政治,再请族亲一位寡嫂桂芝来帮忙伺候老母亲。搬家后慧娴再来信,说中国到处乱得很,在汕头儿女也没法升学,女儿19岁、儿子17岁了;她想把孩子送到泰国大存的身边,她留在中国陪伴老人。

不日,淑明和锦明到达泰国,大存到码头接孩子,看到女儿就是再版的慧娴,儿子像他年轻时一样。自己离开家乡已经18年了,慧娴和自己一样步入中年了吧,想起家乡的发妻,大存心里一阵惆怅一阵内疚。

大存带一对儿女回家,见过丽珠和弟妹,教他俩叫丽珠"阿姨",弟弟妹妹见过大姐大兄。这时淑明见到庶母和弟弟妹妹,脸孔由白变红,又由红转白,眼睛充满泪水,一声不出。丽珠带淑明到客房歇息,锦明和弟弟们同住,大存张罗为他们请泰文补习老师,安顿下来了,再问他俩要升学还是找工作。

淑明立即表态,要回中国和母亲在一起,她说母亲太可怜了,父亲南来暹罗18年,母亲每时每刻都在盼望父亲回去团聚,现在父亲在泰国有了新家,把母亲忘记了……说着哭了,锦明也眼睛红红的,呜咽着说不出话来。

大存急得脸红耳赤,辩白他没有忘记他们的母亲,那是他的发妻,她在家乡替他行孝,伺候他们的老祖母。因时局关系,水路难通,所以没有办法回去。说着大存也流下了眼泪……

淑明请父亲安排她回国,锦明留下,补习泰文和进修中文,争取考大学。过了一个多月,淑明上了回程的轮船,回去和母亲相依为命。锦明在中文夜校插进高二班,上午帮父亲做生意,下午补习泰文,晚上读夜校。但是这样平静的生活只过了一年多。

1949年底,中国翻天覆地,泰国中文学校的老师和学生一批又一批上船,前去参加建设新中国或升学,锦明也卷入大潮流中,跟着同学们上船了,因为怕父亲阻止,他决定不辞而别。等到父亲发现,船已经驶出港口了,大存望着远去的轮船,心中一阵茫然。

锦明在汕头上岸,立刻回家探望母亲和家人,母亲见到儿子高兴极了,握着儿子的双手不放。桂芝阿姆倒了茶水来,锦明又到房中给祖母请安,再出来与母亲叙话,问母亲怎不见姐姐。

母亲说淑明回来后就公开身份了,原来她是地下共产党员,从汕头解放前夕到现在,不停地工作,很少回家,但快要和未婚夫马东结婚啦。

次日中午淑明带着马东回家,见面就问锦明要升学还是参加工作,锦明说想考大学。锦明到华侨中学补习,半年后考取广州中山医学院,淑明和马东结婚,马东被调到羊城晚报工作,二人到广州工作、安家。

母亲还是留在汕头老家,服侍老祖母,在女儿淑明的鼓励下,母亲也出来参加街道的工作,因为她会写能算,领导群众都很喜欢。淑明鼓动她出来做全职工作,但是慧娴没有答应,因为她还在等待,等着老祖母百年之后,丈夫接她去泰国团聚。

锦明进大学不久,抗美援朝开始了,学校动员学生参军,锦明报名参军后和姐姐讲了,淑明问他,母亲同意吗,锦明说不敢明言,要请姐姐去讲。

这下子淑明作难了,母亲会接受独生子上战场的决定吗?她想了又想,写了一封长信给母亲,先讲明大义、国家的需要、抗美援朝的重要性等,最后请求母亲准许锦明参军。

慧娴接到女儿的信,几乎晕倒,丈夫远在天边,儿子要出征朝鲜,万一有个三长两短,她真的不想活了。但儿子已经是军人了,军人的天职就是服从,她知道无法改变,只能接受。从此她初一十五吃斋,诚请佛祖保佑儿子平安。

锦明受了一年训练,等待派上战场,但在鸭绿江边等待时,却传来停战的消息。他回到南方,领导问他的意见,锦明说想继续学医,于是被安排到军医大学深造去,毕业后被安排在北京军队医院工作。

同年姐姐淑明生了儿子大方,被慧娴接回汕头抚养,过两年淑明又产下次子小方,也送到慧娴处了。其间淑明一家发生了大变化,反右运动时马东给打成右派,送去梅县劳教。连累淑明也受审查,干部被撤职下放当了工人。两人收入大减,从原来的大宿舍搬到工厂的小房间。

等到马东去劳教三年回来,他被安排到中学工作后,才有了一房一厅宿舍,从汕头接回两个儿子,一家团聚。

接着老祖母过世,慧娴写信告诉大存,希望大存来主理丧事,可是大存只寄来费用,说是泰中还未建交不便前来,请慧娴代替料理。慧娴借着丧礼哭了又哭,从此收到批银,不再给大存回信,她的心思全部放在儿孙身上了。

接着锦明结婚,生了儿子晓阳,带回来给慧娴抚养,养至三岁时,锦明和妻子要来接孩子回部队,他们到来前三天,晓阳坐在楼梯上吃玉米,不知怎的一个跟头从三级楼梯翻下来,当场断气,送医院不治。锦明和妻子来到汕头家中见到的只是儿子的尸体,二人黑着脸一声不吭。慧娴哭到晕倒闭气,淑明从广州赶来,安排处理了丧礼,锦明夫妇带着晓阳的骨灰回了部队。慧娴从此吃了长斋,头发白了一半。

中国"文化大革命"开始了,淑明夫妇又被冲击,二人被下放到农村,两个儿子到海南参加农业建设兵团。又过了三年,锦明再生一仔,只带来给慧娴祖母看了看,不再给祖母抚养了。

1975 年泰中建交了,很多老番客回中国探亲,慧娴让女儿淑明写信要大存回来,大存总是答应着,但一直没有具体日期,慧娴盼了又盼,望断双眼,欲哭无泪。

1976 年"文化大革命"结束了,淑明夫妇落实政策回广州,马东回羊城晚报任要职,淑明提早退休,大方进了大学,小方参了军。淑明要接母亲到广州一起团聚,却遭慧娴拒绝了。

又过了两年,慧娴突然接到大存的批信,信中说他将回乡落叶归根,这消息使慧娴复活了,开始忙着布置房间,增添家具和用具,准备迎接大存。1978 年大存踏上故土,回到慧娴身边,他已经出国 48 年了,23 岁时南渡,现在 71 岁了,成了白发苍苍的老人家,真叫慧娴不敢相认。淑明一家、锦明一家都赶来汕头相聚,半个月后各回广州和北京。

接着慧娴陪大存回老家乡下,拜祭母亲和祖先,完事后她问大存想到哪里游玩吗,大存说脚力不足只想回家休息,慧娴想让大存进医院检查身体,他说不要,休息一下就没事了。

大存回到汕头家里,慧娴每天精心安排三餐饭菜,但大存还是干干瘦瘦的,脸色发黄。每天慧娴一早陪大存到公园散步,然后买菜一起回家,在家看电视,一天天就过去了。大存从不提起泰国的事情,慧娴也不问起,反正团聚了,她感到心满意足。

半年过去了,春节期间淑明一家、锦明一家又来团聚,锦明看父亲脸色不对,私下盘问他,才知道父亲去年发现肠癌,在泰国做了手术,医生说已经是晚期,扩散了,没有更好的治疗方法,有什么心愿去完成吧。大存决定回来和慧娴团聚,落叶归根。

父亲又告诉锦明,从1975年开始他就病倒了,胃溃疡、糖尿病、高血压、关节炎、前列腺炎、白内障等,不断地折磨着他,几进几出医院,连续施手术,所以没有办法来中国探亲。

锦明把父亲后面的话婉转转告母亲,使她消除了多年的误解。又把父亲患癌的病状告诉姐姐淑明,二人决定把父亲的病情瞒着母亲,节日过后,儿孙又回到各自居住地,淑明留下陪老人。

过了几天,大存终于倒下了,慧娴和女儿淑明把他送进医院,他对女儿淑明说,终于和你母亲团聚,现在大限已到,不必动用任何抢救措施,让我走吧。你母亲苦了一辈子,你们要好好孝顺她!

慧娴和女儿淑明遵大存嘱咐,送大存平静地走了。慧娴没有哭,只轻轻地说:"终于团聚了……"

🌴 作品赏析

《唐山老婶》是一篇关乎于"爱情"与"亲情"的短篇小说,作者通过描写"唐山老婶"慧娴的一生,从"肤白大眼、一头浓厚的黑发"的年轻少女到"半头白发""望断双眼"的垂暮老人,向读者刻画了一个20世纪贤良淑德、善良孝顺、默默付出、忠于感情的"中国妻子"的形象,表达了作者对"唐山老婶"慧娴为人妻的美好品质的赞美及对她的怀念之情,同时作者也在点醒世人:活在当下,珍惜当下。

文章开篇主要交代故事发生的背景,"唐山老婶"慧娴是老叔大存在中国的妻子,由于大存的父亲在暹罗身体抱恙,大存不得已远离故土和妻女,独自前往他国照顾生病的父亲,慧娴也开始了她漫长的"等待丈夫归家"的人生。没想到,这一"等"竟是四十八年。她原以为等丈夫出国安顿好事宜就可以南渡全家团圆,然而"天不遂人愿",大存父亲病故、高额的债务、国内的战乱迫使一家四口的团圆之日一拖再拖。慧娴"心里凄苦,表面不敢对人言""只在晚上暗自哭泣",她把坚强的一面留给了家人,把脆弱留给了夜里的自己。即使丈夫在暹罗再娶,归家的日子遥遥无期,慧娴却从未怠慢家中老小,独自把孩子养大成人,照顾全身瘫痪、生活不能自理的婆婆,默默付出,精心地照料着这个分散的家。儿子出生的时候慧娴在等;儿女成年了慧娴在等;儿女成家了慧娴还在等;连儿子都有了第二个孩子了慧娴依旧在等……究其一生,都在一个"等"字上。她拒绝了女儿带她去广州团聚,只是"盼了又盼""望断双眼""欲哭无泪"地等待丈夫回到汕头。终于,时间把她从一个年轻貌美的姑娘熬成了人老珠黄的妇人。慧娴对大存的感情,在20岁是爱情,在70岁时是亲情。丈夫大存突然来信说要"回乡落叶归根",这消息使慧娴"复活了",开始忙着布置房间,增添家具和用具。几十年的期盼终于得偿所愿,作者从动作描写、心理描写等角度将慧娴的喜悦跃然呈现在读者眼前。文章以老叔大存离家前、在异乡时、归乡后为线索,运用语言描写、动作描写、心理描写,结合直接描写和侧面描写,刻画出慧娴"坚强""贤良""孝顺"的女性形象。结尾处,慧娴没有哭,只是轻轻地说:"终于团聚了……"言简意赅却真挚充沛,"唐山老婶"慧娴的如此简单朴实的心愿却用了一生才得以实现,实属耐人寻味,突出慧娴身上"忠于感情""贤良淑德"的美好品质。《唐山老婶》通过对慧娴这一女性人物的刻画,讴歌了20世纪女性"贤良淑德""善良孝顺""默默付出"的美好品质,表达作者对"唐山老婶"慧娴的赞美、钦佩及对老婶深深的怀念之情。团圆,在当今交通、信息发达的社会是多么容易的一件事,但在20世纪的战火纷飞的年代,需要一个人倾尽一生方能实现,"身在福中"的我们应该珍惜当下的生活,及时行乐。

(胡 倩)

杨 棹

杨棹,本名杨搏,1983 年 1 月生于河北邯郸。云南大学中文系本科毕业,做过广播电台摇滚乐节目主持人、滇西导游,后赴泰国南部边疆北大年府宋卡王子大学中文系任教,喜欢在路上的感觉,骑摩托车勇闯恐怖袭击频发的泰南边疆三府。硕士毕业于华侨大学与泰国华侨崇圣大学合办的中国现当代文学专业,现任教于泰国纳瑞宣大学中文系,亦是泰华作家协会会员。喜欢庄子哲思、日本俳句、莱纳德科恩诗歌,以及众多后现代主义作品如卡尔维诺小说等。

菠 萝

我害怕看到菠萝,每次路过卖水果的摊子,只要看到红绿相间的群果中挤着几个金黄色的菠萝,都会手脚冰凉一阵子,有几次甚至扭头就走,清楚地听到摊主冲着我的背影嘟囔:这人是神经病吧?

神经病?!

这三个字更让我全身僵硬,而行走着的双腿一瞬间犹如踩棉花般无力,自己是怎么飘回家的都不知道。

菠萝曾经是我最喜欢的水果,以至于菠萝味儿的糖果、菠萝味儿的冰棍和菠萝味儿的汽水等都是能让我感受到幸福的食物。在昆明,虽然是高原,但从版纳或越南来的热带水果很是常见:木瓜、番荔枝、山竹、波萝蜜等。相比于这些水果,菠萝浓郁而又不刺激的香甜更能让我感到别样的热带气息,脑海浮想联翩,看到自己穿着花衬衫行走在一片"菠萝地海",有时是徜徉在海浪轻吻的白色沙滩。我已经记不得人生中第一次吃菠萝是在什么时候什么地方,但我亲爱的姥姥,是那个让我再也不愿吃菠萝的人,让我恐惧菠萝的人。小学五年级的一天,妈妈突然来学校接我放学回家,一般都是我自己坐公交车回家的。她带我上了一辆驶向我家相反方向的公交车。我问妈妈我们去哪里呀,她沉默地看着窗外一会儿才扭头回答我说:菠萝村,你姥姥家。

我当时的心情是很难描述的,我长这么大从来没有去过姥姥家,她来昆明看过我们一次,一进门就和妈妈吵了起来。我记得姥姥说彝语,汉话说得颠三倒四,和姥姥交流很费劲,所以我宁愿在空荡荡的家里玩电子游戏,等着做生意的回家倒头便睡的父母,也不愿意去姥姥家。但我听到菠萝村的时候还是有点小兴奋,原来姥姥的村子里都是种菠萝的人家吗?怎么以前没听妈妈讲过呢?

我一路怀着激动的心情,对妈妈微红憔悴的双眼以及突然带我去姥姥家的原因都抛到脑后,不停地想象着那飘满菠萝香甜味儿的美丽村庄,那简直就是天堂的模样吧!

然而现实很快就狠狠打了我一巴掌,下了车,只看到一个昆明的普通郊县模样,楼房比城里矮了一大截,拉客的三轮车破破烂烂,公交车一停它们就像一群嗅到腐食的蟑螂一样挤了过来。妈妈带我上了一辆就要散架的三轮车,颠颠撞撞扬尘而去。这里根本和菠萝没一点关系,理智也让我清醒过来,昆明号称春城不是夏城,而且下雨即是冬,它的温度要种植菠萝是不可能的,最起码也要到滇南的亚热带西双版纳呀、芒市呀等地区嘛,我可真傻!

推开姥姥家的木门,姥姥正坐在院子里的石桌旁,桌子上放着一只崭新的瓦猫,她用一块白布蘸着水擦洗瓦猫的八颗尖牙。我妈没有说话,只是叹了一口气转身就要走,我也赶快跟上她,但她扭头阻止了我,说道:陈小翔,你不能跟我回去,你先在这里跟姥姥住一段时间,妈妈和爸爸有些事情要处理,处理好了再来接你!我跟你姥姥说过了,你以后放学了就坐车来这里,咱们家就先别回去了。

姥姥这时候抬起了头,用不太标准的汉语说:告诉过你早就,辣个蓝人嫁不得,鬼迷日眼得很,你就是八听,哼,我要在房顶装这只石猫猫,冲一哈晦气!

我妈听了就举起发抖的手,撸了撸稍微凌乱的头发,走了。

我很清楚家里一定是发生了大变故,我看着妈妈的背影走了,走远了,消失了,心中的失落感就像是突然变成了被抛弃的孩子那样。我看着面前陌生的专注擦洗瓦猫的彝族老人,再看看身后门外嘈杂错落的村子,一下子不知该怎么迈出脚步。姥姥这时候擦完了瓦猫,抱着回了房间,就像抱着一个刚出生的婴儿那样小心翼翼。就在不知所措的我眼泪要涌出之际,姥姥出现在房间门口大声说:还不进来做啥子?婆婆给你开了菠萝罐头,吃完写作业!

后来我才知道,菠萝村其实是根据彝语发音找来的汉语词,真正的意思是年年丰收的地方。虽然丰收的不是菠萝,但我还是慢慢爱上了这个地方。首先村子的名字的确很让人产生美好的联想,再有就是也许是妈妈告诉了姥姥我喜欢吃菠萝,所以我每天放学回来,桌子上不是放着切好的新鲜菠萝就是菠萝罐头,或者五毛钱一大包的菠萝水果糖。就连姥姥说的汉话也没那么难懂了,我知道姥姥不喜欢我爸爸,但没想到她却这么爱我,我们俩渐渐也有些话题可以聊几句了。我最想问的是姥爷去哪里了?我才刚问完,她就发火了,用彝语嚷了我几句,然后说:死了死了,跟你爸一样鬼迷日眼的,不许再说!

安放瓦猫的日子选好了,被称为端公的巫师也请来了,姥姥还请来了瓦猫店的驼子,他店里那几百只大大小小的瓦猫都是他亲手做的。端公抓着姥姥早就买来的一只红公鸡的翅膀,呜呜哇哇念了好长一阵咒语后,张开有点发黑的双唇用牙齿咬破鸡冠,把拼死挣扎的公鸡递给驼子,驼子将血滴在瓦猫的眼、鼻、口、耳、身上。大家相信如能请到制作瓦猫的工匠来滴第一滴血的话,瓦猫将更能显灵,然后端公也滴了一遍。这时姥姥说:小翔,伸手!她往我手里塞了松子、瓜子、高粱、稻子、麦子五样种子,让我放到瓦猫嘴里。大人们烧黄纸,端公亲手把已经有气无力的公鸡宰了,放入锅煮了半熟拿出来,直立放到一个瓷盆中,让鸡头仰视天空,端公点香祭了一遍后,把梯子架到屋顶,那只瓦猫就被安安稳稳地放到了屋脊上了。姥姥摸着我的头说:小翔,婆婆就是给你去晦气撒!我听了就用双臂搂住她的柔软的腰,那天她穿着很优雅的彝族服装,一些叮当作响的银饰把我的脸压得很疼。

但我的晦气还是不经意间到来了。一天学校因为某些原因要登记住址,老师在班里点名,学生们站起来回答。轮到我的时候,原本可以报上在市里的我家小区地址,但少年那种爱炫耀爱招人注目的心理让我激动地报出了姥姥家的地址,那个在我心中无比美好的地方。我洋洋得意地大声说,我住在菠萝村!然而我并没有看到羡慕的眼神,也没有听到激动的赞叹声,班里一片寂静,不久就爆出了一阵哄笑声,这让我既疑惑又惊慌,到底怎么了?有这么好笑吗?为了缓解尴尬,我只好陪着大家笑。后来我才知道原来昆明精神病院就在菠萝村,如果说一个人是精神病人,昆明人会说那人是住在菠萝村的! 可怜后知后觉的少年时期的我呀!

从此以后,同学们渐渐不再叫我陈小翔,而是戏谑地叫我"菠萝村来的!"这个外号逐渐传遍了全校,高年级和低年级的学生也会三五成群地跑来我的教室,在窗户外指指点点,然后就听有一个人说:对,就是那个倒数第二排靠窗户的,那个就是菠萝村来的! 一阵嘻嘻哈哈笑声过后他们就满足地走了。我被这件事搞得焦头烂额,还和几个叫我这个新名字过于勤奋的人打了一架。我经常闷闷不乐地坐车回姥姥家,每次司机报出站名:"嘿,菠萝村到了嘎,下车快下!"我都一阵头皮发麻,我看着司机的笑脸,越看越像坏笑,怀疑他是否也在心里想着:哈哈,这群人住在菠萝村!

姥姥发现了我只顾着闷头写作业,也不再问彝族的传说,也不怎么吃她削好的菠萝了。她那时候牙齿还可以,就把剩下的菠萝都吃了,一边吃一边问:小翔,咋个了嘛? 这头菠萝是婆婆新买的撒! 香甜得很哟! 我就问她:我们村子里有精神病院吗? 姥姥就不吃菠萝了,她肯定知道我是什么意思,一声不响地看着我,过了一会儿她继续啃那块菠萝,但牙缝里挤出我听不懂的彝语,最后才用汉话说道:是呢撒,有,里面都是一群鬼迷日眼的人。

姥姥洗了盘子回来,毫不在意地说:娃娃们现在开玩笑太不像话了嘛,改天我请他们吃菠萝,让他们不要再烦到你了。我听了继续做作业,不是每个人都像我一样喜欢吃菠萝的,我本想说给姥姥听,但想想算了,姥姥也是随口说说而已。

一天下午,语文课大家上得昏昏欲睡,教室门外突然一阵嘈杂,只见数学、英语、美术、体育几位老师簇拥着一位彝族老人走到窗外,我定睛一看吃了一惊,姥姥怎么跑到我学校了!? 语文老师走出去问:哎,张老师李老师刘老师王老师,你们,这是怎么了? 怎么都抱着一个大菠萝啊?

几位老师你看看我我看看你,班主任张老师说,这位老人家要给咱们班全班同学发菠萝,我们好说歹说拦也拦不住啊! 这不就过来了。

语文老师还没来得及说话,姥姥就把一个金黄的大菠萝塞到她沾满粉笔灰的手里,然后用沧桑淳朴的眼神看着她。语文老师被这一下子弄得摸不着头脑,就说:好的好的,那就发吧发吧,正好还有一篇课文是关于水果的。哎,刘老师,等一下轮到你美术课了,直接让学生都素描菠萝算了。

姥姥弯下腰,从地上背起一个只比她矮一头的竹背筐,那是她上山捡菌子或者打柴用的,但如今却装满了黄澄澄的蜜汁饱满的菠萝,一些绿色的菠萝叶子还从竹背筐的缝隙中挤了出来,仿佛在探头探脑看着我们这一班被惊到的孩子们。

姥姥的腰几乎弯到了90度,她慢慢地挪了进来,一边走一边把菠萝一个一个地放在每个学生的桌子上,放好了还冲那个学生微笑着点点头,她身上的银饰随着她沉重的脚步叮叮当当响着。她最后走到我面前,我站起来,叫了一声:"婆婆!"

她说:小翔,最后一个菠萝了给你后面这个娃娃,不能给你了,你回家再吃! 她说完就把最后一个菠萝放在我身后的同学桌子上,然后背起竹筐,和老师们摆摆手,走出了教室。几位老师们抱着菠萝在门口窃窃私语,同学们在教室里每个人都盯着自己桌子上的菠萝,很多人都低下了头。后来语文老师进来了,把教鞭往桌子上狠狠一敲,大家都吓了一跳,她大声地说,你们以后谁再乱给同学起外号,乱讲话,我就把这竹条子甩到他嘴上去,看他能掉几颗牙!

语文老师走了,美术课老师来了,我趴在桌子上,眼泪不停地流,根本没法画出一个完整的菠萝的轮廓,一整页厚厚的速写纸都被我的眼泪浸湿了。从那以后再也没有人叫我"菠萝村来的"了。

又过了几天,在外逃债的爸爸妈妈回来了,他们想方设法还清了债务,把我也接回家了。我们走的时候,姥姥关着门,她不想见到我爸爸,也懒得理我妈妈。我在门外叫:"婆婆,婆婆,我要走了,你见见我撒!"她就是不开门,在里面说:"走吧走吧,不要变得鬼迷日眼就好!"我知道她又在骂我爸爸。我就这样走了,我看了一眼屋檐上的瓦猫,不知道它咧着嘴是在哭还是在笑,我爸爸妈妈也抬头看,我爸爸从气管里提了一口浓痰,狠狠地吐在了门口的石砖上。

上初中、高中、大学,一到放假或者空闲,我就坐车去看姥姥。她见我来了,就去街上的水果摊上买菠萝,回来后,戴着老花镜,举着一把砍柴用的刀,细细地割掉菠萝的眼睛,然后在盐水里泡泡,就拿给我吃。后来不只买菠萝,还有牛肉干巴、花生米、杨林肥酒,甚至还买了一包不贵也不便宜的红河烟,我说我不吸烟,她就硬塞到我衬衫兜里,让我送给朋友吸吸。

我工作了,去看她少了,一两个月去一次。

我结婚了,去看她更少了,三四个月去一次。

我有孩子了,去看她非常少了,一年去一次。

但我每次去,都有甜美的菠萝吃,有醇厚的杨林肥酒喝,她坐在院子里的石桌边看着我吃。我吃得多,她就劝我少吃点,少喝点酒,注意身体。我吃得少了,她又不停地给我倒酒,不停催我吃菠萝,怕我吃不爽。她问我很多家里的事情,给我很多生活上的意见,最后还要来一句:"我看你这个娃子比你爸强多了!"我只能无奈地笑笑,哎,真不知道姥姥看不上我爸爸哪一点儿。

我要走了,姥姥就把我送到车站,菠萝村的站牌换了好几次,她总怕我找不到车站在哪里,其实就那么点地方,随便问个路人就知道了,但她偏不,偏要送我到站牌下,看我上车。

我上去以后,随着移动的车向她挥手,看着她的身影还站在原地,变成了一条线,一个点,消失了。今年我来看她,要走的时候,她只送我到门口,还意味深长地说了一句:以后你不会来吃菠萝了!我就反驳她说,怎么会呢婆婆,我有了孩子是来的少了,但我肯定还会来的撒!我每走一段,就回头向她挥手,让她进屋去吧,但她仍倚靠着木门,弯着腰,抬起右边的胳膊,用衣袖擦拭眼泪。这情形是我从来没见过的!我心想,老人就是怕孤独,以后还是常来看姥姥吧!

但还没有等到我准备好再去看望她,菠萝村医院的电话打了过来,说姥姥突然不行了,送到医院后抢救无效,家属过来准备后事吧。我终于明白姥姥最后说给我的那句话是什么意思了。

姥姥按照彝族传统被火葬了,木柴被摆放成"井"字型,垒了7层,姥姥就被放在最上面,头向北方,面朝西方。火苗烧起来了,浓烟也腾起来了,村里的亲友们用苍凉的嗓音唱着彝族送葬歌:"腾飞的大鹏鸟会死呀,美丽的孔雀也会死,掌印的大皇帝会死呀,人终究也会死!滚石不可阻挡,死路不可堵塞,有生必有死!"我看着姥姥化作一缕烟尘,飘向了辽远的天空,飘向了遥远的银河。

姥姥去世了,我再也无法面对自己的懒散,也无法再亲近菠萝的香甜。我开始害怕吃菠萝,只要把它放进嘴中,哪怕只有指尖那么小的一块,我都会嚼着嚼着,静静地不停地流泪。

🌴 作品赏析

《菠萝》是一篇回忆性小说,作者借"菠萝"这一意象展开具体描写,描述了"我"与姥姥因菠萝而发生的二三事。通过"我"对菠萝由喜爱到害怕感情的变化，含蓄形象地写出了失去姥姥的深切悲痛和对她的悠远怀念，表现了"我"与姥姥之间那种质朴浓厚的祖孙情。通篇虽未见一"爱"字，但字里行间却处处流露出祖孙之间的爱。

　　小说以"菠萝"为题，"菠萝"既是贯穿全文的线索，使文章条理清楚，结构严谨，同时"菠萝"又蕴含着姥姥对"我"真挚的爱以及"我"对姥姥的愧疚和怀念，是"我"感情的触发点和凝结点。作者在小说开头采用倒叙的手法直接点明"我害怕菠萝"，每次看到菠萝"手脚都会冰凉一下子"，对菠萝这种望而却步的态度似乎很难让人想象曾经的"我"也是菠萝的忠实爱好者，而让"我"产生如此大变化的人正是姥姥——"那个让我再也不愿吃菠萝的人，让我恐惧菠萝的人"，以此来设置悬念，进一步加深读者的好奇心和探究欲。接着层层推进，具体描述了"我"与姥姥之间围绕菠萝发生的诸多往事，如详写"我"因为"菠萝村"被嘲笑而闷闷不乐时，是姥姥用菠萝帮"我"解决了问题。每次放学回来姥姥都会给"我"准备切好的新鲜菠萝、菠萝罐头或者是菠萝水果糖。哪怕是长大后每次去看望姥姥，甜美的菠萝也从不缺席，临走时她总是送我到站牌下"看"我上车。这些细节描写无一不透露出姥姥对"我"的关爱。小小的菠萝，承载了我与姥姥之间太多太多的美好回忆。然而，随着"我"的长大成人，"我"与姥姥之间的交集越来越少，从上学时的放假有空闲就去，到工作了一两个月去一次，再到结婚了三四个月去一次，最后到有孩子了一年去一次，这为后文姥姥去世后"我"开始害怕吃菠萝作铺垫，"我再也无法面对自己的懒散，也无法再亲近菠萝的香甜"，一步一步揭示"我"对菠萝产生情感变化的原因。与其说"我"害怕菠萝，不如说"我"是无法面对自己对姥姥的忽略，无法面对曾经慈祥可亲的姥姥就这么永远地离"我"而去了。最后一段既是首尾呼应，又是感情的自然升华。

　　虽然《菠萝》一文语言质朴平实，但感情真挚、细腻，让人动容。作者通过"我"对菠萝感情的变化，写出了"我"对姥姥的愧疚、自责与怀念，借此也表达了"子欲养而亲不待"的感慨，呼吁我们要趁着亲人在世，要多抽出时间陪伴长辈，而不是到最后徒留后悔和痛苦。

（施莹莹）

布南温

布南温,又名冯骋,本名屈在祥,云南傣族,1960年3月12日出生,1982年7月毕业于中央民族学院历史系,曾在西双版纳州委宣传部和党校工作。为真正接触社会,搞国际田野调查,辞职下海,流浪过缅甸掸邦和泰北。从1997年开始在曼谷中文报刊和网络平台上发表各类小说,到2020年共发表180多篇,计150万字。2017年在曼谷出版小说选《丛林冷月》。现为泰华作家协会会员、泰国留学中国总会写作协会理事。

临时修行者

1994年5月30日,掸邦木姐金鹿寺住持威素塔佛爷在一个小偏房里给我举行出家仪式,这回比较正规,请来了几个佛爷,此起彼伏地念"巴纳滴巴答威拿嘛哩细哈巴当萨雅底牙米"。

我就忙不迭地回复"阿莽板滴"。

之后威素塔佛爷给大家介绍:这个人是中国来的傣族,要来学习佛教知识,他的中文水平很高,是研究傣族文化的。他已在南坎那边修行过一段时间,法名叫督嘛纳。

我心中暗道惭愧,我是走投无路才准备上山投奔掸邦军干革命的呀。要研究傣族文化,在中国不是更方便,何必跑来这个危机四伏的金三角地区。

当天我给寺庙捐了450缅币,算是略表功德心。

几天后,威素塔佛爷看我已习惯了寺庙的生活,于是把我叫去小厢房谈话。

"你来到这地方首先要把心安静下来,这里和你们中国不一样,不会打那种死很多人的仗,因为我们掸族没有那么多人。你最好不要想着要干多少大事,而是先要想好干不成事时要怎么办。"威素塔佛爷低垂着眼慢声细语地说着,我态度非常恭敬,把这当成佛爷在给我做"目前形势和你的任务"的训示,这关系到我的安全和今后参加革命的前途。

威素塔佛爷的年龄和我差不多,但他从八岁开始出家一直到现在,吃了三十多年的百家饭,念了不知几百卷的佛经,算是德高望重的佛爷了。他有多少高深的佛学知识我无法知道,因为那也要有傣文基础才能领会,因此两人交谈也就只能像拉家常一样来交流,不可能说出什么深奥道理。

"以师傅看,您觉得我能有什么作为吗?掸邦独立运动前景如何?"

"这就不是我能知道的了,我只能做到让你安全在这里出家,学佛教知识。什么时候进山,到了那里能做什么,我们掸邦能不能独立,这些事会有人来安排。你来到我这里也是一种缘分,还是把心中的火压一压吧。一个人要做大事不光要能吃苦受累还要能耐得住寂寞,这样热起来不至于把心烧焦,冷下去也不至于把火种都熄了。"

"那我如果进了山要注意哪些问题?我在中国没有什么背景,只是个教书的,就算人家去调查也不怕的。"

"不该问的不要问,该让你知道的人家会告诉你。至于你什么来历不重要,到了那里你做什么人家都会知道的。"

话说到这份上就不好再问更多的了。

偏房有两层,楼下是归放整齐的杂物,楼上是小和尚的集体卧室,宽敞整洁,二十多个铺位间隔还很宽,晚上一顶蚊帐放下来就是个人的小天地。

我躺在舒适的铺位上一直在回想着威素塔佛爷给我谈过的话,什么叫"要耐得住寂寞"呀?我满腔热情来投奔你们的掸邦独立运动,不鼓励我投身到火热的斗争中去却劝我要冷静,这叫什么态度?太消极了嘛。不错,你是和尚不应该谈这些打打杀杀的事,但既然参与进来就应该积极进取。国家要独立,民族要解放,人民要革命,这是世界历史的潮流,一切讲究顺其自然的佛教就应该顺应这潮流才能发展嘛,看来以后自己有责任对他们进行引导。从和尚的角度来讲威素塔佛爷是我的师傅,但论对政治、对革命形势发展等的看法他显然不如我,因为改天换地、教育人改造人们的思想这是中国人的强项,被人教育了十几年又教育人好几年的我对此充满信心。只要通过轰轰烈烈的革命宣传,相信掸邦的各界就会觉醒,包括这些佛爷也会懂得开展武装斗争的重要性和必要性的。

当然,革命的普遍真理也要和实践相结合,也要符合当地的实际。一步一步来吧,不要犯急躁冒进的错误。

这里寺庙的教学比任何寺庙都正规。

在这寺庙里给小和尚教书的佛爷还有一个外寨来的苏便亚,一个会画画的总是闲不住的佛爷,一个黑黑大大更年轻的佛爷(会点汉语)。和尚大部分都是从附近寨子的佛寺来的,城里几乎没有,不知何故。每天早上4点钟起来拜佛念经,半个小时左右吃早饭,然后打扫环境卫生,学文化,9点钟左右出去化缘,只是象征性地转一圈。10点半用中餐。午觉一个半小时后又起来学文化,下午4点半左右洗澡,6点钟拜佛,练习讲佛祖故事(由威素塔编写),晚上各人自习,9点睡觉。

寺庙的经济来源主要有:别人来"路"(捐献之意),人家里有什么大灾小难都会请佛爷们去念经,每位佛爷会得到50—200元缅币(封在信封里),钱的多少看那家人的经济条件。这些钱拿回来后都要交给威素塔佛爷统一保管登记,做好出入账,定期公布账目。此外有人经常来送饭,如果是早饭就叫"嘎饼",午饭就叫"嘎双"。由于这个小城只有三个佛寺,而城里信佛的富有家庭不少,因此来"路"和"嘎双"的人不少,寺里50多位佛爷和尚的费用是不成问题的。而且生活较好,没有什么"苦行僧"。去化缘也是象征性的,小和尚们脱了鞋子,三五成群地排着队托着钵沿着固定的路线走一圈,通常出去半小时左右就回来,无非是完成一个仪式(或修功课),不一定要化到什么东西。这与缅甸有的地方以化缘得来的食物来维持寺庙的生活,大大不同。

外寨来的佛爷(主要是者阑)中有一位的儿子也在这寺里当小和尚,这位佛爷是半路出家,年轻时走过不少地方,讨了两个老婆,大的孩子现在都已成家。这样的佛爷虽然年纪较大,但是"洼"(教龄)不长,且往往佛学水平不高,所以地位没有真正的佛爷高,还得向他们下拜。登罕寺旁边是"奘干吗坦",佛爷不多,主要是尼姑。几个佛爷拜佛还要专门来登罕寺,因此那些尼姑怎么生活、怎么念经就不得而知,偶尔看见她们从旁边走过去上街,也不好打招呼。有时看到一个中年尼姑领着一个三四岁的小尼姑平静地走过去。问旁人,据说那是她的孩子。那么这个尼姑是还俗去结婚后又进来(这个是允许的)的,或是半路出家来当尼姑的就不得而知了。但有一点是肯定的,她不可能以尼姑身份在寺庙里生孩子。

我每天都要参加拜佛仪式。

一般是威素塔佛爷在最前面,苏便亚和其他佛爷在第二排,我和会汉语的黑大个在第三排,小和尚在最后面。全体跟着威素塔佛爷向佛祖拜三拜,然后念拜佛词(喊崴帕那),念毕再拜一拜。之后由几个和尚念经,其余的时不时跟念一段,声音抑扬顿挫,半小时左右才念完。

每当这时我只能微闭双眼做虔诚听经状。

念完经就拜佛爷,全体先拜洼最高的威素塔佛爷,之后佛爷们互拜(地位低者向地位比自己高的拜)。最后小和尚再拜洼较低的佛爷。我只要向威素塔和苏便亚佛爷拜就可以,也没有小和尚向我拜。

这是威素塔佛爷对我的照顾,若要认真起来,我的洼(出家时间)是最短的,那我连小和尚都得要拜,估计还没上山就把锐气都拜没了。

这些礼毕,有时大佛爷还要训话,形同开会,该批评谁、该注意些什么等内容。然后练习讲经,即讲《佛祖故事》。

讲故事的人上去站定,向全体行合十礼,说声"迈松哈!"(祝进步之意),全体亦答:"迈松哈!"

讲演者先自我介绍名字、父母名、自己爱好(都是一个爱好,即想懂文化,爱学习),接着说:我们从各个寺庙来到这里,感到很荣幸,只要我们互相关心、互相帮助,我们的学习就会进步,等等。最后才说,下面我来给大家讲讲佛祖的故事。一般都是像背课文一样地把书中指定的那一段背一遍,语速非常快。最后一声"迈松哈"就说明讲完了。行礼后下去。

按规定,寺庙里晚上不准吃饭。苏便亚偶尔会把我叫进他住的地方,把饼干糕点之类拿给我吃。

于是两人就随便地闲聊起来。

"为什么晚上不能吃饭?"我看着比自己年轻帅气的苏便亚,心里暗说他要是不当和尚,肯定有不少姑娘来追。

"因为晚上和尚出去化缘不方便,有时会惊吓着人家,有时会碰到居心不良的女子的引诱。所以从很早就规定,晚上僧侣一般不准出寺庙的大门,为避免麻烦也就不准吃晚饭。"苏便亚语气平和。

我想起自己在勐养的荒唐行为,庆幸这里的佛爷知道我的打算后如此照顾。佛爷们在想办法把我训练得像一个真和尚。

我的猜测没有错。每当"婉星"(佛教节日,7或8天一星),和尚们休息,不上课,可以看看电视和录像。这天总有三个姑娘(其中有一个长得特别胖,另外两个却很秀气)来找佛爷们聊天,有说有笑,但是威素塔和苏便亚佛爷总是和蔼而不可亲的表情,我以过来人的眼光观察两位佛爷的眼神,发现他们看姑娘时眼睛是虚飘的,不像我虽然不敢直接看人家姑娘的脸,心里却在估摸她们的身材。

很显然,这几个姑娘想来打佛爷的主意。据说当过住持的佛爷还俗后往往成为姑娘们争夺的对象,主要是这样的佛爷钱比较多,有文化懂道理,可能还有机会当寨子里的"贺路"(宗教头人),"油水"还是不少的,所以对于不能吃苦耐劳而又想享福的掸族姑娘当然有很强的吸引力。不过已到威素塔这样的年龄(36岁),而且宗教地位较高,名声较大,一般是不会还俗的。

我学傣文主要是念威素塔编的那本《佛祖故事》(或中文叫:佛本生故事),第一段讲的是佛祖成佛前的经历:他是一个沙铁(富翁)的儿子,父母双亡,留下无数的财产,他将财产分给别人,自己去修行,以后碰到"帝班嘎那佛祖",他便将身体躺在泥坑里让佛祖踏行而过,佛祖就预言他以后也会成佛,等等。书中所描述的这个佛祖并不是释迦牟尼佛(昭细坦),因为时间非常久远,是这个"干怕"追溯到"细尚许"又"先干怕"。

这"干怕"和"细尚许"是多长时间?我好奇心大起,有次在和苏便亚佛爷闲聊时真诚请教。

"干怕",是指人类从产生到灭亡的过程;而"细尚许"是指无数个世纪。那么"先干怕"就是指十万个人类从产生到灭亡的过程。

我头"嗡"的一下就木了,如此算来,这个故事讲的是这个人类的产生之前的无数个世纪加上十万个"干怕"(人类从产生到灭亡的一个过程),到底有几万亿年已无法计算。我立刻产生这样的疑问:我们所处的这个环境,从人类产生就算从古猿人起也才几百万年,还能生存多久也不知道,因此书中所说的时间是荒谬的。但是又想想自然界中许多无法解释的现象,也许佛祖讲的这些几万亿年前的事真的存在。谁能说得清?

我就是怀着这些乱七八糟的想法学傣文,自然无法专心学进去。

我又问苏便亚佛爷:"为什么有的掸族佛寺里不能真正遵守戒规戒律?"他答:"如果搞得太严格,那么许多人就不愿进佛寺,没有了佛寺我们掸族文化就要消失,那么我们这个民族也就完了。"看来为了这个民族能在大民族的夹缝中生存下去,佛爷们真是用心良苦。然而在当今弱肉强食的社会里,仅靠念经就能使民族生存并发展下去吗?还是要靠革命来改变民族的命运呀。

这一日是"婉星",威素塔让苏便亚把我叫到有壁画的那个佛殿里。我进去见威素塔悠闲地背着手在看那些壁画,便装袈裟在身后随意地挂着。我没有下跪,而是双手合十行了个礼:"师傅,这些壁画讲的是什么哦?画得很漂亮哩。"

"你在中国读了不少书,来看看这些壁画,能说出什么意思吗?"

"师傅,我喜欢读的中文书都和打仗有关,佛教知识懂得很少,就是要来这里慢慢学哩。"

"嗯,要打仗要为民族做大事,多懂一些我们民族的文化会有好处的。"威素塔用他平时给小和尚教书的教鞭对着那些壁画比了一比。

我知道这是师傅要给自己上小课了,立刻自觉地跪下去磕头。

"站起来吧,我们自然点,你先来看这一幅。"

我看到师傅指的那幅画:四条黄牛在国王的宫殿庭院里顶架。

"这应该是指,天下大乱,王室被毁。"我用掸族话勉强把这意思表达出来,见威素塔既不点头也不摇头。他又把教鞭往几幅画上逐一指画,我硬着头皮猜测。

天空中的雨似要下又不下来,穿着简单的几个人举头呆望。——我解释:"百姓困苦,叫天天不应。"

才有一尺多高的牛肚子果树却结了个硕大的果实。——我解释:"大自然变化异常,植物不按规律生长。"

十来岁的娃娃,已经结婚生儿育女,当爹当娘。——我解释:"社会风气变化,孩子早熟。"

母牛去吸牛犊的奶。——我憋了半天也答不出来,不知道这是要说明反哺的孝道,还是要说违反自然。威素塔不吱声,又把教鞭往旁边指。

身高体壮的牛在一旁闲逛,体小力弱的牛则在吃力地拉车。——我解释:"社会不公,弱者多劳。"

年幼无知的少年在高堂上发号施令,德高望重的长者成为仆人和阶下囚。——我解释:"社会秩序颠倒,道德崩溃。"对于道德这个词,我用了好几个接近的词来解释才勉强用掸族话说明白。

父母在向发了财的儿子乞讨。——我解释:"道德沦丧,孝道被废。"

双头的马同时在吃着槽里的料和外面的草。——我解释:"掌权者两头通吃,就像缅军既要收反缅组织暗中交的保护费,又要征收老百姓的税去平定叛乱者。"听到这里威素塔佛爷笑了笑,又把教鞭往旁边指。

一条狗将尿撒在金盆里,众人争先把狗尿打回家。——我解释:"社会混乱,怪事常出。"

无知的少女当国王,老人甘愿俯身听命。——我解释:"长幼不分,尊卑颠倒。"

已满的水缸众人争相挑水来灌;空着的缸子却无人理。——我解释:"人们都喜欢围着富人转。"

湖中的水,中间浑浊,岸边清。

一个少妇在一个锅里煮出来的饭却有三样结果。

相邻的地方,有的干燥得地裂,有的可播种栽秧,有的却水患成灾。

——对这三幅画,我只能笼统地说:"天地自然变化无常,人心也越来越难测。"

居心不良的人在堂堂皇皇地借佛敛财。——我解释:"佛教遭到侵害,人心不古。"

已经老透空干的葫芦还能沉入水底。

水底的石头会飘起来。

念经布道的场所人们心不在焉。

青蛙正在吞食大蛇。

年轻的妻子正在训斥老实巴交的丈夫。

凤凰在向乌鸦朝拜。

品行不端的酒徒高高在上把官当。

软弱的山羊在撕咬老虎。

年轻的儿子正用刀逼着父母给钱。

——对这些画,我沉思良久,最后总结:"大自然变化越来越难以捉摸,违反自然的事会出现,人世间许多事也会颠倒过来。原本弱小的一方有可能把强大的一方吃掉。"

听到最后这句话,威素塔佛爷久久地望着我,和苏便亚佛爷对视片刻,眼神似笑非笑。他轻轻叹息了一声:"在寺庙里住了这段时间,你心中的这股气还是很大哩,唉。看来我们只能让你往前走啦。"

作品赏析

　　《临时修行者》讲了"我"来到缅甸掸邦的一个寺庙出家,却因心中"火气"太大而只能成为一个"临时修行者"的故事。"我"本是怀着满腔热情想去参加掸邦独立运动的,渴望投身于革命。然而,佛爷却劝"我"要"冷静"并把心中的火压一压,给"我"泼了一盆冷水,引发"我"心中极度不快。接着,作者描写了寺庙之中日常生活和拜佛仪式,但掸族佛寺并未真正遵守清规戒律,一切规则符合自然人性的生长。在这里,佛爷讨过老婆,尼姑生过孩子,一切都显得自然而随性,"我"在寺庙"修行"多日,却并未参透其中之"道"。一日,师傅在一个挂满壁画的佛殿里给"我"上小课,指着一幅幅壁画让"我"说出其中意思,"我"的回答揭露了社会现实的黑暗,伦理道德的崩溃,情感之愤懑,言辞之犀利,活脱脱的一个义愤填膺的说教者。最后,佛爷叹息道,"我"心中这股气还是很大,只能"往前走"。小说到此戛然而止,暗示"我"已不宜再留居寺庙,注定与佛法无缘。

　　从艺术上来看,《临时修行者》充分显示了布南温创作短篇小说的才能。首先,从情节上来看,文中从两个层面,即"我"与佛爷和"我"与环境双重矛盾上来结构小说,这样情节便不会显得单调,而是互相补充、互相照应。这不但丰富了小说的内容,而且也避免了主题的直露。其叙述条理清晰、疾徐有致,既有事件的来龙去脉的交代,又有高潮到来之前的铺垫,还有对缅甸掸邦寺庙风俗、风光、生活场景的穿插描写,因此,尽管他是按照传统的开端—发展—高潮—结局的叙述线索前进,但却有着独特的艺术魅力。其次,小说中的对话描写是一大亮点,作者不是通过故事的冲突或人物的行动,而是通过人物的对话来推动故事,并从对话中展现人物的人生态度。应当说,这是一种相当冒险的小说作法。它必须具备两个条件:一是对话要自然而且富于动感;二是对话要与人物的性格紧密结合在一起。从实际来看,布南温基本上达到了这些要求。他善于从传统的"说书"中汲取对话技巧,所以在运用这一形式时,他才显得那么得心应手,轻松自如。最后,《临时修行者》的语言表现出一股浓郁的缅甸风味,小说大量引入缅甸当地的语言,比如,别人来"路"即别人来捐献之意,"迈松哈"即祝进步之意。在缅甸当地寺庙中早饭叫"嘎饼",午饭叫"嘎双"。再如,很多掸族佛寺中关于佛教的专有名词在小说中也有引入，出家时间和教龄都被称作"洼"，佛教节日被称为"婉星"，宗教头人称为"贺路"。浓郁的缅甸外来语色彩，增强了寺庙之中的生活气息，给人一种如临其境的亲切感，从而凸显了"此时此地"寺庙生活的真实场景。另外，小说中对人物心理描写之深入细致，以及对革命叙事语言的戏仿，无一例外都体现出作者一定的艺术技巧。

《临时修行者》通篇充满了淡淡的讽刺意味，"我"从中国到缅甸出家修行，因在中国过度沾染社会的政治意识形态气息，而导致"我"一心只想着革命，最终无法静心学习佛教知识，只能沦为一个"临时修行者"。尽管作者描写的缅甸掸邦寺庙风俗，已经美好得如同汪曾祺《受戒》之中的荸荠庵，可这样的环境也无法安抚"我"那一颗浮躁的心。然而，作者并未直接批判"我"的思想言行，而是以一种淡然的人生态度进行观照，体现了作者的眼光和胸襟。世事洞明即文章，但只有世事洞明而又旷达潇洒的作家才能化干戈为玉帛，面对沉重的社会现实而一笑置之，既非玩世不恭，又非入世太深、难以自拔。天下兴亡，匹夫有责，固然体现了知识分子忧国忧民的忧患意识和社会责任感，可是，布南温的平静淡然何尝不是一种深沉的忧患意识，只不过是他表现得更为洒脱罢了。布温南小说的平静淡然，并非冷眼旁观，反而正是他对社会人生的一种更富意味的忧患和更具温度的关怀。

（陈友龄）

今 石

今石,原名辛华,1953 年 11 月 27 日生,祖籍中国山东莘县。1988 年移居泰国后,业余时间在泰国和中国港台地区多家报纸杂志发表诗、散文、小说。2019 年山东人民出版社和四川文艺出版社联合出版"我的中国心——世界华人微经典书系"《卖花串的女孩》。合著散文集《湄南散文八家》;2006—2020年出版《小诗磨坊》,创作的散文诗曾收入《中外华文散文诗大辞典》等。现为泰国华文作家协会理事、"小诗磨坊"成员。

养鹰人

那年,我在泰国南部印度洋安达曼海边的拉廊府的渔桥(渔码头)搞海产出口。

拉廊府是泰国南部海边的一个府,离普吉岛二百多公里,三面环山,一面靠海,风景秀丽,府城北面的山脚下有著名的温泉酒店,这里的温泉水清澈,含多种矿物质,是旅游疗养的胜地。城南有东南亚最大的渔桥(渔码头),与缅甸的双岛仅一水相隔,只数百米之宽。这里周边渔产种类多、蕴藏量非常丰富,黑螃蟹、龙虾、鲳鱼、黄花鱼、马鲛鱼等驰名亚洲。

这里的山野里土地肥沃,种植世界驰名的水果榴梿、山竹、红毛丹等,经济作物有世界驰名的橡胶、咖啡豆、胡椒等等。真正是"天府之国"的一块宝地。

我每天都跑渔桥标鱼,然后把标到的鱼拉到海产冷冻厂冷冻,包装后运到中国。

有一天,我在渔码头的一个角落里,发现四只羽毛未丰的鹰雏,哆哆嗦嗦地站在地上盯着我,旁边蹲着一位中年人,黑瘦的五短身材,长得尖嘴猴腮,鹰一般锐利且夹着几分狡黠的眼睛,同样在盯着我看。

我看了一眼这位长得像电影里的反派人物的中年人,蹲了下来,注视着这群楚楚可怜的鹰雏,心想:这当下,它们的妈妈一定非常焦急和心痛。

我问那位中年人:"请问,你是从哪里抓来的?"

他狡黠地"嘿嘿"笑了两声,说:"从海边山崖的岩缝里的窝掏来的。"

我说:"如果当时正好它们的妈妈赶回来,你就完了。你偷它的孩子来卖,它不得跟你拼命?"

他又"嘿嘿"地笑着反问我:"我能赶在它回家的时候吗?"

我说:"你就行行好,把它们放回原处的家去吧。"

这汉子双手一摊,说:"我没有钱花啊。"

我问那个中年汉子:"多少钱一只?"他伸出一个巴掌。

"五百铢。"我从钱包里拿出了两张千元大钞递给他,"我都要了,但是你要带我去把它们放回它们的家。"

这汉子支支吾吾着,接过钱,把四只小鹰雏放进铁丝笼里,奸笑地看了我一眼,转身跨上摩托车,绝尘而去了。

我只好把它们带回家。我工作很忙,没有时间喂养它们。我想起了一位在本府甲武里县经营种植园的老朋友颂蓬先生,给他打电话问他要不要养鹰雏。

"要,要,要!"他难掩高兴,一迭连声地说要,把我耳朵震得"嗡嗡"响。

"全部四只都要了。"我也提高声音。

颂蓬先生大声地对我说:"都要了! 我要一只。其余三只送给我的种水果的朋友。"

我打开电脑,知道这是安达曼海的老鹰,羽毛丰满后呈浅灰色与棕色相间,喙爪异常尖利,动作迅捷勇猛。窝筑在海边的峭岩石崖间,平时为觅食,常隐藏在海边的红树林里,突然出击,以抓捕蛇鼠鸟虫为食。

我抽空便到市场买来猪肉绞碎喂鹰雏们。

它们逐渐与我相熟了,每天我出门,都把它们锁在屋里,回家一开门,它们就抬高头、睁大眼,"吱吱啊啊"地叫着飞快地向我扑来,亲昵地用它们稚嫩的喙啄我的裤管。

所以当颂蓬来要走他们时,我把它们抱了又抱,亲了又亲,才把它们送走。

颂蓬挑了一只公鹰雏，对我说："看这只劲头，长大了是很威猛能干的！您给它起个名字！"

我高兴地对颂蓬说："名字早想好了，就叫蓝天！"

他把拳头往手心一砸，打雷般地说："好名字！就叫蓝天！"

我给它起了个名字叫"蓝天"。寓意是：我已找不到它原来的家了，但愿过些日子到了新家后长硬翅膀，愿意留下来就留下来，不愿意就飞上蓝天，以蓝天为家，说不定在那百鸟飞翔的蓝天上，还会和妈妈和兄弟姐妹团聚呢。

我把这些话给老友颂蓬说了。他哈哈大笑，说："在我家呆得好，它就不愿意走了！"

我一直惦念着"蓝天"，半年后才有机会到甲武里去。

颂蓬的家坐落在果林深处，一栋水泥砖瓦的平房，房前安放着一座四面佛像。四周是一片果实累累的榴梿和山竹果树。眼下是七月初，正是南部最有代表性的水果，素有"果王"之称的榴梿和"果后"之称的山竹上市的季节。而这两种水果在南部，当以春蓬府的朗萱最有名。南部这两种水果的上市要比同样盛产榴梿、山竹的东部的罗勇府、尖竹汶府（赞他武里府）和桐艾（哒叻府）晚两个月。所以东部的水果下季了，南部的又顶上，但来到曼谷后，价位要比东部的高出约百分之二十，因加上运费所致。

整个泰南少有像泰国北部、东北部那样的高脚楼，而是以平房居多，条件差的住竹木结构的，条件好的住砌砖盖瓦的，富裕的就住在二层三层的西班牙别墅里了。

离颂蓬住家还不到二百米的距离，忽听到耳畔"啪啪啪"扇翅膀的声音，一阵风扫过头顶。我心里一阵惊喜，仰起头来，一只雄健的苍鹰在我的头顶盘旋。我跳起来，大叫一声："蓝天，蓝天！快下来！"

"蓝天""嗖"的一声，像飞箭一般落在我的跟前。

我一个箭步上前抱起"蓝天"。半年不见，"蓝天"已出落得羽毛丰满、腿健爪利。它那像小弯刀般锐利的喙轻轻地啄着我的衣襟，头在左歪右扭，用犀利的眼睛盯着我看，似在问候我："您好吗？旧主人，咱们已多日不见了！"

"蓝天"是颇通人性的，因为我的右手胳膊上没带防护套，右肩也没套防护垫，所以它不会落在我身上，它是担心它那锋利的爪子会抓破我的皮肉。

这时，忽听到屋后一声尖锐的呼哨。我手一松，"蓝天"腾空而起，鼓着翼向屋后飞去。

等我再见到"蓝天",它已站立在颂蓬的肩上。颂蓬见到我,喜出望外,晒得黝黑的方脸膛彻底舒展开来,打着哈哈的嘴笑得合不拢来。他双手合十向我致礼,说:"'蓝天'飞过去,我就知道是您来了。"

"呵,'蓝天'的感觉这么厉害啊!"我惊讶地问。

颂蓬把头贴近"蓝天",骄傲地说:"是呀,它不但眼睛锐利,听觉也是一流,能从来人的脚步声中判断出来是熟人还是生人。所以它现在成了我能干的保安员。"

颂蓬把我让进了屋。在客厅坐下后,我注意到坐西朝东的墙边放着一张供桌,桌上安有几尊佛像。我知道,颂蓬是虔诚的佛教徒,曾出家当了六年的和尚。他还俗后,在此种植果园,至今孑然一身。

我喝着他从冰箱里拿出来的鲜椰汁,吃着采摘下来三天、成熟得适中的榴梿。

这时"蓝天"已跳上大厅悬空架着的一条碗口粗的柚木棍上,歪着头,眼光柔柔地看着我们,似在聆听我们的谈话。

话题自然从"蓝天"的成长说起。

"我每天一大早就到市场买绞好的肉碎喂它,吃完后又怕它渴,又冲牛奶或果汁给它喝,天凉了怕它感冒,天热了怕它中暑,总担心它落下毛病,养不活。其实,我是多虑的,它哪里会这么娇嫩,它身子骨泼辣着呢,比谁都结实。"颂蓬抬头朝"蓝天"慈爱地看了一眼,眯缝起眼睛,嘴角含笑对我说。

"那您真的把它当成自己的儿子了,这么无微不至地关怀它。虽然您没成家。"我拊掌大笑。

颂蓬跟着笑了起来,他继续说道:"半年后,'蓝天'的羽翼已丰满,爪也利了,喙也硬了,我就训练它的夜晚的眼睛。我在房间里换上一盏300瓦的大灯泡,彻夜点亮,把'蓝天'关在屋里,在强光的照射下,它彻夜不得合眼,不断扩大它的瞳孔,从而练成一双看暗夜如同白昼般雪亮的眼睛。"

"您是怎样训练它猎捕的?"我没听到颂蓬说起训练"蓝天"猎捕的事,以为他忘了,便提醒他让他说说。

谁知他摇摇头,白了我一眼,说:"我是绝对不许它干这样血淋淋伤天害理的事的!"

我愕然了,说:"猎捕是它的天性,也是它自食其力的本领,这样它才能生存。"

"我就是要磨灭它嗜杀的本性！我会提供膳食给它，不用它去杀戮。"

他丢下仍然愕然的我，忙我们的晚饭去了。

吃完晚饭天已擦黑，待到屋里的钟敲响七下，"蓝天"便从屋里飞出来，我跟着它，看它飞上院子当中那棵水桶般粗的杧果树，飞进了树顶上一个用木板钉成的木屋里。

"这就是它的岗亭。"颂蓬指着树上的小木屋对我说。

啊！原来这是"蓝天"按时上岗值夜班了。

杧果树前面是一大片果实累累的榴梿和山竹。"蓝天"的职责就是守护这一片果树。

半夜里，我被一阵嘈杂声惊醒，忙冲出屋门。颂蓬站在一箭之遥的果园深处，穿着一条短裤，光着膀子。"蓝天"雄赳赳气昂昂地站在他的肩头上。

我跑过去忙问："发生了什么事？"

颂蓬说："有贼进来偷榴梿了！"

这时，我看到地上有一件外套和一只麻袋。

原来半夜里，贼把车停在远处僻静处，自己蹑手蹑脚地刚溜进果园，"蓝天"便像箭一般扑过去。偷果贼吓破了胆，转身就逃。"蓝天"伸出双爪轻轻地一挠，就把贼的外套给扯了下来。

贼大叫一声，扔下麻袋，朝停车的方向狂奔而去。

闻声赶来的颂蓬打了一个呼哨，"蓝天"用喙叼住外套，爪子抓着麻袋，向贼逃奔的方向飞去。

颂蓬看着我疑惑的神色，笑了笑对我说："物归原主，我们不要他的。"

我说："刚才如果你不叫住'蓝天'，那贼早已给啄瞎眼，撕成碎片了。"

颂蓬摇摇头，脸色肃穆起来，说："我打训练'蓝天'以来，就不许它伤害生命，惩罚坏人也是适可而止。"

我不禁莞尔，心想：我还第一次听到不让一只本来就是嗜血的禽类去伤生的。

"难道你平日里就和养鸡鸭一般，喂它粮食和青菜不成？"我再也忍俊不禁，哈哈大笑起来，反问他。

颂蓬依然神情肃穆盯着我的眼睛，一字一板地说："这就和人一样，并不是每一个吃肉的人，都会去干杀生的事。你虔诚奉拜佛祖，修身养性向善，你的心就是水做的。"

在颂蓬家我住了整整一个星期。最后一天晚上,我俩说了大半夜的话,话题始终离不了杀生的问题。

我要把那种憋在心里的感觉说出来。我问颂蓬:"假如一个杀人犯,拿把刀或一把枪上门来杀你,你怎么办? 你能说,请你放下刀或枪,咱们坐下来谈一谈,你不要杀我了。碰到回心转意的会这样做。碰到嗜血成性的,铁定要杀你的,你放弃自卫反抗,不是白白送掉生命吗?"

颂蓬没有马上回答我,他把站在手臂上的"蓝天"搂进怀里,抚摸着。

"我一生洁身自好,奉行做好得好,做坏得坏。我没有出门去招惹谁,一心只干自己的种植活,夺命者不会找上门来,有,就是贼上门来,我也会好好打发他走。"颂蓬站起来,把"蓝天"轻轻地放上大厅悬空的架棍上。

三个月后的一天,颂蓬叫人捎来口信,让我马上到他家去。

走入他的领地,我就感到有一股不祥的气氛笼罩着我。

"蓝天"没有出来迎接我,周围死一般寂静,我的心忐忑不安起来,已经感觉到"蓝天"一定遇到不测了。

屋门敞开着。我注意到屋门口停放着一辆崭新的"丰田"牌农夫车,原先那辆旧的"日产"农夫车已不见了。

我径直走进屋去,大厅的鹰架上空荡荡的。颂蓬也没在屋里。我大声地喊了起来:"披颂蓬! (颂蓬大哥)披颂蓬!"

没人回答,我急步走出屋,对着果园,用两只手放在嘴边作扩音筒,喊着:"披颂蓬! 披颂蓬! 您在哪里?"

许久,才从果园深处传来一个低沉的声音:"我在这里,请过来。"

我顺着声音,急步向果园深处奔去。

在果园边上的一个土坡上,我看到颂蓬坐在那里低着头,旁边一座新坟赫然闯进我的眼帘,我的心"咯噔"一下,往下沉。

颂蓬抬起头来,眼睛红红的,用沙哑的声音低低地吐出四个字:"'蓝天'死了。"

虽然我有预感,但还是给这突如其来的消息震惊住了。

周围静得掉根针也听得见。我觉得胸口堵得慌,抬起头来看着天,总觉得"蓝天"就在那块白云里。它怎么会死呢? 它是怎么死的呢?

眼泪顺着我的脸颊流了下来。

我问颂蓬,颂蓬垂着头,低声地说:"咱们回家说吧。"

我们回到他家,他指着门口那辆崭新的农夫车说:"就是它惹来的祸。"

颂蓬给我说,原先那辆旧车三天两头就要送到车坞去修理,影响生产。这两年果园大丰收,收入增加,他便卖掉旧车买新车。不想新车才进家三天,就引来了偷车贼。

偷车贼是凌晨两点潜进果园的。颂蓬的家是没有围墙的,车就停放在车棚里。这偷车贼一身好功夫,他先破坏掉车的报警系统,然后打开车门,松开手刹车,把车悄悄地推移出车棚,打算推到路边后再发动车绝尘而去。

但是,他的如意算盘给"蓝天"打掉了。就在偷车贼刚把车推出车棚时,"蓝天"已从杧果树上的"岗亭"里冲了出来,翅膀一拍,朝偷车贼扑去。

偷车贼不知半空中落下来的是一个何方神圣,三魂早已给吓掉了两个,他"哎呀"一声,刚转身要溜,"蓝天"已扑过去,锋利的双爪挠起贼的外套,一扯,外套已"噗"地掉落在地上。

这时,颂蓬已打开屋门,打了个呼哨,就在"蓝天"叼起那件贼人的外套时,贼人突然从屁股后面拔出一支手枪,"砰"的一声朝颂蓬射去,子弹打偏了。

贼人咬着牙再举起枪,瞄准颂蓬就要扣动扳机,说时迟那时快,"蓝天"伸出双爪朝贼人拿枪的手挠去,这时枪已响了,"砰","蓝天"应声掉地,鲜血汩汩地从它的胸脯流了出来。

贼人的枪已掉地,颂蓬大叫一声:"蓝天!"朝前扑了过去。

贼人拔腿就逃,很快就消失在夜幕中。

颂蓬满脸是泪,他用双手颤颤抖抖地捧起"蓝天",把脸贴在"蓝天"已逐渐冰凉的身上。

颂蓬用毛巾为"蓝天"揩净身上的血,再轻轻地把"蓝天"放进一只他祖上留下来的柚木箱里,再把箱子埋在了同样是祖上留下来的果园里。

连日来,他沉浸在万分的悲痛中,朋友来安慰他,让他撤掉大厅中的鹰架和杧果树上的"岗亭",以免他睹物思鹰,心里难过。但都为他所拒绝。

一闲下来,他总是一个人呆呆地望着这些昔日心爱的伙伴的遗物,一个人静静地掉泪。

颂蓬把"蓝天"遇害的经过说完后,就沉默了。

我对他说:"当初你训练'蓝天'时,不应让它对坏人只是抓挠掉衣服而已,对坏人心慈手软,就是对自己残忍。"

颂蓬依然默不作声。已到了他礼佛的时间了,他捧着香烛向四面佛走去。

🌴 作品赏析

《养鹰人》这篇情节并不复杂的短篇小说,以平易的叙述手法演绎出了深刻的思想内涵,富有哲思。小说主要按照故事发展顺序来写,以"我"从偷鹰贼手中买下四只鹰雏为开端,以颂蓬收养"蓝天"为线索,以"我"与颂蓬关于"蓝天"的成长以及杀生话题的讨论为高潮,最后以"蓝天"被偷车贼枪杀为结局,耐人寻味。

在驯养"蓝天"的问题上,"我"与颂蓬有着截然相反的看法。在"我"看来,野生动物就应该具备野性,"猎捕是它的天性,也是它自食其力的本领,这样它才能生存"。而颂蓬作为虔诚的佛教徒,始终奉行"做好得好,做坏得坏",认为"只要虔诚奉拜佛祖,修身养性向善,心就是水做的"。这种信念也体现在他育鹰上,他坚决反对"蓝天"做出杀戮的事,如"绝对不许它干这样血淋淋伤天害理的事""我就是要磨灭它嗜杀的本性"。哪怕是在面对坏人时,也不容许"它伤害生命,惩罚坏人也是适可而止"。两人关于"蓝天"杀生能否的争论,正是小说的高潮部分,也是值得我们深思的地方。"蓝天"最后的遇害虽是意外但似乎又是在情理之中,一只被磨灭嗜杀本性、失去猎捕能力的鹰,在面对危险的时候,也失去了保护自己的能力。"蓝天"的悲剧结尾,既与前文相照应,也更好地深化主题。面对"蓝天"这个能干保安员的逝去,颂蓬痛苦万分。小说的结尾,在"我"的责备声中,颂蓬沉默了,这种沉默给读者留下了想象的空间,这场争论似乎随着"蓝天"的死而有了确定的答案。

这篇小说主要借对"蓝天"驯养方式的分歧,引发"我"与颂蓬关于"杀生"话题的探讨。而"蓝天"的悲剧结局,向我们昭示着:万物有其自然的生存法则,鹰应该有鹰生存的方式,要学会尊重自然生态规律。颂蓬虽然为"蓝天"创造了不需要杀戮的环境,但是在面对危险的时候,也让它丧失了保护自己的能力。当然,我们也无法否认颂蓬所说的"善良"存在的重要性,毫无疑问,善良是人性的优点,但是正如文中所说"对坏人心慈手软,就是对自己残忍",过度的善良就会造成人的劣性,人的善良应该要带点锋芒。

(施莹莹)

印度尼西亚卷

林万里

林万里,原籍福建福清,1938 年生,印尼万隆华侨,1957 年于华校高中毕业后归国深造。1962 年毕业于河北北京师范学院(河北师大前身)中文系,毕业后返回印尼经商。20 世纪 60 年代崛起于印华文坛,主要写文学评论,次写短篇小说,后因政局变化辍笔 20 年。1986 年起重新写作,着重研究并翻译《印尼华人马来由文学》,系列论文交给《香港文学》发表,同时也写小说,有短篇小说集《结婚季节》《林万里文集》《托你的福》;编选《印华短篇小说选》;译著《印尼侨生马来由文学研究》、《停不住的笔(林万里文集 2)》、《停不住的笔(林万里文集 3)》等。

驾鹤西归

我早料想到,我是死定了。不过没想到死神会来得这样快。经过三天三夜的昏迷之后,第四天早上,我是真的一命呜呼!真没想到,金钱在绝症面前竟是如此无能为力。金钱若非万能,也不应该如此无能,花了那么多的钱,跑了日本、美国、德国好几个医学先进的国家,还是没有办法。最后像电影上的镜头一样,双腿一伸,咽下最后一口气。接着是哭声大作,像暴风雨一般。护士小姐用白色床单把我从头到脚全身盖住。然后把我直接推走。在一群人簇拥下,把我送到停尸间。他们一边走一边哭,一路上哭个不停。哭声听起来相当响亮清晰,我能听出有的真哭,有的假哭。机灵的人就是死了,也不会笨到哪里去。

我在停尸间大约待了两三个钟头。在这有限的两三个钟头里,他们还替我办了不少事呢!首先是给我洗澡。不过,这最后一次的洗澡与平时不同,这种洗法,按照洗衣店的说法叫作干洗。接着是给我穿上整套的衬衫西装,也没有忘掉打了领带。看起来就像我活着时要赴盛大宴会的模样。再来给我穿上李小龙式的胶底布面功夫鞋。他们不让我穿皮鞋,是基于对我无限的关心。据说阴间的道路非常光滑,穿皮鞋的话很容易滑倒。最后在嘴唇上抹了一层淡红色唇膏,使得脸色显得比较红润有活气,这样就好看多了。由此可以证明死人活人都一样,都不可以不要脸。

不久,一辆黑色棺车把我载到殡仪馆,一路上颠簸得真厉害,可能是因为雨季来临了,雨水都把马路淹坏了。一抵达殡仪馆就把我抬进电梯里,直接送到三楼的灵堂,时代进步了,死人也跟活人一样,上楼都搭乘电梯。让死人活人一样感到舒服!灵堂里有一张木板床,上面只铺了一层薄薄的白布,没有褥子垫着,硬得像石板一样,暂时把我放在这里。放下时一不小心就"扑通"一声,害得我背部痛楚不堪。不过在这里总比在医院的停尸间舒适得多,因装有中央管制的冷气设备,也算是人类的一项进步。

不久,我听到吵吵闹闹的声音。好像好几个人都说同样的话:"人来齐了没有?来齐了就可以落棺了。"一下子,在七手八脚抬上放下之间,我已经被装进棺材里。原来这一副棺材是双层结构。外边是木板,里边是一层锌板,样子像一个大型玛丽饼干盒。这说明了我国的棺材工业已经更上一层楼了,可以跟亚洲四小龙并驾齐驱。我躺在这个锌盒里,周围塞满了各种衣物和日用品,牙刷、牙膏、香皂,样样齐全。这些东西随身一起带走是比较可靠的,比起以后找人托运,到时候收得到、收不到还是个问题。最后在我的五官上置放了七颗珍珠粒,每一颗像花生仁那样大:两颗放在耳朵里;两颗放在双眼上;两颗放在鼻孔上;剩下的最后一颗是放在嘴上的。这到底是搞什么把戏?我管不了那么多了。反正以后要吃珍珠粉的时候,可以拿来研磨。听说吃了珍珠粉,皮肤会保持光滑不皱,据说当年慈禧太后长年都吃这种东西。最后是盖上一片锌板,拿锡条来焊接了。焊接时不断发出"滋滋"的响声,听得心里好难受,热气在盒子里充斥使我感到闷热难当。这些子女们实在是笨得要命,一点也不替我老人家着想。其实在当今科学昌隆的时代,起码也应该像石英表一样,在棺材里替我装上电池冷气机才对。焊接完了,又听到"扑通"一声,我就知道了这是棺材盖扣上了。后来听到数十次"叮当叮当"的响声,是铁锤击打铁钉的声音。一切都完了,人们常说的"盖棺定论"就是指这个时候。

对我来说,可以说今生无憾。我白手起家在商场上摸爬滚打了三十多年,最后能够给子女们留下三家大工厂,已算是不错了。虽然无法跻身于李嘉诚、邵逸夫之行列,但起码也算是一个如假包换的大老板。子女们只要能够好好地接班,那么这一生就不会挨饿受冻了。不过,我这样突然被发现绝症而匆匆过世,心里免不了也会觉得歉然。因为我还来不及将自己的那套看家本领传授给他们。譬如说,像如何获取国内外巨额贷款;如何在市场萧条的淡季里倾销商品;如何打开国际市场;等等。一提起我这些子女们,我心里就会伤心起来。因为他们为人过于老实,头脑又十分简单。老实说,他们之中没有一个比我聪明能干。怎么会这个样子? 真是一代不如一代。要他们继承我所开创的事业,一定会感到困难重重。他们以后的日子不会像我还在世时那样舒服了。

他们实在是太无能了。简简单单的小事都办不好。像这一次料理我的丧事,我在灵堂上所看到的一切,没有一件事是使我满意的。像出殡前夕那一晚,来吊丧的亲戚朋友是那么多,这是我早料到的事。我们现在很有钱嘛! 那就应该多叫工厂里的职员来帮忙招待。怎么可以子女们自己跑来跑去,有时还有说有笑,实在太不成体统了。照理在这个时候,你们应该乖乖地在我棺材边跪着才对。不过现在的人,生活太安逸了,膝盖骨也变得细嫩起来,不能承担体重压迫的痛楚,只好以坐地来代替跪地。这种改变应该给予通融。一转眼,这个老大不知跑到哪儿去了。原来他跑到角落里,跟一位好朋友坐在一起聊天,还喋喋不休地说着我的坏话,埋怨我不应该留给他这么多的债务。实在是笨蛋一个,生意要发展,没有巨额的债务,哪能做大生意。难道没有听说过:"老婆是从大养到小,生意是从小做到大。"这一句话吗? 美国的大富豪 Donald Trump,不也是债务累累。你若想做生意而没有债务的话,那你只好去路边摆食摊,去卖 GADO-GADO、咖喱饭。我真后悔把你送去美国念书,虽然拿了 MBA,回来也没有用。美国的学府也真怪,把硕士叫作"MBA"。而我所知道的 MBA 是小时候妈妈去巴刹买回来给我吃的"咸牛肉丸面"(MIE BASO ASIN)。反正一切都乱了套。还有最让我放心不下的是老二。这孩子生来就糊里糊涂,办起事情来总是粗心大意。像这一次为我办丧事,去纸折店订制的那些东西总是掉三缺四。那一座灵屋,是够得上美轮美奂富丽堂皇。可是所有的门窗都没有装上铁格子。这种防盗设备是不能免掉的,阴间也跟人间一样,治安不好,盗窃事件频频发生。如果他脑子机灵的话,不用说也应该替我糊一连或一营的海军陆战队来保护我的财产和人身安全。糊了两对金童玉女是没错的,不过也应该糊几个漂亮的舞女来陪我跳舞才是,难道不知道爸爸生前爱泡 DISCO 夜总会。那一架七彩电视,尺寸够大,我还满意,可是那架镭视录影机有何用处呢?傻瓜,你们根本没有替我买镭视影碟。要记住,到了清明节那天要给我补寄整套的香港连续剧《今生无悔》。活着的时候太忙碌了没有时间看,现在应该有时间慢慢观赏了。

孩子们太健忘了,难道忘记了,你们兄弟俩结婚的时候,每次我都是重金礼聘台湾歌星来助兴,使得婚礼欢乐热闹兼而有之。现在是轮到你们报恩的时候,照理说这次给我做斋,也应该重金礼聘台湾斋姑才是。因为我们是有头有脸的人家,这一件事你们办得很失败。若台湾的斋姑请不到,那退而求其次的话,你们也应该去找有水准的;若没有像台湾电影演员的容貌,也应该有星马歌星的身材。不应该像这一次如此随便,连"打莲池"这样精彩的压轴节目,也因舞剑不力而大为失色。实在是太让我失望!

再来说两个女婿,全是饭桶货色,不务正业无所事事。只会向老婆张口要饭、伸手要钱。这些都原谅他们了。今天最叫人生气的是,他们竟然拒绝戴上白布高顶帽。叫他们戴,他们偏不戴。岂有此理,死了丈人谁都得戴这种帽子,这是规矩。他们拒绝的理由是戴了样子太滑稽难看,好像替味精公司做广告。这也没什么呀,五星级大酒店的厨师,不是每天也戴这种帽子吗?不戴就不戴算了。我也懒得再管你们了,反正,再过几小时,我就要前往墓山了。

出殡前,举行向遗体告别仪式。仪式相当隆重。在遗像前,站着五六排,每排五六人的人阵。他们都穿着整齐的礼服。在一位司仪的指挥下,听着口令同时行三鞠躬礼。接着有几位代表给我献花。最后是有一位口才一流的社会贤达发表口沫四溅的演讲。介绍我的生平小传和讲些空洞缺乏真实性的恭维话,我若真的像他所说的那样伟大的话,那么我是应该去南京中山陵与孙逸仙先生同葬。老实说,像我这样视财如命、吝啬成癖的人,生前对社会没有什么贡献的人,是不适宜受到如此隆重的礼遇。我是受之有愧。

在子女们又一次的哭声大作中,我被抬上棺车,躺在车里感到车身微微地震动。原来汽车已开动引擎待发,大女婿傻头傻脑,双手捧着香炉上了汽车的前座,坐在司机旁边。真见鬼,今天他倒是变乖了,愿意戴上高顶白布帽。不过看起来确实很滑稽。

开车前又有动身仪式。仪式何其多，一位身材魁伟的男子，手里抱着一个大西瓜，站在车前。嘴里喊着我一句都听不懂的话。不过其意思大约应该是说，各位留步在下告辞。喊完了，把西瓜摔在车前的泥地上，红色瓜瓤弄得满地都是。摔了西瓜，汽车就可以开走了。这个仪式跟我国的工业产品输出仪式差不多。输出仪式一般是由政府部门的官员主持。他们把装满水的瓦罐摔在货车前。摔完了，货车便开走把货物运去码头装船。这两种仪式多么相像，其差异只是所摔的东西不同。一个摔西瓜，一个摔瓦罐。从这些仪式中，我悟出人生的道理。原来人死了就等于被输出，从人间输往阴间。

摔了西瓜就动身。棺车前有两辆鸣笛的警察摩托车开路；车后有上百辆汽车跟随。汽车头衔尾、尾衔头，活像一条长龙，十分壮观，一路浩浩荡荡、威风凛凛。这个场面不会比国宾来访的场面逊色。车队每到十字路口，就要发生交通堵塞。我凭良心说，实在是过意不去。生前没造福人群，死后还要妨碍交通。罪过，罪过。

不久就抵达墓山"万亭新村"。我这里的邻居多数是"单坑户"和"双坑户"。"单坑户"是给单身汉居住的，"双坑户"是给结过婚的夫妻居住的。个别也有"三坑户"是给一夫多妻者居住的。"双坑户"是两坑之间隔着一堵墙，把两人分开，每人各居一坑。隔墙上开了一个窗口，镶上透明玻璃镜。想念对方时可以透过玻璃镜偷看。没有想到人死了也要分房。可见阴间也跟人间一样，也实行 KB.（家庭生育计划）。他们也害怕鬼口爆炸。

泥块掉在棺材上盖的"扑通扑通"声消失以后，一切沉入寂静。我知道这是葬礼结束了。这时我好像堕入五里雾中，在迷迷糊糊中好像搭乘"地铁"通过一条漫长曲暗的"阴间隧道"前往一个新的地方，不久，我恢复神志清醒过来。我发现前面不远处好像有一座宫城，很像北京的紫禁城。城门两房和城楼上都有穿着古装的卫士站岗。一个卫士走过来问我：

"你是刚来的吗?"

"是的。"我答。

"请到那边办手续。"卫士指着一个挂着"入境办事处"招牌的办公室。

我走进办公室，见我进来，一个办公的长官便问我："刚来的，你一个人来吗?"

"岂有此理！难道要我一家人都来吗？太过分了。我家死了我一个人，已经把我的家族搞得乱七八糟了,还不够吗?"我气愤地答道。

"不是这个意思。因为我们这里也经常有团体来的。"

"什么,有团体来的?"

"此事可多了,比如飞机失事、巴士相撞、火车脱轨。"他一边说一边把厚厚一叠的表格递给我,"请你把表格填好。还有请你把你的'派死簿'拿给我看。"

"'派死簿'是什么东西?"我问。

"'派死簿'是旅游证件,你怎么不懂。我们这里也是从你们人间的PASSPORT 一词翻译过来的。"

我接了递过来的一叠表格,心里很不高兴。我发牢骚:"人死了还要填那么多的表格,真麻烦。人死了去做鬼也要旅游证件,真是莫名其妙。我没有'派死簿'。"

"没有'派死簿',我们就把你当作非法移民来处理。我知道你是没有'派死簿'的。因为你的子女并没有替你买'派死簿'。"

"那我该怎么办呢?"

"凡事可以商量,可以和平解决。"

"怎样解决法?"

"哎哟,你别装蒜,先生你是个大商人,你是真不懂还是假不懂?"

"请你直说好了,你要多少钱? 我这次来是带了很多钱的。纸宝烧了几天几夜,还怕没有钱吗?"

我真没想到,原来阴府跟人间一样处处要钱。

"我不要你带来的那些钱。那些钱在这里没有什么价值。面额五千万元一张只能兑换一毛钱。"

"怎么刚带来的钱又贬值了? 两星期前还可以兑换两块钱。"

"新汇率刚颁布。不信可以去李小龙商业银行查问一下。"

"钱你不要,那你要什么呢?"

"我要你手上的'劳莱士'金表。你所带来的东西,只有这一件是真的。其他都是纸糊的。"

这位长官实在是聪明过人。我没有办法,只好把手表给他了,破财消灾。他拿了手表以后,人也变得和气起来,对我说:"先生,谢谢你的合作。那些表格拿给我,我会替你填上。先生这样不是大家都好吗? 你不必去衙门和见十殿阎君。我也不必去那两个地方做证人。"

"长官,我现在可以走了吗?"

"请便。"

"长官,麻烦你请教一下。我要办理房屋的事,该去何处?"

"你可以去民政部房管处,那地方很近,就在后面那一条街上。"拿了我的手表,他的服务态度就变好了。

我来到"房管处",其中一个工作人员问我:"先生,有什么事?"

"我是要领我的房屋。"

"你叫什么名字?"

我告诉他我的名字以后。他接着说下去:"噢,你是新来的。你的房屋暂时不能领。因为已被列入'纠纷房屋',据说,该房屋的正本房契还押在银行里。现在你手里拿着的是副本。"

我听了这些话,心里很难过。这些子女们是怎样办事的,我平生算是头一次感到无家可归的悲哀。我便问道:"请问今晚我可以暂时住什么地方?"

"随你的便,要便宜嘛,可以住老人会宿舍。如果钱没有问题的话,你可以住好酒店。"纸宝烧了几天几夜,还怕没钱吗? 我说:"我想住好酒店,请问这里有'喜来登'酒店吗?"

"'喜来登'没有。我们这里只有'悲来登',是五星级酒店。它离这里不远,就在母猪坪广场的附近。走几步就到了。"

我反正有的是钱,先住进酒店再说。

第二天,我早早就离开酒店去办理投胎转世的事情。我凭借阴府地图按图索骥,好不容易找到"转办"(民政部转世事务办事处)的地址。

我直接去找"转办"的陈主任。我心中有数,跟这样手操转世大权的大人物讲话,要注意表现和态度。因为这对我以后的前途关系重大。我低声下气地说:"主任先生早安,我是来办理投胎转世的,希望主任先生大人有大量,不要计较小人之过。请您多多原谅小人生前的过失。"

"人非神仙,谁能无错。只要迷途知返,知错必改,这就很好了。对你生前的一些过错,我们决定罚你打扫厕所一个月。这样对你,已算是从宽处理了。"

"主任先生,罚我扫扫厕所,我没有异议。不过希望主任先生讲明我所犯的过错,使我以后务必小心不要再犯。"

"我随便举出一例。你两次为儿子完婚时,铺张浪费,劳民伤财,而对人类的社会福利事业却一毛不拔。这就不对。据说目前人间天灾人祸、饥荒处处,若你有钱的话,慷慨解囊救济难民,不是更有意义吗?当时有人向我们报告说,你大公子结婚时发了五千张帖子;二公子结婚时,变本加厉发了八千张帖子,你知道吗?英国王子查理先生结婚时,也没有发这么多帖子。据说你乱发的程度,连三岁幼童你也发帖。最不可原谅的是连死了的人你也发帖。你难道不知道吗?给死人发帖,事先必须得到'死办'(死人事务办事处)批准才行。"

"主任先生,这些事都是我手下的人办的,我实在不知道,我保证以后不再犯。希望您能让我投胎转世再变人,在来生中证明我的保证并非虚言。"

"三七开,你仍属好人。经过审委会十次讨论后,最后决定让你投胎变成猴子。"

听了这个决定,我身体冷了半截,大失所望,痛苦万分。我问道:"让我变成猴子,是不是因为今年是猴年?"

"不是,看在你生前还算是好人的分上让你变成猴子。因为在动物中猴子最像人。也比较容易变成人。人猴之间的差异只在'毛'上。人全身无毛,猴全身皆毛,你若想变成人的话,那就要靠自己努力,把全身的毛拔掉。如果你仍然像以前一样吝啬成癖、一毛不拔的话,那就很难变成人。希望你好自为之。"主任先生说了语重心长的话以后,就转身离我而去。

我为了要转世变人,不能一毛不拔了,我径直向市区商业中心的方向跑去。跑进一家美容院,买了五打不锈钢夹子。

美容院的小姐包好了夹子收了钱之后说道:

"这种夹子是小姐们用来夹腋毛眉毛的。买一个用上八年十年都不会坏。你一个男人买了这么多来做什么?"

"我要用来拔猴子身上的毛。"

小姐听了瞪大眼睛、摇摇头,表示不可理解,心里想买这么多夹子的这个男人一定是神经病。

我要努力拔毛,我要转世变人。

🌴 **作品赏析**

《驾鹤西归》用荒诞的笔法,描写了"我"目睹自己从医院重病去世到进入"地狱"的全过程。"我"生前本是富商,身患绝症离世,死后首先在医院停尸间洗澡换上"新装",接着来到殡仪馆,家人在"我"的棺材中塞满各种衣物和日用品,在"我"五官上置放珍珠后安心盖棺。盖棺的一刻,"我"产生了开创事业的无憾与子女无能的遗憾。在受之有愧的不安中"我"见证了自己隆重的遗体告别仪式。随后,"我"抵达墓山,躺进自己的墓地,随着泥块掉落声音的消失,葬礼结束,"我"来到了"地狱"。"地狱"中的种种遭遇与"我"极端追求财富并且极尽奢靡的一生对比。最后,"我"为了投胎转世不做猴子,竟决定努力拔毛,转世做人。

小说运用荒诞的手法,展现了"我"极尽奢靡的生活、荒谬的死后世界,讽刺了金钱至上的现实社会和冷漠、虚伪的人际关系。一方面,小说通过夸张的手法描写了"我"奢靡的生前生活和隆重的遗体告别仪式。为儿子们举办婚礼时铺张浪费,广发请帖,数量上惊人,甚至给死人发帖。"我"的遗体告别仪式隆重、浩大,场面十分壮观,甚至造成交通堵塞。作者以夸张突出荒诞,讽刺了富人挥霍金钱,又以金钱购买社会地位的现象。另一方面,小说将死去的"我"与子女置于同一时空,通过"我"的所见所想描写了"我"对子女无休止的埋怨和子女虚伪的面貌。从"我"死后对子女的评价"太无能""不成体统""糊里糊涂""饭桶货色"等贬义的评价中看出,"我"更像是一位控制欲强、具有权威的大家长,对子女满是不满与指责。而子女们则是表面伤心实则各有打算,看似孝顺地将衣物、日用品塞满棺椁,在"我"的五官上置上珍珠,却只是为了保有家族的体面,从未想过"我"真正需要什么。并且,葬礼上子女跑来跑去、有说有笑,老大会在葬礼上埋怨"我"留下的债务,也全无失去亲人之痛苦。作者将死人、活人置于同一时空凸显荒诞,讽刺了金钱至上的社会中,亲情淡漠,人们伪善,彼此疏远。

而荒诞的故事揭示出现实的世界,从荒诞中透露出对社会的思考。小说中贯穿了对"金钱至上"的批判,无论是生前的挥霍还是死后的行方便,金钱看似万能却也是无能的。正如开篇提到的"金钱在绝症面前竟如此无力"。金钱无法救治身患绝症的"我"并让我陷入转世成猴的危机中。金钱也无法带来真心、真情,靡费的葬礼没有真心的悼念是可悲的。金钱本应成为人们的工具而非支配人的操纵者,陷入金钱的泥淖也将成为金钱的傀儡。金钱放大了人性的欲望,加剧了人性的异化,而人的劣根性也展露无遗。

（翁鑫月）

于而凡

于而凡,原名周福源,祖籍广东梅县,1956 年出生于印尼中爪哇梭罗。1982 年毕业于万隆巴拉杨安大学建筑系,现居雅加达开创建筑设计室。曾编译中国古代诗歌选《明月出天山》。写作始于 2007 年,曾获印华散文、诗歌与短篇小说征文奖。频次获世界华文散文、微型小说、闪小说以及散文诗大赛奖。曾被国际诗歌研究中心评选为年度国际最佳翻译家。

葬 礼

爸爸过世已经四十多年,我也从青涩之年步入不惑之年。可每逢清明扫墓,我都会忆起当年的葬礼。

爸爸其实不该那么快离去。他还不算老,那年他若不急着回家,应该还可以多活十多年吧! 可也难怪他,家里出事谁能不急?

爸爸在 1965 年 9 月从椰城锅角港登船回国,为的是回乡见阿婆最后一面,顺便治疗肝病。能回一次国不容易,他就准备在家乡久留,待一年左右吧! 不料父亲刚启程不久,我们这里就发生政变,好多华社积极分子被拘捕,局势严峻。虽然爸不算是什么积极分子,妈也怕他不看形势就急着回家,就发电报要他等局势安定后再说。家里有小舅帮忙。

就这样,爸爸一人留在大陆,我们在家提心吊胆地过日子。在这紧张的日子里,华人店铺遭烧劫,时时听到枪声。我们关着店,时时准备往后巷避难。半年后,市内华校全被关闭,我们这群失学孩子就整天在家无所事事。这时政治局势虽然还不明朗,但治安总算恢复了,生活正常进行。学姐学哥们反而积极举行各种联合集会,暗地里酝酿各种活动。除了组织学习小组外,他们还给我们这些学弟学妹义务上课。我那些铁打好友就是从这时结识的。

爸本来打算九月底回家,可祖母突然病重入院,只好推迟归期。那是十月中,天还不怎么暗,我们早早关店门,母亲叫集全家吃饭。哥跟着二舅外出,只有姐弟妹和我陪妈吃。刚坐好,门外突响起急促的敲门声。怕是哥吧?妈叫我快开门。门一开,我们大吃一惊!门外伫立着四名军人,三名带着长枪。另一名是不带枪的——看来是领头,一见我就命令:"进去,见你父母!"不等我反应过来,就闯进屋子里。

在屋里,面对突入来客,妈和姐像木头似的发呆。"你是文玲?"带头军人对姐发问。姐点头,他接着说:"请你跟我们走,许多事情要你澄清!"妈立时发问:"什么事?你们是谁?"

"看不见老子的帽子吗?""先说清楚,不能乱带人!""上级命令,有什么问题问他吧!""带她到哪?不能等会吗?""不行,现在就走!"不顾妈的阻挡,他们把姐姐拖着走。

遇到突发事件,全家慌成一团,最先想到的是求助大舅,他是我市华社领头人之一。大舅忙了一整晚,凌晨打电话:"阿玲是被印尼特种军捕获的,罪名是参与'左倾'的大学生组织。"

通过各种渠道,大舅设法营救姐姐,一月内不见进展。家里无主心骨,妈拿不定主意,急叫哥发电报通知在中国的老爸。阿婆刚过世,本来爸要等满百天才能回家,获悉后答应尽快回家。

在这非常时期,交通不顺,虽说是"尽快",爸也要一月后才能抵达。姐姐早他三天从拘留所释放回家,是大舅借多种关系费好多金钱打通。从拘留所出来时姐姐遍体鳞伤,不能行走,妈就把她送进医院。经过诊断,姐姐的双腿受重创,需要动手术。直到今天,这些创伤还在身上留痕,她行走的势态就有点歪。其实,最大的伤害不在此,我成年后才知道,在拘留所里,姐姐受了那些军人性侮辱。这可能也是她终身不嫁的理由。

爸回家时,全家还在医院。他把行李交给家佣,就匆匆赶去医院。谁知,才刚在接待处询问,他就被立在门口的军人拘捕带走,没机会见我们一面。这是事后医院职工告知我们的。

大舅不得不再次跟军营打交道。这次他们不答应放人,理由是爸爸犯了通谍罪——回大陆就是铁证,要严格盘问。这无疑是晴天霹雳,爸不像大舅经常活跃在社会活动中,胆子不大。姐入学生组织他也反对,姐先斩后奏,又拉大舅撑腰,爸才没得说。说他是通谍没一个人会相信。

军部如此定罪,我们无法可想。因为有总部派来的特使审案,大舅在军部的关系无法插手,人也不让见,大舅就托人打通首都总部。无计可施,我们唯有在家惶惶度日,家店暂时关闭。妈让我去学习班,朋友与老师都知道我爸的事,全都表达了怒意。

两个星期过去了,大舅没什么进展。对爸案件不存侥幸之意,我们准备打持久战。谁知,那天下午有人通知我们到军营拿人。妈和小舅忙向朋友借车去接。未料到,接到时人却在昏迷中。妈就直接送进医院。

在医院爸仍然不醒,医生说情况严重,身体明确受到剧烈拷打,伤了内脏,特别是肝胆。除了在医院治伤的姐外,我们全家都轮流在医房守护,妈就干脆在病房睡。爸三天昏迷不醒,医生说情况变坏,叫我们做好准备。

第四天晚上,爸突然醒过来,灰暗的双眸慢慢把我们看了一遍。他无力举起手,手指对着我们微颤,欲说无语。妈含泪握着他的手:"他爸,你别担心,哥和弟会帮我照顾孩子们。"爸点头,可手指依然微颤,眼神满是疑问。妈了解爸所急:"阿玲刚动手术,行动不便。"爸眼神变焦,妈赶紧说:"别急,她就在这医院,你等着,我会叫医生帮她过来。"

可怜爸爸,竟然等不到姐姐见最后一面,就匆匆离我们而去。人不在,双眼却依然睁着,眼皮始终不肯闭上。姐躺在病床上被护士推入,目睹我们的哭嚎,知道迟了,挣扎着嚎叫:"爸! 你等着,等着玲玲啊!"她抱住爸爸双颊,低声呼喊:"爸,玲玲来了,你为什么不等我? ……别担心,我会好的,我们会互相帮助渡过难关,你放心去吧!"姐抹下爸的眼皮,它竟顺从下闭。那天,竟然是十二月除夕。窗外,没有元旦惯常爆竹声,唯有风雨声在咆哮。远处,时时传来稀落枪声。爸! 你终于无法跨过更年坎,今晚,我们将无眠为你守岁。

新年正月里,我们在爸爸身边守灵,灵堂就设在店铺。店门敞开,椅子在行人道和部分车道排列,上面盖着帐篷,预备给前来悼殇的亲友挡雨遮阳。可我们的准备全白费,客人根本没来,来的基本是近亲,外面椅子空荡荡等待。那些经常跟爸打麻将的好友呢? 那些和妈看戏学唱的发烧友呢?怎么不见来? 不见那些跟大舅走得密的社团会员,也不见哥姐的同班同学,连我那些铁打好友,一个也不见踪影。

这很反常,连吊丧的花环花框也不见一个,只有舅舅定做的横联在空堂中悬挂。是大家都怕政治牵连？可也不应该这样，连与好友最后告别也畏避！沉闷好半天，大舅从外面进来，吐露真相："华人社团的领导受到军团的警告，若不想有麻烦，大家不要去悼殇。"街道外圈也有军队站岗，把客人一一盘问，连花环联幅也被挡在外头。"他们为什么这样做？"哥哥尖声抗议。大舅沉声回答："他们是杀鸡儆猴，要我们从此安分守己，听他们摆布。"知道了真相，妈妈只有无声发呆。

这几天总是下雨，整日不见阳光，天空阴沉沉，气候异常潮湿。我们就在冰冷的灵堂默默承受孤独。外面街道上的车辆依然来回如梭，我却有一种被隔离、孤立无助的感觉。没人敢大声讲话，在场的远亲近邻也不敢对这荒谬状况发议论。一切异语暗压在人们心底。我们兄弟姐妹中，姐姐显得最悲痛，泪流不止，一直责怪自己，若不是她，爸就不必匆忙回来。即使不能行走，她也坚持让人把床拉到棺木旁。反观脆弱的妈，除了在爸去世那一刻哭嚎过以外，一直都很安静，没哭出声过。面对这悲戚的场面，她也显出异常的冷静。

这几晚，妈和姐总是被小姨半劝半推回房间，伴着弟妹休息。我和哥就在棺木旁边睡，守住棺下的小灯花，不让它熄灭。最后一晚，外面下着毛毛雨，灵堂寂静无人，只有两个店工陪我们守灵。边躺边望着棺下脆弱的灯花，我仿佛看到爸临终的眼光。爸，我知道你走得不甘，你放不下我们，我也没与你做好长别的准备。平常你最怕寂寞，而你的朋友们又不敢来，今夜就让我和哥陪伴你吧。

在灯花摇晃中，一切都变得好模糊，我霍然看到，从外面进来了爸的好友阿常伯，后面还跟着爸的一群牌友：有喜欢开玩笑的永庆伯；有爱唱山歌的民良叔；还有一直想把哥配给她女儿的永庆伯母。他们来了，终于来了，他们都不辜负爸爸的期待！他们围在爸爸的四周，拍拍睡着的爸："世雄哥，我们来了，你醒一醒啊！"啊！爸爸竟然睁开双眼坐起来："你们怎么到今天才来？茶都凉了呀！来来来，吃饭，吃饭！"爸与朋友坐在圆桌，一直劝吃："别客气，别客气，拿多一点。阿常哥，永庆嫂，怎么闲着？尝一尝你妹子的手艺呀！……怎么碗子没了？阿玲呢？阿凡，快唤你姐！"我起身寻姐找不到，急得大喊："姐，姐，爸叫你！"——"凡，凡凡！醒醒，醒醒！"哥哥摇着我身子——啊，原来是梦一场！灵堂依然空荡。梦魂已散，身边唯有冰冷木棺，和摇晃着的弱小的灯花。阿常伯去年已死在一场车祸中，可在梦中，爸爸笑得依然那么灿烂！我眼眸早已淋湿，不禁哭出声来。

出葬那一早，准备送葬的人士，依然少得可怜。我们绕着棺木举行出发前的最后仪式。开始跪拜时，亲人们不能忍着悲痛，抽泣声化成哭嚎声，妈妈一直压抑的委屈终于爆发了："他爸，孩子爸！你怎么就离我而去？我不甘，不甘呀！你到底，到底犯了什么罪，为什么他们要逼你逼到死？你死……死得太冤枉啊……他爸呀！他们到死也不放过你……你好苦，他们逼你一人孤零零地走，你看吧！连你好友也没一个给你送行。他们背弃了你……爸，孩子爸！你说话呀！他爸……"妈哭叫得昏倒过去。我们兄弟姐妹边哭号边继续绕棺跪拜，把仪式完成。

是时候了，在乌云的笼罩下，送葬行列终于出发了。醒来的妈妈，坚持随队送爸最后一程。走在灵车前头，哥哥拿着遗像，我拿着香罐，全家开始了漫长、孤独的送葬行程。孤零零的只有二十多人的送葬团队，走在宽宽的街道，是那么渺小无助。而世界，也仿佛离弃了我们。从半夜一直下降的毛雨虽然已经停歇，但天空仍然灰暗。爸爸！不怪他们，他们不是背叛你，他们只是弱者。在这非常时期，人人自危。爸，别伤心，人生来都是孤独的，一个人来，一个人走。亲友，不过是你曾来过的证人。

走过阿青的茶烟店、阿华的药材店、小苹的电器店、黄伯的餐馆、东山哥的照相馆，他们一家家都站立在店门前，默默为我们送行。或许不忍看没人送葬，他们一一插入了送葬的行列。走了四五百米庙门街，人数倒添了不少，送葬行列也像样了一点。走到十字路口，只见那里有一大群人在等待，他们竟也参与了送葬队伍。从这里沿着大街一直走，走过大菜场，走过金店街，走过店铺密集的唐人街，人们陆陆续续地插入。一路走，参与的人越来越多，我看到了爸打麻将的朋友，看到了妈的戏票友，也看到了他们身边一群群陌生面孔；在篮球场前，我看到了哥和姐的一大堆好友；和合会馆前，我也看到了学习班教课的学姐学哥，和一群朋友在路边等我们；在电影院前，我竟然看到了学习班的朋友们！他们身后，还有好多好多我不认识的同龄朋友；我看到了！看到了好多好多陌生的黄面孔，男女老少，默默地插进送葬队伍！我不能回头望，不能看望走在我们后面的队伍，可我能感受到，我们的队伍越走越长，不能估计有多少人，可我相信，我们的队伍可以布满整个长长的唐人街！不能忍着心中的波动，热泪又开始在我眼中肆虐。手拿遗像的哥哥，坐在轮椅上的姐姐，和给小姨扶住的妈妈，又开始了那早已停歇了的抽泣声。爸！他们没有忘记你。

送葬行程已走了半路。我们把灵车停在路口，向不继续去墓地送葬的人们答谢。抬起头，只见前面黑压压的一片，天上乌云陪衬着穿黑、白、灰色衣服的人们。真的！我不曾看到过这么宏伟的送葬队伍！就连去年当总会主席的昆伯去世，送葬队伍也没这么长！在这里，密麻的人头望不见尽头，难道全市华人全都出动了？我知道，爸不是大人物，送葬的人大部分跟我家素昧平生，他们来送葬不是看爸的面，而是给我们道义的支持。忍着泪，我激动地向人们拜谢。站着已不能表达我们的感激之情，我们兄弟姐妹就跟着妈妈向大家跪拜。跪下，跪下，再跪下。谢谢大家，谢谢大家对爸、对我们的支持，原谅我错怪你们了。

没有一个退出队伍，大家下决心送人送到底。没准备好，送葬巴士不够用，大家就决定放弃车子，用脚走完全部路程。那可是漫长的路程——要穿梭半个城市呀！就这样，我们走在车头，送葬的队伍，跟随在灵车后面，密密麻麻、浩浩荡荡地往前走。人！满街黑白的人！曲长的队伍，缓缓地往墓地前进。前行，再前行，怎么感觉这不是送葬队伍，而是往战场赴死的冲锋队？队伍无声跨步，耳边却仿佛有悲壮的进行曲在演奏。乌云依然阴霾，可不再感受到它的沉重和压抑，它已化成愤怒的魂旗，在上空鼓动着。

走到了墓地。啊！那是什么？怎么远处那么耀眼，那么光亮？看啊！满地山坡上，不见了青草绿，只见灿烂的五色花儿在怒放。噢不！那不是山花，那是花框花环！满山都是大家献给我们的花环。受拒送入我家的花环，并没有止步，依然不屈不挠，坚持给这阴暗世界一点亮丽！满天乌云，竟也被花儿的光辉冲散了。爸！你安息吧！这满山的花朵，是大家给你的。有人给你涂黑，大家就用花瓣把污点抹掉。你可以在花环的光环中离去！

当棺木放入窑洞时，我们全家都含泪微笑。几日不见的太阳，竟然已遣散了乌云，在高空中灿烂照耀！是的，爸爸！即使乌云布满长空，我们也要对太阳有信心。人们常说我们是一盘散沙，可我证实了，在危难中，人人都会伸出灼热的手，把脆弱的沙粒强粘在一起！

我不能忘记父亲的葬礼，我也不能忘记1967年初那悬挂在墓地上空的太阳！

作品赏析

《葬礼》以 20 世纪 60 年代中后期印尼屠华事件为背景,以"我"父亲的葬礼为缩影,极力描述了父亲遭遇迫害后周边人迫于军团的警告无人来悼唁的悲凉,同时对比突出了在送葬途中许多正义之人给予"我们"一家人道义支持的感动。该短篇小说在内容上不仅折射出当时华人的艰难遭遇和不幸生存现状,控诉印尼当局对印尼华人生命的摧残,但同时也歌颂了华人群体强大的民族凝聚力,以及坚信正义的人民一定能战胜反动的排华势力。

过去的历史是沉痛的,1965 年苏哈托政权上台后,对华族采取了全面排斥的政策,封掉了所有华校、华人社团、华文报刊,暴乱不断,暴徒横行,使得印尼华族遭受了前所未有的苦难。而这段惨痛的历史,也经常噩梦般地出现在华文作家的笔下。该小说作者就以亲历者的身份,向我们讲述了这段深刻在记忆中的血腥的历史。姐姐文玲因参与"左倾"大学生组织被印尼特种军抓捕,在拘留所不仅惨遭毒打,双腿受重创,还受到了军人的性侮辱,一辈子都活在痛苦之中。而父亲因为姐姐被捕匆匆回国,却被当作间谍抓了起来,严刑拷打,最终失去了宝贵的生命。小说以父亲的葬礼为线索,采用对比衬托的手法,先是极力描写父亲灵堂除近亲外无人吊唁的悲凉,如那些"跟爸打麻将的好友""和妈看戏学唱的发烧友""跟大舅走的密的社团会员""哥姐的同班同学""我那些铁打好友",一个也不见踪影,展现了特殊时期人人自危的心理,同时阴冷的天气更是突出父亲灵堂的清冷孤寂。继而写在送葬过程中有越来越多的人加入送葬的行列,"爸不是大人物,送葬的人大部分跟我家素昧平生,他们来送葬不是看爸的面,而是给我们道义的支持",在危难中伸出了他们灼热的手,让"我们"一家人备受感动,让"我们"知道自己不是孤立无援的,突出人性美好的一面。此时的天空"乌云依然阴霾",可"我们""不再感受到它的沉重和压抑"。

小说最后墓地的花环和高挂的太阳更是象征着美好的未来,告诉我们困难终究会过去,正义的人民最后一定能战胜反动的排华势力。痛苦的历史我们需要铭记,更要以史为鉴,奋力前行。

(施莹莹)

菲律宾卷

黄　梅

黄梅,本名黄珍玲,原籍福建晋江,1938年8月出生,生长于菲律宾,为第四代移民。在马尼拉完成中学教育后,以侨生身份就读于中国台湾师范大学。毕业返菲后,服务于菲华教育界近三十年,曾任菲律宾中正学院中学部中文主任及大学部讲师,并兼任菲律宾联合日报文艺副刊主编多年,著有《黄梅散文选集》《书心旅情》。

失落的乐章

一

休业式刚结束,人们从礼堂里蜂拥出来,操场上,到处是手里拿着成绩单的孩子们在欢呼跑跳,后面跟着他们的家长在追喊。在这片嘈杂的喧哗声中,洋溢着一种轻松愉快的气氛。学年结束了,孩子们可以暂时放下笨重的书包,摆脱那刻板的上下课生活,好好地在家休息一阵子,或是到外埠去玩玩。童年的时光应该尽量摘取阳光与欢乐,毕竟年轻的生命里,是不应该太早给抹上忧伤的痕迹。

学生喜欢放假,做老师的又何尝不然;学校放两个月的长假,老师们算是从令人窒息的作业批改的重压下解放出来。教员室里,除掉那种轻松愉快的气氛,空气中还带着一股喜气,因为总务处马上就要发下三个月的薪俸。虽然也不过是区区的几百块钱,可是对某些经常青黄不接的老师来说,这区区之数,还算得上是一笔小财呢!

同事们领了薪俸都喜洋洋地走了,于嘉珍却还兀自坐在自己的办公桌前,慢条斯理地整理着抽屉里的一些零碎。尽管是手上忙碌着,眼睛却不时要往教务处那里瞟一眼,看看围绕着教务主任的家长和学生们散开了没有。

历史总是重演,每年休业式后,成绩单一发下去,总会有一些在升级上有问题的学生和他们的家长,前来纠缠着教务主任,不是要求给他们试升,就是要求暑假里可以不必来校补习那不及格的科目。

瞧着,瞧着,终于给她逮到了一个空档。她走上前去,故作轻松无谓地问:"王主任,今年暑期班的学生数会多吗?可别忘了分一班给我啊!"

"怎么了,你今年又不休息?"

"放假又没有地方好去,在家里整天闲着反而无聊,倒不如上学校来教个半天课,日子也较好打发。"

"嗯,看情形,低年级要补习的学生数还不少,多开班的话,我会分派一班给你。"教务主任平日对她的印象还不坏,便乐得卖个人情,先给她一个希望。

从教务处转回来,那位个子高高、架着一副金丝眼镜的范老师范仲明就坐在嘉珍的座位旁看报。看到他,她的一颗心便莫名其妙地加速跳动,神经也兀自紧张起来。连她自己也不明白,为什么每次看到范老师,心跳便自动加速,可是心里却又有一种说不出来的愉快。特别是当她意识到范老师总爱找借口以便跟她交谈,尽管他们并不是教同一年级,也不是教着同一学科。

"于老师,你这个暑假有何打算?"范仲明放下报纸,一双精锐的眼,透过两片玻璃,友善地望着她。

"做什么打算?上午也许我会到学校来教暑期补习班;不然,就待在家里看看书,帮忙做家事。下午大概是会继续我原有的那份家教。"

"怎么你的脑子里想的全是工作,不关心别的事?"

"有啊!我现在最关心我弟弟的升学问题,他刚念完中学,是以最高的成绩毕业,也已考取了国立菲大的医科,这便是我的苦恼所在。"嘉珍皱着双眉,心事重重的样子。

"学医可以说是年轻人最好的出路,能考上菲大医科更是值得庆幸的事,你会有什么好苦恼的?"范仲明不解地问。

"唉!你不清楚我家的情形,我们栽培不起一个医科学生的呀!"话方一说完,她才发觉自己平日不敢给别的同事知道的事,竟然毫无保留地跟他说了,心里不禁有点讨厌自己的多嘴,不过她也搞不懂自己为什么会对范老师这么坦率。

"的确是不简单，不光是学费昂贵，还有些书本实验费都很高，一年念将下来，怕不要花个两三千比索，而且医科又不同其他学系，四年便可毕业。"范仲明很同情地附和着。

"就是啊！我们家又没有生意做，怎么供得起他念医科。要是我父亲还在世的话，那就不成问题，他一定很高兴家里能有一个医科学生，可惜他死得太早了。"说到这里，眼眶竟然红了起来，不争气的眼泪就要夺眶而出；她急忙别过头去，把迷糊的视线，投向远处的操场那边。

看到自己无端惹起了她的伤心，范仲明不禁大为惶恐，又想不到什么得体的话来安慰她，一时附近的空气似乎都凝固起来，幸亏不久她便已压制住那份伤感，收回投远的视线，故作轻松地问："范老师，你是准备上哪儿度假啊？"

"我啊，我打算到北吕一趟，去看看家父，陪他住一个时期，不过倘若你要教暑期班的话，那我就会赶回来；那天王主任已经跟我提过，要我留下来教一班高年级的数学。"

"还是你们教数学的老师占便宜，每年暑期补习班总少不了你们的份儿。"嘉珍好生羡慕地说。

范仲明听了摇摇头说："其实哪算得什么便宜，大热天不待在家里休息，天天要冒着大太阳前来上课，在教室里挥汗如雨。而来补习的学生要不是天资愚钝，就是顽皮捣蛋的懒虫，教起来要比正期的学生辛苦得多。我们当老师的，平日工作并不轻松，待遇又低，唯一的好处就是有这两个月的暑假可以休息，养精蓄锐，等待下个学期开学，好做另一番的冲刺，你说是不是？"

听了范仲明这番话，想起自己每年都要去跟教务主任套交情，讨个补习班来教，她不禁红起脸来。但是转念一想，谁又不愿待在家里享清福，要不是为了多一点入息，谁又愿意冒着暑热来教书？唉！说来说去还是为了钱，这个现实的社会，一切无不是以金钱挂帅，没有钱也就没有权利享受清闲，尽管学校是放你们假，她却不肯放自己的假。

看到她默默不语，范仲明还以为她不赞同自己的话而作无声的抗议，便也不再说什么。两人一静默下来，空气便突然显得沉闷凝滞。

就在这时候，校丁刚好拿着扫把进来，开始打扫整理，嘉珍才意识到整个教员室只剩下他们两个，急忙关好抽屉，拿起手提袋，不解地问："你还不走吗？"

"当然要走,我是特意留下来等你的呀!"

"为什么?"她脱口而出之后,马上觉得自己好幼稚,竟然问得如此不礼貌,人家特意留下来等你,还不是为了表示他对你有份特别的情意。

"我只是想送你回家,可以吗?"

"我家可远呢,要坐十来分钟的车。"

"就是一个钟头的车程也难不了我。"他嘻嘻地笑着。看着他既风趣而又充满自信的样子,她不禁也跟着笑起来。

他们走出校门,在附近的街口搭上了一部川行黎刹延长街的集尼,预付了车资,两人便一路聊到下车。

"欢迎我到府上拜见伯母吗?"他小心地探问着。

她看看天色,再看看手表,心里揣度着这时候母亲在做什么,是在灶下忙着为煤油灶生火做晚饭呢?还是在起居室里做那从工厂批来永远做不完的手工呢?

看到她那副踟蹰的样子,他正想知难而退,谁知她竟又毅然地说:"难得你送我到家门口,哪有不请你进去坐的道理。只是我家居非常简陋,你可不要见笑才好。"

"你放心,每个人的环境不同,更何况环境的优劣并不能断定一个人的善恶,而且我还是个连家都没有的人呢!"

于是,范仲明被正式介绍给于嘉珍的母亲和弟、妹认识。当然了,对于女儿跟姐姐的第一位登门造访的男朋友,他们都有一种很奇特的感受,是兴奋,也是担心。

二

"姐,我有个好消息要告诉你。"

于嘉珍方自学校回来,嘴里连呼:"热死人了,这种鬼天气。"弟弟康文却赶上来跟她说话。

"什么好消息?先让我猜一猜。哦,一定是你取得了菲大的医科奖学金了,是吗?"

"才不是,菲大的奖学金只颁给天生的菲人,我连入籍公民都不是,做梦也别想得到那份奖学金。我要告诉你是我找到一份工作了,大后天就可以开始上班。"

"你是说你找到了一份暑期工作?那很好,起码可以赚点钱供你买书本之用。"

"不,我找到的是一份长期的职业,开学后我可以半工半读。"

"半工半读?那怎么行?你是要念医科的呀!""我放弃学医了。"康文神色黯然地说,"我打算报考马波亚工专的夜间部,选修机械工程。"

"不行,你怎么可以改变初志,多少人考不上国立菲大的医学系,你既然考取了,怎么可以轻易放弃?"她激动地叫着。

"姐,学医是我从小的志愿,我何尝不明白放弃了可惜,但是我们家的经济哪能负担得起那笔昂贵的学费,还有那些繁重的书本和实验费。我只好放弃学医的初志,免得增加家庭的困难。"

"钱的事不用你费心。"她打开自己的抽屉,拿出不久前学校发下来的三个月薪俸,"这些应该够你一个学期的学费了吧?其余的费用,我会跟妈想办法。"

"妈那里会有什么办法,除非……"

"除非去跟伯父要,是吗?我就是要去跟他要,想想他那家百货商店,是爸爸跟他合股经营的,爸爸死后,他竟然把生意独占了,每个月只给我们那么一点生活费,这回你要念大学,还不该向他要学费去吗?"

"嘉珍,你别做梦了,你伯父的为人,我可比你们清楚,这每个月的三百元生活费,是当日你爸爸刚死,他看在出面为我们争取的姑母和几位宗亲的脸上,才答应拿出来的。当日也早说好只给到康文长大成人,你想他早巴不得康文念完中学便找工作养家,而你竟然巴望着他会拿学费给康文去学医,这不是想着太阳从西边出来吗?"

"妈,你就是这样软弱,处处退让,一点也不懂得跟人家争取,才会教伯父把我们一家全给看扁了,不管怎么说,我一定要去跟他要弟弟的学费,明天我就去。"嘉珍越说声调越激昂,愤怒之情,溢之于脸上。

"姐,你不用去看伯父的脸色,吃他的排头了,我已决定念工程。"

"不,康文,并不是我认为念工程有什么不好,我是认为你既然天生有那么好的记忆力和理解力,不去学医实在太可惜。更何况学医是你从小便立定的志愿,一个人既已立志要做什么,便应该排除万难去达成自己的志愿,而不是一遇到困难便抱着退而求其次的心态,向环境投降,你懂吗?"

"我懂,但是……"

"懂就好,明天先去跟你那个老板说明你只能做一个暑假,因为开学后你要学医,至于你的学杂费,姐姐负责筹足给你。"

三

"嘉珍,你认为你父亲留下多少财产在我这里?要知道当你父亲得了癌症,从发现病灶起,你妈妈便带着他四处去寻医问诊,只差还没吵着上美国去医治。就这样整整医了一年之久才过世,那时真是花钱如流水,我做哥哥的还能阻止他求医吗?老实说他那笔庞大的医药费和丧葬费,早已把他自己的股份花个净尽,我要不是看在同胞手足的情分上,还用每个月白白地给你们三百元的生活费?现在生意不景气,赚几个钱很不容易,就算是我自己的儿子要学医,我可也栽培不起,顶多也只能叫他半工半读随便念个什么。康文若是真的想念医科的话,那你们得自己想办法,我是一个钱也没得帮忙。"于伯仁斩铁断钉地拒绝了嘉珍的要求。

于嘉珍看着这家装潢得极有气派、两大门面的百货店,以及堆积盈柜的货品和川流不息的顾客,再深深地看一眼嘴里咬着雪茄满脸不豫之色的伯父,她忽然觉得他这家商店的冷气放得真够冷,虽然外面是将近华氏一百度的大热天,她不想再争了。

"好吧,伯父,既然你连自己的儿子都栽培不起,我们做侄女侄儿的人,哪里还敢奢望你的支持帮助。不过,康文还是要念医科的,将来您一定会有一个当医生的侄儿。"说完,她连告辞也没有,抓起自己的一把伞,就走出那家有冷气设备的商店。虽然她走得够快,还是听到背后传来了几声"嗤嗤"的冷笑。

四

来到伦礼沓海滨,范仲明和于嘉珍两人携着手沿着那条环绕着整个海滨的长堤散步。海风习习吹来,空气清新得很,两人走累了,便在一处游人较少的石堤坐下来。这时也正是欣赏那著名的马尼拉湾落日的最好时候。

那轮艳丽无比的夕阳,像一颗美好的金山橙,浑圆饱满,紧接在西天无云的苍穹中,虽说是像个归隐的豪杰,把那万丈光芒收敛起,但是它本身所蕴蓄的光华,还是把给风吹皱的海面,镀成千万片闪烁的金箔,灿灿生辉。

于嘉珍面向海面上的落日,情不自禁地做了个深呼吸:"啊!这海风吹了多舒服,难怪老一辈的人都说到伦礼沓'吃海风'。"

"就是嘛,人是应该多多接近自然,特别是我们这种饱吃粉笔灰的教书匠,更应该常到海边来呼吸一些新鲜的空气,我平日常邀你到这里来散散步,你就是不肯,整天埋首在课本与作业本之间。刚从学校下课,又赶着去当家教,整天忙个不停。瞧,你有多苍白。"他爱怜地托起她的下巴说着。

"不是不懂得接近大自然,而是没有福气享受那种清闲。"说着,她挣脱了他的亲热举动。

"这个暑假有什么打算? 还教暑期班吗?"

"当然,康文马上又要缴学费了,我不能不努力工作。"

"你这个做姐姐的太伟大了,完全没有自己的生活情趣。"

"人生于世,并不完全是为自己而活,你说是不是?"望着那轮即将西下的落日,她幽幽地说,语气中有着一种无奈。

"我真佩服你这种忘我的情操和牺牲的精神,但是我认为我们做人有时候也得自私一点,先为自己着想,行有余力才顾及他人,难道说你就不为自己的将来做个打算?"

"将来? 我已经决定先尽力栽培康文,待他完成学业,那时候才能为我自己做打算。"

听到这里,他不禁失望地轻叹一声,便自行踱到附近的一棵大树那里,倚着树干坐在草地上,无意识地抓着树旁的小草,一段一段地折弄着。

嘉珍察觉到他似乎很不痛快,却不明白他为什么忽然不乐,便也默默地跟着到草地上来,也跟他一样无意识地摘着小草玩。两人都闷声不响,空气也跟着滞重起来。

这时候,那轮红日已整个没入水平线下,天边的晚霞虽然还没褪色,不过夜色也已逼近。

五

虽经一夜失眠,于嘉珍还是精神奕奕地起床,急着要到街头转角处的报摊买一份西报看。果然,康文和其他几个人的照片,一起刊登在这份大报的头版上。

"妈,是真的,弟弟是今年全菲医生会考的状元。"她载奔载迎地跑回家去,兴奋地指着报上的照片给母亲看。母女俩都欢喜地淌下眼泪来,特别是嘉珍,除了兴奋之外,似乎还有那么一丝酸楚掠过自己的心头。

七年,是一段不算短的时间,是不少个咬牙的日子所堆栈出来的一段没有色彩的人生。想起了有多少个炎热的暑天,还要顶着大太阳到学校去上课；多少暴风大雨的黑夜，还得涉水出门去家教。是自己多少的牺牲与付出，才换回来这成功的欢欣，而这泪水，又岂止是为庆幸成功而流的，想着，想着，她竟然掩面痛哭起来。

第二天，几家华文报也刊载了于康文参加全菲医科会考夺得魁首的消息。这是一则相当轰动侨社的新闻，因为于康文个人的成就，也是整个华侨社会的光荣。

于伯仁接了不少向他求证这位新科状元就是他的亲侄儿的电话。"是，是，正是我家的康文。这孩子从小就天资聪颖，又非常勤学，当年中学毕业，就是经我极力鼓励才去念医科的呀！"

接连几天，报上刊登了不少祝贺于伯仁侄子参加全菲医生会考夺魁的贺启，多半是他所参加的各社团跟他应酬的，再经许多亲友的怂恿，于伯仁终于决定大破悭囊，排酒席为侄儿的成功庆贺一番。

"谢谢伯父的好意，我们心领就是了，不必诸多破费。"于嘉珍一口拒绝了伯父的请客之议。但是康文却答应下来，并且婉转地劝动姐姐也出席那场酒宴。

为了显耀自己这位出人头地的侄子，于伯仁大方地请了十席客，场面热闹得很。席间，于康文被请站起来讲话，他不愧是个学有专长的医科毕业生，风度很好。他说："为了我这个不成材的人，得了一个医科会考第一，害得各位亲友破费登报祝贺，今晚又劳动各位的大驾，前来参加这个庆功宴，本人非常不安，谨此向各位亲友致以万二分的谢意。此外，我当然要谢谢我的伯父，自从家父去世以来，他的确也尽了做大哥和伯父的责任，相当照顾我们一家，特别是今晚又蒙他为我举办这个盛大的酒宴，请大家来跟我们一道欢乐，所以我要谢谢他。但是，我今天所以能够顺利地念完七年的医科，我真该感谢的人，是我的姐姐嘉珍，她为了付出我的学杂费，每天从早到晚辛苦地教书，连暑期也不休息，而她辛苦赚来的每一分钱，几乎全用在我的身上。我之所以能够有今天的成就，全是她一个人的功劳。现在我要当着众亲友的面，干掉我手上的这杯酒，来向我亲爱的姐姐表示我由衷的感激。"说完，他仰脸把酒一口气干了，然后他俯下身来，在他身旁的嘉珍脸上亲了一下。众亲友登时都热烈地鼓掌，嘉珍再也按捺不住内心无限的激动，眼泪夺眶而出，逼得她不得不拿下鼻梁上那副近视眼镜，好把泪水拭去。

酒宴结束，客人都已散去，嘉珍陪着母亲来到饭馆门口，预备叫部出租车回家。刚好一部空车远驰而来，却被前头一个男人截了过去。他打开车门，让他身旁一位挺着一个大肚子的女人和一个小孩坐进车厢里，然后回转身来，好让自己坐到司机旁边的位置上去。这时饭馆上面的灯光，正照射到他那架着一副金丝眼镜的面容。"啊，那不是范仲明吗？"于嘉珍脱口叫了出来，也不知道他听见了没有，车门"砰"的一声关上，跟着车子也就绝尘而去。

"那是谁？你认识他吗？"母亲看到愣在一边的嘉珍，忙上前问问她。她却答非所问"喃喃"地说："他没等我是对的，七年的时间是太长了。"

这时康文也已截住一部空车，正在催着她："姐，上车吧，你还在等谁呢？"

"我还在等谁？我不就是一直在等你吗？康文。"嘉珍跌坐在车座上，她闭上眼，闪烁的霓虹灯光在她眼帘前交织成一片五彩缤纷的光网。

🌴 作品赏析

《失落的乐章》是一篇短篇小说，按照时间顺序共分为五小章。该故事讲述了家境贫困，早年丧父的于嘉珍为帮弟弟于康文实现学医的志愿，在遭伯父无情拒绝后，甘愿选择牺牲自我的故事。好在弟弟康文足够争气，在七年后全菲医科会考夺得魁首，这则佳讯对于这个不容易的家庭来说无疑是令人振奋的"乐章"。然而，于姐姐嘉珍来说，这份喜悦在见到携家带眷的旧情人范仲明时，立马覆上忧伤的色彩：七年前那个令她莫名其妙心跳加速的范老师早已在她选择牺牲自我时就不属于她了。

作者擅长用侧面描写暗示主人公于嘉珍的情况，同时为故事发展埋下伏笔。开篇尾句"毕竟年轻的生命里，是不应该太早给抹上忧伤的痕迹"奠定了全文"无奈、忧伤"的主基调。与其他领完工资喜洋洋的同事不同，嘉珍还需想办法为自己争取一份暑假班的工作，王主任的一句"今年又不休息"暗示嘉珍为生计忙碌是一种常态。身为长姐，她早早把家庭的责任扛在肩头，嘉珍的世界里，没有自己。嘉珍心里明白范仲明对自己的情感，迫于现实的压力，或者说是为了成就弟弟而选择牺牲自己，她将忙碌的生活归咎于"没有福气享受"。作为姐姐，嘉珍是个为了弟弟选择牺牲的伟大的姐姐；但作为恋人，嘉珍并没有为自己和恋人的未来考虑，这是他们此生的遗憾，更是乐章"失落"的最大原因。文章通过丰富的情节设定对其他角色的刻画也跃然纸上,如深知家庭负担重试图弃医从工的弟弟和冷漠虚伪的伯父,特别是伯父前后态度的转变,更加凸显主人公嘉珍的不易与辛酸。事实上,无论七年前的嘉珍做何种选择,结局都是不完美的。文章末尾弟弟康文问姐姐嘉珍:"你还在等谁呢?""我不就是一直在等你吗?"嘉珍不仅是在等康文拦截出租车,更在等弟弟成材、出人头地的这一天,霓虹灯光织成一片缤纷的光网,嘉珍终于迎来人生属于自己的新开始。

《失落的乐章》按照故事发展的顺序,从于嘉珍、范仲明青涩的恋情开始,以弟弟于康文的学业始末为"推动剂",最后以昔日恋人范仲明美满家庭画面结尾,向读者刻画了一个甘愿牺牲、伟大的姐姐。在我看来,这是一道关于"人生选择"的题目。但无论做什么选择,这都是属于自己的人生,尽管与范仲明的爱情有些令人"失落",对于嘉珍来说,不后悔,足矣。

（胡　倩）

林素玲

林素玲,笔名林铃、陆子麟、林得诗、路尔特斯等。1966 年
6 月出生于菲律宾,在马尼拉受教育。祖籍福建厦门。已出版
微型小说(含闪小说)、诗文集九本,译著七本。作品收录、刊
载于海内外书刊选本,荣获多次海内外征文奖项。现任菲律
宾华文作家协会理事、菲律宾中国华东联谊总会常务理事、菲
律宾宋庆龄基金会理事。

梦里的宣言

一

"各位学弟学妹大家好! 首先恭喜各位毕业了,经过几年的努力,你们
终于熬过来了。其实,本人也只不过早你们几届毕业,在人生挑战里多了几
千个日子的实际临床研究。所以我要告诉大家,你们人生真正的奋斗才要
开始! 每个病人的状况都不同,我们书本学到的、实验室做的,都是固定模
式,而医院里的病人是活生生的案例。虽然各个案例需要研究、观察,摆在
眼前的生命却不容许我们怀有研究的心态。……在任何决定的当下,只要
不忘初心,记得我们的宣言:我郑重地保证将奉献一切为人类服务;病人的
健康与福祉将为我的首要顾念;我将会尊重病人的自主权与尊严;我将坚持
对人类生命的最高尊重;我将不容许有任何年龄、残疾、信念、族群、性别、国
籍、政治立场、种族、性倾向、社会地位或其他因素的考量介入我的职责和病
人之间……"

台下掌声如雷,唐慈慧继续意气高昂地分享着自己的故事:"想当初,我
下定决心学医,是因为我有一位伟大的母亲,她为了救治家乡的病人而离开
了我们……她是我的榜样,是我们日夜梦里追念的精神支柱……"

"慈慧,唐博士,你是大红人了！母校为你骄傲！"毕业典礼之后,校长走过来向她打招呼。

"校长,过奖了,可以为母校做一点事是我的荣幸。"慈慧双颊泛现淡淡的粉红色。

回家路上,仰望着天空,亲爱的母亲仿佛坐在小时候她最喜欢吃的、一朵朵雪白的棉花糖上。今天的天气真好,她把车泊在公园旁边的停车场,情绪旺盛地走到公园的游乐场荡起秋千。"一二三,三二一/小宝宝,荡秋千/荡过河,荡过山/一荡荡到白云边/小朋友们真勇敢/一上一下荡秋千/你像鸟儿飞上天",如果在起落中能回到与弟弟开心荡秋千的日子该有多好。她大弟弟整整十岁,一个母亲更年期怀孕的宝宝,这突来的小精灵,是家里的开心果,那时的她已有十岁了。"弟弟,你在哪里啊?"她问空中的鸟儿和白云。不知道长大的弟弟是什么模样？一定很帅吧？上什么大学？小时候,大家都说他们不像姐弟,她像华人,弟弟像菲律宾回教徒的孩子。

口袋里突然一阵阵轻微至强烈的震动,她拿出手机,是王主任打来的,问毕业典礼结束了吗？说医院附近发生了车祸,一辆小巴上有好几位乘客受伤,有的需要开刀动手术,正缺人手。难得忙里偷闲几分钟,还是被逮到。她苦笑着向白云说:"妈,我得回去开工了。"又对着树上的小鸟喃喃自语:"弟弟,其实姐姐每次要上手术室还是会紧张的。无论你在何处,我们都一起加油好吗?"

"让开,让开!"医院像战场,这画面她每隔几天都会经历。家人苦苦哀求、绝望无助的神色;医护人员忙进忙出,汗水自额头涌出;血淋淋或满身插管的病人,躺在火箭似的担架上直奔手术室;生命如此脆弱的画面,怎不叫人急痛攻心呢？

"来了？快点,这里有一位病患,严重骨折,胸部创伤,需要马上动手术!""这位长者应该是心脏突发,送到医院不久就断气了。"她想起父亲离世的情景,欲哭无泪。现在不是悲伤的时候,她已坚强了十几年。

娇小的身影随即闪入开刀房。手术前一贯的动作,把手握在胸前,喃喃自语。病人接受麻醉师注射药剂后,几分钟便沉睡。慈慧碘酒刷手,在手术部位画了圈,一手持着手术电刀。一旁的助手随时传递缝针、手术镊子、玻璃钳、止血钳,等等。整个环节流程都很有默契,最后缝合伤口,清理团队接手后续的工作。

类似的动作慈慧重复了多次，从病房、急诊室到手术室，再从手术室到病房、急诊室不知走了几回。这宗集群病患处理后，她总算松了一口气，脱下手术服那一刻心情才逐渐平静下来。

　　准备取车前必经婴儿室，几张初为人父的脸，紧贴着玻璃找寻他们的宝贝。他们脸上兴奋幸福的表情，是这医院另一个角落的风景，带给人间无限希望、期待和梦想。

　　回到家时，将近午夜。拿出包里的午餐盒，慢慢咀嚼。"回来了？你这是在吃早饭、午饭、晚饭，还是消夜？"室友美心眯着一双睡眼靠过来。"去睡吧！我也要休息了，今天太累了。"

　　"哎，我的挚友，一生的闺密，好姐妹，虽然你是医生，也要把身体照顾好。""知道了，我真的不行了，明天再聊吧！晚安。"

二

　　"好香哦！"慈慧起床洗漱更衣准备上班。走出房门看到那一桌丰盛的早餐，太开心了。拿出午餐盒要把面包、煎蛋放进去。"别，别，这是给你吃早餐的，你的午餐，咯，在这呢，知道你工作辛苦，已帮你准备好，你可别像昨天，等三更半夜才带回来吃。"

　　美心是慈慧邻居的女儿，初中、高中的同班同学。她们一起合租了这小公寓，她当医生，美心是个画家，别看她小小年纪，已办过数次个人画展。

　　从小就是天才小画家的美心是学校的校花，一双水灵灵会说话的眼睛，齐耳清爽短发配上精致的发夹，显得青春纯朴，人见人爱。读初中的时候就有很多男生追求，但因家庭保守，她并不想那么早谈恋爱。有位同班同学丝纹，曾经也是她们的好姐妹，是混血儿，微卷的褐色发丝，带点蓝的眸子，奇特夺目，属早熟类型。美心与丝纹皆喜爱涂涂画画，故同时加入学校小画家画社。

　　社长锦晔大她们两届，相貌端庄，气宇轩昂，是标准的阳光男孩。他对美心很照顾，常指导她画画。丝纹心里很不是味道，总想办法挑拨离间。有件事令慈慧记忆犹新，某天美心哭得很伤心，她不知道为什么，只听到她妈妈不断责备她，"早告诉你把书读好，参加那画社有什么用？""你那几张画能当饭吃吗？""我会被你活活气死的。"……

　　这之间到底发生了什么事？美心没说，她也不想为难她。只知隔天去上学时，听到同学议论美心偷了锦晔要参加全国校际比赛的作品。"真没想到,那单亲妈妈生的有够坏,社长对她那么好,她却如此计算,太可恶了。"

慈慧当时相信美心绝不会那么做,那里面的曲曲折折必定有什么误会,但若美心坚持不解释,她也不会强人所难。她知道美心因母亲是单亲妈妈,常被恶言欺负,心里很委屈,这情况她最明白,因为她与美心算是"同病相怜",她可以做的就是给她一个深深的拥抱。没过多久,美心参加的作品获首奖,学校的同学更是议论纷纷。美心仍保持沉默,不多说什么,慈慧也不想过问,反正她铁定相信美心的为人。当时,大家也忙着准备第一学期期末考,美心妈妈同时计划等第二学期结束,帮她转到另一所学校,新学年在新的环境开始学习。

说说慈慧吧,慈慧的外祖母是菲律宾伊斯兰教徒,慈慧母亲生在菲律宾南岛,后来在马尼拉读大学医科,周末在某社团开办的中文班学习。慈慧父亲是半工半读的中文老师。于是他们相互认识、谈恋爱。慈惠的祖父母来到菲律宾生下她父亲后,因为生活困苦潦倒,没有着落,就把她父亲送进孤儿院,之后好像听说她的祖父母遭遇车祸双双离世。她父亲因此被大家公认为名副其实的孤儿,然后又是打工生,听说她母亲的家人极力反对,看不起这个来自中国的穷少年。她父亲在她十二岁的时候因工作拖累,生活压力巨大,得肺癌去世了。因为从小家境不宽裕,父亲早逝,母亲虽是医生,但有些许菲律宾伊斯兰教血统,也就常被同学拿她与美心一起作为开玩笑的对象。

那一年,就在准备第一学期期末考时,突然说是慈慧母亲的娘家托人来找她母亲,请她母亲回去家乡一趟,说她的父母被病菌感染,需要照顾。母亲打电话联系娘家的人,打不通,心急,也未确认对方是哪位。慈慧印象中那人脸神凶恶,完全不像是与母亲有血缘关系的人,记得他叫艾布·拜克尔。慈慧善良的妈妈救人心切,仓促准备简单的行李,带着才五岁的弟弟一起回乡,并把慈慧寄托给邻居美心的妈妈。"别害怕,妈妈去去就来,你在阿姨家要听话哦!"她也听话地紧抱着弟弟对他说:"勿忘你也是中华儿女,你有中文名字的,叫慈明。你重复一次。""吃米……吃米……",慈明吃力地学着发音,大家都笑了:"吃吃,你别只顾吃而忘了我这个姐姐啊!"接妈妈的车里头,还载着一个男孩,跟慈明差不多岁数,后来听说是那艾布·拜克尔的儿子。

一个月、两个月过去,晴天霹雳,美心妈妈拿着报纸哭喊:"不好了!慈慧,慈慧!你妈妈一家可能遇事了!南岛那边开战了!"顿时,慈慧吵着要去南岛。"不行,你未成年,又不知外祖父母家在哪儿,何况战争不是儿戏,目前的状况谁都去不了啊!"第一学期期末考考完了,第二学期期末考也考完了,暑假也要结束了,就是妈妈还没有音讯。

半年过去了,妈妈留下来的一点积蓄已没法付她们的房租。"慈慧,别担心,跟我一起转学吧,我们要搬去新学校附近的房子。"美心安慰她。

"可是,可是,妈妈和弟弟若回来找不到我们呢?"慈慧涕泪双流,号啕大哭,最后还是被美心妈妈说动了:"有个办法,我们留个电话给房东叔叔,一旦妈妈回来,马上联系我。"

苦命的慈慧和美心,读大学的时候,美心妈妈在一场车祸中离去。她们两位只能选择坚强地活下来,半工半读、争取考奖学金、一起租小公寓,相依为命地过日子。

三

"唐医生,昨天你辛苦了! 这个,给!"慈慧转身接下主任手里的一盒巧克力,微笑回应:"本分事,谢谢主任体恤,您也是亲自做了几个手术。"王主任耸耸肩亲切地说:"以身作则啊,哈哈! 对了,今天有个会议,别忘了你是发表人之一。""没忘,一会儿见。"

"王主任,唐医生,你们都在这,正找你们帮忙,快来一趟急诊室。"他们便三脚两步地跟在韩医生背后。推开急诊室的门,在右角落一个担架床上,有个看起来才十五岁左右、已神志不清的病患,"小孩妈妈说只是吃坏肚子,坚决不动手术",但是我们怀疑是急性盲肠炎,测验结果一会儿就出来,可是小孩妈妈说不留院。

"你们这些医生都想赚钱,我的孩子我最清楚!"一位像泼妇的中年妇人喧嚷着。

"我们不是生意人,我们是医生,我们在救人!"王主任理直气壮地说。

"啊哟,说得很伟大,好像你们是救世主了。我跟你说,孩子是吃坏肚子,天气那么热,把冰箱的三个冰棒吃光,不肚子痛才怪。"那位太太目眦尽裂地耍嘴皮斗嘴。

王主任在慈慧耳后悄悄说:"还是你来应付吧!"

"你们嘀嘀咕咕说什么? 别以为你们是医生就了不起!"

慈慧右手握拳放在胸前喃喃自语,然后微笑地对那位太太说:"您好,我是唐慈慧,我知道天气热,小孩喜欢吃冰棒。我也有个弟弟,他也喜欢在天气热时吃冰棒。那表情很可爱。"

妇人有点讶异地点点头："是的，唐医生的弟弟多大了。"

"他现在已不是小孩了。但肯定还喜欢吃冰棒。小时候他常吃饱就玩耍，捉迷藏。有时候跑得太使劲，肚子痛。请问他最近除了吃冰棒外，平时偶尔会肚子痛吗？"

妇人斜着头又点点头，说："好像有一阵子了。"

"那不可疏忽哦，若轻微疼痛，还来得及治疗，严重了事情就不妙，还很可能影响到身体其他部位。"

看着躺在床上的儿子，妇人眼角发红，擦擦快滚下来的眼泪，声音沙哑地妥协了："好吧，唐医生，我相信您，请把他当您的弟弟医好他。该如何，就照您说的去办。"

四

在医院的咖啡厅里，慈慧与几位同事正用餐，王主任笑逐颜开地迎过来："这杯咖啡算我请您喝，还是你厉害，说服了那位妈妈，让孩子接受正确的治疗。"

"没有啦，刚好对上话题而已。"慈慧勾起眉角、嘴唇恬淡地微笑着，王主任静静欣赏那张像盛开着桃花的清纯脸蛋出神。慈慧说："王主任，我吃到脸上了吗？"王主任忙垂下眼帘："不是，我在想等下我们一台手术需要准备的程序。"

"原来，唐医生脸上是笔记本诶。"几个医生、护士在旁前俯后仰地交头接耳。

王主任红着脸站起来，说："我得先去准备了。稍后开刀房见。"

慈慧责备同事不该嘲笑王主任，坐在对面的胡秀玉医生挥着手势振振有词地说："我们都看得很清楚啦，王主任喜欢唐医生，很完美的一对！"接着，同事们又开始嘲笑了。

唐医生忙前后左右看了一下咖啡厅四周，是否有人在看他们。

"别说这些不正经的八卦了，我们是医护人员，不是菜市场的鸡婆。"唐医生语气严肃地评论。

"我们哪是传八卦啊，医护人员怎么啦？也要谈恋爱，男大当婚，女大当嫁，非常合理。工作归工作，生活依然得过。"周护士也插口一句。随后，同事们的表情又是令唐医生觉得很尴尬，不知如何是好。

慈慧看一下手表，还有四十五分钟才到手术时间。她取出包里的一个文件夹和笔记本,对大家说:"大家再复习一下。这是我新下载整理的资料,以后我们可以深入研究'内视镜或腹腔镜手术',这个对阑尾切除手术、胆囊切除手术、疝气修补手术与甲状腺切除手术都合适。"

"你们看这视频,有示范,非常有用。看这个部分,只要在甲状腺病人的下嘴唇内侧划出三道小小的伤口,5—10mm 左右,透过内视镜做手术,就可以摘除甲状腺病灶,不会留下长长的疤痕。病人颈部没有伤疤,漂亮;医生减少风险,伤口也会愈合得快;两方皆大欢喜。"慈慧从容不迫地侃侃而谈,说得头头是道,其实她是想把刚才同事们尴尬的话题岔开,同事们看来也明白,只是给对方一个台阶,看穿不说穿罢了。

五

慈慧换上全副武装,准备进入战场。

慈慧与医护团队推开了那冰冷的手术房门。大家聆听王主任再次简单地说明和分配工作。

虽已进入这"战场"无数次,冰冷的空气依然使慈慧打了一个寒战,她连忙去洗手,做消毒。深呼吸平复心态,回到她的位置,还是老样子,慈慧右手握拳放在胸前喃喃自语,同事们尤其是王主任都默默地看在眼里。王主任一手老练稳定地拿着手术刀,小心翼翼地在病患的腹部右边划下去,慈慧与医护助理也不迟疑,不迫不及非常镇定地协助,传递手术工具、止血、缝线都手忙心不慌地彼此相互配合,做到最有效的处理,再次成功完成了手术。

当他们再次推开那扇门,那扇他们口中的"无情门",他们每天就穿梭在里里外外,哭声、笑声,几乎麻木了他们对人生的诠释,人间的生死离别,在这扇门中透明化了。

门外,迎来的是病患亲人感激涕零的笑脸,那位妇人双手握着慈慧的手:"唐医生,万分感谢您,我知道您一定把他当作自己的弟弟治疗。等他清醒了,我让小犬亲自认您这位好姐姐。"

"今生可以多收一位那么可爱的弟弟,我喜欢,谢谢您。"慈慧再次把手放在胸前:"妈妈、弟弟,你们在哪里啊?我每天都过得很充实,但也很紧张,唯有这样,我才没有时间去忧愁。"

"唐医生,唐医生,身体不舒服吗?"

"没事的,我,我……其实我内心真要谢谢您。"

六

"晚上有空吗？要不要一起去吃火锅？"周护士靠过来拉着她的手撒娇。

"不了小周，我想早点休息，你与秀玉他们一起去吧。"慈慧淡淡地回复。

今天收了一个"弟弟"，心里激动不已，突然想自己静静地想念妈妈和弟弟，她又顺手在胸前按一下。

胡秀玉伸出食指指向慈慧，好像看懂了什么，她问："慈慧，你很虔诚，是佛教徒还是基督徒？"

周护士似回忆过来："对，把手往胸前靠，然后默念着什么，是手术前后的祷告吧？"

慈慧抬起头看到就在不远处，王主任正在"偷听"，一双期待的眼睛注视着自己，很想知道她做祷告手势的秘密。

"没有，不是，以后再告诉大家吧！"慈慧匆匆取好车，离开医院。

到家后，脱下外套，一屁股跌坐在沙发上，是有点累，不是对工作，而是找不到妈妈和弟弟，内心万般焦虑。好几次与美心去南岛，整座城市经历十年间断断续续的大小战火，时移境迁，听说很多灾民逃的逃、死的死，没有人认识她妈妈。人们也没听说过"艾布·拜克尔"这个名字，很多人都叫"艾布"，可是并非那个可恨的人。她们也去过小时候住的地方，那片地区早已建起一个大商场，旧房东也不见人影了。

"艾布·拜克尔！你这个骗子！你也有儿子吧？我诅咒你和你的儿子都不得好死！""艾布·拜克尔、锦晔、丝纹！你们是我和美心最恨的人！你们等着因果报应吧！"慈慧心中呐喊着，"艾布·拜克尔，我诅咒你和儿子过马路被车撞死，若来医院被医生打一针死翘翘！"

慈慧取出藏在衣服下的秘密，一个用红线绑着的玉吊坠，上面刻着"CH"两个英文字母，代表"慈慧"；弟弟也有一块，写的是"CM"，代表"慈明"。这是妈妈从嫁妆里找到的一对玉吊坠，当时妈妈和爸爸一人一块，后来妈妈在弟弟周岁时拿去请人刻上英文字母，分给她与弟弟，说可以保平安顺利。想念妈妈或弟弟时，她就拿出来看，工作时遇到开心或不开心的事情，她都会摸一下那玉吊坠，感觉妈妈的存在，与妈妈分享成就，或请妈妈给她力量，保佑她顺利完成工作。

这秘密，慈慧只有跟美心说过。美心呢？怎么还没有回来？这时，她感到肚子饿了，往常回家，美心已准备好晚餐等她一起享用。现在发现美心不在家,看看冰箱或房间,没有留字条。她开始紧张起来:"美心,你不要吓我啊!"她拨了好几次电话,没人接,关机了。

"美心,你是我这世上唯一的亲人了。你可不要出事,不要把我丢下啊!"

慈慧开始想,美心有说要去哪儿吗? 她回想起来了,对,好像要参加一个国际画展,今天最后一天交作品,若被选中,就有机会出国参赛并进修。这么重要的事,她怎么给忘了。真是不合格的闺蜜。不过,现在都晚上十点了,怎么还没回来? 为什么手机又关机呢?

一双眼苦苦盯着时钟两个小时,十二点零五分,美心轻轻地推开门,像小偷一样怕人发觉踮着脚尖走进去。慈慧把灯点亮,问美心:"怎么那么晚,让我担心死了!"美心吓了一跳:"还以为你睡着了,怕吵醒你呢。"

慈慧看到美心手里的画,关心地问:"怎么,被退了? 别伤心啊,以后还有机会的。饿了吧,我给你煮泡面去。"

"来尝尝,很好吃的,哈哈,加了一粒鸡蛋,自己夸赞自己,羞羞羞。""不过,你的作品,可是花了几个月才完成的,我对你有信心,怎么会被退件?"

"不是的,没事,让我先吃饭吧,好饿!"美心低着头慢慢地吃,看起来有心事。"你去睡吧,我吃完自己收拾。明天周末再聊。我没事的。"看到美心在一天里好像憔悴了许多,慈慧看在眼里,很是心疼。那表情,虽然过了十几年,却跟美心被冤枉偷锦晔的作品时一样,眼角有一丝暗淡,看不到常日的光彩;从她勉强装开心的语气里,又隐隐约约听到一声悄然的叹息。

已是凌晨三点,两个人都不吭声,各自把心事闷在心里,辗转不眠。

七

温柔的阳光透过粉红色的窗帘射进房间,整个世界都清亮起来,蔚蓝晨曦为美丽的周末拉开天幕。两个人懒洋洋地躺在床上,四只眼直瞪着天花板。"说吧,到底发生了什么事?"

"也没什么,手机没电了,长话短说。昨天下午,在艺术中心走廊,刚要上楼,巧遇锦晔和丝纹。"

"他们在一起了?"

"不是,应该也是刚好碰上吧。在画社群里看到他们曾经走在一起,没多久分开了。好像锦晔去丝纹家时看到了那张初中时失踪的作品。这事我不想多了解,都过去了。"

美心继续说:"他们已刚交完作品下楼,锦晔说要赶去机场,晚上坐飞机往伦敦,匆匆离开,我想是回避我们两个人。然后,丝纹手机突然响了。说她妈妈跌倒,年纪大,家里没人做伴,要我陪她去一趟。很急,她一直哭,我心软了就陪她去。想想还有时间,可以回来交作品。没想到折腾到半夜。就这样,错过了。"

"哎,不知如何说你,真的傻得无用!算了,事情都发生了,于事无补。我亲爱的美心,你不但人美,心也美。换我遇上那艾布·拜克尔,或他儿子,我一定打一针让他直接去见阎罗王。"她们互相拥抱伤心地哭了一阵。

那晚,好像什么都没发生过似的,任何事遇到了也无须多说,那是她们之间的默契,两人很早就去休息。

"妈妈,妈妈……我知道的,那宣言,是您小时后常念给我听的,那是我的童谣哈……妈妈……您别走。"

"慈慧,慈慧,你醒醒,做噩梦了吗?"

"不是,是甜蜜的梦,都是你啦,把我摇醒,我梦见妈妈在念'世界医师会日内瓦宣言'……我郑重地保证将奉献一切为人类服务;病人的健康与福祉将为我的首要顾念;我将会尊重病人的自主权与尊严;我将坚持对人类生命的最高尊重;我将不容许有任何年龄、残疾、信念、族群、性别、国籍、政治立场、种族、性倾向、社会地位或其他因素的考量介入我的职责和病人之间……我将不运用我的医学知识去违反人权与公民自由,即便受到威胁;我郑重地、自主地并且以我的人格宣誓以上约定。"

"几点了? 还早呢,再睡一会儿。"

哔哔,慈慧手机响了:"啥事?"

"快来,有一位南岛伊斯兰教徒来马尼拉,遇车祸了! 王主任出国去了,周护士去参加讲习。我应付不来。"秀玉在电话那头很焦急似的。

慈慧赶到医院,第一时间先看病人的资料,父亲:艾布·拜克尔。病人:艾布·吉米。慈慧心想,果然等到了。连门儿都没有,要我救他的儿子?嘿嘿。

她想办法如何推掉,让他延误治疗。到了开刀房,她突然对秀玉说:"胡医生,不好意思,我肚子疼,可能昨天吃坏东西了。"

"这怎么办,手术不能耽误啊,病人命在旦夕,他的死活全靠你了。"

"可是我不行啊。"慈慧装得蛮像,弯着腰跌跌撞撞地要走出去,却不小心弄翻了一堆衣物,那是病人的东西。一个熟悉的玉吊坠掉在地上,慈慧忙捡起来看,上面刻着"CM"两个字母。

啊,她把手放在胸前,喃喃自语:"妈妈,感谢您梦里的宣言,弟弟差点死在我手上。"

"好吧,开始动手术。"她对秀玉说。

"慈慧,你可以吗? 不是身体不舒服吗?"

"行了,没事了。开始吧!"

八

病房里排着一束鲜红的玫瑰花,慈慧走进去,病人刚醒来。

"医生,谢谢您救我。"

"别客气,那是我应该做的。"

"你叫吉米?"

"嗯,其实我叫'吃米',是艾布叔叔听错了。"

慈慧忍不住捧腹大笑,"果真是吃米啊! 那你来马尼拉做什么?"

"我来找姐姐,叔叔上个月去世,他说来马尼拉找姐姐,但是按照他给我的地址我去了,是一座大商场。我找不着,也不知道姐姐的名字。心不在焉过马路时被撞到了。不过不知您能帮我吗? 我叫吃米,姐姐喜欢吃糖,她姓"唐",跟您一样。您能帮我吗?"

"你先告诉我这些年到底发生了什么事?"

吉米告诉她,其实他本人不太记得过去的事,只知道妈妈每天帮人看病,晚上常念一段很奇怪的歌谣,后来才知道是医生的日内瓦宣言,后来妈妈不幸被感染了。他与妈妈被隔离了,叔叔照顾他,供他读书:"叔叔有一个孩子,我叫他哥哥。可是后来突然打仗了,反正乱七八糟的,有军人来叔叔家,说他只能带一个孩子逃,他毫不犹豫地带我跑,自己的儿子听说没多久被枪毙了。大概是这样,有机会我再慢慢跟您聊吧。"

"那你只知道姐姐姓唐和一个旧地址,你还有其他相认的方法吗?"

"有,一块玉吊坠,叔叔说妈妈临终前告诉他,姐弟俩一人有一块一模一样的。昨天我被车撞,迷迷糊糊地做了一个梦,妈妈来看我,在念那歌谣,真开心。"

慈慧泪如雨下,忙掏出自己的玉吊坠,紧抱着慈明:"我就是你的姐姐,唐慈慧,你的中文名是唐慈明,我也梦见妈妈了,感谢妈妈梦里的宣言,我差点做错事了。"

🌴 作品赏析

　　《梦里的宣言》是一篇表现人性温情的短篇小说。所谓"梦里的宣言",其实就是日内瓦宣言,它取自"医学之父"希波克拉底的誓言,是规范医生道德的重要准则。小说以"宣言"为主要线索,通过讲述医生唐慈慧在面对亲人失散、生活失意以及工作压力等一系列事情时复杂的情感和心理变化,从多个层面丰富了唐慈慧的人物形象,展现了医生救死扶伤、医者仁心的崇高精神,进一步诠释了信仰的力量,同时又能让人于情感和细节处品味到人性的温情。

　　作者在塑造唐慈慧这一形象时,巧妙运用矛盾冲突刻画出了她性格的复杂性和多层次性,使人物更为立体。慈慧的童年生活并不十分幸福,屡受嘲笑、亲人失散,但她没有自怨自艾,而是受母亲的影响走上学医之路。"她是我的榜样,是我们日夜梦里追念的精神支柱",母亲临走时留给她的玉吊坠,"工作时遇到开心或不开心的时候,她都会摸一下那玉吊坠,感觉妈妈的存在,与妈妈分享成就,或请妈妈给她力量,保佑她顺利完成工作"。所以在每次手术前,她都会"右手握拳放胸前喃喃自语",正是母亲给她的力量,使得她能在手术室这个战场上始终顽强战斗,"从病房、急诊室到手术室,从手术室到病房、急诊室不知走了几回",用她精湛的医术挽救了一条又一条鲜活的生命。世界以痛吻我,我报之以歌,慈慧用行动践行了"梦里的宣言",她是千千万万个白衣天使的缩影。当然,人无完人,在慈慧误以为吉米是仇人儿子的时候,她也差点做错事。而正是这次的错误,让慈慧对宣言、对医生的职责有了更深入的理解。慈慧不仅是个医术精湛、有医德、懂得和病患交流的医生,也是一个重感情、爱国的人,和亲人失散后,她一直在寻找妈妈和弟弟,时刻怀念他们,当初和弟弟道别的时候,她告诉弟弟,要记住自己是个中国人。

　　小说不仅向我们呈现了医生的崇高精神,也明确医生治病救人的初心和职责。文中还有许多细节也展现了人性的温暖,如慈慧和美心两人相互关心,美心为了陪丝纹而错过提交参赛作品,艾布·拜克尔选择救慈明而放弃了自己的亲生儿子等。诸如此类,都让我们感受到了人性的温暖和美好,体会到了世界的美好。

(施莹莹)

柯清淡

柯清淡,1936 年诞生于闽南,12 岁随母南渡。在菲律宾续念华校至高中毕业;英文教育则修至研究院。文学创作均以身历遭遇中所涉及的华人生态、中菲关系、文化差异、乡国本位等之交错互动为题材,用新现实主义原则凝练之而成作品。故自 1984 年中国初次向海外华人征文起迄今,多次获大型征文首、高奖。曾两次在北京人民大会堂接受中国国务院副总理颁奖。有作品被选在中国大学教科书上,与中国历代来廿多位泰斗之宏文同框并列。甫卸任菲华作协会长。龄高仍掌营进口业务,因志于推销 Made in China 货品。育四子女皆成才俊。

路

一

今年年底,我再次踏上通往 P 岛的漫漫水陆长路。

渡过海后,又赶陆路。

每当我奔波在 P 岛这崎岖公路上,近黄昏之时,远观西边那轮快坠进南中国海的夕阳,近看东边这条条被余晖拖长的车影、人影、树影,车上我这唯一的华人乘客,往往会在心底油然生出惆怅和漂泊感。

长途车终于颠驶到公路尽头这座背山面海的 K 村,我便提起沾满泥尘的行囊跳下车。冷风伴饿肚,我不禁想起阿贵桌上热乎乎的白粥,也回忆起跟他建立"米粥之交"的经过……

远在 20 世纪 70 年代初的那一个黄昏后,正当我展示一批样品向阿贵招买时,恰巧有个哑厨妇端来一钵用大米煮成的热乎乎白粥,他便对我这个来自北方、初次见面的黄皮肤同胞,做出礼貌上的招呼。由于饥肠辘辘、海风刺骨,我竟不客气地接受他那"搭嘴式"的邀请。

当我津津有味地啜着米粥,他说意料不到我这个土生土长的华侨子弟,竟也喜欢吃这种"唐山"①食品。于是,他转为热情地问起我的姓氏和祖籍,并兴奋地自我介绍他名叫"林富贵",来自福建省南安县一个像 K 村这样的渔村。接着,他兴致勃勃地用手比画着南安是怎样狭长,又是怎样半环抱着圆形的晋江……

"晋江一块碟!"我脱口喊出,并随手托起盛皮蛋片的圆形碟子。

"南安一条箸!"他挥动筷子,接口回应,同时向我射来两道喜愕的目光。

形容我祖籍和他原籍的地形及相依的两句"咱厝"②押韵俗谚,顿时使我俩相视大笑,心生一种老乡见老乡的激动,也同时奠下日后成为莫逆之交的基础。

两碗米粥入我肚后,他先称赞我讲的"咱人话"③很纯正地道,还"无番仔话腔"④。接着,他似好奇地一再究问我从谁哪儿学到这种唐山俗谚,我说我自少就喜欢聆听老一辈华侨思乡怀土的倾谈和日常对话,因而略识闽南的地理、民情,以及俗言谚语;也颇自豪自庆地道出我在逝去不久的青少年期,曾在华侨学校,念过那尚未受法令所削限的完整中文中学课程……

由于我所推销的廉价商品,在这菲国西部的大岛省份南部及邻屿找到了销路,我便每双月一次从远方的首都岷里拉市,搭上旧陋、超载的内港船,熬过一昼一夜的风浪,头晕目眩地登上 P 岛北端,又在朝阳下赶乘南驶的长途车,踏上这条漫长公路。因而,我这名风尘仆仆的黄昏客,往往于阿贵临关店时到达 K 村,来得及跟他面对面拿两双筷子,同吃一顿热米粥。而他,也正期待我随身带来的中文报纸、唐人区的传闻,以及购自国货店的厦门腐乳、泉州菜脯、花雕皮蛋、茶叶,等等。

"时光流逝,跟他结为'米粥之交'不觉已有十八个年头了!"我感时而自

---

① 唐山:菲华(菲律宾华人社会)方言,一般专指闽南一带侨区,是故乡、原籍,祖宗地的代名词。广义则泛指中国。

② 咱厝:菲律宾华人互称互指彼此共源之闽南故乡老家。

③ 咱人话:指全菲律宾华人之间所通用的闽南语。

④ 无番仔话腔:指某人所讲的纯正闽南语中不插进任何菲律宾原住民方言的只字片词,也不带其口音。

语,遂即加速脚步,走到"林氏杂货店"前,却见店门紧闭。正感愕然,手揽花环的菲商人沙律先生走近我说:"阿贵不幸已于前夜惨被劫杀了!"

二

权作灵堂的杂货店后面的宽阔仓栈里,弥漫着香烛的薰眼烟雾。这种岛民例用于奠悼现坊的"卡拉株支"花,正散发出刺鼻的微腥气味。阿贵躺在开着盖的粗糙棺材里,脖颈间有带紫色血丝的刀伤痕。尚微睁的双目似仍含着怒光,驱使我下意识地伸出瑟瑟发抖的手去轻轻地揉闭它。面对这位同胞、故友,我呢喃细语:"阿贵,我明白您难以瞑目!"

居 K 村,开"馒头炉"已近半生的蔡昌,他也跟生前的阿贵那样仍抱"浮居感"①,对与本地人相处所逢的日常逆来之事,都顺受、畏缩。他见我飘然到临,便像得到靠山似地说:"终于盼到你来啦! 现在咱只等那个远居香港的孝男。"

"省头里的'咱人'②商会已代拍急电去通知了。阿贵儿子在一间大旅行社'吃头路'③,随身带有特别证纸可随时进入菲境。"一个开小食店,名叫邝龙的华人说。

沙律先生毕业于商科,从东部面临太平洋的一贫瘠省份,渡海移居此村仅五年久,却已被选为村长。这时,他站在棺材头以带浓厚东省腔调的虔诚嗬念天主教的相关经文后,面对来吊丧的人群,愤慨地说:"本省的华人屡遭杀害,不法之徒损毁我们菲律宾人的形象!"

蔡昌正全力为阿贵料理丧事,我了解这是"兔死狐悲,物伤其类"的心理表现。邝龙又为什么老是在棺材边徘徊、在棺材前频烧纸钱呢? 那个能听不能讲华语的中菲混血土产商名叫加洛斯·陈的人,为什么说他会去暗求军区司令缉凶呢? 无非都怀着同样的心理! 几分人身安全受威胁的恐惧。而我呢? 我为什么会这样认真分析同为"咱人"身份者的一举一动、一言一语呢?

晚上,我想到再也吃不到可口的热米粥了,遂在哀伤中,另添一份郁闷,遂溜到栈仓后的椰树下,仰望那月明星稀的夜空,心中一直拒绝承认阿贵已

---

① 浮居感:华侨一种传统的生活态度及意识观念,即虽久居或甚至已扎根于某国某地,心中却一直认为时下本人的生活状况及过程,只属于权宜与过渡性质。有朝一日,自身必返归唐山老家。
② 咱人:菲律宾华人之间的相称,含有同胞、同侨、自家人的亲和意思。
③ 吃头路:闽南方言指任职、打工、当雇员。

死去的事实,只希望眼前仅是一幕幻景,直到邻屋婴儿的夜啼声传来,我才顿时分清生死的界线。于是,我突然相信起命运和定数来,不安地联想到五年前的另一个黄昏后,餐桌前坐着个要来接业的青年人林港生,他是阿贵的独生子。那时,我暗自庆幸今后吃米粥时,会有个能讲"唐山"事物的食伴。可是,港生却乘老父去巡视门户时,把我视为亲人般地轻声诉说他来 K 村观察了半个月之久,认为难懂这个国家的语言、民情和法律。他又从年纪和经济学的角度,分析出阿贵和"林氏杂货店"都进入"夕阳期"了! 他说他与妻儿在香港生活得不错,无意携眷移家到这异邦的穷乡僻里,来勉强继承父业。最后,他恳求我把这心意去向他老父婉转说明……

两个月后的餐桌上,照旧只有我跟阿贵单独吃饭,林港生已毫无留恋地回香港去了。胃口不振的"米粥之交"突然低声在我耳边吐露似已久藏的心事:"买下我这店吧,只收你半价!"

夜里,细听他讲完 38 年前赤手空拳来 P 岛谋生的往事,我便在邻床上辗转反侧,评估着他的优惠售价,估量"林氏杂货店"能否解决我一家人未来的生活。港生的话的确使我惊心、犹豫……但当雄鸡报晓,我思绪顿清,断定港生的观感和"夕阳论",只能代表一个见过都市大世面的外来者的看法。反想到我生长于菲律宾,既没有语言的不便、民性的隔阂,对法律也懂得遵守和应付,而我年轻力壮,又颇谙新旧经商法,不像阿贵年近古稀,做事墨守成规。我又肯定阿贵来时仅有几十座茅屋的 K 村,必会在七八年内成为一个购买力强的万人镇……

两天后,当我办完商事,正要离村到邻屿继续卖货收账时,阿贵露出期待的目光,向我再次表示这宗买卖如成交,既可玉成他返唐山"叶落归根"的夙愿,也能使我获得一盘固定性的生意,好结束我 13 年来从事的这种"搭船走马,无三分命"的推销员高风险生涯……

但在两个月后,当我们再单独吃饭时,我却解释我的一家大小,早已过惯都市生活,而亲朋好友也都认定我颇具商业头脑,应留在大都市里猎取较好的发展机会。

"不错,你离开后,我由港生而联想到你。你们都是读过'西番书'的年轻一代。"他相反在替我解答,"要你来僻处海隅,干这种无前途的小生意,未免太大材小用! 若要你们的后辈也在这里生长,那更是误人子弟。失德! 罪过!"

他话语中满带着真诚和歉意,脸上毫无失望和责怪的神色……

因而,在五年来的每双月一次的黄昏后,我们照旧形影成四地单独对吃米粥。我俩逐年在对方的脸庞上发现岁月所留下的新痕迹,直到他年逾古稀,而我则龄近不惑了……

灵堂里没有一个孝男、或孝女、或丧家人的哭泣声,却传出悲亢的念经声,把我自回忆中唤回现实。我看见阿贵的哑厨妇跟另四名男女菲雇员,正为主人的猝亡,借经文的诵吟和加强起落音调,表现出内心的彷徨和愤怒。此情此景,更让我认定如果我当年买下这店子,今晚躺在棺材里的冷僵尸首,必是此时此刻正为他守灵的"米粥之交"者的身子!我不禁倒抽一口冷气,默默自慰。但一转念间,顿为自己的私心而感到内疚……因想起要是我果真成为这店子的主人,我肯定阿贵在此时此刻,如不是在家山故里正抱着幼孙向双目失明的老母嘘寒问暖,就是跷着二郎腿,边呷着老伴所沏的闽南名产"铁观音",边眼眯眯地哼起一支他心爱的御前清曲——《自别归》……

三

在孝男未抵达 K 村之前,我趁着守灵的间隙,以另一种心情,漫步于方圆两里的 K 村打发黄昏。小市肆的摊位上,摆列着我所推销的岷里拉市华人厂家的副食产品;公立学校围墙上,我的姓名被刻在捐助建校舍者芳名壁匾上;走过村头村尾,时有叫得出我名字的村童、村翁。这现象,使我领悟到我与这海角僻区,已具休戚与共的深隐情愫!

步经沙律先生的店口,我以另一种眼光,眺望着村外阳光普照下的辽阔大原野、苍茫众丘陵,不禁赞美起这良好的自然条件,也慨叹它的未受利用……

于是,在沉思间,脑海中浮现出一群群肥壮的牛羊,也仿佛听到拖拉机的隆隆马达声……

"哈啰!菲律宾通,你又在观察些什么?"沙律先生举手招呼我,他素来钦服我对菲国人文史地的熟悉。

我手指向原野,论述起当局所制定的新政策,是要由发展工业转而重视农业,以解决菲国面临的粮食、失业、外债及外汇短缺的问题。

"这里的公地可供申请租用,而且私人的椰地、草场,可耕地的价格还很低廉。"他继续说明,"根据土壤局的化验,这地区适合种植咖啡、玉米、胡椒、香蕉。"

片刻的静默后。

"我相信你和同辈人都因新归化法,已成为可拥有土地的菲律宾公民了,你何不在这里建个农场和牧场?"沙律先生眼观四方后指出,"此举会对你自身以及岛民都大有益处。"

四

当尸体散发出气味的第二天,孝男终于赶到了!

下午的阳光已转软,近百名岛民紧随灵柩向靠海的坟场出发。沿途上,返村的渔民和椰农,见灵车纷纷手画十字,脱笠傍立,口中念念有词。六名年龄悬殊者组成的管弦队,肃穆地吹奏出《安魂祭》及《泰依丝冥想曲》,令人听来顿感浮生若梦。

当神甫诵念到"汝来自泥土,终必归返泥土"的尾声时,沙律村长领我、蔡昌、邝龙这三名纯华人,自两头老黄牛合拉的灵车上,协力把棺材扶推进墓穴中,夕阳残照下的静寂大地,遂飘荡着单丁孝男林港生的凄厉哭声,其间还掺夹几句似在控诉亡父惨死及咒怨自身处境的闽南俗言谚语!

葬礼遵循岛民的风俗和宗教仪式进行,只有邝龙手中几根颤抖的冒烟贡香,才显露出一丝中国色彩来。阿贵就如此这般"注死吕宋山"了!

送葬者陆续回村。我独自踟蹰于坟地。回望那将与南中国海朝夕相对的新坟,我仿佛听到阿贵正为怨艾自身的客死异邦,而在墓穴中哀唱着《远望乡里》南曲。片刻后,又恍惚看到他如醉如痴地撞开墓门,双腋下夹着蕉叶和椰枝,狂奔向大海,用蕉叶作船,以椰枝为桨,在低飞海鸥的吱送下,向彼岸划去……划去……越过大海,终于在春寒料峭的清明时节,漂流到福建省南安县一处山明水秀的渔村沙滩上,浮近一群缟素、持香、哭泣的家人……

"魂兮,魂兮,归去兮!"我噙泪默然为"米粥之交"祷诵并告别。

五

餐桌上又摆着菜脯、腐乳、皮蛋的碟子。然而,同我面对坐着的,却已是满脸愁容的小阿贵了!这时,端来一钵热乎乎米粥的哑厨妇,指口划腹地催促他吃点东西,却遭到他怒目相视。我了解到这孝男正以种族本位来看事看人,所以对周围的棕肤岛民,都怀有敌意。

加洛斯·陈跟着沙律村长前来慰问,用英语向港生表示要为阿贵鼎力申冤。稍后,蔡昌和邝龙也来了。邝龙透露说,他的女儿在广东省台山县已成为入息颇丰的万元个体户,两年来屡次写信恳求他返乡告老,他现在决心结束历时 50 年之久的侨居生涯了。

夜深了,我和港生仍在油灯前,心事重重,各自深思。我明白他还得为如何奉养家乡的慈母和祖母、如何把"林氏杂货店"运作成"吕宋钱,唐山福"的处理,以至如何解决相关的种种问题,以便离开这伤心地而忧愁、发呆。

"唉!先父没有邝龙那份福气去'叶落归根'达到大部分海外中华儿女的愿望和归宿。"他叹起气说:"阿兄,你有打算带妻儿移居别国吗?外面的天地大!"

我感激他在哀痛中,还能设身处地来关怀我。但我对这问题已具有明确的见解和指向。于是,我回答道:"叶落归根是你父亲和邝龙那老一辈的想法。不过,占华人多数的土生土长的后辈,应争取在这国土上扎下根!"

"我在香港一家大旅行社当外勤,在美洲接触过许多从菲律宾这里移民去的富裕和普通人家、专业和一般性的人才,其中不少是华人。我听过他们诉说出这国家的混乱、绑风、畸形、萧条。阿兄,我劝你呀!危邦不入,乱城不居!"

"我的命运已同菲律宾结连在一起了!"我慎重而又肯定地回答,三"所以我期望这育养我的国家,能鼓励不同种族的住民去共同努力,使她早日走上轨道,使各族群安居、乐业、融合!"

"你果真有勇气和信心在这国家生活下去吗?"他问。

"你又何苦!华人在此有什么保障呢?"他追问。

"何苦!在感情上,我曾经这样想过,但在理智上,我认为我应该为这国家贡献一份力量。"我高声回答:"至于保障嘛,当社会安定、当贡献者成为这国家的主人翁时,保障当然是不会成问题的!"

"那么你有什么办法去生存和发展呢?"他又问。

"有!我刚已拟就了要在这里建立农牧业的计划和方案,我会有志同道合的朋友,也会有学过农科和兽医科的子弟与我合作。他们会发觉在都市里无用武之地,这正是新一代华人利用公民权去顺时扎根,到农村里和山林间去开天辟地的良机。所以,我要买下'林氏杂货店',来作为在 K 村发展的立足点。"我站起来高声地说!

这时,在眼前,我仿佛看到子孙后代,正以国家的主人翁雄姿,骑着高大的骏马,在绿油油的大地上驰骋;又仿佛看到盛装的岛民,在新建城市的宽阔街道上,争看着棕肤的青少年们在表演中国的龙舞、狮舞;也仿佛听到昔年的孝男林港生的凄厉哭声,忽地变成"呜!呜!呜!"的轮船汽笛声;也仿佛看到一群群海外"龙的传人"正忙于把 P 岛的农牧业产品装上船,准备沿着昔年阿贵"用蕉叶作船,以椰枝为桨"所漂划的方向,航驶到南中国海彼岸的祖先来处,去跟亲人互通有无搞贸易,去品尝用故乡水所煮成的热米粥!

六

阿贵既已入土为安了,港生对遗产的安排也算得到了解决。为求使双方更确定和安心,我即叫被阿贵早年带到这 K 村谋生活的远亲蔡昌,来为我跟港生所订下的办法和承诺做个证人。

当港生另对他把亡父丧葬的处理道出衷心感激时,蔡昌立马再次声明阿贵是他的恩人加亲人,要港生勿见外才对。

不料,在片刻沉思后,这老头突然苦笑起来,竟出言自我调侃称他娶了菲妇,生了一堆子孙,来日也只能"注死吕宋山"①了!

我得速回岷里拉去筹备这将投身之新行业的各项所需,以落实将在这 P岛上大展宏图的意愿。

再度成为七天前那班车上的唯一华人搭客,我又踏上这条漫长的公路。不感劳顿地乘坐至黄昏时,我即看到左窗外,粉红的落日似朝阳;看到右窗外,长长的车影、人影、树影竟都如此熟稔。我也看到天色、夕阳、山山水水全都是无限美好的!于是,我十分清楚地体会到,我正行走在自己的国土上,往日的惆怅和漂泊感,顿时一扫而空。我终于满怀自信地认识到:我已经寻找到我应该走的路了!

🌴 **作品赏析**

《路》一文以第一人称的叙述,为读者展现了"我"眼中菲律宾华人的生活与社交,同时在老一辈漂洋过海到菲律宾客居的华人与"我"所代表的土生土长的新生代菲律宾华人对于菲律宾的情感与未来期盼的对比中,借由

---

① 注死吕宋山:表面字义是指命运促使某个华侨客死并埋葬于属异国他乡菲律宾的土地里;闽南人称菲律宾为"吕宋"。但在包括菲华老辈的闽南人之习俗及传统意识上,此语一般具含可惜、离亲、弃乡、忘祖,甚至是天罚、天刑之贬性内涵。

"我"表达出新生代的菲律宾华人愿意参与菲律宾建设,用自己的力量争取应有的权益。

《路》全文以"我"为中心,通过"我"的视角,看到了生活在菲律宾偏僻小岛的华人,看到他们的"浮居感",也看到了在当地"咱人"艰难的生活处境。而"我"置身其中,心态也逐渐发生了转变。初到P岛结识阿贵,和阿贵结为"米粥之交",几十年如一日,每两个月到P岛贩售货物必然要去阿贵店里喝一碗粥。直至此次,骤然得知阿贵被害,"我"在P岛为阿贵守丧期间,通过阿贵的林氏杂货店的未来发展与归属问题,逐渐明晰了自己的方向。

林氏杂货店的未来暗指了菲律宾华人的未来,由三方势力对它进行了评估,第一方是到往菲律宾艰难创业求生的初代华人,他们心里期望落叶归根,但却不忍放弃自己多年在海外打下的产业,坚定认为人还是要回归故土,一心渴望有人能继承自己的产业,自己也可以回乡;第二方是如阿贵的儿子林港生所代表的受到西方教育的年轻人,选择离开P岛外出闯荡,渴望外面更广阔的世界,杂货店对他来说是拖累,也是束缚;第三方是如"我"一般在菲土生土长的华人后裔,理解父辈对于祖国故乡的依恋之情,传承祖辈留下来的文化,但对自己成长的土地有着更深厚的感情,在迷茫中逐渐坚定信念,希望为生养自己的土地做出贡献,靠自己的力量争取权益,于是"我"选择了改革,既不是继续阿贵杂货店的生意,也不是全面否定店面前景。

故事中对环境的构建也为衬托角色形象有很好的帮助,运用了很多具有地方特色的方言、谚语,"咱人""咱话""唐山"等特定用语,是华侨在当地集中社交、生活的体现,而与阿贵初遇时"我"与阿贵配合默契的闽南俗谚,在交代"我"与阿贵如何熟识的同时也使"我"的形象更加完整。而阿贵初次提出让"我"接手店铺以及阿贵的死都交代了故事较为贫瘠落后甚至充满危机的环境背景,这样的背景让"我"之后选择接手阿贵的杂货铺,致力建设P岛这个偏僻小岛形成对比,凸显出了"我"选择中的大义。

《路》一文符合柯清淡的风格特色,反映出了鲜活的新生代华人,他们在东南亚当地土生土长,对生长的这片土地情感深厚,也愿意为这片土地奉献自己的力量,争取自己的权益。他们或许迷茫过,但最终仍旧愿意接下这一份责任与重担,为自己生长的土地、为自己的民族、也为自己,争取更美好的未来。

(于　悦)

文莱卷

张文发

张文发，1964 年生于文莱。毕业于加拿大缅省省立大学，主修电脑科技。毕业后先在文莱国家发展部公共工程局任职，后转至文莱汇丰银行工作至 2018 年汇丰银行撤资离开文莱。平时喜好阅读，与家人旅游，闲时写作。2021 年 2 月出版了第一本书，书名《多少年月》。这本书汇集了他近三十年来的写作心得，内容有散文、诗和短篇小说。

相 似 的 轨 迹

这世上每一件事环环相扣，看似无关的细节也会在因缘际会之下相互交集。

——松本清张

一

周一的清晨，阴雨连绵，警察总部特侦组的办公室，微冷。

神探章楠一早坐在警署内埋首看文件，桌面上文件夹堆积如山。他时而摇头叹息，时而望着窗外的雨景出神。在斜织的雨网里，看不到过去和未来，就像手头上的悬案一样。

探员李峰推门而入，见章楠望着窗外出神，对他道："这么早，章 Sir，在发什么呆啊？"

章楠："李 Sir，早，你来了正好。坐吧！上级一早就召我回来开会。这就是开会的结果。"章楠指着桌上的文件夹。

李峰："啊，是这样，这些都是什么档案？好像是旧文件档。莫非是过去的悬案?"

章楠:"Spot on, bro。正是过去的悬案！这里有 10 宗,最久的案件发生在 25 年前,最近的也是 10 年前。十年生死两茫茫,不思量,自难忘,何处话凄凉。悬案一天没有结案,家属们内心一天就难于平息。"

李峰:"上级要我们重新侦查过去的悬案,难不成是因为最近新加坡警方成功侦破了一宗在 13 年前,有关艺术学院女生的失踪悬案?"

章楠:"没错,新加坡特别罪案调查组重新调查后找到线索,发现受害人在进入组屋后,同一天晚上的凌晨就已被杀害,凶手疑似就是同搭电梯的两名男子。这两人跟死者显然是相识的。"

章楠:"另一宗悬案发生在 25 年前,人神共愤的案件,大概你也看到了,一名七岁女童被杀害的事,凶手仍逍遥法外。女童的母亲和妹妹盼望警方能重新侦查这案件。报道说已有人提供线索,有望破案。"

李峰:"那可好了,希望他们很快揪出凶手。"

章楠:"上级已经跟新加坡警方联系,询问破案的关键,他山之石,可以攻玉,对我们重新侦查悬案一定有帮助。我正在看其中的三个案件。其余的你拿去跟其他探员研究一下,看有哪一宗案件有重新侦查的可能性。星期四早上汇报。"

李峰:"是,章 Sir。对了,温馨提醒,今晚新中天集团的宴会你一定要来！他们的公关经理已再三联络我们确定出席人数呢！"

章楠:"好在你提醒,我还真的忘了。还以为我能在今天看完这三宗悬案的文件。好吧,我知道了,一定到。今晚见啦！"

二

2006 年,越南经济快步起飞,借由加入世贸组织的契机,吸引外资超过 100 亿美元,从纺织业、电子加工厂到电讯业,经济脉搏跳动之快,羡煞东盟列国许多企业家,纷纷到越南投资设厂。

同一时期,司徒治平挟着总公司拨出的一亿美元的资金到河内,全权负责开拓"新中天集团"的电讯与保安系统工程项目。他是新中天集团主席的未来乘龙快婿,此工程项目应是测试他扛大旗的能耐,预备在将来坐上总裁大位。

所以司徒治平只能成功,不能失败。此行目标明确清晰,非得做出好成绩不可。他的才干和能力足以胜任,只要有一个高效能的团队与他配合。

他在当地亲自面试,筛选核心团队的人才,整个过程总算顺利。工程开始后很快步入正轨,每月的工程进度汇报都让新中天集团主席龙心大悦。

三年后,司徒治平顺利完成使命,把在河内公司总经理的棒子交给表现卓越的越南籍副经理。

15年后的今天,司徒治平果真成了新中天集团主席的女婿,并且坐正总裁大位。在他精明干练的领导下,集团生意蓬勃发展,生意涵盖了酒店、购物商场、电讯、保安系统、纺织厂、印刷、餐馆和金融等巨型复合企业,足迹遍及海内外。今天的晚宴是新中天集团的35周年庆典,在六星级酒店设宴款待政商界名流。

新中天集团是警署保安系统的主要供应商,因此警署高层也在被邀之列,但为避嫌,高层不便出席,遂派遣高级警探章楠与手下李峰代表出席。

章楠跟司徒治平有过一面之缘。三年前的一宗六百万美元珠宝劫案,案发地点恰好在新中天集团旗下的商场,章楠与同僚在48小时内迅速破案,司徒治平对章楠团队的表现赞不绝口,特邀他们来其酒店聚餐致谢。那是章楠第一次与司徒治平的会面。

司徒治平与高层到每一桌跟嘉宾们敬酒答谢。来到章楠的这一桌,司徒治平认出了他,向他举杯示意,说道:"感激章警官拨冗出席,招待不周,多喝点。"章楠微笑举杯回敬。

邻座的宾客一见到司徒治平即欢呼叫嚣,看来是老朋友等级的才能跟总裁有如此的互动方式。有人争着跟他合体自拍。司徒治平全程笑着配合,可见跟他们的关系匪浅。大家再笑闹一翻才放走司徒治平。

章楠听见其中一人说:"这治平啊,记得吗,当年念大学的时候,他已经有远大的理想目标,要做总裁哩! 真的给他当上了。"另一人说:"你也不错嘛,高级心脏专科医师。"他回道:"哪里,小心保护你的心脏喔,不然很快要光临我的心脏科。"那人说:"去你的,千万别在医院见你。""哈哈哈!"

"刘大律师,你在看什么那么入神呀? 这张照片上的小孩是谁啊?"

"这个宗教的人道救援机构很有趣,最近推出一个别开生面的资助计划,就是让你选择资助一个长得像你的小孩。做法很简单,就上传你的照片到特定的程式去,好像这样,我上传了照片,然后提交,看到没有,这是人工智能的程序设计,两张照片就出来了,一张是非洲小孩,60%跟我相似,这一张是缅甸的小孩,相似度达到67%呢。""不是你在缅甸的私生子吧。""哈哈,谁知道呢?"

"刚才跟治平拍了一张照片,看看有哪些小孩跟他相似,然后叫他资助他们,那么有钱,帮助他们脱贫也应该吧。以他的财富,一次性全部脱贫咯。来,啊哈,这个中国小孩 12 岁,70%相似,这张是在越南的小孩 13 岁,不是吧!相似度居然达到 87%,这……这是什么呀,看来还挺像他的。让我这就跟他说去。"

章楠和李峰听着这些人的谈话也觉得有意思。不过他们没想到这几个人的谈话内容居然跟以后的侦办有密不可分的关系。

三

13 年前,即 2008 年。越南河内市。

小乡镇的医院,设备简陋到不行。但是越南籍的阮丽不管那么多,虽然心里纳闷为什么他非要她回到老家乡镇的医院生小孩不可。但她心里有数,因为他们俩的关系目前还不能公开。公司上下没人知道她在外头有对象。每一次见面都要避开人多的地方。她也没追问为什么。想到要跟所爱的人组织一个小家庭,她内心充满了期待。

经过十多个小时的阵痛,孩子终于在剧痛中生下来了。她虚脱地躺在床上,只想好好地睡一觉。护士疼惜地抱着婴孩来交给她,"是个男的,恭喜你了。不太像你呢,像爸爸多一点吧?"护士很高兴地对她说。她低头看了自己的孩子,心里头激动不已,这是我跟他的小孩,名字都已经说好了,但是,小孩的爸爸此时却不在。

"咦,怎么了,做爸爸的没来吗?"

阮丽一脸错愕,不知如何回答才好,就敷衍几句说丈夫出门公干,有自己的母亲在照顾。过了一天,阮丽的母亲就来接他们母子俩出院。

四

星期四早上十点。警署会议室。章楠主持会议,李峰与同僚报告悬案研究的结果。

李峰道:"报告章 Sir,我们看了这七宗悬案,其中有三宗我们认为可以跟进,因为有受害人的 DNA 样本,这三宗命案分别在 18—20 年前发生,当时的 DNA 技术还不够先进,我已经叫人去通知家属了。至于另外四宗,受害者失踪,完全没有新的线索。"

章楠道:"李 Sir,good job。我手上也有三宗悬案,但我对其中一宗特别有兴趣,资料是从过国际刑警组织的官网下载的,那是一宗发生在越南的人口失踪案,失踪的人是一名 28 岁的女性。报告上说她在 2008 年 9 月 28 日外出,出门前跟母亲说是出去跟丈夫会面,这一去之后就音讯全无,仿佛从人间消失。她母亲在女儿失踪三天后报警,女儿至今仍下落不明。当地警方断定失踪者凶多吉少。"

李峰道:"那她丈夫人在哪里?为什么这岳母不联络女婿呢?"

章楠道:"这就是整个案件诡异的地方,这失踪者的母亲居然说不知道女婿是谁,因为根本未见过他,也不知道他们是否结过婚,有拍结婚照。看来是私订终身的吧。母亲只听见女儿说过她的对象是从东南亚去越南投资工作的。越南警方于是将这个失踪案上传国际刑警组织官网,并知会所有东盟国家警方关注协助,由于资料不足,我们过去也没能做什么。"

章楠接着说:"失踪者始终不愿透露对象的身份,说什么要等时机成熟才让母亲知道这'丈夫'的身份。还有一点,这位失踪的女士在当年的 5 月才生下一个小男婴不久。在她失踪后,这小男婴就一直跟着外婆生活。算起来,这小男婴若还活着,应该是 13 岁左右。"

李峰道:"乍听之下,还挺棘手的。这失踪者有名字吗?"

章楠道:"她名叫阮丽。阮姓在越南是很普遍的姓氏。"

李峰道:"那小孩呢?"

章楠道:"报告上面没提及孩子的名字。不过最新的报告说小孩的外婆五年前因病过世,小孩好像被送去一个人道救援及福利机构资助的孤儿院。这个机构是透过赞助人每月的资助来帮助小孩。而且,李 Sir,这个救援机构最近推出一个特别资助计划,就是让你选择资助跟你样貌相似的小孩。有印象吗?"

李峰道:"啊,天底下竟有那么巧的事,几天前我们在新中天集团的晚宴里听见邻座的人提起过这个机构,而且,啊,章 Sir,难道……不是吧?"

章楠道:"不,不是,我们现在不能就此判断。但不排除那个可能性。"

李峰道:"我们是不是应该跟越南方面联系一下?有必要的话,可能要去河内的警署走一趟,还有那间在乡镇的医院和跟受害者接触过的人问清楚。"

章楠道:"同意,你先去'挖料'吧。但是现在新冠疫情严峻,若真有必要到河内去,我们需要本国和越南官方的允准,你尽快去安排,我要跟上级呈报,请他批准所需的经费。"

五

"有没有人看见你来这里?"

"没有,你到底在怕什么?"阮丽很气愤地回道。生了小孩后,好不容易才有机会见上一面。

阮丽:"为什么不让我把小中天带来?你是他亲生父亲啊。你是不想认他是你儿子吗?连他出生文件上的姓氏也用我的姓,叫阮中天。"

他道:"我不是不要认他,只是这时候不方便,你放心,再过三个月,当所有的工程项目都完工,我们就可以一起离开这里回去。你先跟中天在这里再住一段时间,到时,我就带你去见我的家人了。他们见到你们一定会很高兴。"

阮丽:"真的是这样吗?"但理智告诉她,这是一条不归路,前面是一片迷茫。这个关系怎样开始,如何从认识到现在的情况,千头万绪,她整理不出一个所以然。但是因为心爱对方,她愿意顺着他的意思而行。

他心里却是有另一个盘算。三个月后,一切照计划进行,工程项目即将竣工。他已物色好了接棒人,开始了交接工作。新中天集团主席已经在内部的公函中宣布他在回国后一个月就正式上任总裁的职位。而且他跟主席的女儿也决定了回国后三个月举行婚礼。阮丽跟孩子这个牵绊有碍他的去路。

六

下午三时。新中天酒店的高级餐厅。

章楠和李峰先是致电总裁秘书处要求与司徒治平会面。秘书过了会儿回说总裁答应跟他们在二楼高级餐厅见,但他只有半小时的时间。

司徒治平与章楠和李峰见面,寒暄几句,就坐下。他点了一杯奶茶。

"章 Sir,李 Sir,喝过我们餐厅的奶茶吗?我特别推荐这里的港式奶茶。茶味与牛奶的比率恰到好处。茶太浓就很苦涩,牛奶太多又很腻,要泡好奶茶,从茶叶的选择到牛奶的品质,都要注意,挺讲究功夫的。我们开张前三个月请了一间著名的茶餐厅师傅来教我们的人如何泡好港式奶茶。你们一定要试一试。"

章楠:"好,我们也要一杯,谢谢司徒先生。"

司徒治平:"两位找我有什么事吗?不是我们的保安系统有什么问题吧?"

李峰:"司徒先生,谢谢你答应见我们。警署的保安系统操作正常,贵公司的保安支援队伍和系统确实是顶级的。"

司徒治平:"谢谢支持,我会转告保安系统部门的同事这个好消息,提振他们的士气。"

章楠:"司徒先生,我就切入正题了。警方高层近来要重新侦查多年的悬案。其中一件发生在越南。"

司徒治平一听见越南的悬案,神情很专注。

"越南,我能帮上什么吗?我们在越南河内有子公司和工厂,也认识不少越南政商界的人士。"

餐厅侍应送来三杯奶茶。司徒治平喝了一口,一面点头赞许奶茶好喝。

章楠喝了一口,道:"这奶茶味道真好。司徒先生,这是一个人口失踪案件。一名叫阮丽的女士在2008年9月28日离家说是跟丈夫见面,但一去就没有再回家。家人过后报警,警方做人口失踪案处理。但越南方面说男方来自东南亚,是去越南投资的工作人士。"

司徒治平:"我的确在2006年到越南河内三年,建立了两间工厂,设立了子公司,员工上下有800人。阮丽这名字我没听过。不过我可以叫当地的人打听一下。章Sir,2006年开始,东南亚有超过一千家企业到越南去投资设厂,我不明白你们为什么跟我打听这位女士的事。"

章楠道:"是这样的,我们的情报组收到的消息,阮丽原来是贵集团在越南的子公司保安系统工厂会计部门的员工。但是在2008年1月份就辞职离开,原因不详。"

司徒治平道:"这我就不知道了,我当时接触的都是厂长跟他的核心团队,没听过,当然没见过阮丽这个人。"

章楠道:"可否请司徒先生帮个忙跟越南方面联系一下,就说我们的探员李峰将在下星期一前往河内与当地的警方配合收集资料,请他们协助提供任何线索。"

司徒治平道:"这个没问题,难得能帮上忙。好了,我得赶去下一个会议。失陪了,请再坐一会,喝完奶茶再离开。"说罢一口将奶茶喝完起身,章楠和李峰也起身与司徒治平握手,看他离去。

章楠和李峰喝完奶茶后也离开了餐厅。章楠离开餐厅大门时眼角似乎看见司徒治平在注视着他们离去。

七

司徒治平的思路回到了熟悉的那一幕。他跟阮丽最后一次的会面。凶手一定会重回现场,若不是实体回去,也在记忆里回去。

"什么,不是说好的吗,怎么我们又暂时不能跟你回去?"阮丽严厉责问他。

"司徒治平,我为了你放下了身段、一份事业,还给你生了儿子。现在是不是要抛弃妻子,跟你的主席的女儿双宿双栖?"

司徒治平道:"你在说什么?"

阮丽摇着头,泪如雨下,道:"我很早就从旧同事那里打听到,你回去就是总裁了。然后就跟主席的女儿结婚,连日期都有了。原来一直以来,这就是我们见不得光的原因。我真的很愚蠢,跟着你这些日子,现在才知道真相。"

司徒治平道:"阮丽,我也是身不由己,你知道我对你好是真的。现在我先回去,以后每三个月出来公干时来见你们一次。"

阮丽道:"你的打算很周到,但是对不起,我不要这样的关系。现在你要做一个决定,是要我跟中天,还是你的荣华富贵?"

司徒治平道:"阮丽,别这样逼我,总有办法的。"

阮丽道:"我明天就带中天到公司和工厂去,公开我们的关系。"

司徒治平道:"千万不能这么做。这样我们就什么都没有了。"

阮丽道:"我要一个家庭。这是当初我们在一起的时候你的承诺,你说我们的未来将会多么美好。我们已经有中天,以你的才干,一定能在其他公司找到发展的机会的,好不好?"

司徒治平猛地大声道:"不好!这样不好。你不明白的。"

阮丽道:"好吧!那就这样吧!我要走了。"

司徒治平:"你要去哪里?"

阮丽道:"去哪里都不重要,最重要的是你不在的地方。"

司徒治平:"但是你绝不能到我的公司和工厂去。"

阮丽道:"你已经管不着了。我要做什么,我知道。但是,我可以向你保证,你做不了总裁和驸马爷。"她大声说着,失望、悲哀、愤怒之情溢于言表。

司徒治平不能就这样让她离去。万一她真的去公司宣布他们的关系,多年来的奋斗，一切的努力，都将付诸流水。

想到这里，他起心动念，与恶的距离更近了。

<h2 style="text-align:center">八</h2>

章楠致电司徒治平的秘书处预约见面时间。秘书回复了一个时间，但是地点是在总裁的住宅。章楠觉得有点蹊跷，但不知道这次会面要安排在司徒治平家的原因。

李峰在越南侦查的结果，确定了在人道救援中心的小男孩就叫阮中天，母亲就是阮丽。他的DNA样本跟从司徒治平茶杯上取下的样本吻合。

章楠找到当晚那位跟司徒治平拍照的老朋友，他的手机还存有那人道救援机构根据司徒治平的照片所提供的两名孩子的相片，其中一名与司徒治平有87％相似度的小男孩的就是阮中天。

司徒治平上回没说真话，还隐瞒了事实。这一回章楠已经掌握足够证据逮捕他，并且将依照两国的引渡条款押送他到越南协助调查阮丽的失踪案件。

章楠与三名警探来到司徒治平的豪宅大门前，按了门铃。一个穿着整齐，看起来是管家的男士开门，请众人进到一间豪华大厅就座。眼看大厅内各样金碧辉煌的摆设与装潢，还有中西方名画家的著作，突显了主人家优雅的生活品位和独特的气质格调，叫章楠等人赞叹不已。

管家吩咐用人递上了茶水，说主人很快就下来见他们。

章楠一行人才坐下就听见楼上传来惊叫声，一名用人满脸惊恐从豪宅楼梯直奔而下，走向管家，示意他即刻去书房。章楠见势不妙，也急忙跟了上去，来到密封的书房门前，望进书房，只见司徒治平躺在地上，身旁有一个烧炭的器皿，房间充满了炭烧烟味，闻之鼻呛，令人晕眩作呕；他手里还握有一小瓶安眠药，看来已无生命气息。

"快叫救护车！"

🌴 作品赏析

《相似的轨迹》一文以松本清张的话引入，通过插叙的方式，讲述了警方与案件相关者在两个不同时空发生的故事，为我们还原了一个时隔13年才侦破的情杀案件。

小说先以现实时空的警局对话作为故事的开篇，交代了案件重新调查的背景原因，引出侦破案件的两位主人公"章楠"和"李峰"，之后又通过新中天集团总裁"司徒治平"的故事，引出"章楠"和"李峰"两人偶然听到"司徒治平"的老朋友的调侃，13年前案件的重新侦察，使得一个玩笑中的疑似"私生子"，成为之后侦破案件的突破口。之后通过插叙讲述13年前，受害者阮丽生子的情形，真相一步步浮出水面，对于案件的怀疑点也顺理成章地引至司徒治平身上，之后再由谈话、回忆引出真正的真相与最后的结局。

全文贯彻了松本清张所言"这世上每一件事环环相扣，看似无关的细节也会在因缘际会之下相互交集。"全文紧扣了"因缘际会"这一主题，自故事开端李峰和章楠的对话开始，所交代的案件重启调查的原因便暗合了"因缘际会"，新加坡多年悬案的告结开启了本文故事的主体——13年前的杀人案。而开启侦破这件杀人案的钥匙同样来自"因缘际会"，新中天集团35年庆典中，集团总裁的旧友一句不经意的调侃，成为破获案件的关键信息。同时，故事情节也环环相扣，自章、李两人接到命令重查案件到偶尔听到的调侃再到将调侃与13年前的案件结合起来，一桩悬案逐渐清晰，隐藏在迷雾中的凶手也逐渐露出他的真实面容。

司徒治平作为故事中绝对的反派角色，是一个"伪君子"，他极为看重名利，可以为名利抛妻弃子，为名利杀人，最终也为名利走向末路。作者在文中直接点名了他面对阮丽的心路历程"阮丽跟孩子这个牵绊有碍他的去路"，他自始至终都未想过对阮丽负责，面对阮丽的爱意，他只有满口谎言和最终未写明却不言而喻的凶杀真相。结局以司徒治平"蹊跷"的"自杀"现场为结尾，司徒治平将警方约至家中，却于同时在家中身亡，也为这个故事留下一个谜团。此处可解读为司徒治平因不愿抛弃名利畏罪自杀，也可解读为作者以悬疑为尾，为读者留下更多的想象空间。

全文故事情节环环相扣，围绕"细节"与"因缘际会"展开，清晰地描写了13年悬案的侦破过程，在许多关键处进行了留白，为读者的推理与想象留下了空间。

（于　悦）

越南卷

曾广健

曾广健,笔名仁建、宏源。生长于越南胡志明市,祖籍广东清远。现任胡志明市华文文学会执委、青年华文创作俱乐部主任,曾任胡志明市华文《西贡解放日报》记者、副刊责编、共青团书记、青年创作俱乐部创办人兼主任,现为该报通讯员。2011年出版新诗集《美的岁月》,2014年出版诗文集《青春起点》。正筹备出版诗集《拥抱阳光》。荣获2018年第十六届"亚细安华文文学奖";多次荣获胡志明市"青年笔锋奖"及其他国内外文学创作奖项。荣获"越南南部东区杰出青年",连续3届获"胡志明市杰出华人青年"等称号及其他表彰。

真 爱

一阵铁闸吱吱的开门声,李仁如常把车推进屋里,关上门,把车子往日常位置放好后,就上楼回房间去。当走过父母的房间时,见房门关上,他放轻脚步,蹑手蹑脚走回自己的房间,习惯性地把房门打开,顺手开了灯,正要关上门那一刹,瞥见有人正坐伏在他的书桌前,睡着了。

"啊,妈!"他心里不禁一怔,便走过去,本想把母亲唤醒,让她回房去睡,但见母亲睡得很熟,不便打扰,又不忍心见自己母亲如此睡下去。想了想,他便把一件风衣轻轻从母亲背后盖上去,因为天气已入秋,晚上有点寒意,对年纪大的人来说很容易着凉。

他母亲感到轻微的东西在背后骚动,就醒过来,看见自己的儿子李仁回来了,一副慈祥的面庞,但没带笑容说:"几点了?"声音沙哑不清。

李仁抬头看看壁钟说:"快十二点了。"李仁知道夜已深了,但想不到今晚母亲竟在他房间等他。

"你最近为什么这么晚才回来?"仁母望着他。

他辩护说:"和朋友去喝咖啡!"他的声音放得很低。

在20世纪90年代初期,社会尚未发展,一般青年晚上喜欢前往一些咖啡室喝咖啡来消遣。

仁母年过半百,但听觉仍灵敏,她问:"每晚喝到店子打烊才舍得回来吗?"

李仁默不吭声。

"仁儿,你要好好爱护自己。"仁母关心儿子,但声音温柔,"每晚这么晚回来,明天还有精神工作吗?长此下去,你支持得了吗?要保重身体。"

仁母咳嗽了几声继续说:"况且,每晚和朋友喝咖啡有什么好处?你白天工作,晚上逛街消遣身心连妈都不理,但最近越来越晚回来,跟爸妈话无半句,可是,在外面却千言万语,越来越不像样。"仁母痛心责备。

李仁默然聆听,心里有点难过。这时,他感到疲倦了,打了个哈欠。看样子,仁母一定会滔滔不绝教诲不知到几时,老人家真是老人家。这也难怪,身为父母谁都爱护自己儿女,所谓:爱之深,责之切,谁做家长都担心自己子女无知被骗或学坏,误入歧途。

李仁有点不耐烦,但不敢表露,充满倦意的样子,满脸歉意望着母亲说:"妈,已太晚了,你回房睡吧!我也要睡了,你不是说我明天要上班嘛!"他孩子气地说。仁母一时心又软下来了,叮嘱了一句:"以后不要太晚回来了,知道吗!"

李仁点点头,他扶着母亲走出房,仁母示意他回房去,不用送了。他只站在房门口目送母亲蹒跚地回到房间后,才退回自己房间关上门,换过睡衣,倒在床上睡个痛快。

清香生日的那天晚上,李仁就带清香来到西贡一家餐厅去庆祝生日,李仁送给清香一只白金戒指,同时求爱。但清香没有答应,不敢接受这份爱,她心里认为,李仁出自豪门乃书香子弟,而自己出身寒微,学问又浅薄,而且自己目前还在咖啡厅做服务员。李仁虽不计较,但他父母呢?必定在乎,绝对会反对的⋯⋯

这几天来,清香心乱如麻,无时不在思考。

今晚,李仁在约会清香时追问清香了:"怎样了,在你生日的晚上我向你提出的问题想清楚了吗?"两个星期前的问题搁至今晚,李仁终于开口了。

"什么问题?"清香装作不懂,心里其实有数。

"还有哪个问题,你愿意做我的女朋友吗?"李仁毫不犹豫,心直口快第二次表明心声。

清香已想透了,既来之,则安之。她认为:若上天安排自己有缘认识他,便无须拒绝,还是把握眼前的幸福。但,又不知怎样回答,低头沉默。良久,李仁忍不住又开口催问:"怎么了?"李仁紧握着清香的手,"你不回答,我就当作同意了!"李仁过于敏感和激动,第一次放肆和不理一切把唇堵在清香那两片软滑的红唇上了。

清香有生以来第一次接受热吻,心跳若狂。顷刻,逃开李仁那两片厚厚暖暖的唇,带点害羞地说:"你要给我考虑……"

"都已经半个月了,还要考虑到什么时候!"李仁心里着急,打断清香的话。

"谁能意料做你女朋友,后果如何?"清香故意逗弄他,也试探着他。

"你我相识已久,难道还不了解我的心意和为人吗?我可以发誓,我会好好一生照顾你!"李仁不假思索就由衷地说,一再打动清香那蠢蠢欲动的春心。

"看你!"清香嫣然一笑,显得更加美丽动人,"真的令人不得不接受,我被你征服了!"接着,整个人投在李仁的怀里。她清晰地听到李仁的心奏起爱的旋律。

李仁揽住清香,恩爱地依偎着。两人在西贡河畔,听着那潺潺流水唱歌,河水为他两人泛起爱的涟漪,两人沉入了幸福的爱河。

晚风温柔轻抚着,轻抚着……

他们愉快相爱了一段日子。

一个晚上,李仁装扮整齐,满身香喷喷,心花怒放,还吹着口哨,经过父母的房间时,怎料仁父喊住他,他停止脚步,应声走进去了。

"爸,找我有事吗?"

"阿仁,近来我们父子很久没有聊天了。"示意儿子坐下。仁父把正在阅读的报纸放下:"近来工作怎样?顺利吗?"仁父满面慈祥的笑意,关心地问。

李仁在父亲对面坐下,点点头说:"还好!"

仁父的眼睛从隔着的那幅老花镜望出去,打量儿子一下,然后幽默笑起来说:"想不到我儿子真的长大了。"仁父摘下眼镜,和蔼地问:"什么时候带你的女朋友回来给我看看!"

"噢!"李仁不禁惊讶,心里一愣,疑惑地问:"爸为何这样问?"更笨拙地说:"怎知道我有女朋友?"

仁父一脸慈祥,放声大笑。

李仁一副不解的样子。

"孩子!"仁父走近李仁,用手轻按在儿子肩上,然后轻轻拍着笑说,"爸到底是过来人,知子莫若父呀!"

"噢!"李仁又惊又喜。仁父从来就是个开朗、通情达理的人。是李仁心目中十分敬重的长辈,他常以有这样一位父亲引以为豪。

"好了,不阻你拍拖的时间,快去吧!"仁父通情达理地说。

"那……我先去了!"李仁感激,受宠若惊地走出房门。

"这个星期天晚上带她回来吃饭。"仁父在儿子走出房门时及时交代一句,"我会向你妈说,叫她做一些好吃的菜。"

李仁转过头来,欣慰地望着父亲:"是的!爸。"

"看样子,今晚你很高兴似的。"清香感受到李仁内心的欢乐。

他们在一家餐厅用餐,因为今晚清香不用上班。

"你猜猜是什么事?"

"唔……"清香轻轻摇头,"猜不到!"

"那你得有心理准备,一件大事将降临我们身上。"李仁半逗弄半认真。

清香向来胆小,突然又紧张起来。但她又好奇想知事实真相,好与坏下回分解,看见李仁如此高兴,必定是件好事的,她在自己心里打包票。于是壮起胆子,做好准备说:"好吧,你说!"

"爸妈反对我们相爱。"李仁装出懊恼的样子。

可是,平时胆怯的清香听之反而镇定地望着李仁,微笑说:"那……好啦!我们就分手吧!"

李仁一惊,今晚清香怎么变得坚强,这么快果决,不假思索,也不紧张。他自己刚好相反,以为清香此话当真,急急说:"真的要分手吗?"

清香一副认真模样,不言也不笑,一本正经地点点头。

"不不不……只是跟你开个玩笑。"李仁立即解释,"爸叫我这个礼拜天带你回家吃饭。"

"看你,现在已不诚实了,叫我如何再相信你呢!"

李仁哄着清香:"那我以后不敢了。"

"算了,今次原谅你,若下次再犯,我……"

"没有下次了。"李仁劈断清香的话,"到时我来载你。"

一个星期转眼又到了。

李仁家里已很久没有这种气氛了。

仁父仁母高兴地在厨房做菜。仁父端汤,端菜,端碗……统统摆在饭桌上。香喷喷、热腾腾的菜肴,一见几乎令人垂涎三尺。仁妈曾经学过烹饪的手艺,常给一些亲朋的联欢或宴会担任厨师,吃过的人都赞不绝口。

他们好久没有如此开心。仁父还轻轻哼着歌儿,在厨房里进进出出,还不时向大门望望。

仁母也不时问仁父儿子回来了没有。

他们心里有说不出的快乐。

这时,传来一阵开门声,是李仁先进来,随后就是清香。清香环视屋内一下,布置清雅大方,令人感觉轻松,没有局促的感受。

两老马上从厨房里走出来。

仁父顺便把最后一碟菜也端出来了。仁母在围裙上拭着手走出来。他们满面笑容,和蔼可亲。李仁拉着清香走到父母面前,向父母介绍说:"爸妈,这是清香。"

"伯父,伯母。"

两老笑着回礼,但心里一阵愕然,不约而同面面相觑,再以奇异的目光投向李仁,想不到清香竟然用越语称呼。

李仁立即意会到,连忙解释:"清香是京族人。"

的确,清香是京族人,李仁与她相爱以来,都以越语交谈。

仁母内心立即冒起不满,但笑容不改。

"来,我们吃饭!"仁父走过饭桌去,仁母随后,李仁牵着清香的手走过去。

他们四人准备吃起饭来。

清香有礼叫了两老用饭才慢慢起筷。

"你试试我妈做的菜,很香很好吃的。"

清香接过。果然,味道调得很好,又脆又香。

"真的好吃。"清香由衷地说,"伯母,我不是很会做菜,以后我要向你多学习。"清香温柔地说,亲切望着仁母。

仁母笑了笑,没说什么,内心只涌起一阵喜悦。自己的本事一如既往,但心里仍怀着不满,因为清香是个京族人。

"这是我妈的拿手菜,这里的街坊邻里谁吃过我妈所做的菜都称赞不已。"李仁夸奖母亲。

"那你真自豪和幸福,有如此一位有本事的母亲,你要好好孝顺她!"清香心里感到敬佩。

仁父满眼欣喜,在他来看,清香算合格了,又会说话,又长得漂亮。但,为什么偏偏是京族人呢?

"而我爸……"李仁正要夸耀自己父亲的本领,但立刻受到仁母用粤语阻止说:"仁儿,你总是向清香夸赞我们,何不介绍清香呢!"

"爸妈,有空我自会告诉你们。"李仁用粤语回答。

"世伯,您多吃点菜。"清香夹了一块菜给仁父。接着清香感激地望着仁母,也夹了一块菜放到仁母的碗里说:"伯母,为了我,今天辛苦你了,真不好意思!"

仁母勉强地笑,用不标准的越语回答:"也因为你,我们才有今天的聚餐。"仁母感慨般说:"我们一家许久没有这样聚餐了,几乎每晚都是我们两老先吃,阿仁下班晚回来就自己吃,又匆匆忙忙出去了,有时半句话都没说。"仁母说时用眼睛瞟瞟儿子,话中有话。李仁心感惭愧,不敢直视母亲。

用餐过后,清香帮忙收拾和洗碗筷,然后聊聊天,好半天,李仁便送清香回宿舍去。当他回家后,走过客厅时,仁父正坐沙发上看电视,转过头望着儿子说:"你妈找你。"

"有事吗?"

"她反对你和清香来往。我劝解不了!"仁父无奈地望着儿子。

李仁心里立即抹过一片阴暗,便走进了父母房间,没敲门就推门而入,仁母正在熨衣服,抬眼望了李仁一眼,又继续注视在熨的衣上。

"妈,找我有事吗?"李仁语气沉重,感觉到一股难受的气氛正向他笼罩过来。

"你和清香认识多久了?"仁母一边熨衣一边问。

"……半年了。"李仁问,"有什么问题吗?"

"有!"仁母冷峻的语气,"你认识这么多的女性朋友中为什么不选一个华裔做女朋友而竟然找一个京族人?"

仁母说话不合情理!但李仁冷静说:"有什么区别吗?"

"妈不是禁止你交女朋友,但是妈不喜欢将来有两种血统的内孙。"仁母停下操作,凝视着李仁。

李仁心里不禁一愣,往日这对充满慈祥的眼眸,此刻为什么变得那么陌生,那么尖锐。

"原来如此!"李仁才明白,"妈,我喜欢她,又何必在乎她是什么民族呢?"李仁咬着牙,坚决地说,面色阴暗起来。

"京族人的生活习俗与我们华人不同。"仁母执着地说。

"不见得!"李仁反驳母亲,"什么民族的人都可以沟通。刚才妈没看见清香的人品多可爱吗?"李仁说得好激动,而且这是他第一次这样对母亲说话。

"不过,我觉得在沟通上有困难。"仁母依然固执,"很多京族女孩子在第一次见男朋友的父母时都装出贤良淑德、讨人喜欢样子,当娶她回来后就现出庐山的真面目!"仁母主观地说。

"可是清香不是这种人,我跟她接触久了了解她,她可以教,以后妈多接触她,相信你会喜欢她,到时你会发现好像自己多了一个女儿。"李仁很自信地说,双眼充满期望。

"不用了,我没有福气消受这位媳妇!"仁母斩钉截铁般说,声音何等冰冷而严厉,"你要和她分手!"

"妈,你有所不知。"李仁脸色发白,双眼好深好沉,"数月前我被公司革职时,是她给我勇气,使我奋斗起来……"

"那你就要娶她来报答她是吗?"仁母嘴边浮起一个丝笑。

这一句话让李仁如受冷水泼面。

"妈,请你抛开成见!"李仁哀求般说,"我们真心相爱你何不成全呢?你一向是个好母亲,我相信你有接受她的雅量,请您不要因她是京族人而分开我们,好吗?"他恭敬哀求似的。

这一席话,使仁母心里不禁一愣。她发现李仁长大了,不再是那个依偎膝下的小男孩,他有一种男性的独立、咄咄逼人的威力。

其实,仁母又何必为了清香是京族人而破坏他们的恋爱和幸福呢?很多父母之辈都因为"民族"关系而禁止儿女谈婚论爱,自古以来这封建思想已造成不少悲剧。

"她干什么工作?"仁母迫切追问。

这问题难住了李仁,若是说出事实肯定受母亲极大反对,要是隐瞒,万一发现,更令她老人家无法接受,还是据实说:"在咖啡店当服务员。"

"好一个咖啡店服务员呀!"仁母叫着,"原来每晚你和她在一起,怪不得习惯溜去泡咖啡店! 现在又和这种下三烂的女子谈恋爱。"仁母紧紧盯着他,双眼火势腾腾。

"妈!"李仁喊着,"别侮辱她,她虽然在咖啡店工作,但她洁身自爱,正经工作换取生活,不是那种不三不四的下三烂女子。"李仁一字一字解释说。

"仁儿呀仁儿,她给你吃了什么迷药? 你竟为她说话,你如此迷恋她,这种欢场女子,你以为她真心爱你吗? 她只会爱你的钱,你应该悬崖勒马,反省反省啦!"

"妈,清香完全不是这类人,她有情有义,清雅纯真,而非一般的贪婪女子,也不是那种欢场女子。"李仁郑重地说。最后还强调一句:"妈,我爱她,恕我不能和她分手。"话毕,气冲冲转身拔脚就向房外走。

"站住!"仁母命令般喊。

李仁刹住脚步,没有回顾母亲。

仁母面色严峻,坚决认真说:"若你坚决要与她在一起,那就不要回来这个家,不要再叫我做妈了。"说着,仁母心里一阵隐隐痛,眼角滑出泪来。

"妈,你何必强我所难,破坏我的幸福呢? 请您尊重我们!"李仁痛心疾首抛下这句话就伤心无比地离去。

"破坏""尊重",仁母心里自言自语,喃喃地:"我真的破坏孩子的幸福吗? 我真的有尊重他们吗?"

李仁困在房间,坐在床角,痛苦地把手指深深陷进那零乱的厚发丛里。心痛欲绝般问:"上帝啊,你既然让我拥有清香,却又为什么让我们遭受母亲反对,你是否在戏弄他人,令人快乐后又痛苦?"他满怀苦楚,满眶情泪,欲哭哭不出。

仁母真的对李仁不理不睬了。

李仁仍继续和清香来往,也将母亲反对的事告诉清香了。清香认为暂时还是不要来往,建议他先回去讨好母亲,等风平浪静时才继续联络,但仍保持联系。

仁父相劝仁母,可是仁母仍固执己见,不听劝解,导致卧病,弄到家庭陷入不乐。

李仁左右为难,难取又难舍。见母亲因自己而病倒,心里又内疚,但又不能与清香分手。

清香是个好姑娘,还去探望仁母,但仁母不理睬她,清香自讨没趣,但没有生气。

仁母,真是为难了这对年轻人!人与人之间,怎能如此难以沟通呢?多少父母子女之间横隔着巨石?为什么不能除去呢?为什么?

数天后,李仁收到清香的同事递给她一封信,他回到房间,急急撕开信封取出信来,一字一字地看着:

> 仁哥:
>
> 当你读这信时,也许,我已抵达老家。
>
> 自从认识你后,得到你的关爱,是我今生最幸福的时刻。只恨上天既让我有缘相识你,却无份和你在一起。
>
> 上星期,我接到父母的信要我回去出嫁时,我已经左思右考,最后还是做出从命的选择。你这时可能恨透我负情,见异思迁,不过,我不忍心见你母子失和,因为我不想令你忤逆或害你成为千古罪人。这些苦衷,希望你谅解,这不是我为自己辩护的理由。
>
> 请你不要怪我不辞而别,因为我知道,若告诉你,无论如何,我会被你说服而留下来,若我留下,会令三人痛苦,长痛不如短痛,(但,我实在不甘离开你)请你不要难过,别为这些儿女私情而颓丧,自毁美好的前途。你要发奋,男人志在四方,可能不久你会找到另一个你最爱的人。假如你爱我,你应该为我祝福,应该为我找到归宿而放心。
>
> 我想,"不在乎天长地久,只珍惜曾经拥有"就是了。对你来说,可能不公平。奈何你我有缘无分!不过,你该高兴,你要知道,你失去的是一个深爱你的人。日后若有缘相会,希望再见还是朋友。
>
> 这番话是我想了几天才鼓起勇气写下的,但字里行间,都是我满腔热泪、满怀痛悲,但愿你母亲早日康复,也愿你母子复合,和好

如初。

　　最后，我衷心祝你：

　　前程万里！

清香留言

××年××月××日

　　这个秋残冬至的时候，心如落叶凋零轻轻飘落。

　　李仁的心也随着飘到一个荒芜凄凉的空野，寒风如尖刀穿透他心，狠狠地，想要刺杀他。

　　最后，他走出楼台，四周黑漆的夜，冷冷清清，他失落痛苦的同时，使劲如雷，仰天苦喊一声："天啊……"

　　好一段时间，李仁心神恍惚。

　　每天，李仁早出晚归，不理睬父母，也不在家吃饭；下班回家后待在房间不是听歌就是看书，或是上网聊天，或是玩电子游戏，设法来让自己忘记清香。

　　一天晚饭后，仁父走进儿子房间，见李仁躺在床上闭着眼，知道儿子装睡，便说："孩子，爸同情和了解你这时心境，但你不能因为儿女私情而折磨自己，你若是爱清香，就应该听她的，像她信中说的那样，奋斗做人，这样，清香知道了也会开心。你妈阻止你和清香相爱，她看见很多华人因为娶或嫁了京族人后，他们的子女连一句民族语言都不会说。你要体会她的苦衷，见你这样子，她很心痛，她把自己关在房里哭，自责自问这是不是自己的错。孩子，把事情忘记吧，振作起来！"

　　话毕，仁父便离开。

　　这时，李仁眼眶滑出一滴泪水，他扪心自问："我有怪母亲吗？"其实，他这时只想着清香，根本没想过怪谁、恨谁，也不理谁对谁错。

　　日子一天天过去，时间已把事情冲淡，李仁的工作忙个不可开交，有时要加班，有时要勤外省等，渐渐地恢复以前的个性，为事业冲刺。

　　有一天，李仁应客户邀请参观一间较成规模的外商成衣公司时，无意中在生产单位上远远看见一个女职员很像清香，他便走过去。那女员工正在缝衣时，感觉有人走了过来，便抬头一看，她和李仁刹那间四目相视，她的心立即"怦怦"地跳，瞬即垂下头来继续工作。李仁一眼看出她就是清香，便走近她身边,耳语说下班时在公司门口等她。

清香想逃避,可是该公司只有一个出口,无奈之下,还是和李仁见面了。

他们在公司附近一间咖啡屋叙旧,两人沉默了一会,互相对望一下,还是李仁先开口:"最近怎样了?"

"还好。"清香轻轻回答。

"上来了为什么不联络我?"李仁追问。

清香沉默不语。

李仁又问:"为什么不说话?"

这时,清香若有所思的样子,李仁继续问:"在这里工作多久了?"

"半年了!"此话一出,清香后悔莫及。

"半年,那么,你根本没有回乡嫁人是吗? 你在逃避我是吗?"李仁语气咄咄逼人,清香只好回答:"是的!"这一声清香说得很坚定。

"你为什么要这样做,你知道我多么地想你吗?"李仁充满怀疑。

"当我爱上你后,我知道我不能再在咖啡店里工作,于是便托朋友帮我另找一份工作,怎知你家不喜欢我,那时正好被这间公司录用,我便借此机会忍痛离开你,我想,不要因为我而令你和家人闹纠纷,我只好忍痛割舍这段情。"清香伤心地哭着说。

李仁明白了一切。于是说:"那今天我们又重逢了,这证明了有缘也有份吧,我们可以破镜重圆吗?"

清香默默摇头说:"不可能的。"

"为什么?"李仁不解地问,"莫非……"

"因为我是京族人,因为你母亲不喜欢我,我不想令你做个忤逆仔,我不能成为罪人,既然我们爱得那么痛苦,干脆做个朋友好了!"清香说得十分激动。

"不会的。"李仁紧张地握着清香放在桌上的手。"现在我妈已经看得开,我回去劝解她,请她接受你。"李仁望着清香十分自信地说,"香,你等我,你相信我,我一定会说服我妈的,请你相信我好吗?"

其实,清香对李仁还是一往情深,满怀感动地点点头。

不久后的一个晚上,李仁父母在看电视,仁父就对妻子说:"阿仁妈,我有一件事要跟你说,但你要保持冷静,不可动气噢!"

仁母觉得奇怪,老伴今晚怎么如此说话,便答应:"好的,你说吧!"

"阿仁他与清香又重逢了!"仁父一字一字地说。

"什么?"仁母反应强烈。

"几天前,阿仁参观一家成衣公司时看见清香正在工作,于是他们又见面了,他跟我说,请你同意他和清香谈恋爱。"仁父渴望的眼神望着妻子,希望她同意。

"那你认为怎样?"仁母面色显得不同意,但又感觉无奈,她怕儿子再闹情绪。

"他们再度重逢,这证明他们还没缘尽,我看我们还是由得他们吧,孩子也长大了,他有自立性,只要他快乐幸福就是了。"仁父开解,以便说服妻子。

"但清香是京族人,叫我怎样可以接受呢?"

"其实,什么民族都有好与坏,你看老黄的妻子不是京族人吗? 她不但持家有道,尊老敬贤,还把子女们教育得知书识礼,而且还会操一口广东话,所以我们不可以一概而论。"仁父解释说了己见。

"她不是嫁人了吗?"仁母想起清香信中曾对儿子提及过。

"哦!"仁父解释:"那是她不想我们产生家庭纠纷而抱痛离开仁儿的一个借口而已。"仁父握着身旁妻子的手,继续说:"我想你试着接受她吧!"

仁母若有所思"嗯"了一声,顷刻说:"叫她这周日有空过来吃饭吧!"

"好的!"仁父喜出望外。

就这样,清香在李仁家过了一个周日,气氛还算融洽。接着,第二、第三、第四个周日,清香都在李仁家吃饭,有时午餐,有时晚餐。

就在这个星期天,清香刚来到李仁家,便听到"铃……铃……铃……铃……"电话响起,仁父走过去接起来听:"喂……是呀!"片刻,听筒从仁父手中滑了下来,他愣住了,清香见状马上走过去搀住仁父。

仁父稍回定下神来结结巴巴地说:"你伯母……她正在医院急救,我们……快去看她!"

于是,一老一幼相搀赶去医院。

仁母正在急救室里动手术。

仁父和清香在急救室外焦躁不已。

经过好半天,仁母从急救室推出,他们马上走过去,清香抢先紧张地问:"医生,我伯母怎样了?"

"她没大碍了,因为老人家有高血压,脑充血,还好来得及,以后多加小心照料,别让病人受刺激。"医生温和地说。

"你们是她家人吗？来一个跟我去办入院手续。"

"伯父,手续办好后我顺便回家带一些用品来。"清香望着仁父说。

仁父忐忑不安地点点头。

"伯父,伯母醒过来了吗？"大半天后,清香把生活用品和饭都带到医院来,她一推门边便着急地问。

仁父无精打采地坐在妻子床边摇摇头。

"伯父,都这么晚了,您先吃饭吧！"

"我不想吃。"仁父样子十分憔悴。

"您不要这样,您一整天没吃东西了,要保重身体,要不伯母醒来见您这样子她会难过,万一您也……"

直到第二天中午仁母才醒过来,张开双眼时没见到谁,后来才看到清香在用手撑着头,疲倦地坐在床头打盹。

这时,仁母口渴,但不想叫醒清香,想自己起来拿水喝,怎知她的轻动还是把清香弄醒了,清香惊喜不已,笑中带泪由衷地说:"伯母,你醒来了,真是谢天谢地哦！"

仁母无力地说:"给我一点水！"

清香手脚麻利地斟了一杯水递给仁母喝,仁母喝时不小心咳嗽起来,清香便轻抚仁母背后,便问:"伯母,您要吃什么吗？"

仁母轻轻摇头。

这时,仁父推门进来,看见仁母醒了惊喜交集走过来。

"你现在怎样了？"

"没什么了。"仁母有气无力地说。

"我有带粥来,你吃吧！"

清香马上把粥倒到碗里,想给仁母吃,但仁父却说:"香,由我来,你回家去休息吧！你已好辛苦了。"

清香笑着说:"没什么,只要伯母醒来就好了。"

"香。"仁母轻轻叫她一声。

清香迎过去。

"你先回去休息一下吧,这里有阿仁的爸照顾我就好了！"

"也好。"于是清香离去,还留下一句,"伯母好好休息呀！"

仁父喂仁母吃粥,仁母沉默不语静静地吃着。

自从仁母生病后,清香向公司请了半个月假,将全部时间用于和仁父一起照顾仁母。

就这样过了一个星期,仁母的身体渐渐恢复,精神抖擞起来。

有一天,仁母对丈夫说:"阿仁的爸,以前不听你的话,固执着自己不喜欢的人,但日久见人心,清香真的改变了我的观念,使我知道不可以再分什么民族人。"

仁父说:"这次多得清香悉心照顾,仁儿又出差外国,不然,我这副老骨头不知怎样了!"

清香送饭来打断了他们夫妇的说话,三人吃饭后,仁父便回家去,病房里只有清香和仁母两人。

今晚,仁母双眸不时打量着清香,清香发现时觉得很不自然。这时,仁母终于开口了:"香,这几天真的辛苦了你。"

清香感到愕然,想不到仁母如此客气,马上回答:"伯母,别这样说!"

"香,你坐过来。"

于是,清香依话而行,坐在仁母身旁,仁母亲切地把她如女儿般搂进怀里,感触地喃喃地说:"香,你真是个好女孩!"

两个星期后,仁母可以出院了。回家后,清香仍不放心,继续留在家里照顾仁母。

由于当年通信不发达,所以没有告知李仁,但当李仁从外国出差回来后,看着爱人竟然和自己的双亲相处在一起,彼此相敬如宾,李仁觉得奇怪,才一段时间母亲竟然完全改变了对清香的看法。后来仁父把发生的事情一一告诉了李仁,从此,李仁更爱清香,他们名正言顺地相爱,清香始终如一,尊敬两老,悉心照料李仁。一年后,清香和李仁终成眷属。从此,他们一家过着欢快、温馨的生活。

🌴 作品赏析

文章题为"真爱",李仁与父母之间的亲情和他与清香之间的爱情成为贯穿全文的线索,与题目相呼应。仁母等待儿子回家,夜深,伏在桌前睡着了。醒来,见到儿子时关心备至,叮咛儿子保重身体。李仁向清香求爱成功,清香突破内心的自卑,答应了李仁的追求。李仁父母与清香第一次见面,清香礼貌、懂事,各方面都符合仁父、仁母的要求,但清香京族人的身份,引起了母亲的不满;而清香咖啡店服务员的职业更让仁母火冒三丈,并以家庭相要挟严令李仁分手,李仁心痛欲绝,与母亲陷入冷战。清香不忍李仁母子失和,留下分手信,谎称回乡嫁人。李仁再一次悲痛欲绝。后李仁与清香重逢,两人依旧彼此相爱,李仁恳求母亲同意,在仁父的开解下,仁母试着接受清香。而仁母突发疾病,在清香悉心照料之下,恢复健康。仁母为清香的品质打动,终摒弃成见,从内心接受清香。李仁与清香有情人终成眷属,一家人过着温馨的生活。

文章语言朴实,情感真挚。全篇重点刻画了四个人物。首先是仁母,她是一个传统的中国母亲,慈爱却有些固执。会在深夜等待儿子回家,语重心长地叮嘱儿子。但她在孩子的婚姻问题上却十分固执,对清香京族人的身份带有偏见,并出于为"我"好的目的,阻碍"我"的爱情。其次是仁父,相比之下,仁父更加开明。他支持儿子的爱情、理解儿子并成为母子矛盾的调和剂。再次是清香,她是一个善良体贴的女人,她对李仁的爱是奉献的爱。她为了李仁克服自卑、改变职业,但仍没有得到仁母的认可,她决定放弃爱情换回李仁家庭的圆满。为了李仁,她付出了许多。最后是李仁,李仁是一代华裔青年中的一个,他深爱清香,而族裔、职业的差异使他的爱情受阻,他在爱情与亲情的矛盾中悲痛欲绝。他被两种真爱拉扯着,他无法平衡亲情与爱情,也导致了自己的失衡。文章中的人物性格各异,但他们都有自己坚守着的"爱"。仁母不忍看李仁痛苦,尝试着放下自己的偏见,改变自己的根深蒂固的观念,去接受清香。而清香也为了李仁一家圆满而忍痛舍弃自己的爱情。"爱"让仁母、仁父、李仁和清香的命运紧密相连。

真爱是文中每个人物用最真挚的爱彼此相对,从小说中我们看到了亲情、爱情的厚重,也看到了华裔面临的婚姻问题。但令人欣慰的是,"爱"调和了各种矛盾,创造了圆满的家庭。个人的小爱拼凑出了大爱。

(翁鑫月)

谭仲玲

谭仲玲,笔名钟灵,1962年2月12日生,祖籍广东中山,现居越南胡志明市。

风　筝

窄巷里的每个小孩子,谁都不会忘记放风筝的那一天,那是他们最兴奋的一天,亦是令人悲哀和难忘的一天。虽然解放了,虽然那大腹便便的大老板,那像团肥肉似的老板娘,还有那班富贵人家的子弟都逃到外国去了,虽然窄巷已拓宽了,但是,阿雄哥不再回来了,阿雄哥永远也不会回来了!

窄巷位于富人住宅的后面,富人的房屋把一切阳光都给遮挡了,巷内的矮屋,依附在富人的后墙下长年幽暗;窄巷的穷人,他们替富人做工,每天的生活朝不保夕。

"这是最坏的一群!"那脑满肠肥的大老板常说,"这陋巷内的小鬼们是最坏的一群!"

"唉,不是只他一人说呀。"五岁的"烂头星"瞪着大眼道,"还有门前有株杧果树的那个光头肥猪骂我们是一群坏透顶的臭虫。"八岁的"黑炭头"阿森,喜欢用泥土捏飞机模型,也装着大人的样子说:"你们去偷他的阳桃吃,他当然骂你们嘛!""烂头星"愤愤地:"你不也偷了吗?阳桃有什么了不起,那些阳桃熟至跌落满院,让打工的都扫进垃圾桶里,我吃它三两个有什么要紧?哼,骂我们是臭虫,哪一天我在床板下捉两只放到他身上,让他知道臭虫的厉害。""哈哈,哈哈……"

围蹲在巷内的"坏孩子们"都笑起来。"瘦皮猴"捧腹说:"捉臭虫,哈哈!烂头星,你有本事走近他身旁吗?"他弟弟"排骨孙"抢着说:"走近他,你们听过没有?那个'老来娇'吩咐他的工人说……"讲到这里,"排骨孙"跳起来又着腰,用手指着围坐的孩子,学着"老来娇"的模样:"要是这班野孩子敢走近我家门前,你替我用水泼他们!""鼻涕虫"一吸两行欲滴的鼻涕嚷着:"怕什么,待晚上他们关门睡觉时,我用狗屎涂到他的门锁上。"想到这恶作剧的后果,他们又是嘻嘻哈哈地笑成一堆。

"头痛!头痛!真是失教!"大老板告诫他的孩子们说,"你们切莫走近他们,以免影响我的声誉,明白吗?哼……这群没家教的野孩子!"

噢!这一群孩子的确是没有人管教,他们的父母疲于奔波两餐粗米饭,没时间教育他们,学校又不收容他们,因为他们交不起学费,更没有像样的衣服穿,而在炎凉的社会里,谁愿为他们伸出同情之手?他们粗口烂舌,同时非常肮脏,女孩子的头发不梳辫子,而可怕的是,个个头上都养满虱子。至于男孩子,十个有八九个,不是生疮就是生癞。例如"烂头星"就是一年到晚地烂着头,而一年三百六十五天,从没哪一天见到他们穿屐或鞋子,他们个个都有一双天然的"泥"靴,整日浪荡在街巷,打架闹事,有时,为争一块石头,成群的孩子打成一堆,如果没有人分开他们,往往要打到头破血流,要不然,偷别人的东西,或使用些稀奇古怪的恶作剧去戏弄别人,他们到处受人驱逐和斥骂,这使他们顽劣的性子更趋极端。

小龙九岁零七个月,是这群孩子里年纪最大的一个,他出生的时候,年迈的祖母想着世代贫穷,便望他能成龙,一举飞天,因此给他改了个名字叫龙飞,殊不知小龙才三岁,爸爸便被拉去当兵,其时小龙的母亲正怀着身孕,当生下妹妹时,前方战线送来爸爸阵亡的消息,祖母悲痛成疾,小妹妹才满月,为了生活,妈妈便去替人做工,一个月带钱回家一次,撇下兄妹俩由祖父母照顾,由于种种刺激,老年人再没精神来望孙儿成龙了,小龙飞不但不成龙,反而从小便跟巷内孩子在街巷里混得浑身泥沙,成了一条地道的泥虫,祖母苦心教他认字,可当他受了欺负时,便用黑炭在墙壁上涂着歪歪斜斜的大字:"谁对我不好,我就布仇。"可怜他连个"报"字还不懂写,却蓄满了愤世之情。

"孩子需要爱,谁要对他们小施恩惠,都能教他们刻骨铭心地感激,世人为什么不把慈祥送给他们一点呢!"这是阿雄哥说的。原来在窄巷里,你只要说出阿雄哥的名字,孩子们就会对你露出最真挚的笑容,"阿雄哥是最英雄的,最了不起的!""没有人能比得上阿雄哥的!"阿雄哥是这些小小心灵的偶像,在孩子们的心目中,阿雄哥是最勇敢的。前年中秋节的晚上,那班伪军如狼似虎地拥进窄巷把阿雄哥抓去当兵,那时阿雄妈哭得死去活来,她又跪又拜也救不了儿子,愁云弥漫了整整两个月,一个明月高照的晚上,阿雄哥逃回来了,因为他勇敢地突破伪军的铁丝网逃回家来,这次阿雄妈欢喜到又哭又笑,窄巷的邻居也说不出的高兴,孩子们更佩服阿雄哥的勇敢和机智。但是,阿雄哥为了躲避伪军的搜捕,从此过着不见天日的生活。巷尾的木匠聋老头在阿雄妈的旧木楼楼顶,在用来隔热气的木板上装了个活门,筑起一个能栖身的楼角,又在瓦顶上开了一个通风的窗,这便成了阿雄哥的避难之所。由于聋老头改装得非常巧妙,伪军虽来搜查过几次,却没能发现这个秘密洞,只委屈了一个大好青年,就这样被屈身着不敢在人前露半点面,而令孩子敬爱的是,阿雄哥虽是这样屈藏着,却从未丧失半点志气。他期待着战争早日结束,当国家独立后,他将获自由,那时他将发挥青年的活力,为社会尽一分力量。在这黑暗的日子中,他一直忍耐着,一直熬下来,两年了,他把精神化作爱,交予这群"最坏"的孩子,"只有阿雄哥说我们不是坏的。""只有阿雄哥称赞'黑炭头'做的黑泥飞机。""只有阿雄哥不骂阿成的父亲是个酒鬼。""只有阿雄哥不耻笑青青的妈妈是娼妇。"这群"坏孩子"在外面无论怎样地厮打,但来到阿雄哥面前,他们都能把一切仇恨放下,而彼此共挤在一起。

可以说,孩子们什么都不怕,而只有一件事,他们感到担心,那就是半夜的狗吠声,那班凶狠的伪军常闯来查户口,这时小龙会怕得发抖。而刚会讲话的小发仔,也怕得大哭,因为他们都怕伪军会查出秘密洞,然后拉出阿雄哥,孩子们都自觉地守着秘密,以免被外面的人发觉,那是一个最神秘的地方,因为每到晚上,窄巷里没有电流,而只用油灯,住在外面的人,谁都不愿走进这条又脏又黑的窄巷,因此,小巷便成了阿雄哥最安全的藏身场所。当大人结束一天疲劳的工作回来,而孩子们也像小鸟归巢似的,聚集在阿雄哥的木楼屋上,叽叽喳喳地开始汇报工作。孩子告诉阿雄哥外面发生的一切琐碎事情:"大胖子怎样驱赶了一个仆人。""光头佬裁了一套衣服给他的大狼狗穿。""大眼仔扔香蕉皮误中了经过的女人。"……等等。这木楼上盛满了孩子的心声和愿望。六岁的小燕在富人的围墙外拾到了一个金发的洋娃娃,高兴得蹦蹦跳跳,跑去告诉阿雄哥,孩子们像拾到宝物一般,围拢上楼来,争着看洋娃娃,连男孩也抱来抱去,一个从外国进口的洋娃娃,在穷孩子的眼中看来确是稀宝,虽然洋娃娃已破损了,千金小姐们大发脾气时把它摔到楼下的围墙外,他们却爱不释手,尤其是小燕,整天抱着,唱歌给洋娃娃听,不幸的是给那位小小姐看见了,她大发娇嗔,闹着要他们赔洋娃娃,肥太太命姨妈随着奶娘抱小姐到窄巷去索还,势利又尖刻的姨妈来到窄巷,便斥责没家教的野丫头偷了洋娃娃,小燕的父亲是清道夫,他气恼不过,拉起女儿,不由分说抢棒痛打一顿,可怜的六岁孩子哭不成声。奶娘要回了洋娃娃,小小姐却说:"贱丫头的手抱过了,替我烧掉她!"于是一把火,洋娃娃变成了灰。

经过了这次之后,阿雄哥百般安慰小燕,同时用木头雕了个木娃娃,但也安抚不了这颗受创伤的童稚之心,小燕被父亲打后,哭了一天一夜,她不肯抱木娃娃,阿雄哥思来想去,想出了一个办法,他把小燕抱在膝上,开始了每晚的故事会,这方法不但使小燕淡忘了洋娃娃的事,更启发了这群孩子纯洁的情感。

每晚,阿雄哥把他们带到童话的世界里,使这群缺乏教育的孩子,从"白雪公主"知道什么是恶毒与善良,从"乞丐王子"明白了生活的意义,从"阿里巴巴"懂得什么叫作强盗,听"艾丽斯的仙境"仿佛是见到了雪宫女王,见到神箭手,又扮演了罗宾汉,"一千零一夜"的奇妙故事仿佛神奇的笛声,召唤孩子们都跟随着花衣笛人来到密室,去接受爱的教育。因为这样,孩子们彼此都不再打架了,春天的女神到来,她唤起了绽放的嫩芽!

只因为富人天台上的七彩风筝翱翔得太迷人了,这一天,孩子们竟忘了听故事,他们从木楼的通风窗仰望,对那几只彩色风筝,有谈不尽的羡慕之情:"风筝真美呀,真是好看极了。"

"好漂亮呀!"听到了赞美声,天台上富人的孩子对他们投下轻蔑的眼光。小少爷们得意得加倍了骄傲的态度,孩子们苦闷了,小强嚷着:"看,他们多神气呀!"小龙坐到木楼下懊恼地说:"我们什么都比不上人家。""大只牛"看见堆在"黑炭头"面前的黑泥飞机,猛然伸手把它们都给压扁了:"人家的飞机、火车又漂亮又能自己走,你弄这些他妈的干吗!""黑炭头"大怒:"呸!人家弹的珠子够可爱嘛,为什么你却偏要弹龙眼核?现在人家放风筝嘛,谁教你用鸡皮纸做的风筝像只大笨牛一样飞不起。"

说着,用力把被压扁了的那堆泥朝"大只牛"的脸扔过去,惹得成群孩子都哄闹起来,阿雄哥喝道:"又要胡闹了!""大只牛"拍拍脸上的泥笑道:"我看不惯那些玩意而已,我不打架的。"阿雄哥正式地说:"你们要放风筝,便自己做呀?"孩子们来不及答话,小龙的妹妹从楼下跑上来,手拉着一只纸风筝,唤道:"龙哥,帮我放风筝。"小龙一见着急骂道:"混账东西,别丢人。"大家看那风筝,一张旧报纸加上孩子的手工,粗陋得可笑。阿尘比小龙小两个月,他们两个算是这群孩子里最大的,但一向是死对头,打架最多的要数他们两个,然而今天,阿尘一点都不笑小龙做的这只风筝,抬起头说:"阿雄哥,我们没钱买蜡纸,所以做的风筝都飞不起!"阿雄哥皱眉道:"谁说只有蜡纸做的风筝才能飞?"

这次孩子们异口同声:"阿雄哥,是真的吗?大牛,阿全他们都做风筝,但他们的风筝用报纸同鸡皮纸剪贴。因此都飞不起来。同时人家放风筝是用尼龙线,而我们只有缝衣的线!"

阿雄哥笑道:"那是因为你们不懂做,找竹和纸来,我教你们做一只能飞的风筝。"孩子们听了,都乐起来,年纪大一点的孩子,便动起手来,阿伟的母亲替人做香,他把母亲做香的小竹竿带来,小龙寻来了祖父看过的旧报纸,其他的找糨糊、剪刀、线等。大家都忙碌起来,阿雄哥细心地讲解做风筝的方法,以及应注意的功夫,如竹要削得平均,不可头粗头细,纸要剪得整齐,不要参差多角,糨糊不要涂太厚,又教怎样黏竹架、怎样结线,阿雄哥说:"一只好风筝不在于款式的复杂,而在功夫是否做到家,你们初学做风筝,重要的是学好基本功夫。"

放风筝的那一天,是一个风和日丽的下午。孩子们都爬到垾盖的矮屋顶上,孩子们不敢奢望风筝能飞起来。他们认为只要风筝能飞,那便是令人高兴的了,因为他们从未放过一只能飞的风筝,屋顶上,风把他们的头发吹向一边,这时富人天台上的彩色风筝,已飞得"嗖嗖"作响。由于富人家总是讲究体面与排场,什么都可以用钱买得到,因此在各方面他们都要竞争,看看谁最富有,所以狗要比谁家养的最名贵,衣饰要比谁家最华贵,邻家的陈少爷放风筝,别家的小少爷都要放风筝,小少爷不懂做吗?雇请老师回来做风筝,风筝要比别家的好,要做得尽善尽美,因此天台上的风筝真是花样繁多,各显奇特,许少爷的飞鱼风筝十分讲究新奇,而李家的蜈蚣风筝更做得最活,那风筝仿佛是一条真的蜈蚣在天上爬行。

当矮屋的穷孩子们拉起纸风筝时,立刻被小少爷们吆喝与讥笑,穷孩子们感到非常的难堪。这只纸风筝既没有鲜艳的颜色,又没有特别的款式,这只是一只平平实实的风筝,小少爷们都高声大笑,用轻蔑的眼光瞧着穷孩子们放风筝,小龙镇定地站在屋顶上放。阿雄哥蹲在通风窗下指导他们放风筝的技术,"黑炭头"和另外的孩子围坐在屋顶,帮忙结线,因为他们没钱买尼龙线,阿雄哥便教他们拿家里用的普通线两条结做一条,想不到这群孩子合作得非常默契,当清风徐来,小龙忙把风筝拉起,风筝轻灵地跃上半空,并骄傲地招展着它的长尾,显得稳定而有力。孩子们却屏住了呼吸,风筝徐徐上升,这只风筝是飞得这样好,这样的自然,没半点困难,它东西冲击,飘飘直上云天,孩子们手上的线被拉得紧紧的,他们高兴得忘了被歧视。"线,线!""不够线!"孩子们叫了起来,阿杰一骨碌溜下屋顶,第一个跑回家找线,风筝越飞越高,超越了那群彩色风筝。手上的线都没有了,屋顶上的孩子急得跳下来,家里有线的孩子都跑回家去。阿德仔满头大汗奔进屋里,翻倒祖母的针线盒,把家里唯一的一束线取出,老祖母抢起拐杖来打他,他一边逃避一边嚷:"祖母,借给我,回头还给您。"祖母的拐杖未落下,他已一溜烟冲出门口,留下老祖母不停地在唠叨。"线来了,线来了!"孩子们都欢呼着。

天台上的少爷们都不笑了,穷孩子的风筝竟然飞过他们的头顶,真是触怒了他们的自尊心,"把那只穷鬼的风筝打下来!""不要让它在我们头上"。

"对,把它打下来,打下来!"少爷们猛然用力拉线,那只老鹰风筝像只恶魔,用尽全力向穷孩子的风筝扑去。屋顶上的孩子都惊叫起来,女孩子更慌得哭出声音,那老鹰既凶又大,普通的纸风筝怎能跟它竞争呢?小龙他们心怯了,下意识地连忙收线,纸风筝本来飞得相当好,被一急收线,摆动摇曳,天台上的少爷们得意非常,他们连声喝彩,一味地让老鹰追逐纸风筝,情势危急起来,阿雄哥在下面看得清楚,他鼓励孩子们不必害怕,别急着收线,但这班孩子被对方的先声夺人早已吓得没胆量,尤其是风筝的强弱太悬殊。此刻他们只顾得快快地把风筝拉回来,这让风筝失去平衡,像醉鬼似的跌跌碰碰,几乎要被撞落下来,这狼狈的情景,使小少爷们笑破了肚皮。此时此际,阿雄哥明白,若让风筝跌下来,那不仅是跌一只风筝,而且还跌去了这群孩子的斗志和信心,想到这里,阿雄哥毫不犹豫地跃上屋顶,接过小龙手上的线头,双手猛力挥动,一牵一引,把风筝调回顺风的位置,孩子们一见阿雄哥跃出来,立刻增强了斗志,小女孩不再哭了,他们又紧张又兴奋,看着阿雄哥斗风筝,天空中的纸风筝获得主人的援助,立即重展雄风,长尾飘动振振有声,像只勇敢的海燕,坚强地抗拒着凶暴的老鹰,镇静自如,老鹰凌空压下,海燕巧妙地避过了,老鹰扑了个空,孩子们禁不住齐声呐喊助威,老鹰羞怒了,穷追海燕,时近黄昏,落日的余晖替纸风筝镀上一层金色,它在老鹰的下边,自豪地飞翔,显得多么的灵敏。

两边的孩子都浑然忘了身旁事物,个个抬着头,张大了口,紧盯着两只对敌的风筝,其他彩色风筝都停在半空,阿雄哥瞧着老鹰的来势,猛把风筝向右转,迎上老鹰的线尾,立时扣着,并把手上的线头抛向小龙他们,喝道:"快,快收线!"小龙、阿尘、"黑炭头",他们七手八脚地把线卷起拉回,只见阿雄哥以非常快的速度拉线,老鹰被拉着线尾,已失去控制,小少爷们来不及拉线,当他们发觉老鹰被拉着走,要收线已迟了一步,气得哇哇乱叫,而老鹰被拉到矮屋的上空,小少爷们手上的尼龙线已被扯断了,在孩子们的欢声雷动中,老鹰被扯下掉到矮屋顶上,此刻,穷孩子们的欢笑真是笔墨难以形容,小龙和阿尘这两个死对头,互相拥抱着,跳着,险些从屋顶上滚下来,"黑炭头"把他的黑泥飞机,一只只从屋顶抛下,他们兴奋到几乎要疯了,小燕、青青等女孩子,都搂着阿雄哥的脖子亲着、叫着。此刻的阿雄哥,这位忧郁的青年,他那长期不见天日而显得特别苍白的脸,也泛起了欢慰的笑容。天台上的小少爷们,有的呆呆看着,有的讪笑那老鹰风筝的主人太低能,这些娇纵惯了的小少爷们,曾几何时受过这样的气?失了风筝,他们觉得非常丢脸,加上邻居的讥笑,使他们恨透了这班穷孩子,尤其是阿雄哥,他们用非常怨毒的眼光仇视着阿雄。

这一晚,窄巷仿佛是大庆典的日子,孩子们都兴奋不已,雀跃如树上的鸟,叽叽喳喳的,个个都把风筝的事讲述给自己的父母兄姐听,大人们都感到非常高兴,因为长期受有钱人的气,这只风筝确能使他们舒一舒胸中的郁闷,阿德仔的父亲是派报纸的,收入不多,是出了名的"枯草",听说老祖母噜苏阿德丢了那束线,他却慷慨地说:"算了,莫再吵,明儿我买束新的还给您。"母亲围坐着,一任孩子们说得口沫横飞,大家都听得津津有味。这一夜,孩子们翻来覆去睡不着,他们都梦见风筝在飞,尤其是小龙,对阿雄哥跃上来接过自己手中线头的那情景非常深刻,他回想着阿雄哥拉线,把老鹰扣着时的姿态,每一个动作都令他难忘。他整夜想着,朦胧中,他觉得自己变成阿雄哥了,他拉线,把老鹰扣着,纸风筝多勇敢呀!风把纸风筝吹得这样高,把他的头发吹起了,连他也飞了起来,他舒展双脚,像风筝的两条长尾,小龙兴奋地笑了。忽然,什么东西把风筝扣着了,小龙在梦中辗转着,什么东西把风筝扣着呢?狗的吠声,这只讨厌的狗为什么吠个不停呢?狗的吠声越来越响了,还有祖父开门的声音,还有嘈杂的人声,小龙猛然惊醒过来,昏黄的油灯下,祖母搂着妹妹,见他醒来,忙按住他的嘴,示意他不要作声,门外的人已乱成一片,还有阿雄妈的嚎哭声,小龙知道不妙,心头"怦怦"乱跳,急忙推开祖母的手闯到门外,登时吓呆了。窄巷的大人小孩都醒来了,个个都呆若木鸡地站在门口,而窄巷反常地有了从来未有过的明亮,因为伪军警用探照灯把窄巷都照亮了,阿雄哥被反锁着双手,赤着上身,头发蓬乱,脸色白得像纸,两名伪军拿着枪跟在身后,阿雄妈披散着头发,哭得像疯了,由邻居搀扶,被几名伪军拦住,不让她走近她的儿子。伪军官冷笑着:"哼!藏得真好,这里又黑又湿,要不是有人密告,我也懒得到这里来捉你。"

搜查一遍后,便喝令:"让路,带人走!"一行人跟着阿雄哥走出巷口,阿雄妈拼命地叫喊,刘叔公匆匆从阿雄哥的屋里收拾了几件衣服,恳求着一名伪军官:"一点衣服和一些零钱,请让他带着,以备不时之用。"阿雄哥穿上衣服,黯然地托付看顾母亲的话,便随着伪军出了窄巷。孩子们都深深记得,这是他们最后看到阿雄哥,几名走在最后的伪军官笑着说:"明儿应请那些小少爷吃冰淇淋,这次全凭他们……"窄巷的人好像被槌打了一样,小龙听见大人的叹息声,看到了阿尘的泪水,听到"黑炭头"在抽噎,还有其他孩子的哭声,他也想放声大哭一场,但喉咙被什么卡住了,他哭不出声,只是让泪水不停地奔流,湿透了他的脸蛋。泪啊! 像断了线的风筝,飞落着……

🌴 作品赏析

《风筝》以越南解放前为创作背景,当时的越南处在水深火热之中,南方政府不断强迫适龄的青年入伍,遂成了拉兵的现象,所以不想当兵的青年都要隐藏躲避! 小说中的主角阿雄哥便是其中一员,阿雄哥是窄巷中所有孩子们最尊敬的大哥哥,阿雄哥为了躲避伪军的搜捕,从此过着不见天日的生活。巷尾的木匠聋老头在阿雄妈的旧木楼楼顶,在用来隔热气的木板上装了个活门,筑起一个能栖身的楼角,又在瓦顶上开了一个通风的窗,这里便成了阿雄哥的避难之所。

文中颇费笔墨的这条窄巷,是富人与穷人的分隔线,巷子里生活着"烂头星""黑炭头""瘦皮猴"等调皮捣蛋的"坏孩子"。这群孩子没有人管教,他们的父母疲于奔波两餐粗米饭,没时间教育他们,学校又不收容他们,整日浪荡在街巷,打架闹事。但是巷子里也有令孩子们尊敬的、最勇敢、最了不起的阿雄哥;而巷子外面是富庶的、衣食无忧的富人。他们有巷子里孩子们从来没见过的洋娃娃和风筝。巷子内外形成鲜明的对比,而贯穿全文的风筝更是印证了这一差距。富人少爷们的七彩风筝让巷子里孩子们羡慕不已。巷子里孩子们经历过一系列失败之后,在阿雄哥的带领下,孩子们的风筝终于飞上天了,富家少爷们看到穷孩子们的风筝和他们的"老鹰"飞得一般高的时候,触怒了他们的自尊心,要把他们的风筝打下来。经历过一番斗争,巷子里孩子们的风筝飞得越来越高,"老鹰"却被扯落在矮屋顶上。穷孩子们的纸风筝虽然赢了,但是阿雄哥却被富人少爷们举报了,阿雄哥最终还是被抓去当兵,故事到此便结束了,而孩子们的眼泪却像断了线的风筝。

　　风筝是贯穿小说全文的线索,同时也象征着孩子们的斗志与信心,是生活在巷子里孩子们的希望。战胜"老鹰"对于巷子里孩子们来说是莫大的鼓励,也是巷子里孩子们的奋起反抗。作者笔下的富人正是当时南方伪政府的写照,巷子里的孩子正是被南方伪政府长期压迫的人民。而巷子里孩子们的风筝战胜了"老鹰"正是象征着人民的奋起反抗,作者这篇小说想要通过巷子里孩子们的风筝不仅飞起来了而且打败了彩色的"老鹰",借以表达对当时政府的不满以及对人民奋起反抗的讴歌。

(李翠翠)

跋

在东南亚多国疫情肆虐的当今,经过邮件的联系,《新世纪东南亚华文短篇小说精选》还是如愿正式出版了,令人欣慰!

记得 2017 年 4 月 26 日,在浙江越秀外国语学院召开《新世纪东南亚华文微型小说精选》《新世纪东南亚华文闪小说精选》新书发布会,会上认为,中国文化与东南亚之间的关系源远流长。随着中国在东南亚影响力的不断增强,东南亚的华文作家及其作品在中国文坛得以流通和传播,引起国内读者的关心与关注,国内高等学府的教授、学者、专家对东南亚华文文学的研究也越来越广泛和深入。在此背景下,推出"新世纪东南亚华文文学精选"系列丛书。它将展示新世纪以来东南亚华文文学最新的创作成就,从中可以管窥"一带一路"沿线国家的华文文学创作现状,帮助读者深入了解其文化和社会发展状况。这就是当年主编和出版这套丛书的初衷和目的。

四年多来,在大家共同的努力和合作下,已先后出版了《新世纪东南亚华文闪小说精选》(2017 年 7 月)、《新世纪东南亚华文微型小说精选》(2017 年 8 月)、《新世纪东南亚华文小诗精选》(2018 年 9 月)、《新世纪东南亚华文诗歌精选》(2018 年 9 月)、《新世纪东南亚华文文化散文精选》(2020 年 4 月)、《新世纪东南亚华文生态散文精选》(2020 年 6 月)、《新世纪东南亚华文幽默散文精选》(2020 年 11 月)7 本。这次出版的《新世纪东南亚华文短篇小说精选》是系列丛书的最后一本。

入选此书的作品,有新加坡 5 篇、马来西亚 5 篇、泰国 6 篇、印尼 2 篇、菲律宾 3 篇、文莱 1 篇、越南 2 篇,共 24 篇。作者年龄最大的 85 岁,最小的 38 岁。遗憾的是还缺缅甸和柬埔寨的作品。不管怎样,书中收入的这些作品,还是展现了东南亚华文短篇小说的现状和实力,显示了"老、中、青三代华文作家共同创作、成绩斐然的可嘉景象"。(陈贤茂语)

书中的作者多数是名家。从他们的简介中,可以看到他们原来都是有

"正业"的,如教师、医生、画家、商人、职员、编辑、记者、媒体人什么的。他们都是肩挑两副"担子":一肩挑的是"生活",一肩挑的是"写作"。爱因斯坦说过一句话:"人的差异产生于业余时间。业余时间能成就一个人,也能毁灭一个人。"书中的作者,都是充分利用"业余时间"的典范,而成就了他们的"副业",成就了他们创作的光辉业绩。

书名都冠"精选"二字,这是我们编书的愿望和方向。其实短篇小说在各国发展不平衡,水准也有差别,有的国家甚至很难找到写短篇小说的作者,因此,只好照顾性地"精选"了。但无论如何,入选的作品都能集中展示作家不同的审美趣味与艺术探索,基本上代表了新世纪以来东南亚华文短篇创作的高水准。每篇都各有特点和看头。如王文献的《青枫街8号》,故事情节集中,用心理细节和朴实的语言,把"我"与"妈妈"这两人写得栩栩如生。孙爱玲的《逍遥曲》,一开头矛盾冲突就很尖锐,引人入胜。陈政欣的《黑狗的传说》,有几个段落写得惊心动魄。于而凡的《葬礼》,后半部写"送葬"的人群从四方八面而来,人山人海,气势非凡。梦凌的《红森林》,属闯入泰华作家很少写的题材新领域。柯清淡的《路》,最后"我"的决定,这一转念写得有声有色。如此例子,不一而足。

本书在编排体例上,还是与前面7本保持一致:按作家的年龄排序,作品前有作者生平简介,作品后有评析文章,方便读者能够快速理解作家创作的意图。写评析文章很辛苦,借此机会,我们向为本书写评析文章的作者陈友龄、张瑞坤、翁鑫月、胡倩、李翠翠、于悦、张瑞坤、施莹莹等深表谢意!

我们要特别感谢浙江工商大学出版社领导的关怀和推重,成全"新世纪东南亚华文精选"系列丛书顺利出版发行。

我们要感谢新加坡、马来西亚、泰国、印尼、菲律宾、文莱、越南等国的作者赐稿,尤其要感谢林锦、陈政欣、杨玲、袁霓、王勇、孙德安等的推荐和帮助组稿!

同时还要感谢浙江越秀外国语学院中文学院中国现当代文学学科、华文文学与华人文化研究中心的同仁们提供的平台和支持!

编　者

2021 年 9 月 22 日